Zum Buch:

Arne ist fest auf Norderney verwurzelt, sein Herz gehört der Nordseeinsel ebenso wie seiner Familie und seinen Hunden. Nur einer Frau wird er es nie wieder schenken. Nachdem seine letzte Beziehung schmerzhaft gescheitert ist, hat er der Liebe endgültig abgeschworen. Doch als er der Glaskünstlerin Marie begegnet, gerät sein eiserner Entschluss ins Schwanken. Darf er es wagen, an eine glückliche Zukunft mit ihr zu glauben? Wird sie ihm verzeihen, wenn sie herausfindet, was er ihr verschwiegen hat?

Zur Autorin:

Lotte Römer hat viele Leidenschaften, unter anderem Bücher, Berge und das Meer. Beim Joggen an den malerischen Stränden Norderneys oder während sie die majestätischen Ausblicke der Alpengipfel genießt, entstehen die Ideen für ihre herzerwärmenden Liebesromane. Dann nimmt sie die Leserinnen und Leser mit auf die Reise und verleitet sie zum Träumen.

Lieferbare Titel:

Möwensommer

LOTTE RÖMER

Wellenwinter

ROMAN

HarperCollins

Auch wenn einige Schauplätze real existieren,
sind alle handelnden Personen und die Handlung
in dieser Ausgabe frei erfunden.
Ähnlichkeiten mit lebenden oder verstorbenen Personen
wären rein zufällig.

1. Auflage 2021

Originalausgabe

Dieses Werk wurde vermittelt durch die
Literarische Agentur Michael Gaeb.
Umschlaggestaltung von Hauptmann & Kompanie, Zürich
Umschlagabbildung von Jorg Greuel / Getty Images, mahey,
effective stock photos, PinkPueblo / Shutterstock
Gesetzt aus der Stempel Garamond und der Town 80
von GGP Media GmbH, Pößneck
Druck und Bindung von CPI books GmbH, Leck
Printed in Germany
ISBN 978-3-7499-0204-0
www.harpercollins.de

Klimaneutral
Druckprodukt
ClimatePartner.com/15109-2009-1001

MIX
Papier
FSC FSC® C083411

Für meinen Vater,
wegen der siebten Welle und aller folgenden und
vorherigen wilden Momente.

1. Kapitel

Es war herrlich still hier draußen im Wald. Marie schaute sich um. Weiß, wohin sie schaute. In den letzten Jahren hatte die Landschaft um diese Zeit immer eher graugrün und trostlos ausgesehen. Dieses Mal allerdings versprach der Dezember eine wirklich stimmungsvolle Vorweihnachtszeit. Der Schnee knirschte unter Maries dicken Winterstiefeln. Sie hatte sich den roten Schal bis zur Nase hochgezogen, war in eine warme Daunenjacke gehüllt, trug weiche Wollhandschuhe und auf dem Kopf eine Pudelmütze. Die Zweige der Bäume wurden von der dicken Schneeschicht nach unten gedrückt, sodass der Weg ein wenig wie ein weißer Tunnel wirkte. Noch immer schneite es, und glitzernde große Flocken fielen lautlos zu Boden. Marie atmete die klare Winterluft tief ein – wunderbar! Sie nahm sich vor, heute noch den Adventskranz aufzubauen und ein paar ihrer Weihnachtskugeln ins Wohnzimmerfenster zu hängen. Sie hatte sie damals während ihrer Ausbildung zur Glasbläserin selbst geblasen und hielt sie in Ehren. Dieses Jahr war Marie auch ziemlich spät mit der Weihnachtsdeko dran, denn der erste Advent näherte sich schon. Dabei liebte Marie die Vorweihnachtszeit, und dass es sogar geschneit hatte, war wie die Kirsche auf der Sahnehaube ihrer ganz persönlichen Weihnachtstorte. Nach dem erfolgreichen Schmücken abends würde sie sich einen Glühwein mit frischen Orangen sowie lecker duftenden Zimtstangen kochen und sich dann auf dem Sofa einkuscheln. Ihr Geheimnis war eine Prise gemahlener Nelken. Die gaben dem Glühwein immer sein besonderes Aroma.

Marie streckte die Hand aus, und eine große Schneeflocke landete auf ihrer Handfläche, wo sie sofort zu einem feuchten Nichts schmolz. Niemand sonst war unterwegs. So früh am Morgen gehörte dieses Winterwunderland Marie ganz allein. Der See lag da wie ein Spiegel, ganz glatt. Die Stille, die über der Szenerie lag, gab es nur, wenn es so stark schneite wie in diesen Augenblicken, weil der Schnee jedes Geräusch schluckte. Marie liebte diese einzigartigen Momente, in denen die Natur scheinbar vollständig zur Ruhe kam.

Wo war eigentlich King Lui?

Suchend drehte Marie sich um. Der schokobraune Labrador trottete gelassen hinter ihr her. Ja, mittlerweile sah man ihm sein Alter an, es ließ sich nicht mehr leugnen. Er wurde behäbig, und aus dem wilden, verspielten Weggefährten war ein besonnener, gemütlicher Begleiter geworden.

»Na, komm, mein Großer!« Als Lui hörte, dass er angesprochen wurde, hob er den Kopf und wedelte mit dem Schwanz, um dann mit der exakt gleichen Behäbigkeit weiterzulaufen wie schon zuvor. Nachdem er Marie erreichte, drückte er seine Flanke gegen ihr Bein – eine klare Aufforderung dafür, dass es einer Kuscheleinheit bedurfte.

Marie kraulte ihm den Kopf. »Du bist mein Bester!«

Das Schwanzwedeln verstärkte sich noch. Lui schaute zu Marie auf. Seinem treuherzigen Blick hatte Marie noch nie etwas entgegensetzen können. Sie lächelte und streichelte ihn erneut.

»Na, komm«, wiederholte Marie und ging langsam weiter. Wenn man zu lange stand, wurde einem nur kalt. Es schneite nun mehr. Auf Luis braunem Rücken blieben die ersten Flocken liegen. Sicher sah Marie auch schon ein wenig aus wie ein Schneemann. Sie bückte sich und formte einen Schneeball.

»Schau, Lui! Möchtest du das Bällchen haben, hm?« Sie zeigte den Ball ihrem Hund, dann warf sie ihn zwischen die Bäume in den kleinen Wald, den sie gerade durchquerten. Lui schaute hinterher, bewegte sich aber kein Stück in die Richtung, in die Marie den Ball geschleudert hatte. Marie seufzte.

»Komm, ein bisschen gehen wir noch«, meinte Marie. Früher waren sie kilometerweit gelaufen – und das nicht nur im Flachen. King Lui war ein toller Bergsteiger gewesen, kein Gipfel war vor ihm sicher. Marie hatte ihn nach seiner Welpenzeit überallhin mitgenommen. Doch mit zwölf Jahren schienen diese Tage vorbei zu sein. Das war durchaus ein ordentliches Alter für einen Labrador. Trotzdem fiel es ihr schwer mit anzusehen, dass Lui langsam alt wurde.

Entspannt spazierte Marie weiter durch die zauberhafte Winterlandschaft und genoss die Ruhe, die das Schneegestöber mit sich brachte. Zu Hause würde es damit eh vorbei sein. Sie schaute auf die Uhr. Ein paar Minuten hatte sie noch, bevor sie und Lui umkehren mussten. Das war der Vorteil an ihrer Arbeit im Büro von Chris, ihrem langjährigen Lebenspartner: Es kam nicht darauf an, exakt pünktlich zu sein. Hauptsache, die Aufgaben waren am Ende des Tages erledigt. Für Marie war es wichtig, sich an den Vorteilen ihres Jobs festzuhalten, denn sie war fürwahr kein Papiertiger. Aber was tat man nicht alles für die Liebe? Deshalb saß sie in dem Zimmer über der Werkstatt, schrieb Rechnungen und Kostenvoranschläge, telefonierte mit den Kunden von Chris' Schreinereibetrieb und kümmerte sich um die Lohnzahlung für seine drei Angestellten. Es war nicht ihr Traumjob, doch es war praktisch – und King Lui konnte immer mit.

Wieder blickte Marie sich nach ihrem Hund um. Der war mitten auf dem Weg stehen geblieben und schaute hinter ihr her. »Lui?«

Als Antwort bellte er kurz. Nur ein einziger kleiner Kläffer, doch Marie kannte ihren Hund gut genug, um zu wissen, dass er beschlossen hatte, den Spaziergang zu beenden. Sie seufzte und ging zu ihm zurück. »Was ist denn?«

Lui jaulte leise und schüttelte sich. Schneeflocken stoben nach allen Seiten davon.

»Sollen wir zurück zum Auto?«

Es war, als hätte Lui jedes von Maries Worten verstanden. Er drehte sich um und trottete los. Nicht gerade euphorisch, das nicht, aber zielsicher lief er den Weg entlang, den sie gekommen waren. Während sie auf den Wagen zugingen, konnte Marie ihre Fußspuren von vorhin kaum noch erkennen. Der Schnee breitete sich wie eine Decke über der Landschaft aus – auch auf die Windschutzscheibe von Chris' Auto hatte sich schon eine dicke Schicht des zauberhaften Weiß gelegt.

»Na, komm. Du darfst ausnahmsweise neben mir sitzen. Aber wir verraten es nicht dem Herrchen, ja?« Der Wagen war ohnehin – als Handwerkerauto – nicht supersauber. Dennoch mochte Chris es nicht besonders, wenn der Hund vorn saß. Angeblich konnte er das riechen, allerdings nur in den Fällen, wo er definitiv wusste, dass Lui auf dem Beifahrersitz gethront hatte. Jenseits dieser Gelegenheiten war seine Nase deutlich unsensibler, vor allem wenn Marie noch ein Handtuch auf den Sitz legte – und das würde sie heute tun. Zum Glück hatte sie daran gedacht, sonst wären sie zu Hause leicht von den nassen Pfotenspuren zu überführen gewesen, und das wollte Marie vermeiden. Gewusst wie, dachte sie und grinste, während sie die Beifahrertür öffnete, das dicke Handtuch vom Boden im Fußraum nahm und auf dem Polster ausbreitete. Eigentlich müsste King Lui hinten in seiner Box Platz nehmen, doch die Fahrt dauerte nur ein paar Minuten, und er hasste die Hundebox wie die Pest. Noch dazu hatte Marie das Gefühl, dass ihm die Kälte überhaupt nicht bekam. Sobald sie die Heizung voll aufgedreht hätte, würde Lui bestimmt schnell warm werden.

»Hopp!« Marie klopfte mit der flachen Hand auf den Sitz. Schwerfällig hob Lui die Vorderpfoten, setzte zu einem kleinen Sprung an und verlor dabei das Gleichgewicht. Beherzt griff Marie zu und half ihrem Labrador hoch, der ihr dankbar über die Hand schleckte. Heute war wohl wirklich nicht sein bester Tag, stellte sie besorgt fest und strich ihm erneut über den Kopf. Morgen würde es sicher wieder besser sein, in letzter Zeit war öfter deutlich geworden, dass der Hund an körperlichen Einschränkungen litt. Es war aber dann immer wieder aufwärts gegangen.

Vorsichtig schloss Marie die Beifahrertür und stieg dann selbst ins Auto. Sie genoss einen weiteren Blick in Richtung des Sees, über dem das Flockenmeer fröhlich tanzte. Demnächst würde sie in die Berge gehen, beschloss sie. Es war wunderbar, in einer Almhütte am Kachelofen zu sitzen und dem Schneetreiben vor dem Fenster zuzuschauen. Laut Wetterbericht würde es noch die ganze Woche immer wieder schneien. Da hatte sie gute Chancen, sich mal ein paar Stunden nach Feierabend freizuschaufeln. Es war egal, wenn es dann dunkel wurde. Schlittenfahren machte auch am Abend noch Spaß. Das würde sie Chris nachher sofort vorschlagen. Wann hatten sie zuletzt zusammen etwas unternommen? In den letzten Wochen fanden sie neben der Arbeit und Chris' Verpflichtungen als Fußballtrainer kaum noch Zeit für sich als Paar. Klar war Marie froh, dass die Schreinerei brummte und Chris mit seiner eigenen Werkstatt ordentlich verdiente. Aber die gute Auftragslage hatte zur Folge, dass Chris viel mehr Stunden in der Werkstatt verbrachte als sonst – und wenn er dann nach Hause kam, fiel er total erschöpft aufs Sofa. Sie vermisste die Phasen, in denen sie zumindest die Wochenenden freihatten und gemeinsame Stunden genießen konnten.

Doch womöglich, dachte Marie bei sich, war das nach so vielen Jahren auch normal. Jeder ging seiner Wege, man wurde selbstverständlich füreinander. Es war auch nicht so, dass sie überhaupt keine Zeit miteinander verbrachten. Schließlich sahen sie sich in der Arbeit und schliefen auch jede Nacht im selben Bett. Es waren viel mehr die Genussmomente, die ihr fehlten. Zum Glück hatte sie Lui und ihre Bücherwelten, in die sie floh, sonst hätte sie sich häufig einsam gefühlt.

Nach den Feiertagen, hatte Chris gesagt, würde es wieder besser werden. Im Augenblick arbeitete Chris an einem riesigen Bücherschrank mit Glastüren und sogar kleinen Schnitzereien für einen Kunden, der den Schrank seiner Frau zu Weihnachten schenken wollte. Hier im Chiemgau war das gar nicht ungewöhnlich. Es gab viele Kunden, die bereit waren, für ein besonderes Möbelstück etwas tiefer in die Tasche zu greifen.

Marie nahm sich vor, Chris auf jeden Fall um einen Ausflug zu bitten, und zwar gleich für Sonntag; das war in zwei Tagen. Sicher war es ihm möglich, da mal eine Ausnahme zu machen und ein paar Stunden für sie zu reservieren. Zu zweit war so eine Unternehmung einfach schöner. Und vielleicht konnte auch Lui mit, wenn es ihm besser ging.

Als sie sich anschnallte, klingelte plötzlich ihr Handy, das sie in der Mittelkonsole abgelegt hatte. Schnell hob sie es ans Ohr, während sie den Motor anließ, damit es im Auto warm wurde. »Hallo?«

»Ach, Marie, schön, dass ich dich erreiche!«

Es schien allerdings schlagartig noch kälter im Auto zu werden, kaum dass Marie die Stimme ihrer Mutter erkannte. »Hallo«, wiederholte sie bloß.

Seit ihre Mutter Edeltraud aus dem Chiemgau weggezogen war, hatte sich ihr Verhältnis deutlich verschlechtert.

»Wie ist es bei euch? Kannst du es glauben, hier *schneit* es!« Wie immer überhörte Maries Mutter den kühlen Ton ihrer Tochter und begann einfach ein Gespräch. »Das ist wirklich selten auf Norderney, musst du wissen. Die Insulaner sind ganz aus dem Häuschen, weil es wegen des Meeresklimas nicht so oft vorkommt. Alle Inselkinder sind auf der Straße und bauen Schneemänner. Na, vielleicht nicht alle, aber doch schon eine ganze Menge, und es sieht wunderschön aus. Der Strand ist weiß, stell dir das mal vor.«

In ihrer Begeisterung fiel Edeltraud gar nicht auf, dass Marie außer ihrer nüchternen Begrüßung noch nichts gesagt hatte. Stattdessen ergoss sich ein regelrechter Wortschwall über Marie. »Ich geh später mal raus zur *Weißen Düne*, da setze ich mich dann ans Feuer und genieße eine heiße Schokolade mit Schuss«, ließ die Mutter Marie noch wissen, und Marie kam nicht umhin, daran zu denken, wie sie früher mit ihrer Mama hinauf auf die Alm gewandert war und dort von ihrem gemütlichen Platz am Kachelofen hinaus in den Schnee geschaut hatte. Ihre Eltern waren es gewesen, die ihr die Schönheit des Voralpenlandes gezeigt hatten, erinnerte sich Marie. Umso unverständlicher fand sie es, dass ihre Mutter der Gegend einfach den Rücken gekehrt hatte!

»Ich habe überlegt, ob du und Chris vielleicht über die Feiertage kommen wollt? Ich habe hier immer ein Plätzchen für euch, und es gibt auch einen Hundestrand für King Lui. Ihr könntet mal sehen, wie ich hier so lebe, und die Insel erkunden.«

Edeltraud hatte ihre Tochter schon häufig eingeladen, aber Marie war noch kein einziges Mal darauf eingegangen. Sie war davon überzeugt, dem Wind, dem platten Land und der Einschränkung, die eine so kleine Insel wie Norderney bedeutete, rein gar nichts abgewinnen zu können.

»Du, ich muss jetzt leider auflegen, die Arbeit ruft.« Der Satz platzte ohne jeden Zusammenhang aus Marie heraus, einfach so, mitten in den mütterlichen Monolog hinein, und brachte Edeltraud schlagartig zum Schweigen.

»Ach so.« War da Enttäuschung zu hören? Marie war sich nicht sicher.

»Sag mir wenigstens noch, wie es dir geht, Mariechen.« Mariechen! Meine Güte. Sie war fünfundzwanzig Jahre alt und sehr sicher kein Mariechen mehr, sondern eine sehr erwachsene Marie!

»Alles prima. Aber ich hab noch immer keine Lust auf deine schnöde Insel. Außerdem wartet das Büro auf mich – und Chris.« Das mit der Arbeit war zwar gelogen, aber das wusste ja Edeltraud nicht.

»Ist gut, mein Schatz.«

Deutlich hörte Marie die Enttäuschung und Resignation in der Stimme der Mutter. Marie rief sie nie an. Sie war immer kurz angebunden und vermied es, wenn möglich, Kontakt zu ihrer Mama zu haben. Wie lange lebte sie schon auf der Insel? Eineinhalb Jahre, vielleicht zwei? Ja, das musste ungefähr hinkommen. Es war kurz nach dem Tod ihres Vaters gewesen. Seit dieser Zeit hatte Marie sich sehr von ihrer Mutter zurückgezogen.

»Wenn du möchtest, ruf mich doch mal die Tage an, wenn es besser passt. Ja?«

»Mach ich. Aber gerade hab ich alle Hände voll zu tun.«

»Natürlich. Ist gut.« Eine kurze Pause entstand. Marie wollte sich schon verabschieden. »Ach ja, ich hab dir ein Päckchen geschickt. Nur dass du dich nicht wunderst. Es müsste heute oder morgen ankommen. Ich dachte, es könnte dir gefallen.«

»Okay. Danke«, sagte Marie widerstrebend. Sie hatte schon einige Male versucht ihrer Mutter abzugewöhnen, dass sie ihr Dinge schickte. Mittlerweile hatte sie aufgegeben und aß zum Frühstück Sanddorngelee, trank Ostfriesentee und hatte die kleine Möwe aus Holz ins Bad neben das Waschbecken mit dem Stöpsel, auf dem ein Strandkorb abgebildet war, gestellt. Wäre ja auch schade, die Sachen ungenutzt wegzuwerfen. Außerdem – aber das hätte sie gegenüber ihrer Mutter nie zugegeben – liebte sie Brötchen mit Butter und Sanddorngelee so sehr, dass sie selbst welches nachgekauft hatte, sowie das erste geschenkte Glas leer gewesen war.

»Wir hören uns dann mal«, fügte Marie vage hinzu. »Ich muss jetzt wirklich los.«

»Okay. Hab es schön heute, Mariechen.« Mit diesen Worten legte die Mutter auf. Ihren letzten Satz sagte sie exakt so, seit sie Marie das erste Mal im Kindergarten abgegeben hatte. *Hab es schön heute, Mariechen.* Manche Dinge schienen sich nie zu ändern.

Marie zog sich die dünnen Wollhandschuhe aus. Mittlerweile war es schon fast angenehm warm im Wagen. Sie legte den Gang ein und rollte langsam los. Vielleicht war es glatt, bei dem Wetter wäre das kein Wunder.

Aufmerksam saß King Lui neben Marie und schaute aus dem Fenster – ganz so, als ob er der Fahrer wäre. Marie lächelte.

Ihre Gedanken schweiften zu dem Päckchen, das ihre Mutter zur Post gebracht hatte.

Vielleicht befand sich darin Geleenachschub, dachte Marie, und ihr Magen knurrte. Sie überlegte, noch schnell heimzufahren, um einen Happen zu frühstücken. Eigentlich hatte sie ohne Zwischenstopp zur Arbeit gewollt, das tat sie nach dem Gassigehen so gut wie immer. Ihr reichte morgens in der Regel ein schneller Kaffee aus der Büromaschine. Aber heute war sie nicht nur hungrig, sie merkte auch, dass ihre Socken nass waren. Offenbar waren ihre Stiefel nicht mehr wasserdicht. In jedem Fall brauchte Marie trockene Füße, bevor sie sich an den Papierkram setzte, sonst würde sie sich noch eine Erkältung holen, und das war das Letzte, was sie brauchte. Sie setzte den Blinker.

Langsam bog Marie in die Hofeinfahrt zu dem Haus ein, in dem sie mit Chris wohnte. Das kleine Zuhäusel, das zu einem Bauernhof mit Milchwirtschaft gehörte, war einst von den Großeltern der Vermieterfamilie bewohnt worden, bevor der Großvater verstarb und die Oma ins Heim gekommen war. Marie hatte sich auf den ersten Blick in das Haus verliebt, das sich am Ortsrand befand, umgeben von einem herrlichen Bauerngarten. Jetzt, mit all dem Schnee auf dem Dach, wirkte ihr Heim wie ein Hexenhäuschen und strahlte bis in die Fensterritzen Gemütlichkeit aus. Damals hatte Chris Bücherregale für Marie im Wohnzimmer eingepasst, hatte den Tisch aus einem einzigen Baumstamm gefertigt, außerdem hier und da weitere Kleinigkeiten verändert, die die Möblierung des Hauses zu einem richtigen Unikat machten. Marie kam an jedem einzelnen Tag gern heim, versank in ihrem Lesesessel oder kuschelte sich mit Chris auf das Sofa. Auch jetzt spürte sie sofort diese Behaglichkeit, die sie nur zu Hause empfand.

Die weißen Flocken bedeckten mittlerweile auch hier die Straße und versprachen damit ein Schneechaos. Grundsätzlich waren die Räumdienste im Voralpenland auf Schneetreiben eingerichtet. Trotzdem war es jedes Jahr wieder so, dass der erste Schnee eine Überraschung zu sein schien, mit der niemand gerechnet hatte. Gegen Mittag hatten sie das Problem dann in der Regel im Griff, und alles ging seinen gewohnten Gang. Als Marie den Wagen parkte, sah sie keine Reifen- oder Fußspuren in der Nähe der Garage. Sie runzelte die Stirn. War Chris noch da? Um diese Zeit war er doch schon längst in der Schreinerei? Hatte er verschlafen? Oder war er zu Fuß gegangen? Bei der Haustür bemerkte sie Abdrücke, die waren allerdings schon wieder so zugeschneit, dass sie kaum noch zu erkennen waren. Er hatte doch sonst keine Angst vor dem Schneetreiben, ja, eher im Gegenteil. Die verschneite Fahrbahn verleitete ihn eher zur Unvernunft. Gegen einen Drift hatte er meistens nichts einzuwenden, was dann regelmäßig zu einem Kreischen bei Marie führte und Chris breit grinsen ließ.

Vielleicht hatte er verschlafen, überlegte Marie, ja, ziemlich wahrscheinlich sogar!

Als Marie aufgestanden war, hatte Chris sich nämlich einfach noch mal umgedreht. Oje. Schnell stieg sie aus dem Auto, lief um den Wagen herum und öffnete Lui die Tür, der schwerfällig auf den Boden sprang. Dann war Marie auch schon unterwegs zum Eingang.

»Na, komm schon, Lui! Oder willst du im Garten bleiben?« Während sie sprach, kramte sie schon nach dem Hausschlüssel in ihrer Jackentasche. Sie warf einen Blick zurück über die Schulter, um sich zu vergewissern, dass der Labrador auf dem Weg war.

Dann steckte sie den Schlüssel ins Schloss und drehte ihn herum. In diesem Moment begann Lui zu knurren. Erstaunt schaute Marie zu ihrem Hund hinunter, der einen Schritt vorgetreten war und vor ihr stand. Noch immer knurrte er und diesmal sogar ein wenig lauter. Nun war Lui kein aggressiver, sondern momentan eher ein müder Hund, was Marie aufhorchen ließ.

»Was ist los, mein Junge, hm? Na, komm!« Sie wollte den Labrador vorsichtig in die Wohnung schieben, doch er stand starr da, den Blick fest auf einen Punkt bei der Garderobe gerichtet.

Plötzlich sah Marie, was er da anstarrte: Da lag ein Paar Winterstiefel im Flur, hellblau mit Fell und goldenen Nieten an der Seite. Schrecklich kitschige Dinger, fand Marie. Später würde sie sich fragen, wie sie so begriffsstutzig hatte sein können. In diesem Augenblick jedoch verstand Marie gar nichts.

Sie schlüpfte aus ihren Schuhen und stellte sie neben die blauen. Danach hängte sie ihre Jacke auf, legte die Handschuhe an ihren vorgesehenen Platz und setzte die Mütze ab. Den Schal ließ sie um. Das tat sie oft. Sie mochte es, einen warmen Hals zu haben. Das fühlte sich so angenehm kuschelig an. Marie besaß eine ganze Kollektion bunter Schals.

Anschließend beugte sie sich zu Lui hinunter. »Ist gut, bist ja ein braver Hund! Möchtest du so einen Kauknochen, hm?«

King Lui schien jedes Wort zu verstehen. Er beruhigte sich und wedelte fröhlich mit dem Schwanz. Dann drängte er in Richtung Küche.

Marie schlüpfte noch schnell in ihre Hausschuhe, da hörte sie es: ein Kichern aus dem Wohnzimmer, durch die geschlossene Tür. Und in dieser Sekunde war ihr alles klar. Es fiel ihr sprichwörtlich wie Schuppen von den Augen. Sie schnappte nach Luft und starrte auf die Tür. Jetzt hörte sie Chris. Sein ruhiges, warmes Lachen, das sie immer so an ihm gemocht hatte. Chris war mit einer Frau zusammen. Er war mit ihr im

Wohnzimmer, *ihrem* Wohnzimmer. Die Art, wie er lachte, die Art, wie sie kicherte, ließ keine falschen Schlüsse zu.

Marie überlegte nicht lange. Sie stürmte auf die Wohnzimmertür zu und riss sie mit einem einzigen Schwung auf. Der Anblick, der sich ihr bot, würde sich für immer in ihr Hirn einbrennen. Chris war nackt, die Frau hatte nichts als einen BH an. Sie saß auf ihm, ihre dunklen, langen Haare fielen auf seine Brust. Marie sah die Fremde zunächst nur von hinten, bis sie herumfuhr, sich die Decke schnappte, unter der Marie es sich schon so oft mit einem Buch gemütlich gemacht hatte, und sich damit verhüllte. Es handelte sich um die Torhüterin der hiesigen Fußballdamenmannschaft, die Chris trainierte. Plötzlich war Marie klar, warum sein Trainerjob ihn in letzter Zeit so dermaßen beansprucht hatte.

Als Marion von Chris heruntarglitt, lag er einen Moment so da, wie Gott ihn erschaffen hatte, völlig von der Situation überfordert, ehe sein Verstand einsetzte. Schnell griff er sich ein Sofakissen und drückte es sich vor seine Körpermitte.

Marie schluckte schwer, einmal, zweimal, dann war der Kloß in ihrem Hals so klein, dass sie wieder sprechen konnte. »Na, Chris, hast du heute mal ein Tor geschossen?«

Ihr Ton war genau richtig! Sie würde nicht in Tränen ausbrechen, nicht jetzt! Sie würde nicht vor ihm zusammenbrechen. Sie ließ Chris nicht antworten, sondern wandte sich an Marion. »Ich glaube, du gehst besser, sobald du deine Klamotten gefunden hast. Dein Ehrgefühl brauchst du gar nicht erst zu suchen, ich bin sicher, das taucht so schnell nicht wieder auf.« Marie stand ganz aufrecht da, ihre Lippen umspielte ein sehr schmales Lächeln, das nichts mit Wärme oder Fröhlichkeit zu tun hatte.

»Marie«, versuchte Chris etwas zu sagen, doch Marie hob ihren Zeigefinger und brachte ihn mit dieser Geste zum Verstummen.

»Versuch es gar nicht. Wirklich, lass es einfach.«

Chris sackte in sich zusammen und schwieg. Wie armselig er aussah in diesem Moment mit dem Kissen vor seinem besten Stück, während Marion noch immer die Decke um sich raffte und einen weiteren Schritt zurücktrat.

»Du solltest außerdem zur Arbeit. Bücherschrankbauen für die Münchner Schickeria, erinnerst du dich? Oder hast du noch zu wenig Blut im Hirn?« Zugegeben: Das war ein Tiefschlag. Doch wo Marie eben gerade noch nichts gespürt hatte, flammte Wut auf wie eine Feuersbrunst. Und es ging in diesem Augenblick wohl kaum um ihr eigenes Niveau.

»Ich werde jetzt in die Küche gehen und Lui füttern. Wenn ich damit fertig bin, seid ihr beide aus meinem Blickfeld und diesem Haus verschwunden, habt ihr das verstanden?« Es war schwer, die Contenance zu wahren. Maries Augen brannten wie das Feuer ihrer Wut. Lange würde es ihr nicht mehr gelingen, sich zusammenzureißen. Aber auf keinen Fall wollte sie mit Marion in einen Topf geworfen werden, die ihre Tränen schon längst nicht mehr zurückhalten konnte und nur noch eifrig nickte, während sie weinte.

»Na, dann sind wir uns ja einig.« Mit diesen Worten machte Marie kehrt und rannte fast in die Küche hinüber, wo Lui brav neben seinem Napf auf sie und den versprochenen Kauknochen wartete. Sie schaffte es, die Tür leise hinter sich zu schließen.

Als Marie ihren Hund sah, der seit Jahren ihr treuer Gefährte war, verlor sie die Fassung. Sie kniete sich vor ihren tierisch besten Freund und umarmte ihn. Trockene Schluchzer entrangen sich ihrer Kehle, und der Labrador leckte ihr über die Wange. Er hielt ganz still, ließ sich von Marie halten und wartete geduldig ab, bis sich der erste Gefühlssturm in seinem Frauchen ein wenig legte. Danach schleckte er ihr erneut über die Wange, und Marie wischte sich die Tränen von dem Gesicht, die sich am Ende nun doch ihre Bahn gebrochen hatten. Sie war so wütend, so tieftraurig und zugleich so über alle Maßen verletzt, dass sie zu keinen klaren Gedanken mehr fähig war. Wie in Trance öffnete sie die untere Schublade des Schrankes und holte einen der Kauknochen hervor, die sie neben dem Trockenfutter lagerte, das King Lui so gern fraß. Angestrengt lauschte sie dabei hinaus in den Flur, wartete darauf, dass die Haustür endlich ins Schloss fallen möge. Sie wollte nichts mehr, als allein zu sein. Der Schmerz, das spürte sie, war ein Stachel, der so tief saß, dass er bis in ihr Herz reichte. Wieder begann sie zu weinen, ganz leise, obwohl sie am liebsten laut schreien wollte. Aber diese Blöße würde sie sich nicht geben. Marion sollte nichts bei ihren Fußballerfreundinnen erzählen können, das Marie irgendwie diskreditierte, und auch Chris würde nie, nie mehr wissen, was Marie gerade fühlte. Sie war fertig mit ihm!

Lui hatte sich mit seinem Knochen unter den Küchentisch verzogen und kaute energisch darauf herum, während Marie ihr Ohr gegen das kühle Holz der Küchentür presste. Schließlich hörte sie Chris und Marion flüsternd in den Flur kommen, vernahm das Geräusch, das der Reißverschluss an Chris' Jacke beim Zuziehen machte, und wie die Haustür mit einem leisen Rumms geschlossen wurde.

Endlich allein! Marie lehnte sich gegen die Küchentür und schluchzte laut auf. Endlich konnte sie ihrem Kummer freien Lauf lassen. Sie rutschte an der Tür hinunter, bis sie mit dem Hintern auf dem kalten Fliesenboden hockte. Fest umschloss sie mit ihren Armen ihre Beine und legte die Stirn auf die Knie.

Ihr ganzes Leben, alles, was sie dafür geopfert hatte, um mit Chris zusammen zu sein, war ihm am Ende nichts wert gewesen. Kurz hob sie den Kopf, schaute zu der großen, regenbogenfarbenen Glaskugel am Küchenfenster, in der sich das Tageslicht brach und die den Raum mit bunten Lichtpunkten erfüllte. Es war ein einzigartiges Kunstwerk aus Maries eigener Hand, eine Erinnerung an vergangene Zeiten.

Marie schluchzte auf und umklammerte sich selbst noch ein wenig enger. Sie hatte so viel für dieses Leben aufgegeben – und jetzt war alles einfach vorbei!

2. Kapitel

Marie überlegte, ob es ihr wohl guttäte, mit jemandem zu sprechen. Sie hatte das Bedürfnis, ihren Schmerz in Worte zu fassen, ihr Leid zu klagen, wollte über Chris schimpfen und sich darin bestätigen lassen, was für ein mieser Verräter an ihrer gemeinsamen Zukunft er war. Überraschenderweise fiel ihr tatsächlich ihre Mutter als Erstes ein, auch wenn sie diese Idee sofort wieder verwarf. War das genetisch, dass man an den Menschen dachte, der einen zuerst im Leben getröstet hatte, der einen gefüttert, gewickelt und bei Fieber einen feuchten Waschlappen auf die Stirn gelegt hatte? Doch bevor sie Edeltraud anrief, sprach sie lieber mit ihrem Hund. Schließlich war nichts mehr so wie früher, und ihre Mutter hatte sie im Stich gelassen, noch dazu in einer Zeit, in der man als Hinterbliebene zusammenhielt. King Lui hatte sich ganz nah an sein Frauchen gedrückt, tröstend und wärmend.

Marie fror erbärmlich. Sie zitterte am ganzen Leib. Warum nur hatte Chris sie überhaupt aus Murano zurückgeholt – zugegeben, vor fünf Jahren –, wenn er sie dann vernachlässigte und sie am Ende verließ? Immerhin hatte sie sich in Italien als

Glasbläserin selbst verwirklichen können. Er hatte gewusst, wie glücklich sie dort gewesen war.

Nun saß sie allein bei ihrem Hund, und ihr fiel niemand ein, mit dem sie telefonieren konnte. Maries Leben war so mit dem von Chris verwoben, dass sie zwar einen gemeinsamen Freundeskreis hatten, aber Marie keinen Menschen hatte, der ganz klar auf ihrer Seite stehen würde. Sie hatte, wie ihr in diesem Augenblick schmerzhaft bewusst wurde, ihre wenigen eigenen Freunde und Freundinnen aus Schulzeiten für die Beziehung mit Chris, die Schreinerei und seine Kumpels vernachlässigt. Ihre Freundin Antonia beispielsweise war nach Paris gezogen, um sich eine Zukunft als Konditorin aufzubauen. Viel zu schnell war der Kontakt damals nach der Abschiedsparty eingeschlafen. Dabei hatten sie sich so gut verstanden. Der Alltag, die Arbeit, Gassi gehen mit King Lui – es hatte so viele Ausreden gegeben, um sich nicht zu melden. Nun bereute Marie es bitter, dass sie nie Zeit für Antonia gefunden hatte. Ihr war so kalt allein.

In Venedig, dachte Marie, hatte sie nie gefroren. Natürlich wurde es im Winter auch in Murano frisch, es war allerdings eine Kälte, die nicht bis in die Knochen kroch, wie sie es daheim in den Bergen tat. Im Alpenraum saß die Kälte tiefer, fühlte sich härter und unbarmherziger an. Marie hatte irgendwo gelesen, dass in Murano die Durchschnittstemperatur im Januar nachts bei guten vier Grad lag, was deutlicher wärmer als zu Hause in Bayern war.

Aber das eigentlich Entscheidende war wohl eine Art innere Wärme, die Venedig mit seinen umliegenden Inseln Marie vermittelt hatte. Vielleicht war es auch die Tatsache, dass sie ohnehin die meiste Zeit am Feuer gestanden hatte, wenn sie ihre Kunstwerke geschaffen hatte, und ihr Körper somit fast immer gut durchwärmt worden war. Ja, schon allein die Erinnerungen, die beim Gedanken an die schwimmende Stadt wach wurden, schienen dafür zu sorgen, dass die Kälte etwas verschwand.

Sie war damals so oft an der Glaskathedrale Santa Chiara vorbeigegangen, einer ehemaligen Kirche, in der heutzutage das Glasbläserhandwerk den Touristen und Touristinnen nahegebracht wurde, hatte ihre Nase in die Wintersonne gehalten und dabei an ihre Mutter gedacht, die ihr von Venedig – genau genommen von Murano – im Winter abgeraten hatte. Dabei war es genau zu dieser Jahreszeit wunderschön. Denn dann waren da nicht die Urlaubermassen, die Murano im Sommer überrannten, doch es waren noch genug Menschen unterwegs, um die Plätze und Kanäle zu beleben. Die Sonne schien oft, denn die Winter in Murano waren eher trocken. Gut, das musste Marie sich eingestehen, in der frühen Adventszeit hatte sie damals schon manches Mal an Schnee gedacht, aber man konnte nicht alles haben, nicht wahr?

Die meiste Zeit hatte sie ohnehin in der Werkstatt verbracht. Nachdem die Glasbläserei in Rosenheim, in der sie ihre Ausbildung absolviert hatte, hatte schließen müssen, hatte sie nichts so vermisst wie ihren Beruf. Auf Schnee zu verzichten war ein Klacks für sie gewesen, wenn sie dafür an einem Gasbrenner arbeiten konnte und an jedem einzelnen Tag etwas Neues dazulernte. Obwohl sie sich in ihrer Ausbildung für die Fachrichtung Christbaumschmuck entschieden hatte, konnte sie auch viel über Kunstglasgestaltung lernen. Nach bereits acht Wochen in Murano hatte Marie schon ganz gut Pferde- und Katzenfiguren hinbekommen. Da Mio ihr immer etwas Neues gezeigt hatte, verfeinerte sich ihre Technik immer mehr. Der alte Glasbläser, eine Koryphäe seiner Zunft, bei dem sie ihren Praktikumsplatz ergattert hatte, war stets geduldig und freundlich geblieben, hatte ihr alles erklärt und war immer gut aufgelegt gewesen.

Marie hatte damals gedacht, dass sie nach einem weiteren Monat auf der venezianischen Insel bestimmt guten Gewissens die von ihr angefertigten Figuren zum Verkauf anbieten könnte. Ihre Gravuren hatten sich ohnehin sehen lassen können, und Mios wohlwollendes Lächeln hatte sie darin bestärkt.

Marie hatte die Werkstatt geliebt, sie hatte noch nie so viele Glasrohre auf einem Haufen gesehen, in allen erdenklichen Farben. Mio hatte immer exakt gewusst, wie das Glas auf Druckluft oder Sauerstoff reagierte, welche Temperatur wann wie richtig war und wie er das Glas zu drehen hatte, damit genau die Form herausgearbeitet wurde, die er erzielen wollte. Seine ruhige Hand hatte Marie genauso sehr fasziniert wie sein gütiges Lachen, das auch dann immer erklungen war, wenn sie ein Pferd gefertigt hatte, das sich auf die seltsamste Art verrenkte und das somit völlig unbrauchbar war.

Marie hatte ihr neues Leben in ihr Herz geschlossen. Ja, sie war zu dem Zeitpunkt schon mit Chris zusammen gewesen, aber sie war auch erst Anfang zwanzig gewesen und ehrgeizig. Das Glasblasen war nicht nur ihr Beruf, es war ihre Leidenschaft gewesen, wie Chris' Passion Holz war. So wie er eben nicht aus seiner Werkstatt konnte, hatte sie ebenfalls ihrer Leidenschaft folgen wollen. Da war es doch ganz selbstverständlich gewesen, eine Fernbeziehung zu führen? Schließlich war es nicht für immer, nicht wahr? Ihr Aufenthalt bei Mio war auf ein viermonatiges Praktikum ausgelegt gewesen. Dass er schon angedeutet hatte, Marie gern zu behalten, hatte sie weder zu Hause erzählt, noch hatte sie sich selbst eingestanden, wie gern sie sein Angebot hatte annehmen wollen. Vorerst war Murano nichts weiter als Glück auf Zeit. Einzig dass King Lui nicht bei ihr sein konnte, hatte für Marie einen harten Schlag bedeutet. Dass der Hund bei ihren Eltern gut aufgehoben gewesen war, hatte sich nur als schwacher Trost erwiesen. Ihr Vater hatte Lui geliebt und hatte lange Gassirunden mit ihm unternommen. Zugegeben, es wurde beschwerlicher für ihren Vater, der schon seit Jahren mit seiner Arthritis zu kämpfen hatte, aber er war hartnäckig mit dem Labrador rausgegangen und hatte, wie Marie glaubte, dabei Spaß gehabt.

Im Nachhinein kam Marie die Zeit in Murano vor wie die glücklichste in ihrem Leben, obwohl sie in einem kleinen, möblierten Zimmer gewohnt hatte. Sie schaute zu der Glaskugel im Küchenfenster und streichelte gedankenverloren über den Kopf des Hundes. Wie ihr Leben wohl verlaufen wäre, wenn sie nicht auf Chris und ihre Mutter gehört hätte? Schmerzliches Bedauern mischte sich unter ihre fassungslose Traurigkeit, weil Chris sie betrogen hatte. All ihre Träume hatte sie in Chris' Büro begraben. Und jetzt saß sie so einsam in ihrer Küche, dass sie nicht einmal eine eigene Freundin hatte, die sie anrufen konnte!

Marie wischte sich die Tränen aus dem Gesicht und erhob sich vom Fußboden. Sie brauchte dringend eine dicke Strickjacke und einen heißen Tee, um zumindest ihren Körper wieder ein bisschen aufzuwärmen. Sie hatte sich noch nie zuvor so allein gefühlt wie in diesem Augenblick.

Marie stand im Wohnzimmer, ihre Hände um eine Tasse Tee gelegt. King Lui hatte sich vor dem Holzofen aufs Parkett ausgesteckt, während sie ins Feuer starrte. Sie wollte sich nicht auf das Sofa setzen. Zu frisch war die Erinnerung an Marion und Chris, die sich auf ihrer Couch wälzten. Marie pustete auf ihr heißes Getränk und nahm vorsichtig einen kleinen Schluck. Sie schmeckte den teuren Chai gar nicht, den sie in dem neuen Teeladen in Rosenheim gekauft hatte. Es hätte auch nur Wasser sein können, das sie da trank, ihr war alles egal. Was sollte sie denn jetzt tun? Sie sah hinüber zu der zerwühlten, dunkelroten Decke auf dem Sofa. Ein paar der Kissen befanden sich auf dem Boden. Eine Flasche Sekt und zwei Gläser standen auf dem kleinen Tisch, obwohl es erst auf Mittag zuging. Schon wieder begann Marie zu weinen. Es war eine Weile her, seit Chris und sie miteinander eine Flasche Sekt geköpft hatten. Früher war das gang und gäbe gewesen, sich ein Feuer anzuzünden, sich miteinander unter eine Decke zu kuscheln, wohl wissend, was später kommen würde, und es einfach zu genießen. Jetzt genoss Chris mit Marion.

Achtlos trank Marie erneut einen Schluck Tee und hätte fast die Porzellantasse runtergeworfen, weil sie sich die Zunge verbrannt hatte. »Verdammt!«, rief sie laut. Am liebsten hätte sie die Tasse achtlos auf den Boden gepfeffert, aber natürlich tat sie das nicht. Stattdessen stellte sie sie auf den Couchtisch, neben die Sektflöten. An einer davon klebte noch dunkelroter Lippenstift.

Der Tee half nicht. Marie war noch immer eiskalt. Sie schloss den obersten Knopf ihrer Strickjacke, als ihr Handy klingelte. Es war wohl der Automatismus der zuverlässigen Büroangestellten, der sie ganz selbstverständlich das Smartphone hochnehmen ließ. Ihre Mutter! Marie wusste aus Erfahrung, dass die so schnell nicht aufgeben würde. Hatte die etwa bis auf ihre Insel gespürt, dass bei ihrem Kind etwas nicht in Ordnung war? Oder warum meldet sie sich nach dem Gespräch von vorhin ausgerechnet jetzt schon wieder? In der Vergangenheit hatte Edeltraud Ablinger so manches Mal behauptet, dass sie von einer gewissen inneren Unruhe erfasst wurde, wenn es ihrer Tochter nicht gut ging. Das mochte Einbildung sein oder auch nicht. Doch eins wusste Marie: Verdächtig oft rief ihre Mama genau dann an, wenn tatsächlich etwas aus dem Lot geraten war.

Resigniert drückte sie auf den Knopf mit dem kleinen, grünen Hörer. »Hallo, Traudl.«

»Kind, kannst du nicht wieder Mama zu mir sagen?«

Marie ignorierte die Frage und schwieg. Sie hatte aufgehört, ihre Mutter Mama zu nennen, als die nach dem Tod ihres Vaters abgehauen war. Ja, abgehauen! So sah Marie das nach wie vor, da mochte die Mutter noch so oft von ihrem Asthma und der Nordseeluft sprechen, die ihre Gesundheit so deutlich verbessert hatte. Aus Maries Sicht war es noch immer nicht nachzuvollziehen, warum ihre Mutter sie verlassen hatte, und sie hatte seitdem nur noch Traudl zu ihr gesagt, auch wenn sie sie in Gedanken immer noch ihre Mama nannte. Marie war sich im Klaren darüber, dass sie damit Distanz zu ihrer Mutter herstellte, doch sie konnte den Groll einfach nicht abschütteln.

Es war Edeltraud, die schließlich wieder das Wort ergriff. »Wie geht es dir? Ich musste einfach noch mal anrufen. Du warst vorhin so kurz angebunden, und ich hatte jetzt irgendwie ein komisches Gefühl.«

Marie dachte kurz darüber nach, ob sie lügen sollte, entschied sich dann allerdings dagegen. Es war eh schon alles egal, fand sie. Außerdem würde ihre Mutter es früher oder später ohnehin erfahren. Da konnte sie genauso gut erzählen, was passiert war. »Ich habe gerade vor einer Stunde Chris rausgeworfen, weil er mit Marion ...« Marie ließ den Satz in der Luft hängen. Sie brachte es nicht fertig auszusprechen, dass sie Chris in flagranti erwischt hatte.

»Wie bitte? Chris hat dich betrogen? Ist das dein Ernst?« Ihre Mama konnte es eindeutig genauso wenig fassen, wie Marie es schaffte, den Anblick von Chris mit der anderen Frau in seinen Armen zu verarbeiten.

»Natürlich ist das mein Ernst. Über so was macht man echt keine Witze.«

»Oh Gott. Das ist ja echt Mist.« Ihre Mutter redete nicht um den heißen Brei herum. Wenn etwas Mist war, war es Mist.

»Das kann man laut sagen.« Marie setzte sich auf den Boden vor dem Schwedenofen und ließ sich das Gesicht von der Glut wärmen. Sie klemmte das Handy zwischen Ohr und Schulter, öffnete die Klappe und legte noch ein Holzscheit nach.

»Schneckchen, es tut mir sehr leid.« So hatte ihre Mutter sie als kleines Mädchen genannt: Schneckchen. Ein weiteres Kosewort aus alten Zeiten zu hören, war seltsam tröstlich.

»Was tust du denn jetzt?«

Marie seufzte. »Keine Ahnung. Ich hab wirklich keine Ahnung. Unser ganzes Leben ist ja miteinander verwoben. Die Arbeit, das Haus, der Hund … Ich weiß es wirklich nicht.«

»Du weißt ja, wo du mich findest, wenn du mich brauchst. Du kannst jederzeit …«

»Danke.« Marie ahnte, was ihre Mutter sagen wollte. Die Tochter war stets auf Norderney willkommen. Obwohl ihre Mutter es eben erst vorgeschlagen hatte, kam es Marie so vor, als läge das Gespräch vom Morgen schon Tage zurück, so viel war in der Zwischenzeit passiert.

Aber allein deshalb, weil Lui nicht gern stundenlang Auto fuhr und sie ihren Hundeopa auf keinen Fall zurücklassen würde, kam das nicht infrage. Er war schließlich der Einzige, der immer für sie da war. Marie sah zu, wie die Flammen an dem frischen Holzscheit leckten. Gleich würde auch das frische Scheit lichterloh brennen.

»Ich wollte es dir nur anbieten. Mir ist durchaus bewusst, dass du nicht viel vom Flachland hältst. Auch wenn ich sicher bin, dass du das unterschätzt.«

»Bitte, Traudl, lass es gut sein. Ich habe gerade echt andere Probleme als Friesentee und Seeluft.« Marie spuckte die Worte fast aus. Sie war eigentlich wütend auf Chris, doch es fiel ihr zunehmend schwerer, ihrem Zorn nicht einfach freien Lauf zu lassen.

»Ist ja gut, ist ja gut.« Edeltraud Ablinger klang wie die Ruhe selbst.

Marie schwieg nur.

»Das hätte ich nie von Chris gedacht.« Traudl klang ehrlich entsetzt.

»Ich auch nicht, ganz und gar nicht.« Und das stimmte. Marie hatte wirklich geglaubt, mit Chris alt zu werden.

»Ich dachte, du würdest mit Chris alt«, sprach Traudl tatsächlich Maries Gedanken aus.

»Ja.«

»Er war immer so fürsorglich und zuvorkommend. Und verlässlich auch, das hat mir immer besonders gefallen«, zählte Edeltraud die Vorzüge des soeben verlorenen Schwiegersohns in spe auf.

Marie war das Gespräch plötzlich viel zu viel. Es führte, so empfand sie es jedenfalls, ihr noch mehr vor Augen, wie sie sich in Chris geirrt hatte. Das brauchte sie in diesem Moment ehrlich nicht. Damit konnte sie einfach nicht gut umgehen, neben Wut und Traurigkeit.

»Ich mochte ihn immer so gern«, fuhr ihre Mutter fort. »Ich dachte, er passt gut auf dich auf.«

Marie wollte wirklich aufhören, über Chris zu sprechen. Sie wollte plötzlich sehr dringend mit sich selbst allein sein.

»Es tut mir leid, Traudl, aber ich möchte wirklich nicht weiter über Chris reden. Das verstehst du sicher. Außerdem muss ich echt mal dringend mit Lui raus.« Es war eine Notlüge. Doch Marie würde anfangen zu weinen, wenn sie diese Unterhaltung nicht sofort beendete. Lui, der inzwischen auf seinem Hundebett neben dem Sofa lag, hob den Kopf und schaute Marie empört an. Er schien sagen zu wollen, dass er für heute genug gelaufen war. Danach legte er seinen Kopf zurück auf seine Pfoten und schloss die Augen.

»Ist ja gut, wenn du nicht drüber sprechen willst.« Ihre Mutter klang ein wenig verschnupft. Doch sie fing sich schnell. »Aber melde dich, ja? Bitte!«

Nein, vermutlich nicht, dachte Marie bei sich. Was konnte ihre Mama schon tun, von so weit weg? Marie spürte ihre eigene Einsamkeit mit einem Mal noch deutlicher.

»Es geht schon. Ich schaff das.« Marie hörte selbst, dass sie schon überzeugter geklungen hatte.

»Bist du sicher?« Wenn ihre Mutter eins war, dann hartnäckig.

»Mhm«, antwortete Marie deshalb nur unbestimmt. »Du, Traudl, ich muss echt. Lui ist schon ganz unruhig.« Marie warf einen Blick auf den schlafenden Labrador. Ein bisschen bekam sie ein schlechtes Gewissen ihrer Mutter gegenüber. Allerdings war es wahnsinnig anstrengend, sich zusammenzureißen und so zu tun, als wäre Chris' Betrug kein Weltuntergang für sie, und sie würde es locker wegstecken.

»Aber du meldest dich?«, vergewisserte Traudl sich erneut.

»Natürlich. Bis bald mal.« Endlich, endlich konnte sie das Telefonat beenden. Das Holz knackte leise, während die Flammen um es herumzüngelten.

»Nein, ich bin mir überhaupt nicht sicher, ob ich das schaffe. Ich fühle mich nämlich ganz fürchterlich einsam, friere bis auf die Knochen und bräuchte dich jetzt wirklich bei mir. Aber du musstest ja ans andere Ende von Deutschland ziehen und mich alleinlassen«, sagte sie laut in das leere Wohnzimmer hinein. Das Holzscheit brannte lichterloh, und Marie blieb reglos vor dem Ofen sitzen, bis nur noch glühende Kohlen von dem Holz übrig waren.

3. Kapitel

Marie las in einem Buch, fasziniert flog sie von Zeile zu Zeile des Liebesromans. Ihre Mutter hatte ihn ihr geschickt. Das war der Inhalt des Päckchens gewesen, nicht, wie Marie angenommen hatte, Sanddorngelee. Eigentlich mochte Marie Liebesromane überhaupt nicht. Diese Geschichten wurden niemals wahr. Deshalb hatte sie das Buch auch erst mal achtlos auf dem Küchentisch liegen lassen.

Für einen Ausflug auf meine Insel. Deine Mama

Das war der Text auf der Karte, auf der weißer Sandstrand, Wellen mit weißen Schaumkrönchen und eine Möwe abgebildet waren. Zugegeben, eine süße Karte. Aber in ihrer Stimmung hatte Marie wirklich keine Lust auf Liebesgeschichten gehabt.

Doch drei Tage später, nachdem Chris gekommen war, um ein paar Sachen zu holen, hatte sie reglos in der Küche gesessen, um die Endgültigkeit ihrer Situation zu begreifen. Chris hatte ihr sein Zuhäusel überlassen, vorerst, wie er sagte, bis sich die Wogen geglättet hätten. Aber Marie hatte in der

Sekunde gewusst, in der sie Chris sah, dass es da nichts mehr zu glätten gab. Sie war viel zu verletzt, der Sturm in ihr tobte viel zu sehr, als dass ihr inneres Meer sich beruhigen konnte.

Chris hatte behauptet, dass er in der Werkstatt schlafe, allerdings hatte Marie es nicht überprüft. Wie auch? Sie wollte Chris nicht begegnen; also war sie gar nicht erst zur Arbeit gegangen. Sollte er doch sehen, wie er zurechtkam ohne eine Bürokraft. Marie war es egal. Sie hatte immer noch das Bild von Marion vor Augen, eingehüllt in *ihre* Decke, in *ihrem* Wohnzimmer, mit ihren Lippenstiftspuren an *ihrem* Sektglas. Deshalb war sie auch in der Küche und nicht im Wohnzimmer.

Als Marie so dasaß, erkannte sie, dass ein neuer Lebensabschnitt vor ihr lag. Ihr wurde klar, dass sie festgefahren war. Marie hatte sich so sehr in das Leben von Chris eingefügt, dass sie nicht mehr genau wusste, wer sie selbst war. Der Gedanke war für den Moment so bedrohlich, dass sie wie erstarrt am Tisch hockte und keinen Schimmer hatte, was sie tun sollte. Da war ihr Blick auf das Buch gefallen, und sie hatte begonnen, darin zu lesen.

Ein wenig schaffte es ihre Mutter mit dem Buch, Norderney greifbarer für sie zu machen. In Maries Gedanken sah sie die Dünen, die Wolkenberge, die sich am Horizont auftürmten, um dann vom Wind zerrissen zu werden. Sie spürte beim Lesen fast den Sand unter den nackten Füßen.

Inzwischen war sie schon bei über der Hälfte, und die Handlung hatte sich so spannend entwickelt, dass sie einerseits ganz neugierig war zu erfahren, was zwischen Henry und Anita noch alles passieren würde, während sie sich anderseits wünschte, die Geschichte würde nie enden. Ihre

Gedanken gingen auf die Reise, sobald sie das Buch aufschlug. Sie konnte ihren Alltag vergessen und sich treiben lassen, wofür sie der Autorin wirklich dankbar war. Sie schaffte es, Marie wirklich mitzunehmen.

Die Liebesgeschichte in diesem Roman war anders, als Marie es aus vergleichbaren Romanen kannte. Vieles wurde nicht laut ausgesprochen, sondern fand zwischen den Zeilen statt. Das gefiel Marie sehr.

Sie hatte es sich auf der Kücheneckbank mit einer heißen Schokolade gemutlich gemacht. Ab und zu warf sie ein Marshmallow in das süße Getränk und trank einen Schluck. Das Licht der Kerze, die auf dem Fenstersims brannte, brach sich in der Glaskugel darüber und sorgte für bunte Lichtflecken im ganzen Raum. Es war gemütlich, wenn auch nicht weihnachtlich, aber nach der Sache mit Chris waren fröhliche Weihnachten wirklich das Letzte, worum Marie sich hatte kümmern wollen. Lui lag zu Maries Füßen und schnarchte leise. Seit wann schnarchte der Hund?

Gerade waren sich Henry und Anita auf Norderney wieder begegnet und saßen an einem Strand, der *Weiße Düne* hieß.

Als das Handy klingelte, riss es Marie aus ihrem Roman. Es war eine unbekannte Nummer. Stirnrunzelnd nahm Marie das Gespräch an.

»Hallo?«

»Ich bin's, Mama.«

»Hast du eine neue Nummer?«

»Ja, ich hab jetzt ein Smartphone. Und ich kann dir Fotos schicken von der Insel. Das geht, oder? Du hast auch dieses WhatsApp?«

Unweigerlich musste Marie grinsen. »Ja. Ich hab das auch.«

»Sehr gut, dann schick ich dir mal Strandbilder. Vielleicht kommst du ja dann doch mal auf die Insel, wenn ich dir den Mund weiter wässrig mache.«

»Aber du hast mir doch schon die Postkarte mit der Möwe geschickt.«

»Ach, siehst du, deshalb ruf ich an. Das Buch ist also angekommen. Hast du schon reingelesen?«

»Ja.« Marie gab es fast widerwillig zu.

»Und? Wie findest du es? Henriette Carstens schreibt wundervoll. Ich hab sie hier in der Inselbuchhandlung entdeckt.« Traudl klang ganz eifrig. »Neuerdings lese ich sehr viel.«

»Du? Du warst doch früher so ein Lesemuffel!«

»Ja. Doch hier auf der Insel habe ich einen neuen Lebensrhythmus.«

Marie verdrehte die Augen. Das hatte sie schon so oft von ihrer Mutter gehört. Es war die ewig gleiche Leier von Entschleunigung, von Weite und Durchatmen. Marie kannte jedes Wort auswendig. Sie hatte immer die Arbeit, Chris, den Hund und die Berge als Gegenargumente in dieser Diskussion genannt. Nun hoffte sie, die Mutter würde nicht mit der gesamten Geschichte anfangen, sondern es bei dem einen Satz belassen.

»Jedenfalls muss ich zugeben, dass das Buch mir sehr gefällt.«

»Meine Hoffnung war, dass dich doch das Fernweh packt und du mich über die Feiertage auf Norderney besuchst«, gab die Mutter zu.

Erneut verdrehte Marie die Augen. »Ich glaube nicht, Traudl. Das ist keine gute Idee.« Allein die Vorstellung, tagelang unter dem Dach ihrer Mutter zu wohnen, gefiel Marie nicht. »Außerdem ist da ja Lui.«

»Könnte Chris nicht …«, startete die Mutter einen weiteren Versuch, aber Marie unterbrach Traudl.

»Vergiss es. Du weißt doch, dass er nie besonders gut mit Lui klargekommen ist. Außerdem plane ich in der nächsten Zeit, nicht mehr als das Nötigste mit ihm zu sprechen, geschweige denn, ihn um irgendetwas zu bitten.« Tatsächlich hatte der Hund Chris ignoriert, und das über all die Jahre. Er reagierte nicht auf dessen Kommandos und nahm seine Gegenwart zwar hin, allerdings zeigte er auch keine Freude, wenn er den Mann an der Seite seines Frauchens sah. Stille Eifersucht, hatte Marie oft gedacht. *Oder hat mein Hund einfach eine bessere Menschenkenntnis als ich?*

»Okay, ich kann dich verstehen«, erwiderte Traudl traurig. »Dann schick ich dir aber noch ein paar Bücher, damit du gut durch die weitere Adventszeit kommst«, bestimmte Maries Mutter.

»Danke. Doch ich könnte sie mir auch selbst kaufen.«

»Könntest du. Musst du aber in diesem Fall nicht. Betrachte sie als frühes Weihnachtsgeschenk, okay?«

»Okay.« Marie kapitulierte. Sie hatte keine Energie für eine Auseinandersetzung.

»Gut. Du kannst mir ja eine Nachricht aufs Handy schreiben, wenn die Bücher angekommen sind.«

»Ja, das mach ich«, versprach Marie. Zu texten war leichter als anzurufen. Das neue Handy war ein Segen. Sie war froh, dass ihre Mutter sie nicht fragte, wie es ihr ging. Sicher konnte sie es sich denken – und Marie wollte nicht darüber sprechen.

»Gut, dann also … bis bald.« Es war tatsächlich die Mutter, die das Gespräch beendete, ganz was Neues.

Marie widmete sich wieder der Liebesgeschichte, da piepte wieder ihr Smartphone. Traudl hatte Fotos von einem Strand geschickt, weißer Sand, Möwen, hohe Wellen. Ein wenig so wie auf der Postkarte, nur dass die Möwen nicht im Fokus waren. Die Wellen, die tatsächlich kleine Brecher waren, verliehen dem Foto etwas Wildes, Unzähmbares und nahmen dem Bild die Lieblichkeit. Marie stellte sich vor, dass das die *Weiße Düne* im Buch war. Sie trank einen Schluck ihres Kakaos und wandte sich wieder ihrer Lektüre zu.

Das Haus war so still, so verdammt still, als Marie zwei Wochen später in ihrem großen Doppelbett aufwachte. Ihr Blick fiel auf den Nachttisch, auf dem sich mittlerweile schon vier Bücher von Henriette Carstens stapelten, die ihre Mutter ihr geschickt hatte. Bis tief in die Nacht hatte Marie gelesen. Tatsächlich fesselten die Romane sie so sehr, dass sie ihren Alltag komplett vergaß, wofür sie dankbar war. Die Autorin war aus Maries Sicht ein wahres Genie. Gleich heute würde sie Nachschub bestellen, denn das letzte Buch hatte sie bald ausgelesen.

Marie schaute auf den Wecker. Es war halb neun.

Sie streckte sich und zog sich die Bettdecke enger um ihren Körper. Sie hielt ihre Augen fest geschlossen. Vielleicht würde sie noch mal einschlafen, ja, hoffentlich! Zu schlafen bedeutete, sich keine Gedanken machen zu müssen. Reglos blieb Marie liegen. Doch irgendetwas stimmte nicht, dachte sie. Sie lauschte angestrengt, aber hörte nichts. Dann hob sie den Kopf. Lui war nicht da! Das war es. Er lag sonst immer auf dem Bettvorleger, direkt neben seinem Frauchen.

»Lui? Kommst du? Ich lass dich auch ins Bett!« Chris würde ausflippen, wenn er wüsste, dass Marie den Hund auf sein Kopfkissen ließ. Genau deshalb gefiel Marie die Idee vermutlich so sehr. »King Lui!«

Sie horchte. Doch da erklang kein Pfotentapsen vom Wohnzimmer her. Marie stöhnte und wälzte sich aus dem Bett. Was war das denn nun wieder? »Lui!« Der Hund war ihr in den letzten Tagen keine Minute von der Seite gewichen.

Schnell schlüpfte Marie in ihre Schlappen, während sie überlegte, ob sie am Vorabend so durcheinander gewesen war, dass sie Lui im Wohnzimmer eingesperrt hatte. Sie versuchte sich zu erinnern, ob der Hund mit nach oben gekommen war, es wollte ihr allerdings partout nicht einfallen. Kein Wunder, so sehr wie sie in der letzten Zeit neben der Spur gewesen war.

»Wo ist denn mein Lieblingshund?« Marie ging die Treppe hinunter. Das Haus war so klein, dass beim Treppenhaus Platz gespart worden war, so hatten das die Vermieter jedenfalls Chris beim Einzug erklärt. Die Treppe war so gebaut, dass schon zwei Menschen, die einander begegneten, sich aneinander vorbeischieben mussten. Wie oft hatten Chris und sie sich lachend aneinander entlanggedrückt, wenn sie sich mitten im Treppenhaus trafen. Einmal hatte Chris sie nicht vorbeigelassen, sondern einfach wieder mit nach oben gezogen und … Die Erinnerung war zu schmerzlich, um sie noch einmal zu erleben.

Die dritte Stufe von oben knarrte laut unter Maries Fuß, als sie ihn auf das warme Holz setzte. Chris hatte irgendwann mal Teppiche auf die Stufen legen wollen, doch für Marie war das nicht infrage gekommen. Sie liebte das Gefühl des Holzes unter ihren Füßen und wunderte sich, dass er, der Schreiner, es verdecken wollte. Schließlich hatte Chris ihr zugestimmt, und sie hatten alles so gelassen, wie es war. Sie hatten nur Bilder von ihrer Wandertour in den Dolomiten aufgehängt: die Drei Zinnen beim Sonnenuntergang, der Peitlerkofel, das Foto, auf dem Marie auf der Leiter des Günther-Messner-Steigs stand und sich freute, dass sie ihre Höhenangst überwunden hatte.

Schnell und ohne die Bilder eines Blickes zu würdigen, lief Marie die letzten Stufen hinunter.

Unten, bei dem großen Fenster, das nach hinten in den Garten zeigte, sah Marie, dass es über Nacht schon wieder mindestens fünfundzwanzig Zentimeter geschneit hatte. Sie würde die Hofeinfahrt freischaufeln müssen nachher, wenn sie zum Einkaufen fuhr. Zwar aß sie selbst kaum etwas, doch das Hundefutter neigte sich dem Ende zu, und bei seinem Essen verstand ihr Hund keinen Spaß!

»Lui? Wo bist du denn?« Marie schaute ins Wohnzimmer. Da stand das verwaiste Sofa, auf dem seit Wochen niemand mehr gesessen hatte. Aber da lag der Hund nicht.

Etwas stimmte nicht. Plötzlich wusste Marie es mit aller Gewissheit. Wenn Lui nicht im Wohnzimmer und nicht im Schlafzimmer war, seinen beiden festen Liegeplätzen, dann war etwas nicht in Ordnung.

»Lui?« Alarmiert riss Marie die Küchentür auf, und ihre schlimmsten Befürchtungen wurden war. Rechts, wo die Eckbank mit dem kleinen Küchentisch stand, entdeckte sie ihn direkt unter dem Tisch auf dem Teppich.

»Lui!« Mit einem Satz war Marie bei ihrem Hund und hielt ihm die Hand vor die Schnauze. Er atmete, Gott sei Dank, immerhin atmete er. Seine Augen waren allerdings geschlossen.

»Was ist denn mit dir, hm?« Vorsichtig strich Marie ihm über das Fell, schüttelte ihn ganz, ganz leicht. »Lui?«

Er reagierte nicht auf ihre Berührungen. Seine Augen blieben geschlossen. Marie musste handeln, so viel war klar. Sie stand auf, wandte sich um und rannte zurück in ihr Schlafzimmer. Schnell schlüpfte sie in eine Jogginghose und einen Hoodie, zog Socken an und schnappte sich das Handy vom Nachttisch. Danach rannte sie die Treppe wieder hinunter. Beim Laufen entsperrte sie das Smartphone und wäre fast ausgerutscht. Sie fing sich gerade noch, fluchte und rannte zurück in die Küche. Schnell war die Nummer des Tierarztes gewählt.

»Praxis Doktor Steiner, was kann ich für Sie tun?«

»Elke, bist du dran?« Die Tierarztpraxis war ein kleiner Einfraubetrieb. Elke Steiner war Tierärztin aus Leidenschaft und kannte Marie und Lui seit zehn Jahren. Damals hatte sie die Praxis von einem Mann alter Schule übernommen, den jeder in der Gegend nur den »Kuhdoktor« nannte. Er war dafür bekannt gewesen, eher grobschlächtig zu sein. Da war Elke ganz anders, für die jedes Tier ein Individuum war, dem sie sich mit Leib und Seele widmete.

»Ja.«

»Hier spricht Marie. Mit Lui stimmt was nicht.«

»Ach, Marie, du bist es. Na, dann besuchst du um zehn die Sprechstunde mit ihm, oder?«

»Nein, du verstehst mich nicht. Lui liegt hier in der Küche und rührt sich nicht mehr.« Marie konnte nur schwer Luft holen. Ihr Brustkorb war wie zugeschnürt. »Du musst kommen. Ich krieg ihn so niemals ins Auto, der ist viel zu schwer. Außerdem liegt so viel Schnee, und ich hab die Fräse noch nie bedient, und Chris ist weg und …« Und, und, und. Marie wusste, dass Elke vermutlich nicht einmal die Hälfte von dem begriff, was Marie da von sich gab, während sie noch immer mühsam nach Atem rang.

»Ich fahr zu euch rüber. Ich hab den Jeep. Dem macht das Wetter nichts aus. Bin gleich da.« Die pragmatische Elke legte einfach auf, und Marie verspürte einen kurzen Moment nichts als Dankbarkeit. Sofort wandte sie ihre volle Aufmerksamkeit wieder Lui zu. Sie setzte sich zu ihrem Hund unter den Tisch und nahm seinen Kopf in ihren Schoß.

»Lass mich ja nicht allein jetzt, hörst du?«, flüsterte sie ihm ins Ohr. Marie streichelte ihm wieder und wieder über das Fell, in gleichmäßigen, langen Strichen. Ihr Atem ging noch immer stoßweise. Doch Marie realisierte es gar nicht. Ihr Fokus war voll und ganz auf King Lui gerichtet. Lui, der Hund, der sie schon begleitete, seit sie dreizehn war. Wie klein er gewesen war, als sie ihn bekommen hatte, den schokobraunen Welpen mit den riesigen Pfoten. Ihr Vater hatte sie mit ihm überrascht. Man sollte keine Tiere zu Weihnachten schenken, hieß es, und oft war das richtig. Die Bilder von überfüllten Tierheimen, die alle Jahre wieder durch die Medien gingen, waren herzzerreißend. Aber bei Marie und ihrem Hund war es anders. Sie hatte sich vom ersten Tag an um Lui gekümmert, war mit ihm rausgegangen, hatte ihn sogar zum Spielen mit ihren Freundinnen draußen mitgenommen. Und wenn sie in der Schule war, hatte ihr Vater sich um Lui gekümmert. Sogar zu ihrer Ausbildungsstelle durfte Marie ihren Hund mitbringen, weil er so gut erzogen war. Bis auf die Zeit in Murano war Lui immer an Maries Seite gewesen.

Und jetzt lag er da, den Kopf ganz schwer auf Maries Schoß, und schien kaum noch zu atmen. Sie wollte schreien. Sie wollte ihn schütteln. Sie wollte irgendetwas tun. Doch sie konnte nur warten. Und die Sekunden wurden zu Minuten, die sich wie Ewigkeiten anfühlten, bis Marie endlich den lauten Motor von Elkes Jeep hörte. Marie wusste, dass es Lui vermutlich nicht spürte. Dennoch legte sie seinen Kopf behutsam auf eines der Sitzkissen, das sie von der Eckbank zog, bevor sie zur Haustür eilte, um Elke hereinzulassen.

Elke war eine patente und bodenständige Frau, weswegen sie auch bei den Landwirten in der Umgebung beliebt war. Sie war »Kuhdoktor« genauso sehr wie Kleintierexpertin.

»Was ist passiert?«, fragte die Tierärztin ohne Umschweife und lief hinter Marie her, die nur die Tür aufgemacht und der Ärztin dann sofort wieder den Rücken zugewandt hatte, damit sie zurück zu King Lui konnte.

»Wenn ich das wüsste! Lui war behäbiger in der letzten Zeit, und heute Morgen lag er nicht vor meinem Bett wie sonst. Ich hab ihn dann hier auf dem Boden gefunden. Er …«

Elke kniete sich neben Lui und begann systematisch, den Hund zu untersuchen. Marie starrte auf die Hände der Ärztin, die ihren Hund an allen möglichen Stellen berührte, abhorchte, abtastete, während Maries eigener Brustkorb sich schwer hob und senkte.

Irgendwann schaute Elke auf. Ihr Gesichtsausdruck verriet Marie alles. Die Tierärztin musste nichts sagen. Marie schnappte nach Luft. Sie spürte, wie der Boden begann sich zu bewegen. Ihr Blick hing an ihren King Lui, dem König ihres Herzens, wie sie ihn scherzhaft schon so oft genannt hatte, bevor ihr schwarz vor Augen wurde und sie auf dem Boden neben ihrem Hund in sich zusammensank.

Als Marie aufwachte, lag sie auf dem verhassten Sofa. Die Tierärztin hatte Maries Beine auf ein paar Kissen hochgelagert.

»Na, da bist du ja wieder«, begrüßte Elke Marie und drückte fest ihre Hand.

In dem Moment prasselte alles auf Marie ein. Alles war sofort wieder da, wie ein schlechter Film, dessen Horrorszene man nicht vergessen konnte.

»Lui?«, fragte Marie, aber Elke schüttelte nur den Kopf.

Der Schmerz traf Marie erneut wie eine Keule – es war gut, dass sie schon lag. Sie schloss die Augen. Am liebsten wäre sie einfach verschwunden, hätte sich in nichts aufgelöst, nur um nichts mehr zu spüren. Lui war ein Familienmitglied, ein selbstverständlicher Gefährte, der immer für sie da gewesen war. Das Haus war in den letzten zwei Wochen deshalb erträglich gewesen, weil Marie nicht allein gewesen war. Lui sorgte dafür, dass sie aufstand. Er sorgte mit seinen natürlichen Bedürfnissen dafür, dass sie vor die Haustür ging. Weil er da gewesen war, hatte auch Marie sich nicht hängenlassen können. Der Hund hielt sie aufrecht, hielt sie zusammen, sozusagen. Und jetzt? Was jetzt? Jetzt war da wirklich nichts mehr.

Sie schluchzte laut auf, schlug sich die Hände vors Gesicht. Tausend Bilder: Lui als Welpe mit riesigen Pfoten, Lui in der Hundeschule als frecher Junghund, Lui, der einen riesigen

Stock durch den Wald schleppte, viel zu groß für ihn, aber – hey, das störte einen stolzen Rüden nicht. Lui, der sich im Schnee wälzte. Lui, der im See gebadet hatte und sich neben Marie schüttelte, dass die Wassertropfen nur so flogen, und Marie, die deshalb laut kreischend aufsprang. Lui, der seinen Kopf in ihren Schoß legte, wenn sie Kummer hatte. Lui, der sie verteidigt hatte, als damals diese Bulldogge auf Marie zugerannt war. Er war gebissen worden, in die Flanke, und hatte genäht werden müssen. Lui hätte ihr Leben für Maries gegeben, keine Frage. Im Gegenzug hatte sie gerade das Gefühl, versagt zu haben. Sie hatte Lui am Ende nicht helfen können. Stattdessen war sie auch noch einfach in Ohnmacht gefallen und hatte ihn in seinen letzten Momenten alleingelassen.

»Du hast keine Schuld, Marie. Der Hund war alt«, sagte die Tierärztin.

Elkes Pragmatismus tat Marie gut, dennoch schluchzte sie weiter.

»Komm mal her.« Die Tierärztin zog Marie hoch und nahm sie in den Arm. Es war Maries erste Umarmung, seit Chris weg war. Das fiel ihr in dem Moment auf, in dem sie die Wärme spürte. Wie tröstlich sich das anfühlte! Maries Körper schüttelte sich regelrecht, als auch der letzte Rest der Schutzmauer anfing zu zerbröckeln. Elke begann sich hin und her zu schaukeln, als hätte sie ein kleines Kind im Arm. Marie konnte gar nicht anders, als es geschehen zu lassen. Zu gut tat ihr die Berührung eines anderen Menschen. Sie hatte mal gelesen, dass eine Umarmung, die eine halbe Minute dauerte, den Stresslevel eines Menschen messbar senken konnte. In diesem Augenblick spürte sie das am eigenen Leib.

Sie hätte später nicht sagen können, wie lang Elke sich so um sie kümmerte. Aber irgendwann löste sich Marie.

»Musst du nicht zu irgendeinem Goldhamster?«, fragte sie die Tierärztin, die daraufhin laut lachend den Kopf schüttelte.

»Gerade nicht. Später muss ich zum Huberbauern, ein paar Kühe sollen da besamt werden, aber das hat noch Zeit.«

Marie schniefte. »Danke.«

»Nicht der Rede wert.« Beide Frauen schwiegen kurz, dann sprach Elke weiter. »Man hört, dass du gerade eine schwere Zeit hast.«

Erst wollte Marie das verneinen, doch sie hatte sich lang genug eingeigelt. »Ja.«

»Tut mir leid, dass ich es so direkt angesprochen habe. Aber du weißt ja, wie die Leute hier sind. Da kann man einfach nichts unter den Tisch kehren.«

»Ja. Vermutlich hat die neugierige Bäuerin von drüben gemerkt, dass Chris nicht mehr hier ist.« Maries Vermieterin war nett, war allerdings gleichzeitig sehr an Klatsch und Tratsch aus der Nachbarschaft interessiert.

»Das kann gut sein. Außerdem ist Marion die Cousine meines Mannes.« Elke zuckte mit den Schultern. »Es tut mir jedenfalls sehr leid, dass du so eine schwere Zeit hast – und jetzt auch noch das mit Lui.«

»Danke für dein Mitgefühl.«

Elke nickte. »Hast du jemanden, der nach dir sieht?«

Sie sprach, als wäre Marie ein sehr alter oder wahlweise sehr kranker Mensch. Die Besorgnis der Tierärztin tat Marie gut und rührte sie.

»Das ist total nett, aber ich komme schon klar.« Wieder standen ihr Tränen in den Augen.

»Das sehe ich.« Elke zauberte ein Taschentuch aus ihrer Jacke. »Hier.«

Marie schnäuzte sich lautstark.

»Ich glaube echt, du könntest ein wenig Gesellschaft brauchen, andere Gedanken, vielleicht einen Urlaub.«

Urlaub war das Letzte, was Marie sich vorstellen konnte. Allein verreisen – das klang ungefähr so attraktiv für sie wie Lippenherpes. Allerdings musste Marie schon zugeben, dass Elke nicht unrecht hatte. Sie war tatsächlich einsam, besonders ohne Lui.

Elke bemerkte Maries skeptischen Blick. »Du könntest deine Mutter besuchen.«

Marie verzog das Gesicht.

»Ich mochte deine Mutter immer.«

Marie horchte auf. »Du kennst sie?«

»Natürlich.« Elke lachte. »Sie war doch mit Lui gleich dreimal bei mir in der Praxis, während du damals in Venedig warst.«

»Ehrlich?« Marie runzelte die Stirn. Wann sollte das denn gewesen sein? Eigentlich konnte es nur in dem kleinen Zeitfenster gewesen sein, als ihr Vater schon krank und sie noch in Murano gewesen war.

»Oh ja. Einmal hatte er sich etwas in die Pfote eingetreten, und sie wollte sichergehen, dass es gut heilt. Die anderen beiden Male wollte sie einfach nur seinen Gesundheitszustand überprüfen lassen. Ich fand das ein wenig … nun ja … überengagiert. Sagen wir es so. Aber deine Mama hat Stein auf Bein geschworen, dass der Hund so traurig war ohne dich. Sie wollte, dass ich ihm Bachblüten verschreibe. Aber um ehrlich zu sein, bin ich mehr so der bodenständige Tierarzttyp. Ich glaube, Traudl ist dann sogar zu so einem Hundeheilpraktiker gefahren.«

»Das meinst du nicht ernst!« Marie hörte das alles zum ersten Mal.

»Doch, wirklich. Sie war fast schon ungehalten, weil ich ihr nicht helfen konnte. Ihr war es extrem wichtig, dass Lui sich wohlfühlte.«

Marie wühlte in ihrer Erinnerung. Nein, da war nichts. Sie kannte diese Geschichte definitiv nicht.

»Vielleicht fragst du sie einfach danach? Ich bin ein großer Fan des Redens.« Elke tätschelte Maries Schulter und stand auf. »Und bitte denk darüber nach, zumindest ein paar Tage wegzufahren. Ich weiß, wie hier alle Leute miteinander verstrickt sind und dass einen die schlechten Erinnerungen immer wieder einholen, weil jeder jeden kennt. Außerdem steht auch noch Weihnachten vor der Tür! Ich glaube kaum, dass du allein hier im Haus hocken möchtest.«

Daran hatte Marie nicht mehr gedacht, bis Elke es erwähnte. Dabei war sie normalerweise ein richtiger Weihnachtsfan. Nun konnte sie sich nicht mal vorstellen, überhaupt einen Christbaum zu kaufen, geschweige denn das stachelige Ding zu schmücken.

Letztes Jahr war Chris' Familie gekommen, inklusive seiner Schwester, die ihre kleine Ronja dabeigehabt hatte. Das Kind war eine richtige Räubertochter und hatte drei handgeblasene Weihnachtskugeln von Marie zerstört. Trotzdem waren es schöne Tage gewesen, mit Feuer im Kamin, Entenbraten und leuchtenden Kinderaugen. Marie hatte das Weihnachtsfest mit Freuden ausgerichtet, besonders, weil Chris' Mutter zwar eine Seele von Frau, aber keine begnadete Köchin war. Erst im Nachhinein wurde ihr klar, dass sie kaum einen Gedanken an Traudl verschwendet und bis heute nicht wusste, wie ihre Mutter die Feiertage verlebt hatte. Heute, das eigene, einsame Weihnachtsfest, das auf Marie zukam, vor Augen, schämte sie sich für ihre Ignoranz.

Denn dass sie in diesem Jahr allein in ihrem Wohnzimmer sitzen sollte, war ein grausames Bild, und Marie hatte keine Ahnung, wie sie das aushalten sollte.

»Ich denk darüber nach«, antwortete Marie deshalb nur.

»Deine Mama würde sich bestimmt freuen.«

Das stimmte. Marie seufzte und stand langsam auf. Zum Glück wurde ihr nicht wieder schwindlig.

»Wollen wir langsam mal zu Lui rübergehen? Wir müssen darüber sprechen, wie du dich von ihm verabschieden möchtest.«

Elkes Worte führten sofort zu neuerlichen Tränen bei Marie und zu einem weiteren mitfühlenden Blick der Tierärztin.

»Bist du bereit?«, fragte Elke leise.

Nein. Marie war nicht bereit. Sie würde in ihrem ganzen Leben nie bereit sein. Also nickte Marie, obwohl sie den Kopf schütteln wollte, und ging zur Tür, durch den kleinen Flur und in Richtung Küche, obwohl sie viel lieber zur Haustür hinaus fliehen wollte. Doch es war an der Zeit, sich zusammenzureißen und ihrem treuen Begleiter die letzte Ehre zu erweisen, denn das hatte der König ihres Herzens mehr als verdient.

4. Kapitel

»Ich kündige!« Das waren Maries einzige Abschiedsworte an Chris gewesen. Allerdings hatte sie sich die persönliche Begegnung mit ihm gespart, sie hatte ihm die Worte auf einen Zettel geschrieben und in den Briefkasten bei der Schreinerei geworfen, unterzeichnet mit ihrem vollen Namen und Datum. Jetzt war Marie frei, bis auf die paar Möbel und persönliche Gegenstände, die noch in Chris' Zuhäusel standen. Es fühlte sich seltsam an, plötzlich ganz ohne Wurzeln zu sein, gleichzeitig konnte Marie sich aber auch wieder Flügel wachsen lassen, nicht wahr? Sie nahm einen tiefen Atemzug und roch das Meer.

Weiße Schaumkronen, die auf einen weißen Strand trafen. Marie schaute erstaunt hinüber zu der Insel, die ihrer Mutter eine neue Heimat geworden war. Das Fährschiff, die Frisia, fuhr gerade an der Längsseite des Eilandes entlang. Das also war Norderney! Bis hierher hatten ihre Flügel sie also schon getragen.

Marie hatte ihre warme Winterjacke mit Daunenfüllung an, aber hier draußen auf dem Meer stach die Kälte regelrecht in Maries Gesicht. Sie versuchte sich noch tiefer in ihrer Jacke zu kuscheln. Kurz dachte sie darüber nach, das Außendeck zu verlassen, aber dann zog die faszinierende Eislandschaft sie in ihren Bann. Weiße Dächer, ein paar Hochhäuser, die völlig deplatziert wirkten und verschneite Strände. Zwei Kinder bauten gerade an einem Schneemann am Strand, was irgendwie eigenwillig wirkte.

»Das haben wir nicht oft hier.«

Marie drehte sich um. Eine junge Frau stand neben ihr. Die Kälte schien ihr nichts auszumachen. Sie hatte nur ein dünnes Stirnband um, während Marie eine dicke Wollmütze trug. Ihre Haare waren knallrot und standen nach allen Seiten ab.

»Kommen Sie zum ersten Mal auf die Insel?«, fragte die Fremde.

Marie nickte. »Ja, ich war noch nie hier.«

»Dann machen Sie hier Urlaub?«

Marie wog ab. Sie wusste nicht recht, was sie antworten sollte. »Könnte man so sagen. Ich besuche meine Mutter. Die hat hier vor ein paar Jahren eine Wohnung gekauft und lebt seitdem auf Norderney. Seit Jahren wünscht sie sich schon, dass ich mal vorbeischaue. Aber ich hab es bisher nicht geschafft.«

»Na, dann wurde es aber Zeit. Die Insel hat durchaus auch im Winter ihre Reize, Sie werden sehen. Ein Schneesturm am Meer ist etwas ganz Besonderes! Und es soll ja in den nächsten Tagen noch mal schneien.«

Marie stellte sich vor, wie sie im Schnee am Strand entlangspazierte. Tatsächlich befand sich in ihrem Gepäck noch ein dicker Wollpulli sowie eine Schneehose. Mit der richtigen Kleidung konnte das wirklich besonders werden.

»Außerdem haben wir zwischen den Jahren immer unseren Weihnachtsmarkt, der ist auch sehr schön, vor allem bei Schnee.« Die Frau, offensichtlich eine waschechte Insulanerin, schien ihre Heimat wirklich zu lieben.

»Arbeitest du im Tourismusbüro?«, fragte Marie scherzhaft und ging einfach zum unkomplizierten Du über.

Die Rothaarige lachte. »Oh nein. Ich bin nur ein Inselkind und mag mein Norderney sehr.«

»Das merkt man«, erwiderte Marie und nickte. »Ich habe schon viel über die Insel gelesen.«

»Ja? Im Internet?«

»Oh nein! Die letzte Zeit war nicht die beste in meinem Leben, und da habe ich Liebesromane für mich entdeckt. Meine Mutter hat mir den ersten geschickt. Er ist von einer Henriette Carstens. Vielleicht kennst du sie?« *Das wäre ja toll.* In der Autorinnenbiografie des letzten Buches stand, dass die Schriftstellerin ein Inselurgestein war. Und hatte die Frau neben ihr nicht gerade gesagt, auch sie sei ein Inselkind?

»Hm. Nein. Das sagt mir nichts«, antwortete sie jedoch und zuckte mit den Schultern.

»Wie schade! Frau Carstens hat nämlich in den letzten Jahren keinen Roman mehr herausgebracht, und ich habe schon alles verschlungen, was sie geschrieben hat.« Tatsächlich hatten die Bücher Marie sehr gut von ihrer Traurigkeit abgelenkt. Die Schreibweise – liebevoll, aber nicht zu kitschig – und die herrlichen Landschaftsbeschreibungen hatten es Marie ermöglicht, aus ihrem winterlich kalten Alltag in sommerliche Fantasien zu entschwinden.

Als sie irgendwann feststellte, dass sie restlos alle Werke von Henriette Carstens gelesen hatte, war sie ehrlich enttäuscht gewesen. Im aktuellsten Roman wurde am Ende darauf hingewiesen, dass demnächst ein weiteres Buch kommen würde, doch das war nie erschienen. Marie hatte sich gefragt, ob der Autorin wohl etwas zugestoßen war, aber leider war Maries Internetrecherche dazu ohne Ergebnis geblieben.

»Und sie lebt hier, sagst du?«

»Das behauptet jedenfalls ihre Biografie«, antwortete Marie.

»Hm. Das ist allerdings seltsam. Wobei ich auch überhaupt nicht der Typ bin, der Liebesromane liest.«

Die Frau wandte sich jetzt ganz Marie zu. »Ich heiße übrigens Lina. Herzlich willkommen auf Norderney.«

»Oh, danke. Ich bin Marie.« Die beiden Frauen schüttelten sich die Hände.

»Vielleicht kenne ich wenigstens deine Mutter?«, fragte Lina. »Eigentlich entgeht mir nämlich auf Norderney so leicht niemand, der länger da ist.«

»Meine Mutter heißt Edeltraud Ablinger.«

»… und jeder nennt sie Traudl. Jetzt weiß ich Bescheid«, vollendete Lina lachend den Satz. »Da hast du echt Glück mit so einer toughen Superfrau als Mutter.«

»Wie bitte?«

»Sie kauft oft bei mir im Blumenladen ein. Und seit sie die Bastelgruppe für Kleinkinder leitet, ist es ein richtig fester Kreis geworden und nicht nur ein Urlaubsangebot.«

Marie traute ihren Ohren nicht. Ihre Mutter hatte ihr nie von der Gruppe erzählt.

»Jedenfalls ist sie wirklich beliebt, unsere Bayerin!« Lina lachte wieder. »Gleich legen wir an. Weißt du schon, wie du zu Traudl kommst?«

»Um ehrlich zu sein, wollte ich mir einfach ein Taxi nehmen.«

»Das musst du gar nicht. Sie wohnt nämlich bei mir in der Nachbarschaft, und ich werde am Pier von meinem Freund abgeholt. Wir nehmen dich mit, okay?«

Marie war von so viel Hilfsbereitschaft beeindruckt. »Also, wenn es nicht zu viele Umstände macht, gern!«

»Sehr gut. Sie hat gar nicht erzählt, dass du sie besuchst.« Lina und Marie waren, als die Fähre langsam in den Hafen einfuhr, ganz wie von selbst losgelaufen, um ihr Gepäck zu holen. Nun gingen sie nebeneinander die Treppe hinunter in Richtung Schiffsbauch.

»Das liegt daran, dass sie es nicht weiß.«

»Du überraschst sie? Oh, sie wird ausflippen vor Freude!« Lina klatschte in die Hände. Erst in diesem Moment fiel Marie auf, dass die Frau keine Handschuhe anhatte. Sie war echt hart im Nehmen, was Wind und Kälte betraf.

Dass sie tatsächlich die so häufig ausgesprochene Einladung angenommen hatte, wusste ihre Mutter nicht. Irgendwie war es Marie wichtig gewesen, dass sie im letzten Moment hätte umkehren können. Doch dann war sie aus dem Zug und auf die Fähre gestiegen, ohne zu zögern. Es tat gut, Distanz zwischen sich und ihrer bayerischen Heimat zu bringen. Mit jedem Kilometer schien Marie ein wenig leichter ums Herz zu werden.

Außerdem hatte Marie Fragen an ihre Mutter, viele Fragen, die allesamt nach einer Antwort schrien. Warum hatte sie nie erzählt, dass sie mit King Lui so oft beim Tierarzt war? Wie kam es, dass sie eine Kindergruppe leitete? Aus welchem Grund war es ihr so wichtig gewesen, dass Marie nicht nach

Venedig zurückkehrte, wenn sie dann nach Norderney zog und ihre Tochter allein in Bayern zurückließ?

Und je näher Marie ihrem Ziel kam, umso mehr drängten sich die Fragen in den Vordergrund. Wer weiß, vielleicht hatte Elke etwas in Edeltraud Ablinger gesehen, das ihr bis jetzt verborgen geblieben war? Zumal auch diese Lina das wahrzunehmen schien.

»Na, wir werden sehen, ob sie sich freut«, lautete Maries trockener Kommentar. Sie waren bei den Regalen mit dem Gepäck angelangt, und Marie hievte ihren Koffer auf den Boden.

»Wir werden sehen«, murmelte sie leise ein zweites Mal, während sie sich mit Lina in die Schlange einreihte, die darauf wartete, von Bord gelassen zu werden.

Auf der Fahrt hierher war Marie überrascht gewesen, wie sehr sich die Insel doch vom Festland unterschied. Schon als sie auf den Hafen zufuhren, sah sie den Leuchtturm und die ersten Dünen. Dass alles unter einer Schneeschicht verborgen war, machte den Kontrast zwischen Meer und Land vielleicht noch reizvoller. An vielen Stellen hatte der Wind den Schnee verweht, sodass man zuweilen sattgrüne Stellen erkannte, wo das Dünengras sich zeigte. Dazu waren viele der Klinkerhäuser festlich dekoriert. Weihnachtskugeln und Strohsterne hingen in etlichen Fenstern, und die Weihnachtsbeleuchtungen, Lichterketten, beleuchteten Sterne, hier und da sogar ein blinkender Weihnachtsmann in einem Garten sorgten für die perfekte Festtagsstimmung. Marie hatte aus dem Auto heraus gesehen, dass zahlreiche Leute Kerzen in Laternen neben die Hauseingänge gestellt hatten. Marie liebte echte Kerzen und deren natürlich warmes Licht besonders. Auch hier, bei Traudl, stand seitlich des Hauseingangs eine große Stumpenkerze in einer Glaslaterne und verbreitete ihr freundliches Willkommenslicht, denn es war schnell dunkel geworden.

Die Wohnung von Traudl lag im Erdgeschoss. Marie erinnerte sich daran, dass ihre Mutter das erzählt hatte. Jetzt stand Marie vor der Haustür und starrte auf das Klingelschild. Dass sie kam, war ein Versöhnungsangebot. Die Mutter würde es auch so verstehen. Nachdem Marie jahrelang unnahbar gewesen war, würde es der erste Schritt einer Annäherung sein. Doch hieß es auch, dass sie ihr verzieh? Um ehrlich zu sein, hatte Marie keine Ahnung. Sie wusste nur, dass sie ihrem Schmerz wegen King Lui und auch wegen Chris' Betrugs hatte entfliehen wollen. *Blieb das für immer so, dass es einen zur Mutter zurückzog, wenn das Leben wehtat?*

Leise seufzte Marie und drückte auf den Klingelknopf.

»Hallo?« Die Stimme ihrer Mutter klang ein wenig verzerrt durch die Gegensprechanlage. »Wer ist denn da?«

»Ich bin's«, nuschelte Marie. Traudl zu hören löste in Marie widersprüchliche Gefühle aus. Einerseits sehnte sie sich nach der mütterlichen Umarmung, andererseits fürchtete sie sich vor einer angespannten Situation wegen des schwelenden Konflikts zwischen ihr und ihrer Mama.

»Wer, bitte? Können Sie lauter reden?«

Marie räusperte sich. »Ich bin's. Marie.«

Ein lautes Krachen drang durch den kleinen Lautsprecher neben den Klingeln heraus. »Hallo? Traudl? Alles okay?«

Es kam keine Antwort. War die Mutter einfach umgekippt vor Schock?

»Hallo? Bist du noch da?«, fragte Marie erneut.

Doch in diesem Augenblick wurde auch schon die Haustür aufgerissen. Da stand Edeltraud Ablinger, wie sie leibte und lebte: sehr schlank, eine kleine Person mit weißen, raspelkurzen Haaren und weit aufgerissenen Augen. »Du bist wirklich da. Oh Gott, du bist es wirklich.«

Bevor Marie darauf etwas erwidern konnte, zog ihre Mutter sie mit erstaunlicher Kraft in ihre Arme. »Mein Kind! Oh Gott, du bist es wirklich«, wiederholte sie den Satz, den sie Sekunden zuvor schon gesagt hatte. »Mein Liebling, mein Mariechen!«

Als Marie die Tränen übers Gesicht rollten, während sie ihre Mutter umarmte, wusste sie nicht, ob es daran lag, dass sie ihren alten Kosenamen gehört hatte, daran, dass sie von ihrer Mama umarmt wurde, oder an der Erinnerung an ihren verstorbenen Vater. Vielleicht lag es auch daran, dass der Damm, den sie seit dem Tod ihres Hundes mühsam aufrechterhielt, nicht so stabil gebaut war, wie sie es sich gewünscht hätte.

»Ach, Marie.« Ihre Mutter verfiel in eine leichte Schaukelbewegung, wie in Maries Kindheit, wenn sie sie getröstet hatte. Ein leiser Schluchzer von Marie war die einzige Antwort. Sie standen lange auf der Türschwelle, und obwohl ihre Mutter kleiner war als Marie selbst, schaffte sie es mit der jahrelangen Übung und Selbstverständlichkeit einer Mutter, ihre Tochter zu halten und ihr damit tatsächlich wieder ein wenig Boden unter den Füßen zu geben.

Schließlich löste Marie sich aus der Umarmung, um sich gründlich die Nase zu putzen. In dem Moment weiteten die

Augen der Mutter sich erneut. »Oh Gott, meine Plätzchen!«, rief sie aus, drehte sich um und rannte los. Marie blieb gar nichts anderes übrig, als ihren Koffer zu nehmen und hinter der Mutter herzugehen. Im Flur stand ein Paar quietschgelber Gummistiefel, und es roch herrlich nach Frischgebackenem.

»Marie?«, tönte Traudls Stimme aus der Wohnung heraus.

»Ja!«

»Komm einfach rein, ja? Ich bin in der Küche, den Flur runter, die zweite Tür links.«

»Ist gut.« Marie schloss die Wohnungstür hinter sich und schaute sich neugierig um. Der Flur war ganz hell. Weiße Möbel, Regale voller Bücher, eine Garderobe, ein kleiner Schuhschrank, auf dem eine Holzmöwe thronte und in Richtung Haustür blickte. Außerdem gab es zwei Fotos in weißen Rahmen. Auf einem davon war ihr Vater als junger Mann zu erkennen, mit einem Seil um die Schultern und einem sehr unsicher aussehenden Klettergurt über dem karierten Hemd. Auf dem anderen Foto sah man Marie, die mit ganz schiefen Zähnen in die Kamera lachte und ein Dirndl trug. Wie gut, dass sie die Zahnspange bekommen hatte, stellte sie dankbar fest.

Zögerlich ging Marie durch den Flur in Richtung Küche, wo der Duft von Zimt und Frischgebackenem sich immer weiter intensivierte.

An der Wand hing ein Gemälde, das das Meer als wild brausende Naturgewalt zeigte. Weiße Gischt, tiefblaues Wasser und ein Brecher, der imposant in Richtung Strand rauschte, wo man nur die Silhouette einer Person sah, die mit Blick aufs Wasser den Elementen trotzte. Das Bild strahlte so viel Kraft aus, dass Marie kurz innehielt, um es genauer anzuschauen. Aber sie konnte die Gesichtszüge des Menschen nicht erkennen, da er dem Betrachter den Rücken zuwandte.

»Marie?«

»Äh, ja. Ich komme!« Mit zwei weiteren Schritten betrat Marie schon die Küche. Sowohl der Tisch, die Stühle als auch die Küchenfronten waren aus dem gleichen Holz gefertigt. Chris hätte sich hier wohlgefühlt, dachte Marie unwillkürlich.

Der Raum strahlte Wärme und Gemütlichkeit aus. Die hellen Fliesen und die Arbeitsfläche ergänzten das perfekte Bild. Tatsächlich hätte die Küche in jedem Möbelhausprospekt abgebildet sein können.

»Wow«, entfuhr es Marie.

Ihre Mutter stand als perfekte Hausfrau mit Schürze und Topflappen sowie mit einem Blech in der Hand in der Mitte des Raumes und lächelte sie an.

»Komm, Kind, setz dich. Die Plätzchen sind genau richtig, zum Glück. Ich muss gleich die nächste Ladung in den Ofen schieben, dann mach ich dir einen Kakao und mir einen Kaffee. Noch warm sind diese Ingwerplätzchen immer besonders lecker.« Die Mutter deutete auf einen Stuhl und stellte ihr Blech auf den Kochplatten des Herdes ab. Das andere Backblech neben dem Herd war halb mit Plätzchen bedeckt. Mit schnellen, konzentrierten Bewegungen begann Traudl, weitere Teigrohlinge auszustechen, die sie auf dem Blech drapierte. Dafür, dass sie mitten in einer Backaktion war, war die Küche deutlich weniger chaotisch, als sie es bei Marie gewesen wäre. Sie schaute zum Fenster, während die Mutter weiter ihrer Tätigkeit nachging.

»Du hast sie noch!«, entfuhr es ihr.

»Was?« Die Mutter sah auf, folgte Maries Blick zum Fenster, wo eine Glaskugel in unterschiedlichen Grüntönen hing. Sie wirkte sehr filigran, war mit einem Blumenmuster verziert, das Marie in Handarbeit eingraviert hatte. Sie konnte sich noch genau erinnern, wie sie damals in Murano die Glasstange des Rohlings ins Feuer gehalten hatte, um das Dekostück zu formen, ganz in Gedanken an ihre Mama und den Vater, der plötzlich so schwer erkrankt war. Diese Kugel war ihr Mitbringsel gewesen, das letzte, was sie in Murano gefertigt hatte. Ja, das Letzte, was sie bis heute als Glasbläserin gefertigt hatte.

Marie stand auf und schritt zum Fenster. Vorsichtig legte sie ihre Hand an die kühle Glaskugel, um sie genauer zu betrachten. Es war eine gute Arbeit. Niemandem war aufgefallen, dass sie bei der Gravur einen kleinen Fehler gemacht hatte. Aber sie wusste noch, dass an der Unterseite der Kugel ein Strich war, der dort nicht hingehörte.

»Hast du gedacht, ich würde die Kugel wegschmeißen?« In Traudls Stimme lag ein tadelnder Unterton. »Also dass du so was von mir auch nur denken könntest!«

Marie wandte sich ihrer Mutter wieder zu, indem sie sich umdrehte und sich gegen den Sims lehnte. Sie kannte diesen Ton bei ihrer Mama. Aber Marie war viel zu müde, sich zu streiten. Die Anreise hatte ihr den Rest gegeben. »Machen wir jetzt den Kakao?«, fragte sie daher, um vom Thema abzulenken.

Traudl lächelte. »Na klar!«

Minuten später stand eine kleine Schüssel mit Ingwerkeksen auf dem Tisch, und Marie hielt eine große Tasse Kakao in den Händen. Eine Unmenge Marshmallows verzierte die Sahne, die ihre Mutter extra für Marie geschlagen hatte.

»Du bist eh zu dünn«, hatte die Mutter ihren Einwand beiseitegewischt und einen großen Klecks Sahne in die Tasse gegeben, bevor sie die kleinen Marshmallows darübergab. Schon früher, wenn Marie als kleines Mädchen traurig gewesen war, bestand das Rezept ihrer Mutter gegen die Schmerzen des Erwachsenwerdens in einer heißer Schokolade à la Mama mit einer Prise Zimt. Auch nun war es schon tröstend, bevor Marie überhaupt den ersten Schluck des Getränks kostete.

»Ich bin froh, dass du hier bist«, sagte Traudl schließlich. »Ich will dir so viel zeigen.«

Marie nippte an ihrem Kakao und stutzte. Irgendwie war der Geschmack nicht so wie früher.

»Chili, aber nur ein Hauch«, informierte Traudl, bevor Marie fragen konnte.

»Schmeckt sehr gut, danke.« Marie trank einen weiteren Schluck.

»Und wärmt. Wir haben heute eine steife Prise draußen. Ich hab mir das mit dem Chili im ersten Winter hier auf Norderney angewöhnt, weil ich ein wenig gebraucht habe, mit dem eisigen Wind klarzukommen. Jetzt habe ich aber eine dicke Expeditionsjacke gekauft.« Traudl lachte. »Mit der sehe ich aus wie das Michelinmännchen. Aber immerhin ist es mit der Jacke auch im Winter warm genug für lange Strandspaziergänge. Du wirst schnell merken, dass die Insel auch im Dezember etwas zu bieten hat, wenn die Natur sich eher von ihrer rauen Seite zeigt.«

Marie musterte ihre Mutter. Sie wirkte nicht älter als vor drei Jahren. Im Gegenteil. Sie hatte eine gesunde Gesichtsfarbe, ihre Haut war jetzt, mit sechzig, ein wenig faltiger geworden, doch die Fältchen verliehen ihrer Miene einen optimistischen Ausdruck. Traudl sah aus wie jemand, der gerne lebte. Ja, dachte Marie, ihre Mutter war ganz offensichtlich glücklich.

Marie nahm den Löffel und häufte Sahne mit Marshmallows darauf. Dann schob sie sich die herrlich zuckrige Mischung in den Mund, wo sie sofort zu einem süßen Nichts dahinschmolz.

Plötzlich fühlte Marie sich erschöpft. Die Müdigkeit legte sich wie eine dicke Decke über sie. Sie hatte so viel sagen wollen, so viel fragen wollen. Doch es kam ihr vor, als wären all die Worte in ihrem Kopf durcheinandergeraten. Da war keine Kraft mehr, um sie zu sortieren, keine Kraft, um Sätze zu bilden. Selbst die Kakaotasse kam Marie plötzlich unendlich schwer vor, und sie stellte sie auf den Tisch. Ein paar Tropfen der Flüssigkeit traten über den Rand und liefen als dunkle Spur über das weiße Porzellan bis auf den Holztisch.

»Oh Gott, Marie! Bist du in Ordnung?«

Marie schüttelte den Kopf. Nein, das war sie ganz und gar nicht. Sie war … Ja, was? Nicht bei sich selbst, eine leere Hülle, jemand, der alles verloren hatte und sich fühlte, als sei er von all den Ereignissen der letzten Wochen besiegt worden.

»Nein, ich glaube nicht, dass ich in Ordnung bin«, brachte Marie abgekämpft hervor.

»Ach, Mariechen.« Ihre Mutter war aufgestanden. »Komm, du musst dich hinlegen. Wir packen dich in mein Bett. Das Gästezimmer muss ich erst noch vorbereiten.«

Die Vorstellung, dass ihre Mutter für sie das Bett räumte, war fürchterlich. Waren sie sich dafür nicht zu fremd? Aber Marie war zu müde für Protest.

Traudl legte ihrer Tochter den Arm um die Schulter. »Na los«, sagte sie nur und zog sie auch schon vom Stuhl. Wie in Trance folgte Marie ihrer Mutter.

Als Marie auf der Bettkante saß, nur die Jeans ausgezogen, spürte sie die magische Anziehung dieses Bettes noch deutlicher.

»Krabbel unter die Decke, mein Schatz.«

Es bedurfte keiner zweiten Aufforderung. Schon war Marie ins Bett geschlüpft. Ihre Mutter zupfte die Decke zurecht, steckte sie um Marie herum fest, wie sie es zuletzt gemacht hatte, als Marie vielleicht zehn Jahre alt gewesen war. Dann fuhr sie ihr durchs Haar, beugte sich zu ihr herunter und küsste sie auf die Stirn. »Mein Mariechen. Wie schön, dass du hier bist«, waren die letzten Worte, die Marie noch hörte. Längst hatte sie ihre Augen geschlossen. Noch bevor ihre Mutter den Raum verlassen hatte, schlief Marie tief und fest, wie ein Kind, das sich im Schoß der Mutter in Sicherheit wiegte – und in gewisser Weise war sie in diesem Augenblick auch genau das, als tiefer Schlaf Marie übermannte.

5. Kapitel

Als Marie aufwachte, spürte sie, dass etwas in ihr passiert war. Sie spürte, wie neue Kraft durch sie hindurchfloss, während sie die Augen öffnete. Mildes Licht drang durch das Fenster herein. Hatte sie etwa eine ganze Nacht hier geschlafen, im Bett ihrer Mutter? Wo hatte denn Traudl dann die Nacht verbracht? Schlagartig bekam Marie ein schlechtes Gewissen.

Sie setzte sich auf und schaute sich im Raum um. Auch hier hing ein Bild vom Meer an der Wand, doch die Wellen zeigten kaum Gischt. Die Szene wirkte ganz friedlich auf Marie. Man konnte sich regelrecht vorstellen, im Strandkorb zu sitzen und über das sanfte Meer zu blicken, das hier abgebildet war. Aber es war kein Strandkorb auf dem Gemälde zu sehen, es war wieder die Silhouette der Gestalt dargestellt, wie auf dem Gemälde im Flur.

In dem hellen Schlafzimmer war ein riesiges Bücherregal. Es umrahmte das Ölgemälde regelrecht. Auf der anderen Seite des Raumes entdeckte sie nur einen schlichten Kleiderschrank. Das Zimmer spiegelte Traudl perfekt wider: auf der einen Seite ihre aufgeräumte Art, wie sie immer ganz genau zu wissen schien, was richtig war. Auf der anderen Seite die Frau, die ihr Leben selbst gestaltete und dafür auch immer wieder neue Wege einschlug.

Natürlich waren es die Bücher, die Maries Aufmerksamkeit auf sich zogen. Sie schlug die Decke zurück und stieg aus dem Bett. Als sie die Füße auf den Boden stellte, stellte Marie fest, dass sie sogar noch ihre Socken anhatte. Sie ging hinüber zu dem Regal. Da waren viele verschiedene Liebesromane. Bücher unterschiedlicher Autoren und Autorinnen, aber kaum Thriller oder Historienromane. Tatsächlich schien sich das Hauptinteresse von Traudl auf die Liebe zu richten. Marie dachte an alles, was sie in den vergangenen Tagen über ihre Mutter gehört hatte. Nein, sie kannte Edeltraud Ablinger vermutlich viel weniger gut, als sie sie hätte kennen können, wenn sie sich selbst nicht so in den letzten Jahren zurückgezogen hätte. Wobei: Marie musste zugeben, dass sie sich auch davor zu wenig mit ihrer Mutter auseinandergesetzt hatte, nicht wahr? Sonst hätte sie wissen können, wie besorgt Traudl um King Lui gewesen war, nur um ein Beispiel zu nennen.

Gerade wollte sie sich nach ihrer Hose umsehen, da stachen ihr die feinsäuberlich nebeneinander aufgereihten Romane von Henriette Carstens ins Auge. Fast zärtlich fuhr Marie mit ihrem Zeigefinger die Buchrücken entlang. Kein Staubkorn, ihre Mutter war schon immer sehr ordentlich gewesen. »Ach, Mama«, sagte Marie leise zu sich selbst. Das Wort war ihr so lange nicht über die Lippen gekommen, dass es sich ganz ungewohnt auf der Zunge anfühlte.

»Mama«, flüsterte sie erneut, ganz leise, wie um die einzelnen Buchstaben zu schmecken.

Dann drehte sie sich um. Ihre Hose lag ordentlich gefaltet am Fußende des Bettes. Natürlich! Marie lachte, griff nach dem Kleidungstück und schlüpfte schnell hinein. Duschen und sich für den Tag fertig zu machen würde sie später noch können.

Als es leise klopfte, war sie gerade dabei, den obersten Hosenknopf zu schließen.

Traudl streckte ihren Kopf zur Tür herein. »Oh, guten Morgen!«

Marie fuhr sich durch ihre verstrubbelten Haare. »Guten Morgen.«

»Geht es dir besser?«, fragte ihre Mutter. Mit ihr war ein betörender Duft von Kaffee ins Zimmer gekommen, der Marie an Frühstück denken ließ.

»Ja, danke. Ich hab sogar Hunger«, gab Marie zu. »Ich hatte schon ganz schön lange nicht mehr richtig Hunger.« Wann hatte sie zuletzt gegessen? War es tatsächlich vierundzwanzig Stunden her, dass sie sich am Bahnhof in Rosenheim ein belegtes Brötchen und einen Kaffee zum Mitnehmen geholt hatte? Dazwischen lagen nur ein Ingwerplätzchen und ein paar Schlucke Kakao.

Allein beim Gedanken an die Plätzchen knurrte ihr Magen so laut, dass Traudl lachen musste. »Oje. Das habe ich gehört! Na los, Schneckchen. Ich mach dir ein Omelette, hm? Und danach könnten wir ans Meer gehen, einen Spaziergang machen und vielleicht ein wenig plaudern?«

Edeltraud Ablinger drehte sich um und war mit wenigen Schritten an der Tür.

Marie nickte. »Das klingt super. Danke, Mama.«

Ruckartig fuhr Traudl herum. Sie hatte das Wort so lange nicht mehr aus dem Mund ihrer Tochter gehört. In Traudls

Augen standen Tränen, und ihre Stimme klang ganz heiser, als sie sprach. »Gern. Wirklich gern.«

Es war heller Tag. Trotzdem war die Weihnachtsstimmung auf der Insel allgegenwärtig. Kein Wunder, es war der zwanzigste Dezember. Seit der Trennung von Chris war der Advent fast unbemerkt an Marie vorbeigezogen, aber hier auf der Insel war das nicht weiter möglich. Der Kurplatz der Insel war mit Weihnachtsbäumen geschmückt, Lichterketten überspannten die Straßen, sicher würden abends auch einige Häuser in Lichterglanz erstrahlen und die schon bei Tageslicht spürbare festliche Atmosphäre vertiefen. Die Schaufenster waren weihnachtlich dekoriert, eben waren sie an einem kitschigen, aber vielleicht gerade deshalb liebenswerten winkenden Plüschweihnachtsmann vorbeigeschlendert.

Marie hatte auf die Frage ihrer Mutter, was sie zuerst sehen wollte, tatsächlich die Buchhandlung genannt – zumal es ein eisig kalter und besonders windiger Morgen war, der wenig zu einer Radtour über die Insel einlud.

Die Fahrräder hatten sie stattdessen beim Kurplatz angeschlossen, denn in der Fußgängerzone der Innenstadt wäre mit den Drahteseln ohnehin kein Durchkommen gewesen. Blitzschnell hatte Maries Mutter für sie bei der Nachbarin ein Rad organisiert.

Später wollten sie dann noch einen Strandausflug machen. Das Wetter änderte sich sehr oft, versprach Maries Mutter. Der Wind als unberechenbarer Faktor kam und ging, wie er wollte.

Als sie über den Stadtplatz schlenderten, lag Waffelduft über allem, und Marie nahm einen tiefen Atemzug. Eben waren ihre Mutter und sie durch die Reihen geschmückter Weihnachtsbäume gegangen. Es waren auch kleine Hütten aufgebaut für einen Christkindlmarkt, aber Traudl hatte erklärt, dass der *Winterzauber*-Markt erst nach Weihnachten seine Pforten für die Besucher öffnen würde.

Mit je einem Becher duftendem Apfelpunsch von einem Straßenverkauf in der Hand genossen die beiden Frauen die Wärme, die in die Hände floss, während sie langsam weiterschlenderten. Der Duft nach frisch gebackenen Waffeln wurde immer intensiver.

»Riechst du das? Ich komm jede Woche mindestens einmal her – diesem Waffelstand kann ich nicht widerstehen.« Traudl zwinkerte ihrer Tochter zu.

»Außerdem ist daneben die Buchhandlung. Eine verheerende Kombination für meinen Geldbeutel, das sag ich dir!«

»Das kann ich mir vorstellen, vor allem wenn du noch dazu mich mit Lesestoff versorgst.«

»Oh, das war mir eine Freude, ist es immer noch, vor allem seitdem ich weiß, dass sie dir aus deinem schlimmsten Tal geholfen haben.«

»Ja, und das, obwohl sie Liebesromane waren.«

»Das war vielleicht wirklich nicht so passend.«

»Oh nein, bitte mach dir keine Gedanken. Es hat mich wunderbar abgelenkt. Henriette Carstens schreibt einfach großartig. Sie hat so eine spezielle Art, Geschichten zu erzählen. Ich kann es nicht richtig greifen, aber … Na, vielleicht haben wir auch nur den gleichen Sinn für Romantik!«

Traudl nickte. »Ich glaub, ich weiß schon, was du meinst. Meine persönliche Lieblingsszene ist die, wo Pit seine Angela raus zum *Wrack* führt, um ihr dort einen Heiratsantrag zu machen. Die Landschaftsbeschreibungen sind so, dass man das Gefühl hat, dabei gewesen zu sein und …«

»… du bist mein lauer Sommerwind und mein wilder Inselsturm«, zitierte Marie frei aus ihrer Erinnerung. Die Liebeserklärung in dem Buch hatte sich bei ihr eingebrannt. Von allen Liebesromanen von Henriette Carstens war dieser Ausspruch, diese Liebeserklärung, ihr die liebste. Das Bild vom sich wandelnden Wind, seinen Facetten, und der Vergleich mit Pits großer Liebe hatten Marie begeistert.

»Ich bin echt ein Fan ihrer Bücher geworden. Irgendwie hat diese Autorin mir die letzte Zeit ganz schön erleichtert. Ich konnte die Realität einfach mal für ein paar Stunden wegschieben, weißt du?«

»Ja, das kann ich mir vorstellen.«

»Außerdem haben die Bücher mir aufgezeigt, dass ich eins ganz sicher nicht mehr will: nämlich eine Beziehung führen, die mir in Wahrheit nichts gibt.« Oh, wie weh es tat, dieses Eingeständnis laut auszusprechen! Marie warf den Pappbecher, in dem der Apfelpunsch gewesen war, mit Schwung in einen Mülleimer, der neben einer Straßenlampe stand.

Chris hatte ihr wehgetan. Und das nicht erst durch seine Untreue. Genau genommen hatte er ihr zuvor schon wehgetan, als er sie immer mehr vernachlässigt hatte. Marie war unsichtbar geworden. Sie hatte sich nicht dagegen gewehrt, und er hatte es vielleicht nicht einmal gemerkt. Aber im Nachhinein wusste Marie, dass ihre Beziehung mit Chris schon kaputt gewesen war, bevor er sie betrogen hatte.

»Chris ist kein schlechter Mensch, glaube ich.« Traudl klang nachdenklich.

»Oh nein«, pflichtete Marie ihr bei. »Er ist kein schlechter Mensch, im Gegenteil.«

Sie dachte daran, wie Chris sie aus Murano abgeholt hatte, um nach Hause zu ihrem Vater zu kommen. Sie erinnerte sich daran, wie er in dieser Zeit für sie da gewesen war, wie sie zusammengezogen waren. Aber dann war der Alltag passiert, mit all seinen Höhen und Tiefen und ja, das musste Marie zugeben, auch mit ihrer eigenen Unzufriedenheit und dem Gefühl, gefangen, ja, gefesselt zu sein. Doch für dieses Gefühl konnte Chris nichts. Vielleicht war sie auch nicht ganz unschuldig, musste sie sich selbst gestehen. Sie dachte daran, wie ihr Vater auch nach vielen Jahren mit Traudl ab und an Blumen mitgebracht hatte, wie sie zärtliche Gesten getauscht und sich ehrlich um das Wohlbefinden des jeweils anderen gesorgt hatten. Irgendwie hatten sowohl Chris als auch sie selbst es im Alltag nicht geschafft, die Wertschätzung füreinander zu erhalten. Möglicherweise war sie deswegen nach Italien gegangen – einfach um zu fliehen und noch mal etwas Neues zu beginnen.

Marie schaute zu ihrer Mutter, die noch immer neben ihr herschlenderte. Und zum ersten Mal seit ihrer Ankunft spürte sie den alten Groll auf die Frau, die sie gezwungen hatte, Italien den Rücken zu kehren, und in ein Leben gezwängt hatte, das Marie sich nicht selbst ausgesucht hätte, wenn sie die Wahl gehabt hätte.

Ihre Mutter bemerkte den Blick der Tochter, der noch immer auf ihr ruhte. »Vielleicht war Chris einfach nicht der Richtige für dich«, meinte Traudl.

Marie schaffte es endlich, ihren Blick abzuwenden. Die Wut, die in ihr aufgeflammt war, tobte. Zwar leise, aber Marie spürte merklich, dass sie mit ihrer Mutter noch nicht wieder ganz im Reinen war. Nein, dass sie das Glasblasen hatte aufgeben müssen, um bei ihren Eltern zu sein, das schmerzte immer noch.

»Ich habe es bei deinem Vater sofort gewusst.« Traudl lächelte, nicht ahnend, welche Gedanken ihre Tochter plagten.

Allerdings wollte Marie momentan nicht darüber sprechen. Sie beschleunigte ihre Schritte, irgendwo musste sie hin mit ihrer Energie. »Da ist ja die Buchhandlung!«, sagte sie, als sie ein kleines Stück weiter vorn auf der rechten Seite das Geschäft erblickte. Fast im Rennen erreichte sie den Eingang und ging hinein in die Gemütlichkeit, die der Laden verströmte wie einen verheißungsvollen Duft, der Marie magisch anzog.

Während sie in das warme Innere des Geschäfts trat, sah sie als Erstes den Büchertisch mit Strandromanen. Da lagen natürlich auch die Bücher von Henriette Carstens, publikumswirksam platziert. Es war keins dabei, das Marie noch nicht kannte, und obwohl Marie das eigentlich wusste, breitete sich dennoch Enttäuschung darüber in ihr aus.

»Moin! Kann ich Ihnen helfen?«

»Oh, hallo.« Marie wandte sich um. Vor ihr stand eine sehr große, hagere Frau mit einem Dutt, dunklen Haaren, die von weißen Strähnen durchzogen waren. Sie lächelte Marie über den Rand einer Lesebrille hinweg an.

»Hallo. Suchen Sie ein bestimmtes Buch? Oder darf ich Ihnen etwas empfehlen?«

Marie seufzte. »Ich weiß gar nicht recht, ob mir zu helfen ist.« Sie lachte. »Ich bin ein Fan von Henriette Carstens und warte dringend auf das nächste Buch der Autorin. Sie wissen nicht zufällig, wann es erscheint?«

Bedauernd schüttelte die Buchhändlerin den Kopf. »Leider nicht. Sie sind nicht die Erste, die danach fragt. Ich habe deshalb schon den Verlag kontaktiert, etwas, was ich eigentlich nie mache. Aber auch dort habe ich nichts Konkretes erfahren.«

Marie war überrascht. »Ich dachte, die Autorin lebt hier auf der Insel?«

»Nun, so steht es in ihrer Biografie, ja«, bestätigte die Buchhändlerin. »Aber ich kenne sie nicht. Und auch sonst scheint niemand zu wissen, wer sie ist oder wo sie hier lebt. Wissen Sie, ich bin ein Inselurgestein – und von Natur aus neugierig. Wenn ich es nicht rauskriege, dann niemand. Und wie Sie sehen, hatte ich keinen Erfolg, leider.« Tatsächlich schlich sich ein betrübter Ausdruck in das Gesicht der Frau, bevor sie weitersprach. »Kann ich Ihnen vielleicht einen anderen Roman empfehlen?«

Marie dachte an das gefüllte Bücherregal im Haus ihrer Mutter. »Nein, danke. Ich glaube, mit anderen Romanen bin ich im Moment noch gut versorgt.«

»Gut.« Die Buchhändlerin nickte. »Schauen Sie sich trotzdem gern noch ein wenig um. Wir haben auch wunderbare Postkarten von der Insel.«

»Danke.«

Als Marie wieder allein war, schaute sie sich erneut in dem Geschäft um. Es war sehr gut besucht. Zwei Kinder saßen auf dem Boden und kicherten, während sie sich ein Bilderbuch anschauten. Ein alter Mann mit einem Stock kaufte ein Wissenschaftsmagazin. Ein junger Mann mit einem Piratentuch auf dem Kopf blätterte in einem Kochbuch. Maries Blick blieb bei ihm hängen. Er sah gut aus, fand Marie, wie ein Abenteurer.

»Na, Olli? Auf der Suche nach Inspirationen?« Die Buchhändlerin hielt dem Typ ein Buch hin. »Hier, hab ich extra für dich bestellt, ich dachte, das könnte dir gefallen.«

Pasta & Verdure stand in geschwungenen Lettern auf dem Buchrücken. Dazu zeigte das Cover Spaghetti, Kirschtomaten, ein intensiv grünes Pesto und Pinienkerne, ein Gericht, das Marie sofort hätte essen wollen.

»Hey, Irene! Na ja, es ist schwer, Ines in der Küche zu beeindrucken.« Er griff nach dem Buch und blätterte darin herum. »Doch, ja. Das gefällt mir. Ich glaube, das schenk ich mir zu Weihnachten, und dann bekoch ich Ines am zweiten Feiertag.« Er lächelte. Alle Coolness, die dieser Olli soeben noch ausgestrahlt hatte, wich diesem warmen Lächeln, das Irene, wie die Buchhändlerin offenbar hieß, wissend erwiderte. »Sehr schön. Ihr zwei seid wirklich das süßeste Paar der ganzen Insel – jedenfalls für mich.«

Gemeinsam gingen Irene und Olli zur Kasse. Marie schaute ihnen hinterher. Diese Vertrautheit miteinander – das kannte Marie von keinem anderen Ort. Alles schien hier einfach näher zusammengerückt zu sein als auf dem Festland. Man kannte sich, man lebte miteinander, als ob die Inselbewohner eine einzige, große Familie wären.

»Marie? Hast du was gefunden?«

In den letzten zehn Minuten hatte Marie gar nicht an ihre Mutter gedacht, die plötzlich neben ihr stand. Sie musste draußen gewartet haben.

»Nein. Hier weiß auch niemand etwas über Henriette Carstens.«

»Moin, Traudl!« Irene winkte herüber.

»Servus, Irene!«, erwiderte Traudl den Gruß.

Marie grinste. Ihre Mutter würde ihre bayerische Herkunft auch nach hundert Jahren auf Norderney nicht leugnen können.

»Ich hätte den neuen Roman von Sheila Meyers für dich.« Irene war wirklich unglaublich. Wusste sie tatsächlich von den meisten ihrer Stammkundinnen, welche Bücher sie mochten, oder war das hier ein Zufall?

»Den nehme ich mit. Setzt du ihn auf meine Rechnung?«

Irene nickte. »Aber klar.«

»Ich zahle monatlich«, erklärte Traudl, als sie Maries verständnislosen Blick bemerkte. »Der Laden bietet auch einen Lieferservice an. Den nutze ich total gern. Dann erhalte ich am Monatsende eine Rechnung und zahle alles auf einmal. Sehr praktisch.«

Traudl ließ sich das Buch einpacken, aufgrund der Witterung ausnahmsweise in eine Plastiktüte, damit es nicht durchnässen konnte.

»Wollen wir? Ich wollte dir noch den Deich zeigen. Ich bin sicher, du wirst es lieben dort. Der freie Blick übers Meer, das Wellenrauschen und die Möwen, die über die Köpfe der Spaziergänger hinwegfliegen – es ist wunderschön.«

Marie nickte. »Gern.«

Wie schade, dass Henriette Carstens hier nirgends zu finden war. Sie hätte sich zur gerne bei ihr für die wunderbaren Bücher bedankt und ihr gesagt, wie sehr ihr die Romane bei ihrem Liebeskummer geholfen hatten.

6. Kapitel

»Die *Weiße Düne* ist tatsächlich weiß! Ist das nicht zauberhaft?«, rief Traudl und breitete die Arme weit aus und drehte sich einmal im Kreis. Die klirrende Kälte vom Morgen war milderer Luft gewichen, sodass selbst die Fahrt auf dem Rad hierher erträglich gewesen war. Nachdem die beiden Frauen ihre Drahtesel abgestellt hatten, schlenderten sie nun runter zum Strand.

Der war weiß verschneit und erstreckte sich schier unendlich in beide Richtungen. Es sah wunderbar aus, wie der Schnee ins Meer zu münden schien. Einzig wo Meer und Strand aufeinandertrafen, war der Schnee vom Strand gewaschen worden. Jetzt, bei Flut, war das nur eine ganz kleine Linie Sand, die man dort unten am Wasser erahnen konnte. Bei Ebbe würde sich ein breiter Streifen zeigen. Marie nahm sich vor, dann noch mal an den Strand zu kommen.

»Mich wundert, dass die Badekarren noch stehen.« Traudl zeigte auf drei altertümlich anmutende Gefährte, die sich am Ende des Stegs befanden. Daneben war ein kleines, verriegeltes Gebäude zu sehen. Marie vermutete, dass dort im Sommer die Strandkörbe vermietet wurden. Vielleicht gab es auch Snacks zu kaufen, überlegte sie weiter.

Die drei Karren standen in Reih und Glied nebeneinander. Sie vermittelten das Flair vergangener Zeiten.

»Die Badewagen werden als Umkleidekabinen benutzt«, erklärte Traudl ihrer Tochter. »Aber drüben am Weststrand haben wir einen Badekarren, der …«

»… als Standesamt dient. Das hab ich in einem Buch von Henriette Carstens gelesen. Welches war es noch gleich?«, fragte Marie.

»*Sommerglück und Meeresbrise*«, antwortete Traudl wie aus der Pistole geschossen.

Kaum dass ihre Mutter den Romantitel genannt hatte, erinnerte sich Marie an die romantische Szene, die die Autorin beschrieben hatte. Es war um die Liebe zwischen einer älteren Frau und einem etwas jüngeren Mann gegangen, die sich trotz aller Widerstände durchgesetzt hatte. Am Ende des Buches hatte sich das Paar ohne Familienangehörige, ganz für sich selbst, auf Norderney das Jawort gegeben. Marie hatte sogar ein Tränchen der Rührung verdrückt, während sie die Schlussworte gelesen hatte. Marie wusste noch ganz genau, wie sie sich vorgestellt hatte, dass man die Zeit einfach anhalten könne, wenn man überglücklich war, dass man so einen Moment konservieren und ihn für immer spüren würde – was für eine herrliche Illusion! Ja, manchmal hatte sie noch immer diese Träume. Unrealistisch, schalt sie sich. Als ob ihre kürzliche Vergangenheit das nicht gerade wieder gezeigt hätte.

»Na, komm, Mariechen. Wir gehen in diese Richtung. Da kommt man zum FKK-Strand.« Ihre Mutter zwinkerte ihr zu. »Auch wenn um diese Jahreszeit vermutlich auch dort die Leute ihre Winterjacken anhaben.«

»Na, zum Glück.« Marie war nicht allzu scharf darauf, Hinz und Kunz im Adamskleid zu sehen.

Sie ging neben ihrer Mutter her, hinunter zum Wasser. Die Luft schmeckte salzig und roch nach Meer.

»Aaah!« Traudl hatte die Augen für einen Moment geschlossen. »Das ist es, was mir so guttut.«

Zum ersten Mal seit ihrer Ankunft dachte Marie an die Gesundheit der Mutter. »Wie geht es eigentlich deinem Asthma?«

»Ich hatte damit echt zu kämpfen.«

Marie nickte. Sie erinnerte sich an die herumstehenden Asthmasprays im Haus der Mutter, daheim in Stephanskirchen. Sie überlegte. Aber in der Wohnung auf Norderney hatte sie noch keins entdeckt.

»Jetzt auf der Insel kommt es mir so vor, als hätte ich nie Probleme gehabt. Ganz im Gegenteil, ich fühle mich wie in Jugendzeiten.« Traudl lachte. »Es klingt vermutlich albern, wenn eine Frau meines Alters das sagt, oder?«

Marie schaute zu Traudl und schüttelte vehement den Kopf. »Nein, das klingt eher nach der Wahrheit, wenn man dich so sieht.«

»Ja? Danke! Ich muss auch wirklich sagen, dass die Luft hier auf Norderney für mich ein einziges Wundermittel ist. Ich kann einfach durchatmen. Vermutlich liegt das nicht mal nur am Reizklima, sondern auch daran, dass mir diese Weite so guttut. Vielleicht bin ich ja im Herzen ein Nordlicht.«

Unten am Strand hörte man das Tosen der Wellen, die sich am Ufer brachen. Die Weite, von der ihre Mutter gesprochen hatte, war auch für Marie greifbar. »Du meinst sicher die Freiheit, die man hier fühlt.«

»Ganz genau! Dann spürst du es also auch!«

»Ja, doch. Es ist für mich ein ähnliches Gefühl wie auf einem Berggipfel. Wenn ich da oben sitze und in die Umgebung schaue, dann spüre ich, wie klein ich bin, wie weit alles ist, und das gibt mir ein unfassbares Freiheitsgefühl. Wenn man sich hier so umschaut, kommt in mir ein ganz ähnliches Gefühl auf, obwohl ich nirgends einen Berg entdecken kann.«

»Du solltest es mal mit der Aussichtsdüne versuchen.« Ihre Mutter kicherte. Ja, tatsächlich! Es klang wie bei einem jungen, etwas albernen Mädchen. »Die ist natürlich nur ein winziger Hügel, aber für Norderney schon eine richtige Erhebung, von der aus man über die ganze Insel blicken kann.«

»Klingt auf jeden Fall so, als sollte ich mir diese Riesendüne mal anschauen. Gibt es nicht noch eine Düne, die sogar in einem der Bücher von Henriette Carstens vorkommt?«, fragte Marie.

Traudl nickte. »Ja, und hier auf der Insel kann ich die Dünen sogar allesamt besteigen. Daheim hab ich ja schon nach fünfzig Metern das Gefühl gehabt, ich ersticke gleich.«

Tatsächlich konnte Marie sich überhaupt nicht daran erinnern, wann ihre Mutter zuletzt auf einem Berg gewesen war. Sie war mit der Bahn auf die Hochries gefahren, das ja. Aber zu Fuß? Das musste schon sehr lange her sein. Sicher, als ihr Vater noch gelebt hatte. Und der war nun auch schon seit fünf Jahren tot.

»Ich bin sehr froh, dass wir jetzt miteinander hier sein können.« Traudl hakte sich bei ihrer Tochter ein, während sie weitergingen, und Marie ließ es geschehen. Es fühlte sich richtig an. So richtig, wie wieder Mama zu ihrer Mutter zu sagen.

»Ich bin auch froh«, gab Marie zu. Jetzt war der Moment. Marie spürte es einfach. »Du, ich wollte dich schon lange ein paar Dinge fragen.«

»Raus damit.«

»Ich … Warum wolltest du nach Papas Tod, dass ich nicht zurück nach Murano gehe?«

Kurz stockten Traudls Schritte, aber dann ging sie langsam weiter. »Ich wusste, dass du mich das irgendwann fragen würdest.«

Traudl seufzte leise. Ein paar Muscheln knirschten unter Maries Schuhen.

»Ich dachte, Chris könnte dich so glücklich machen, wie dein Vater mich glücklich gemacht hat. Das ist der Hauptgrund. Ich habe mich nach seinem Tod so einsam gefühlt. Und Chris hättest du mal sehen sollen, der hat so unglücklich gewirkt. Der war sogar da und hat nach Lui geschaut.«

»Nach Lui?«

»Ja.«

»Das hat er nie.«

Traudl schüttelte den Kopf. »Als du weg warst, schon. Er hat dich vermisst. Ich dachte wirklich, er ist der Mann für dich.«

»Aber das Glasblasen? Ich meine, ich habe mir in der Ausbildung ein eigenes Equipment gekauft! War dir denn nicht klar, dass mir das auch wichtig war? Und wie kann es sein, dass du dann abhaust? Ich meine …«

Traudl löste sich von Marie. »Mir ist schon klar, dass ich dich angelogen habe. Und dass das falsch war.«

Die ungeschminkte Ehrlichkeit ihrer Mutter überraschte Marie.

»Ich hätte nicht sagen dürfen, dass ich allein nicht klarkomme«, fuhr Traudl fort. »Aber so ganz gelogen war es auch wieder nicht. Weißt du noch, dass ich damals nach dem Tod von Joseph einen Nervenzusammenbruch erlitten hatte?«

Marie nickte. Wie hätte sie das vergessen können? Ihre Mutter am Küchentisch sitzend und ins Leere starrend, tagelang.

»Doch ich habe gelernt, dass ich sehr wohl allein zurechtkomme. Da habe ich die Nordsee kennengelernt.«

Erneut nickte Marie. Ja, sie erinnerte sich noch. Sie selbst hatte schon bei ihrem Chef in Murano Bescheid gesagt, dass sie nicht zurückkäme. Sie fühlte sich verpflichtet, bei der Mutter zu bleiben. Also begann sie bei Chris zu arbeiten, und statt sich eine eigene Wohnung zu suchen, wie das eigentlich ihr Plan gewesen war, zog sie zu ihm in das Zuhäusel. Das Leben ging seinen Gang.

Traudl seufzte wieder. »Und ich hab auch gelernt, dass ich wieder glücklich werden kann. Allerdings, und das war wohl ein Fehler, habe ich auch gedacht, dass du glücklich bist. Schließlich hast du deine Glasbläsersachen, wie ich gehört habe, auf dem Speicher verstaut und nicht mehr hervorgeholt, seit du zurück warst.«

Marie stutzte bei den Worten ihrer Mutter. Es stimmte. Sie hatte ihren Traum tatsächlich nicht weiterverfolgt. In Chris' Werkstatt hätte sich bestimmt ein Platz fürs Glasblasen gefunden. Aber tatsächlich hatte sie nach Murano keinen Gedanken mehr daran verschwendet – oder doch.

Allerdings waren es nur flüchtige gewesen, die sich vorwurfsvoll in Traudls Richtung und sehnsuchtsvoll nach Murano wandten. Keine ihrer Überlegungen schien sich auf ihr Hier und Jetzt zu richten, auf ihre Möglichkeiten, ihrem Beruf nachzugehen, wenigstens als Hobby. Traudl hatte recht: Sie hatte einfach nichts mehr gemacht, als ob sie nie Glasbläserin gewesen wäre. Chris hatte damals keine zuverlässige

Bürokraft gefunden und sie so liebevoll gebeten, diese Aufgabe vorerst zu übernehmen, dass sie einwilligte. Und dann war sie irgendwie in diesem Hamsterrad gelandet. Ein Hund, ein schwarzes Fellbündel, rannte an Traudl und Marie vorbei in Richtung Wasser, schnappte nach einem Ball, der von seinem Frauchen dorthin geworfen war, und raste über den Strand wieder zurück. Sein Fell war von Salzwasser und Sand verklebt. Als der Mischling sich schüttelte, flogen Sandkörner nach allen Seiten davon.

»Vielleicht war ich ja erst mal auch glücklich. Oder ich war nur.«

»Wie meinst du das?«, hakte Traudl nach.

»Ich meine, dass ich eben so dahingelebt habe, weißt du. Ohne zu hinterfragen, was ich da tue. Ich bin zur Arbeit, hab mich um den Hund gekümmert und war eben mit Chris zusammen. Als du dann weggezogen bist, war ich ziemlich sauer.«

»Das habe ich gemerkt. Ich wollte auch mit dir darüber sprechen, doch ich bin nicht an dich rangekommen.«

Leise seufzte Marie. »Ja, das weiß ich. Dass wir kaum noch Kontakt hatten, lag an mir. Ich hatte das Gefühl, du lässt mich im Stich«, gab sie zu.

Vor ihnen erstreckte sich eine riesige Muschelbank. Ein kleiner Boxer schnupperte daran herum, während ein Mann mit Lackschuhen, der hier völlig fehl am Platz wirkte, geduldig neben ihm wartete. Als Marie sich umschaute, erkannte sie, dass hier viele Hunde, die meisten nicht angeleint, mit ihren Haltern unterwegs waren. Offenbar befanden sie sich auf einem Strandabschnitt, wo das erlaubt war. Sie dachte an Lui. Der hätte sich bestimmt auch hier wohlgefühlt. Er war eine Wasserratte. Es hatte für ihn nichts Schöneres gegeben als laue Sommerabende am Simssee, wo er bis zu den Knien im kühlen Nass stand und Enten beobachtete, manchmal begleitet von einem leisen, nicht unfreundlich gemeinten Knurren sowie einem fröhlichen Schwanzwedeln.

»Ja, das habe ich gemerkt. Und ich wollte mit dir sprechen, es dir erklären.« Traudl blieb stehen. Sie wischte sich über die Wangen. Marie wartete.

»Ich habe es einfach nicht ausgehalten.«

»Wie bitte?«

»Ohne deinen Vater. Es ging nicht. Jede Ecke in dem verdammten Haus hat seinen Namen geschrien. Alle Gegenstände im Haus hatten eine gemeinsame Geschichte. Es ging einfach nicht mehr.«

Auch nach fünf Jahren weinte Traudl noch, wenn sie ihren Mann erwähnte. Das hatte Marie nicht gewusst. Betroffen sah sie, wie ihre Mutter innerhalb weniger Augenblicke um ein Jahrzehnt gealtert wirkte. »Ich habe einen Neuanfang gebraucht. Ich hatte so sehr das Gefühl, mit Joseph zu sterben, dass mir mein Leben komplett entglitten ist.«

Das war das offenste Gespräch, das Marie und ihre Mutter je geführt hatten. Sie wollte etwas antworten, aber sie wusste nicht, was sie sagen sollte.

Die beiden Frauen schwiegen für einen Moment, dann wechselte Traudl das Thema. »Es tut mir so leid mit King Lui. Er war ein großartiger Hund.«

»Ja, das war er wirklich.«

Traudl blieb stehen und holte eine Packung Taschentücher aus ihrer Jackentasche. Sie schnäuzte sich geräuschvoll. »Ich mochte deinen Hund sehr.«

»Ich weiß. Elke hat mir erzählt, dass du immer sehr besorgt um ihn warst, als ich in Italien war.«

Traudl wurde rot. »Nun ja … Es war dein Hund. Ich wusste, wie wichtig er dir ist. Und er hat dich so vermisst, dass er das Futter verweigert hat. Ich hatte keine Ahnung, was ich tun sollte. Elke hatte aber zum Glück die Idee, ich könne ihm Pansen kaufen. Das Zeug stinkt, das glaubst du nicht. Aber es hat Luis Appetit wieder zurückgebracht. Ach, das war vielleicht eine Aufregung.«

»Das alles hast du mir nie erzählt.« Sie dachte an Elke, die ihr von den Bachblüten für Lui erzählt hatte und daran, wie aufgeregt Traudl damals laut der Tierärztin gewesen war.

»Nein. Ich denke, ich wollte nicht, dass du dir mehr Sorgen als nötig machst. Aber … dann war das mit Papa.« Schon wieder liefen bei Traudl die Tränen, und sie zog das nächste Taschentuch aus der Packung, um sich die Augen zu trocknen.

Marie dachte an Lui. Sie hatte nicht gewusst, dass er eine Leidenschaft für Pansen gehabt hatte. Auch dass er so traurig gewesen war, war neu. Sie hatte also recht gehabt mit ihrer Vermutung: Es gab viel, das sie nicht wusste über ihre Mutter. Da war mit Sicherheit noch mehr zu entdecken.

Während sie noch darüber grübelte, passierte es: Wie aus dem Nichts tauchte ein dunkelbrauner Hund auf und riss sie fast von den Füßen, da er auf dem Schnee ausrutschte, wo er in letzter Sekunde vergeblich versucht hatte abzubremsen.

»Aua.«

Der Hund blieb verdutzt stehen, schüttelte den Kopf und schaute Marie aus hellbraunen Augen an. Ein Labrador! Das glänzende Fell des Tieres verriet Marie auf den ersten

Blick, dass es topgepflegt war. Während der Hund mit dem Schwanz zu wedeln begann, ließ er sie nicht aus den Augen.

»Du bist ja wunderschön!« Wie von selbst streckte sich Maries Hand aus und strich über das weiche Fell des Labradors. Er fühlte sich weicher an als Luis. Auch wenn er ihrem Hund sehr ähnlichsah, erkannte Marie, dass er einen ganz anderen Charakter hatte als ihr König des Herzens.

»Smilla, komm sofort her. Smilla!« Der Ton, in dem der Hund angesprochen wurde, klang sehr streng.

Die Hündin rappelte sich hoch und schaute in die Richtung, aus der die Stimme kam. Dann wandte sie sich erneut Marie und Traudl zu.

»Hallo, Arne.«

»Traudl, du bist das unter der Mütze, oder? Moin! Entschuldigt, dass Smilla sich nicht gut benehmen kann.«

Ein großer Mann, bekleidet mit einer dicken Daunenjacke, Mütze und Schal, stand jetzt vor ihnen. Sein Gesicht war halb verborgen unter seiner Kopfbedeckung. Den Schal hatte er bis unter die Nase gezogen. Arnes dunkle Stimme hörte sich ganz gedämpft an.

»Komm her, mein Mädchen«, wies er seinen Hund an. »Sie ist ein wenig eigen, seit sie Junge hat.«

»Sie hat Junge?«, fragte Traudl.

»Oh ja. Keine Ahnung, wie das passieren konnte. Ich habe sie schon mal decken lassen. Aber dieses Mal ist es wohl hier draußen am Hundestrand passiert.« Arne schaute sich um, als könnte er so sofort feststellen, welcher von den herumtobenden Rüden Vater der Jungen seiner Hündin wäre.

»Möchtest du nicht wieder einen Hund, Marie? Oh, Entschuldigung. Das hier ist Marie, meine Tochter.« Traudl war näher zu Marie herangerückt und legte den Arm um ihre Tochter. »Und das ist Arne. Er ist der Neffe von Eick.«

Marie nickte, obwohl sie keinen Schimmer hatte, wer Eick war. Smilla war indessen einen weiteren Schritt nach vorn gegangen und stupste verspielt mit der Schnauze gegen Maries Hand. Diese Geste kannte Marie von Lui. Es trieb ihr die Tränen in die Augen. Gut, dass hier draußen der Wind ständig leicht wehte, sodass niemandem auffiel, dass es eben nicht der Luftzug war, der bei Marie für wässrige Augen sorgte. Sie zog ihren Handschuh aus und strich Smilla über das weiche Fell am Kopf. »Ich kann mir gerade nicht vorstellen, dass jemand an King Luis Stelle tritt«, sagte sie, kniete sich dennoch hin und schenkte Smilla die Streicheleinheit, die sie sich so offensichtlich wünschte.

Arne hatte die Arme vor der Brust verschränkt und beäugte die Szene kritisch. Als Traudl sich bückte, um Smilla ebenfalls zu kraulen, duckte sich die Hündin und wich der streichelnden Hand aus. Im selben Atemzug drückte sie sich näher an Marie heran.

»Sie ist seltsamerweise seit der Geburt der Welpen eine echte Menschenfreundin«, sagte Arne, der seine Hündin fest im Blick hatte. Seine Augen blitzten und verrieten, dass sich hinter Schal und Mütze ein kluger Geist versteckte.

»Du magst Hunde?« Arne schaute sie eindringlich an und musterte sie von oben bis unten.

»Ja, sehr.« Marie wollte nichts erklären. Sie konnte nicht. Einem völlig Fremden wollte sie erst recht nichts von sich erzählen! Schlagartig war ihre Traurigkeit wieder in vollem Umfang präsent.

Smilla drängte sich erneut an sie heran und leckte ihr die Hand.

»Man merkt's. Du kannst ja kaum die Finger von Smilla lassen«, antwortete Arne trocken, bevor er sich wieder an die Hündin wandte. »Na, komm, mein Mädchen! Wir wollen Eick als Welpensitter ablösen.« Der Ton, den er gegenüber dem Hund anschlug, war warm und zärtlich. Dieser Arne schien ein anderer Mensch zu sein, wenn er mit seinem Labrador sprach. Marie gegenüber war sein Ton kühl und sachlich gewesen. Wollte er nicht, dass sie den Hund streichelte? Das hätte er aber auch sagen können!

Und was Marie auch interessierte: Da war dieser Mann schon wieder im Gespräch aufgetaucht, dieser Eick! Er schien auf der Insel ja geradezu omnipräsent zu sein.

Arne langte nach Smillas Halsband und nahm sie an die Leine.

»Ich mag es gar nicht, wenn sie gleich zu jedem hinläuft. Also dann.« Er nickte den beiden Frauen zu und lief mit seinem Hund weiter. Smilla warf einen Blick zurück zu Marie, ging aber dann bereitwillig mit Arne davon.

»Wer war das denn?«, fragte Marie. Irgendwie war die Begegnung mit diesem Mann seltsam gewesen. Er war besonders dadurch aufgefallen, dass er mit Unfreundlichkeit glänzte.

»Arne? Ach, der ist ein Inseleinsiedler.«

»Norderneyer Urgestein, oder? Da scheint es hier ja einige zu geben.«

»Oh ja. Und viele davon kenne ich auch mittlerweile ziemlich gut, Eick zum Beispiel. Aber Arne ... Der lebt total zurückgezogen mit seiner Smilla.«

»Na, jedenfalls wirkt Arne seltsam. Er ist so kühl uns gegenüber gewesen.«

»Das ist ein norddeutscher Charakterzug«, stellte ihre

Mutter schulterzuckend fest. Doch Marie war anderer Meinung. Sie dachte daran, wie Arne mit Smilla gesprochen hatte; das hatte so gar nicht kühl geklungen und schien der norddeutschen Art entgegenzustehen.

Eine kurze Gesprächspause entstand, bevor Traudl weitersprach. »Aber recht hast du schon. Arne ist immer kurz angebunden. Ich weiß auch wenig über ihn.«

Marie nickte. »Ist nicht schlimm.« Es war nicht so wichtig, wer dieser Arne war, doch jemand anderes interessierte sie im Moment brennend. »Sag mal, wer ist denn jetzt eigentlich dieser Eick, der in jedem zweiten deiner Sätze vorkommt?«

Marie und ihre Mutter waren weitergelaufen. Langsam kamen sie in ein Strandgebiet, wo immer weniger Menschen unterwegs waren. Es gab nur Meer und Wind – und Schnee. Genau in dem Moment fielen dicke Flocken vom Himmel. Marie fragte sich, wie das nachher wohl mit den Rädern wäre, aber vermutlich wurden die Straßen hier gut geräumt.

Außerdem war der Anblick des herabrieselnden Schnees zauberhaft und verlieh dem Strand eine besinnliche Stimmung durch das frische Weiß, das sich über alles legte.

»Eick ist ein alter Seebär, und seine Leidenschaft war das Krabbenfischen. Jetzt ist er im Ruhestand. Aber bis vor ein paar Jahren war er mit seinem Boot regelrecht verheiratet. Da hat er so gut wie überhaupt kein Privatleben geführt. Jetzt veranstaltet er Wattwanderungen und … Wie könnte ich ihn beschreiben? Ich glaube, du musst ihn einfach kennenlernen! Er kommt heute eh zum Tee vorbei.« Traudl lachte leise.

Das Lachen ließ Marie aufhorchen. Sie schaute ihre Mutter prüfend an. Die hatte den Blick fest nach vorn gerichtet und ließ sich so leicht nicht in die Karten schauen.

»Ich bin schon total neugierig«, erwiderte Marie, was die Untertreibung des Jahrhunderts war. Sie hakte sich wieder bei der Mutter ein, und gemeinsam schlenderten sie weiter in Richtung FKK-Strand. Wenn Arne schon ein Urgestein war, dann war dieser Eick ein Inseldinosaurier. Und mit Sicherheit wusste so ein Inseldino, wo Henriette Carstens wohnte!

Es gab Glühwein und dazu die Ingwerkekse, die Traudl am Vorabend gebacken hatte. Sie hatte aus dem Wohnzimmer den Adventskranz geholt und alle vier Kerzen angezündet. Wahnsinn, wie viel in den letzten Wochen passiert war. Marie kamen sie rückblickend wie eine Ewigkeit als auch wie ein einziger Wimpernschlag vor. Nur noch ein paar wenige Tage, dann wäre Weihnachten schon da.

Auf das Fensterbrett stellte Traudl einen Engel, in dessen Bauch ein Teelicht leuchtete, und klebte noch Strohsterne ans Fenster. Die Küche wurde damit zu einer gemütlichen Weihnachtswunderwelt, besonders weil der selbst gemachte heiße Glühwein nach Zimt und Koriander duftete und den Raum bis in die hinterste Ritze zu erfüllen schien.

Als es an der Tür klingelte, öffnete Traudl blitzschnell die Schleife an ihrer Küchenschürze und hängte sie an den dafür vorgesehenen Haken. Dann strich sie sich über Jeans und Pulli, als würde sie ein Festtagskleid tragen und von Fusseln befreien. Anschließend fuhr sie sich sogar noch durch die Haare. Ihre Wangen hatten eine zartrote Färbung angenommen, und Marie konnte gar nicht anders, als hinter ihrer Mutter her zu grinsen, während die zur Wohnungstür eilte.

»Eick! Wie schön«, sagte sie, und ihre bayerische Sprachfärbung war fast ganz aus ihrer Stimme verschwunden. Sonst hörte man, fand Marie, ihre Herkunft immer sehr deutlich heraus.

Carol of the bells in einer Version von Angelo Kelly drang leise aus dem Wohnzimmer herüber, wo ihre Mutter in ihre altmodische Stereoanlage eine genauso altmodische CD eingelegt hatte. Weihnachtlicher konnte es nicht mehr werden.

»Moin, Edeltraud.« Im Gegensatz zum Dialekt der Mutter, der sich auf wundersame Weise verflüchtigt hatte, drang der von Eick ganz deutlich an Maries Ohr, nicht nur wegen der nordischen Begrüßungsformel, sondern auch, weil er den Namen von Maries Mutter so anders betonte.

Gespannt schaute Marie zur Tür. Als Eick auftauchte, verschluckte sie sich fast an dem Getränk, an dem sie eben genippt hatte. Im Türrahmen stand ein Mann in einem rot-weiß gemusterten, dicken Strickpullover und Jeans. Er hatte wildes, weißes Haar und einen ebenso weißen Bart, den er allerdings sorgfältig gestutzt hatte. Seine Augen blitzten fröhlich, sowie er Marie auf der Bank entdeckte.

»Du musst Marie sein! Edeltraud, warum hast du nicht erzählt, dass deine Tochter kommt?« Ohne auf eine Antwort zu warten, ging er auf Marie zu und streckte ihr seine Hand entgegen.

»Hallo, Marie, du siehst wirklich genauso schön aus wie deine Mutter.« Eick hatte eine tiefe Stimme, und hatte sie eben noch gedacht, dass es in der Küche nicht mehr weihnachtlicher werden konnte? Sie hatte sich ganz offensichtlich geirrt. Aber wer rechnete schon damit, dass der Weihnachtsmann höchstpersönlich in der Küche auftauchte?

»Ich wusste selbst nicht, dass Marie mich besucht. Sie hat mich gestern überrascht.« Traudl stand bereits wieder am Herd und goss Eick ungefragt Glühwein in eine Tasse, während Eick Marie begrüßte. Ihre Hand schien in seiner großen Pranke regelrecht zu verschwinden.

Danach setzte Eick sich auf den Stuhl schräg rechts von Marie. Er war schon oft hier gewesen, das konnte Marie daran sehen, wie selbstverständlich er Platz nahm.

»Na, auf jeden Fall ist es schön, dass du hier bist«, meinte er zu Marie.

»Danke. Es wurde Zeit«, erwiderte sie ohne Umschweife.

Eick nickte, wobei er Marie fest in die Augen schaute. »Deine Mutter hat dich vermisst. Sie hat viel von dir gesprochen.«

Traudl kam mit dem Glühwein zum Tisch. Da die Tasse sehr voll war, stellte sie das Getränk sehr sanft vor Eick ab.

»Danke, meine Liebe.« Er legte sofort seine Hände um das Porzellan, was die Tasse winzig wirken ließ. »Das wird jetzt guttun, ich war eine ganze Weile draußen. Die Brise ist ganz schön frisch jetzt.«

Marie hatte die letzten Stunden gemütlich mit einem Buch auf dem Sofa verbracht, froh, nicht nach draußen zu müssen.

»Was hast du gemacht?«, wollte Traudl wissen, die sich neben Eick gesetzt hatte und an einem der Ingwerkekse knabberte.

»Ach, Martin hat Hilfe im Garten gebraucht.«

»Martin?«, fragte Traudl.

»Herr Rainer.«

»Ach so, natürlich.«

»Er wollte unbedingt eine Lichterkette für seine Frau rund

um den Zaun und dann noch eine auf dem Ginsterbusch. Sie kommt nirgends mehr hin, und Martin tut sich mittlerweile auch schon so schwer mit dem Gehstock. Jedenfalls wollte er ihr eine Freude machen, darum habe ich das schnell für ihn übernommen.« Eick zuckte mit den Schultern. Es war aus seiner Sicht keine große Sache, zusammenzuhalten.

Traudl nippte an ihrem Glühwein. »Lieb von dir.«

Erneut zuckte Eick mit den Schultern. Dann beugte er sich zu seiner Tasse hinunter und schlürfte ungeniert den ersten Schluck des Getränks, um nichts zu verschütten.

»Na, wenn ich dabei helfen kann, jemandem eine Freude zu machen. Ich bin zusammen mit Else zur Schule gegangen. Ist ein Jammer, dass es ihr gesundheitlich so schlecht geht. Aber Martin ist ein Schatz. Er kümmert sich einfach so liebevoll um sie, da könnten sich viele eine Scheibe von abschneiden und noch was lernen.« Er hob seine Tasse vorsichtig und nahm einen weiteren Schluck. »Dein Glühwein ist der beste, Edeltraud!«

Eick und Traudl sahen sich für eine Sekunde tief in die Augen.

»Das Geheimnis ist eine Prise Nelken«, erwiderte Traudl schüchtern.

Eick nickte anerkennend. »Aber sag, was treibt dich hierher?«, wandte Eick sich an Marie.

Er hatte sich auf seinem Stuhl zurückgelehnt und verbreitete durch sein ganzes Dasein reines Wohlgefühl. Man musste Eick einfach mögen, fand Marie. Es gab keine andere Möglichkeit. Schließlich mochte jeder den Weihnachtsmann, nicht wahr?

Marie überlegte kurz. »Meine Mutter, denk ich.«

Eick runzelte die Stirn, legte seine Hände locker in seinen Schoß und wartete.

»Wir haben uns eine Weile nicht gesehen. Außerdem ging es mir nicht so gut und …« Marie zögerte. »Um ehrlich zu sein, glaube ich, wenn es einem schlecht geht, braucht man einfach seine Mutter. Da wird man nie zu alt dafür.«

Eick lachte. Es war ein lautes, dröhnendes Lachen, das seinen ganzen Körper in Bewegung brachte. »Da hast du sicher recht. Ich vermisse meine Mutter heute noch, wenn mich der Schuh drückt. Dabei bin ich selbst schon in Rente.«

Traudl beugte sich über den Tisch und drückte sanft Maries Hand. »Auf jeden Fall freut es mich, dass du zu mir gekommen bist.«

Marie umschloss die Hand ihrer Mutter fester.

»Außerdem habe ich Marie mit Büchern verführt«, sagte Traudl.

»Mit Büchern?« Eick nahm erneut seine Tasse hoch und trank. Für eine Sekunde schloss er die Augen und widmete sich ganz dem Genuss des Glühweins.

»Ja, genau genommen mit denen von Henriette Carstens.«

Eick zog die Augenbrauen hoch. Erst jetzt fiel Marie auf, wie perfekt auch die in sein Gesicht passten: dicht, buschig und schlohweiß.

»Kennst du die Autorin?«, wollte Marie wissen. Normalerweise hätte sie den deutlich älteren Mann nicht einfach geduzt, aber die Tatsache, dass er ihr mit dem Vornamen vorgestellt worden war und außerdem die Stimmung so locker war, ließ ihr das Du wie von selbst über die Lippen kommen.

Eick stellte die Tasse zurück auf den Tisch. »Nun ja. Ein wenig, würde ich sagen.«

Maries Bein klopfte unter dem Tisch einen unhörbaren Takt. Plötzlich war sie aufgeregt. Eick schien etwas zu wissen.

»Lebt sie denn auf der Insel? Auf dem Buch steht, dass sie auf Norderney in einem kleinen Haus wohnt und die raue Seeluft genauso liebt wie Abende am Kaminfeuer.«

Eick grinste. »Oh ja, das kann ich mir bei ihr sehr gut vorstellen.«

»Wo wohnt sie denn?«, hakte Marie nach. Ihr Bein hatte sich mittlerweile selbstständig gemacht und wippte wie wild auf und ab.

»Ich denke, du solltest es in der Wilhelmstraße 5 probieren. Vielleicht wohnt sie noch da. Traudl, erzähl, welche Lieder singt ihr denn nun an Heiligabend mit der Kindergruppe?« Es war sehr offensichtlich, dass Eick das Thema wechseln wollte.

Marie ließ es geschehen. Sie wusste nun, wo ihre neue Lieblingsautorin wohnte. Und sie würde auf jeden Fall dort vorbeischauen. Einfach mal an dem Haus vorbeizulaufen – das war schließlich nicht nur erlaubt, sondern auch absolut unauffällig.

»Ach, ich bin mir noch nicht sicher. Wir haben ein riesiges Repertoire von drei Stücken«, sagte Traudl in diesem Moment und lachte. »Du weißt doch, wie es mit kleinen Kindern ist. Am Ende möchten sie nicht singen, sondern die Leute anstarren.« Plötzlich hatte sich Unsicherheit in Traudls Stimme geschlichen.

»Es wird sicher wundervoll.« Eick legte seine Hand auf die von Edeltraud, die völlig unter seiner verschwand.

Marie sah, wie ihre Mutter errötete.

»Kommst du auch?«, fragte Eick in Maries Richtung.

»Das würde ich mir niemals entgehen lassen«, antwortete Marie und meinte es so.

»Na, siehst du!«, rief Eick aus und deutete auf Marie. »Du hast es gehört! Deine Tochter freut sich auch schon.« Er lachte wieder sein dröhnendes Lachen.

Traudls Gesicht war nun knallrot. Eicks Hand lag noch immer auf der ihren. Plötzlich hatte Marie das Gefühl, das fünfte Rad am Wagen zu sein. Die Stimmung war mit einem Mal anders, irgendwie lag ein Prickeln in der Luft. Allein der Blick, den Eick und Traudl wechselten!

Marie erhob sich von der Eckbank. »Ich glaub, ich mach noch einen Abendspaziergang und schau mir die Stadt mal in der Dunkelheit an. Mit Sicherheit ist die Innenstadt schön beleuchtet.«

Im Stehen trank sie ihren Glühwein aus. Sie wollte eh in die Wilhelmstraße. Ihre Neugier befriedigen, die ihren Körper unter Strom setzte.

»Bist du sicher?« Traudl hatte ihre Hand unter der von Eick hervorgezogen und war ebenfalls aufgestanden.

»Sehr sicher. Ich bin ja schon groß!«, erwiderte Marie grinsend.

Sie ging um den Tisch herum und gab ihrer Mutter einen Kuss auf die Wange. Dann reichte sie Eick die Hand. »Bis bald. Wir sehen uns bestimmt noch mal.« Das war keine Frage. Es war eine Feststellung.

Augenblicke später trat Marie in ihrer warmen Jacke, Mütze und Schal ins Gesicht gezogen, vor die Tür. Sie holte ihr Handy aus der Hosentasche. Wo genau war jetzt die Wilhelmstraße?

7. Kapitel

Es war direkt schade, dass es schon so dunkel war, weil das Haus in der Wilhelmstraße 5 mit Sicherheit hübsch anzusehen gewesen wäre. Im Licht der Straßenlaterne erkannte Marie die roten Klinkerhäuser, die so typisch für Norderney waren. Der Schnee auf dem Dach ließ es aussehen wie aus einem Wintermärchen. Die weißen Fensterrahmen passten perfekt dazu. Auch im Garten lag Schnee. Allerdings war der ziemlich zertrampelt. Warmes gelbes Licht fiel durch ein Fenster auf die Straße, aber die Vorhänge waren zugezogen, sodass Marie nicht erkennen konnte, was in dem Zimmer passierte. Sie hätte zu gern einen Blick auf ihre Lieblingsautorin geworfen. Jedoch stand ihr Name nicht auf dem Briefkasten. Es stand überhaupt kein Name auf dem sichtlich altersschwachen Metallkasten, dessen Farbe schon abblätterte. Vermutlich kannte der Postbote die Einheimischen gut genug, um die Briefe auch so zustellen zu können, mutmaßte Marie.

Tja, was nun? Unschlüssig stand sie vor dem Haus und dachte nach. Sollte sie einfach das Grundstück betreten und klingeln? Nein, das war zu forsch, oder? Unschlüssig trat sie von einem Bein aufs andere. Das Licht innen ging aus und in einem anderen Raum wieder an. Auch hier war der Vorhang zu.

Plötzlich realisierte Marie, dass dem Haus etwas fehlte, was bei allen anderen Gebäuden eine Selbstverständlichkeit zu sein schien: Es gab keine Weihnachtsdekoration, nicht einmal eine kleine Laterne neben der Haustür. Würde eine Henriette Carstens nicht weihnachtlich dekorieren? Ihren Büchern nach zu schließen – natürlich! Sie wäre die Dekokönigin von Norderney, jedenfalls in Maries Fantasie.

Langsam kroch die Kälte in Maries warme Winterstiefel. Vielleicht sollte sie doch bei Tageslicht noch mal wiederkommen. Eben wollte sie sich umdrehen, als die Haustür aufging und ein Schatten hervorhuschte. Dahinter trat eine Gestalt aus der Tür. Kurz wurde sie vom Licht, das aus dem Flur drang, beleuchtet. Dann wurde es wieder deutlich dunkler. Die Person kam Marie vage bekannt vor, allerdings war sie so groß und so kräftig, dass es fast auszuschließen war, dass es sich bei der Gestalt um eine Frau handelte.

Vielleicht handelte es sich um den Mann von Henriette? Durch den knirschenden Schnee liefen der Typ und der Schatten, bei dem es sich offensichtlich um einen Hund handelte, zum Gartentor. Als das Tier Marie bemerkte, begann es, wie wild mit dem Schwanz zu wedeln. Es schlüpfte durch das Tor und rannte direkt auf Marie zu. In diesem Augenblick war Marie sonnenklar, um wen es sich da handelte.

»Oh, hallo Smilla.« Die Labradordame konnte sich beim Anblick ihrer Bekannten vom Strand kaum beruhigen.

»Smilla, komm her!« Das war eindeutig die tiefe Stimme von diesem Arne! »Entschuldigen Sie, meine Hündin gehorcht mir normalerweise aufs Wort.«

»Kein Problem, lassen Sie sie nur.« Marie war längst aus ihrem Handschuh geschlüpft und hatte ihre Hand in das seidenweiche Fell hinter Smillas Ohren vergraben. »Na, du Schöne?«, flüsterte sie.

»Neuerdings macht sie das, keine Ahnung. Wir waren heute Morgen am Hundestrand, da hat sie sich auch so aufgeführt. Vielleicht, weil sie Nachwuchs hat, keine Ahnung.« Offensichtlich erkannte Arne sie nicht wieder, während sie seine Stimme unter Tausenden erkannt hätte, tief, rauchig und vollmundig wie ein guter Cognac.

Arne kam mit gezückter Leine auf Marie und Smilla zu, die Maries Gekraule sichtlich genoss. Jetzt, aus der Nähe, sah Marie selbst im Dunkeln, dass die Hündin ihre Augen halb schloss.

»Das ist total in Ordnung, stimmt's, Smilla?«

»Kennen wir uns?« Arne stand jetzt vor Marie und ihrer Hündin.

»Na ja, kennen würde ich jetzt nicht gerade sagen.« Marie schob sich ihre Mütze ein wenig aus dem Gesicht. »Aber begegnet sind wir uns definitiv schon mal. Ich bin die Frau vom Hundestrand. Und bei Smilla hab ich offensichtlich einen bleibenden Eindruck hinterlassen.« Marie lachte. Es war so kalt, dass sich eine weiße Atemwolke in der Luft bildete.

»Ach, Sie sind das. Die Tochter von Traudl, nicht wahr?« Arne nahm Smilla an die Leine, die ihre Augen wieder geöffnet hatte und ihrem Herrchen einen vorwurfsvollen Blick zuwarf, als er sie von Marie wegzog.

»Ganz genau. Ich heiße Marie.«

»Das hat Ihre Mutter gesagt, oder? Sie hat uns einander vorgestellt.«

»Stimmt.«

Unschlüssig standen Marie und Arne voreinander.

»Na dann«, meinte er schließlich und wandte sich zum Gehen. Marie sah ihre Chance, etwas über Henriette Carstens zu erfahren, schwinden.

»Äh, gehen Sie denn in die Stadt? Da wollte ich nämlich gerade hin. Vielleicht könnten Sie mir den Weg zeigen? Heute ist mein erster Tag auf der Insel«, wagte sie einen Vorstoß.

»Hm. Na gut.« Arne klang nicht besonders begeistert. Wieder schauten kaum mehr als seine Augen zwischen Schal und Mütze hervor. Seine Nase war unauffällig, fand Marie. Sie hätte zu gern gewusst, wie er wirklich aussah.

»Die Richtung«, sagte er und zeigte mit dem Finger nach rechts.

»Danke.«

Schweigend liefen Smilla, Arne und Marie nebeneinanderher. Die Hündin zerrte nicht an der Leine, sie trottete brav neben ihrem Besitzer her, ein Zeichen dafür, dass sie gut erzogen war.

Es tat gut, sich wieder zu bewegen. Die klirrende Kälte kroch einem schnell in die Knochen.

»Sagen Sie mal, kann ich Sie etwas fragen?« Marie musste es einfach wissen.

»Was denn?« Arne machte einen weiten Schritt über einen großen Schneehaufen.

»Ich hab erfahren, dass Henriette Carstens unter Ihrer Adresse wohnt. Können Sie mir etwas dazu sagen?«

Abrupt blieb Arne stehen. »Wer hat das gesagt?« Er klang so kalt, wie sich die Luft anfühlte. Sie befanden sich direkt unter einer Straßenlaterne. Es hatte wieder angefangen zu schneien, und weiche Flocken tanzten im Licht.

Smilla schien den Zug der Leine zu spüren und platzierte sich sofort neben ihrem Herrchen.

»Eick. Er ist ein Freund meiner Mutter, sieht ein wenig wie ein Weihnachtsmann aus und ...«

»Ich kenne ihn«, unterbrach Arne Marie.

»Ah. Ja, natürlich.« Marie spürte, dass die Stimmung total gekippt war. Aber sie wusste nicht, warum. Plötzlich wirkte Arnes Größe einschüchternd auf Marie.

»Er ist ein Dampfplauderer. Ich habe ihm schon Tausende Male gesagt, dass er aufhören soll, sein Seemannsgarn überall zu spinnen. Vermutlich wollte er hilfsbereit sein oder nicht zugeben, dass er keine Ahnung hat.«

So war Eick Marie überhaupt nicht vorgekommen. Im Gegenteil, er schien ihr ein liebevoller und aufrichtiger Mann zu sein, einer von den Menschen, die das Herz am rechten Fleck trugen. Aber sie kommentierte dies nicht weiter und schwieg.

»Also. Ich muss jetzt auch weiter. In die Innenstadt geht es da lang. Und außerdem wäre ich dankbar, wenn Sie mich in Zukunft in Ruhe ließen.« Mit diesen Worten setzte Arne sich in Bewegung. Er marschierte so zügig mit langen, weit ausholenden Schritten davon, dass Smilla einen Moment brauchte, in dem sich die Leine spannte, bevor sie hinter Arne hertrabte. Marie blieb allein unter der Straßenlaterne zurück. Sie war so verblüfft über die Unfreundlichkeit des Mannes, dass sie ihm fassungslos hinterherstarrte. Was für ein Rüpel!

Langsam lief sie auch in die Richtung, in der auch Arne verschwunden war. Sie legte wirklich keinen Wert darauf, diesem Typ noch mal zu begegnen. Es würde wirklich keine Herausforderung sein, ihm künftig aus dem Weg zu gehen, wie er es sich gewünscht hatte.

»Ich muss dir das einfach zeigen.« Maries Mutter war selten aufgekratzt. Es war der Tag vor Heiligabend. Den Morgen hatten sie damit verbracht, Traudls Weihnachtsbaum aufwendig zu schmücken. Ungewöhnlich bunt zierte er nun das Wohnzimmer und war ein herrlich glitzernder Blickfang, der vor dem Fernseher thronte. Der Baum passte gerade so in den Raum, nachdem sie die Spitze abgeschnitten und durch eine Christbaumspitze ersetzt hatten.

Danach hatte Traudl Marie mehr oder weniger gezwungen, den romantischen Liebesroman, den sie im Bücherregal ihrer Mutter gefunden hatte, beiseitezulegen und mit ihr zusammen zu einem Stadtbummel aufzubrechen. Doch dann waren sie gar nicht in der Fußgängerzone gelandet, wie Marie erwartet hatte, sondern mit ihren Rädern am Deich entlanggefahren und schließlich an der Sternwarte vorbeigekommen. Traudl hatte nicht den direkten Weg gewählt, sondern war eine Schleife geradelt, die ihnen einen wunderbaren Ausblick übers Meer schenkte. Es waren viele Leute unterwegs, sie ließen Drachen steigen oder flanierten die Uferpromenade entlang. Eine Gruppe Kinder baute eine riesige Sandburg. Es war die größte, die Marie je erblickt hatte. Ziemlich am Ende des Radwegs auf dem Deich konnte man sogar einen einzelnen Surfer beobachten, der sich trotz der winterlichen Temperaturen ins Wasser gewagt hatte. Marie fröstelte schon allein bei seinem Anblick. Schließlich lotste die Mutter Marie vom Deich weg, und sie kamen bei der Sternwarte vorbei.

»Ich habe schon mal einen Vortrag hier besucht, das Ehepaar, das die Sternwarte leitet, ist sehr nett. Ich habe sogar den Mond durch das Teleskop gesehen«, hatte Traudl erzählt. »Ich finde so was absolut unterstützenswert, eine privat geführte Sternwarte. Ich meine, wo gibt es so was denn noch?«

Marie hatte keine Ahnung, ob es so was wie eine private Sternwarte überhaupt irgendwo anders gab als hier auf dieser Insel, die immer wieder für eine Überraschung gut zu sein schien. Ihre Mutter wollte Marie noch etwas anderes zeigen, und selbst auf Maries bohrende Nachfragen schüttelte Traudl nur den Kopf. »Du musst dich noch etwas gedulden«, meinte sie bloß.

Dann trat Maries Mutter so schnell in die Pedale, dass Marie Angst hatte, dass Traudl auf der glatten Straße einen Unfall bauen könnte, als sie in der Kurve kurz ins Schlingern geriet.

Plötzlich bremste die Mutter vor einem Haus ab. »Da wären wir.«

Marie brauchte einen Moment, um zu verstehen, was sie da sah.

Das Gebäude selbst war unspektakulär, schon etwas älter, roter Klinker, wie bei den meisten Häusern auf dem Eiland. Aber neben der Tür war ein Schaufenster, in dem Glaswaren ausgestellt waren. Auf Tannenzweigen lagen verschieden Kugeln. Marie erkannte sofort, dass es sich um handgemachte Stücke handelte.

Daneben standen fragile Tiere und sogar kleine Engel aus Glas.

»Es gibt auf Norderney eine Glasbläserin, sie heißt Deetje und hat mir angeboten, dass wir uns mal ihre Werkstatt anschauen dürfen.« Traudl schaute Marie erwartungsvoll an.

Marie wurde von dem Schaufenster magisch angezogen. Erneut ließ sie ihren Blick über die Glasarbeiten wandern. Etwas stimmte nicht ganz. Sie hätte nicht sagen können, was es war, aber … Vielleicht war es die Tatsache, dass die Dekoration des Fensters so wenig gelungen war. Oder dass die Scheibe schon ein wenig blind wirkte. Eines der Vögelchen hatte einen leicht schiefen Hals. Obwohl es eindeutig als Möwe zu erkennen war, schien das Kunstwerk nicht ganz gelungen zu sein.

»Woher kennst du die Glasbläserin?«, fragte Marie.

»Deetje bringt ab und zu ihren Enkel Marco zu den Bastelstunden für die kleineren Kinder mit.« Traudl lehnte ihr Rad gegen die Hauswand. »Sie ist die Schwester von Eick und damit die Tante von Arne«, erklärte Traudl grinsend. »Hier auf der Insel sind viele Familien weitverzweigt. Jedenfalls hat Deetje gemeint, dass sie sich freut, wenn wir vorbeikommen. Ich schätze, sie ist manchmal ein wenig einsam. Besonders seit ihre Tochter Sonja mit Marco weggezogen ist und der Junge nur noch zu Besuch herkommt.«

Marie löste ihren Blick von einem Glasfisch, dessen eines Auge minimal größer als das andere wirkte. Auch wenn er diese kleine Macke hatte, war er wunderschön. Deetje musste eine Meisterin ihres Fachs sein – drum verstand Marie auch die kleinen Fehler in ihren Werken nicht. Sie war wirklich neugierig auf die alte Dame.

»Wann können wir denn vorbeikommen?«

»Oh, ich habe Deetje gestern beim Einkaufen getroffen, und sie ist momentan viel in der Werkstatt, sodass wir sie jederzeit besuchen können. Der Weihnachtsmarkt steht bevor, da arbeitet sie viel.«

»Der Weihnachtsmarkt?« Marie erinnerte sich. »Ist das dieser nachweihnachtliche Markt?«

Traudl nickte. »Ja genau, der *Winterzauber*-Markt, von dem ich dir erzählt hatte. Der Markt findet zwischen den Jahren statt, also gleich nach Weihnachten fängt er an, und er endet an Neujahr. Deetje hat jedes Jahr einen Stand dort und verkauft ihren herrlichen Weihnachtsschmuck. Vielleicht ist dir meine Baumspitze aufgefallen? Die habe ich auch bei Deetje gekauft.«

Marie erinnerte sich an die herrliche Glasarbeit. Sie war ihr schon aufgefallen, als sie das Kunstwerk über den Wipfel des Christbaumes gesteckt hatte. Besonders die filigranen Muster auf der Spitze, die sorgfältig mit einem Optischen, einem Werkzeug, dessen senkrechte Rippen diese wunderschönen Strukturen erzeugte, geschaffen wurden, hatten Marie gefallen. Sterne mit kleinen Ornamenten zierten das rote Glas zusätzlich, und es war unübersehbar gewesen, dass es sich um eine Handarbeit handelte.

»Ja, die habe ich gesehen. Eine wunderschöne Arbeit.«

Traudl nickte. »Ich habe ja keine Ahnung davon, aber sie hat mich vor zwei Jahren auf dem *Winterzauber*-Markt regelrecht angesprungen. Also die Spitze, nicht Deetje.«

Marie lachte. »Das war mir schon klar.«

Traudl stimmte mit ein. Dann wurde sie wieder ernst. »Also, hast du Lust auf eine Werkstattbesichtigung?«

»Selbstredend.« Wie immer, wenn es um die Glasbläserei ging, spürte Marie es in ihren Fingern kribbeln. Ein inneres Anspannungsgefühl, ja freudige Erwartung bemächtigte sich ihrer, und sie konnte es kaum erwarten, die Werkstatt zu besichtigen. Es war Jahre her, dass sie einen Fuß in eine Glaswerkstatt gesetzt hatte.

Als Traudl die Eingangstür aufstieß, folgte Marie ihr. Das Bild, das sich den beiden Frauen bot, würde Marie in ihrem ganzen Leben nicht vergessen.

Vor einem starken Brenner, der eine gierige Flamme ausspie, saß eine sehr alte Frau, deren Gesicht so faltig war wie ein zusammengeknülltes Papier, das man zu glätten versucht hatte und gescheitert war. Einzig das Licht der Flamme beleuchtete ihre Züge. Sie hatte ihren Kopf weit zurückgelegt. Ihre knochige, runzelige Hand hielt den Stil fest, durch den sie gerade Luft in das angeschmolzene Glas blies. Schnell entstand die Form einer perfekten Kugel, während sie das Glaselement mit ihren Fingern drehte. Sie behandelte ihr Werk so liebevoll, dass Marie sofort erkannte, dass die Frau ihrer großen Leidenschaft nachging, wenn sie dem Glasrohling Leben einhauchte. Fertige Christbaumkugeln lagen in einem Regal in kleinen Kisten, die innen mit Samt bezogen waren. Daneben standen die Glasrohre und die Rohlinge, aus denen die unterschiedlichsten Glaskunstwerke entstehen konnten. Alles war in das rote Licht der Flamme getaucht. Es war sehr warm in dem Raum, so warm, dass Maries Gesicht zu glühen schien und ihr bewusst wurde, wie kalt es draußen auf den Rädern gewesen war.

Als Deetje ihre Gäste erblickte, nickte sie ihnen zu. Aber sie hielt nicht in ihrer Arbeit inne. Stattdessen umfasste sie weiterhin zärtlich den Stiel, der soeben noch als Blasrohr gedient hatte, mit den Fingern und drehte ihn, bis das Glas so weit abgekühlt war, dass sie es bis zum vollständigen Erkalten in eine der Vorrichtungen stellen konnte, die noch weitere Kugeln enthielt.

»Gleich mache ich noch die Haken.« Deetjes Stimme

klang ganz rostig. Sie lächelte, und ihr Gesicht wurde noch runzliger. Marie wusste, dass die alte Dame mit dem grauen Dutt die Aufhänger meinte, wo später bunte Bänder durch die entstandenen kleinen Öffnungen aus Glas gezogen werden konnten, um den handgemachten Kugeln Ehrenplätze am Weihnachtsbaum zuteilwerden zu lassen. Es erforderte Fingerspitzengefühl, sie schön zu formen, doch dass Deetje eben eine perfekte Kugel geformt hatte, trotz ihres Alters, ließ auf große Fertigkeiten schließen.

»Moin, ich bin die Deetje!« Die alte Dame drehte sich um. Eine Krücke lehnte an dem Stuhl, auf dem sie gesessen hatte. Sie griff geschickt danach und richtete sich langsam auf, wobei sie sich auf die Gehhilfe stützte. Doch ein runder Rücken blieb. Man sah, dass Deetje vom Alter gezeichnet war. Allerdings war ihr Händedruck fest und erinnerte an eine junge Frau, ihre Haut fühlte sich weich wie Seide an, und sie sprach schnell, ein bisschen so, als hätte sie nur ganz wenig Zeit.

»Und wer bist du?«

Marie war so vom Anblick der ungewöhnlichen Frau fasziniert gewesen, dass sie darüber ganz vergessen hatte, sich vorzustellen.

»Oh, Marie. Entschuldigung. Ich bin Marie, Traudls Tochter.«

»Herzlich willkommen in meinen heiligen Hallen.« Deetje kicherte. Jetzt war Marie endgültig überzeugt, dass die alte Glasbläserin eine junge Frau in einem alten Körper war. Deetje zeigte mit ihrer freien Hand auf den Brenner, das Regal, die Glasrohre an der Wand und die Schuber, in denen sich feine Glaspartikel befanden, mit denen man Muster und

Schattierungen ins Glas zaubern konnte, wenn man die Partikel miterhitzte.

Die Werkzeuge, das sah Marie, waren alt, aber das verlieh der Werkstatt zusätzlichen Charme. »Wie schön du es hier hast!«

Marie entdeckte das Zwackeisen, mit dem man Glas vorformen und modellieren konnte, das Wulgerholz, ein feuchtes Buchenholzklötzchen, um flüssiges Glas an der Glasmacherpfeife anzubringen. Am liebsten hätte Marie sich sofort in die Arbeit gestützt. Sogar an die Handbewegung, mit der sie auf Murano wieder und wieder begonnen hatte, ein Glaspferd zu modellieren, erinnerte sich ihr Körper genau.

»Oh, danke. Ich liebe es auch, hier zu sein.« Deetje schaute sich um. »Mögt ihr ein Tässchen Friesentee mit mir trinken?«

»Sehr gern«, mischte sich Traudl ein, die die ganze Zeit still gewesen war. »Es ist ganz kalt draußen.«

»Wunderbar!« Deetje strahlte. »Aber zu lang habe ich nicht Zeit.«

Schwer auf ihre Krücke gestützt, ging Deetje zu einer kleinen Nische mit zwei Kochplatten, einer Spüle und einem Wasserkocher. Darunter befand sich ein kleiner Kühlschrank. Es gab auch eine kleine Sitzecke mit einer Eckbank. Alle Möbel waren alt, die Sitzbezüge verschlissen. Doch sowohl Küchenbereich als auch die Sitzecke waren blitzsauber. Deetje schritt zu einer Stehlampe, die sofort warmes Licht im ganzen Raum verströmte, nachdem sie sie eingeschaltet hatte. Der antik wirkende Schirm war mit orangefarbenem Stoff bezogen. Ein wenig war es in der Werkstatt so, als wäre man in die Siebzigerjahre zurückversetzt worden. Auf dem Tisch stand Kandiszucker. Deetje holte aus dem Kühlschrank noch Sahne, die sie in einem kleinen Glaskännchen aufbewahrte. Mit Sicherheit hatte Deetje das Gefäß selbst gemacht.

Augenblicke später saßen die drei Frauen miteinander am Tisch, und der Tee duftete köstlich. Marie nahm sich ein Kluntje und ließ es in ihre Tasse fallen, wo der Kandiszucker leise knisternd den Tassenboden erreichte. Kein Wunder, dass man hier im Norden so teeverrückt war, dachte Marie, während sie nach dem Glaskännchen griff und einen großzügigen Schuss in ihren Tee gab.

»So ein schönes Wulkje.« Deetje lächelte Marie zu, während sich die Sahne wie eine kleine Wolke ausbreitete. »Ich mag Frauen, die ein ordentliches Wölkchen in ihren Tee geben.« Die alte Dame tätschelte Maries Hand voller Wohlwollen. Nun sah Marie, dass ein Bleistift im Dutt der Glasbläserin steckte.

Traudl gab ebenfalls etwas Sahne in den Tee, während es bei Deetje ein großzügiger Schuss und zwei Kluntjes wurden, die in ihrer Tasse fröhlich klirrten, als sie das Getränk umrührte.

»Die Werkstatt ist wunderschön«, platzte es aus Marie heraus, die nicht damit aufhören konnte, sich im Raum umzuschauen. Auch jetzt, wo der Brenner aus war, war es warm hier. Es roch nach Glasbläserei, ein einzigartiger Duft. Marie wurde sich erst jetzt, als sie ihn wieder roch, dessen bewusst, wie sehr sie ihn vermisst hatte.

Deetje strahlte. »Oh, danke, mein Kind. Aber ich fürchte, ich muss dir viel erklären, bis du den vollen Umfang dessen verstehst, was ich hier habe. Es ist eine wahre Schatzkammer, musst du wissen.«

»Vorhin hast du mit einer Glasmacherschere gearbeitet. Das dort drüben ist ein Wulgerholz, und daneben liegt ein Hefteisen.« Marie deutete auf die Werkzeuge, während sie sie aufzählte.

»Oh.« Deetje hielt mitten in der Rührbewegung inne. »Du kennst dich aus?«

Eifrig nickte Marie. »Oh ja. Ich bin gelernte Glasbläserin.«

Die alte Dame musterte Marie interessiert. »Warum hast du mir das nicht erzählt, Traudl?«

»Oh, ich glaube, das war an Marie selbst, dir von sich zu erzählen.« Traudl nippte an ihrem Tee. »Sie hat lange nicht mehr in ihrem Beruf gearbeitet.«

»Kannst du es noch?«

Die Frage überraschte Marie. »Verlernt man das?«, stellte sie die Gegenfrage, und aus Deetje platzte ein lautes Lachen hervor.

»Das war eine wunderbare Antwort!«, rief sie aus und klatschte in die Hände.

Auch Marie musste lachen, einerseits über Deetjes Reaktion, andererseits freute sie sich aber auch über die Begeisterung der alten Glasbläserin.

»Und deine Mama hat dir nichts von mir erzählt?«, wollte Deetje wissen.

»Nein.« Marie schaute zu ihrer Mutter. »Warum eigentlich nicht?«

»Ich wollte, dass du Deetje unvoreingenommen kennenlernst.«

Marie runzelte die Stirn. Sie verstand nicht.

»Deetje hier braucht Unterstützung, hat sie gesagt. Und dass es sehr schwer ist, eine gute Glasbläserin zu finden. Als du dann hier aufgetaucht bist und ich darüber nachgedacht habe, was ich dir alles auf der Insel zeigen möchte, ist mir sofort Deetjes Werkstatt eingefallen. Und weil sie gemeint hat, dass sie Verstärkung sucht, wollte ich, dass ihr euch zumindest mal trefft.«

Deetje grinste. »Also, ich finde das ganz wunderbar, dass du da bist, Marie. Hättest du denn Lust, mir auszuhelfen? Ein paar Tage würden schon reichen, vorausgesetzt, du kannst einfache Weihnachtskugeln herstellen.«

Traudl lachte. »Marie macht wunderschöne Sachen. Sie hat sogar in Murano gelernt. Selbst Figuren und Tiere aus Glas sind für sie kein Problem.«

Hörte sie in der Stimme ihrer Mutter tatsächlich Stolz? »Also, Mama, du bedenkst aber schon, dass ich seit Jahren aus der Übung bin?«

Deetje warf Marie über den Rand ihrer Tasse einen prüfenden Blick zu. »Wie wäre es, wenn du einfach mal rüber zum Brenner gehst?«

»Darf ich das denn?« Sofort begann es in Maries Bauch zu kribbeln. Ihre Finger juckten regelrecht vor freudiger Erwartung. Ja, sie wollte unbedingt an den Tischbrenner. In ihrem Kopf entstand bereits eine Idee für eine Kugel. Sie wusste genau, was sie kreieren wollte!

»Fühl dich wie zu Hause. Deine Mutter und ich werden einen Klönschnack halten, und du schaust mal, wie dir meine Werkzeuge so gefallen. Oder, Traudl?«

Traudl nickte.

»Oh, danke. Wirklich, Deetje, das ist das schönste Weihnachtsgeschenk in diesem Jahr!« Obwohl Marie in diesem Jahr, bis auf das Bücherpaket ihrer Mutter, noch kein einziges

Geschenk bekommen hatte, war sie sicher, dass der unerwartete Besuch in der Glasbläserwerkstatt ihr absolutes Jahreshighlight war.

Sie stand auf und marschierte direkt auf den Brenner zu. Alle Werkzeuge, die sie brauchen würde, waren vorhanden, wie ihr ein kurzer Kontrollblick verriet. Hoch konzentriert machte Marie sich an die Arbeit. In ihrem Kopf war die Christbaumkugel, an die sie dachte, schon fertig, während sie den Brenner einschaltete und die Wärme der Flamme auf der Haut spürte. In dem Moment, in dem sie nach dem Glasrohr griff, das sie sich ausgesucht hatte, versank die Welt um Marie herum, und sie tat, wofür ihr Herz seit Jahren schlug.

Sie wusste nicht, wie viel Zeit verstrichen war, als sie aus der Arbeit wiederauftauchte. Die Teekanne war leer, Deetje und Traudl sprachen über das Blumengeschäft der Insel. Marie hörte heraus, dass es von einer Lina betrieben wurde. Das war bestimmt die Lina, die sie auf der Fähre kennengelernt hatte.

»Ich geh ja eher wegen der Erdbeertörtchen hin, also jedenfalls im Sommer war das so.« Deetje lachte. »Hast du schon die Kuchen dort probiert? Sie sind köstlich!«

»Ich dachte, ihr redet von einem Floristikgeschäft?«, fragte Marie, die der Unterhaltung nicht mehr folgen konnte.

»Oh ja. Aber es gibt dort auch einen kleinen Bereich, wo man Kaffee, Tee und Kuchen bekommt. Warst du noch nicht dort? Das musst du nachholen! Jetzt in der Weihnachtszeit gibt es dort einen herrlichen Gewürzpunsch.« Deetje verdrehte die Augen beim Gedanken an diesen Genuss. Es sah sehr lustig aus, fand Marie.

»Na, Mariechen, was hast du denn gestaltet?« Traudl war neugierig wie immer und wechselte das Thema abrupt und ohne jeden Übergang. Erwartungsvoll schaute sie ihre Tochter an.

Marie hielt die Kugel am Aufhänger fest. »Hier, bitte.« Vorsichtig legte sie den Glasschmuck auf dem Tisch ab, direkt vor Deetje, die mit leicht zitternden Fingern danach griff. Die Mimik der alten Dame veränderte sich, während sie die Christbaumkugel hochnahm, die Marie gefertigt hatte.

»Oh mein Gott«, sagte sie schließlich, während ihre Finger über die Kugel strichen. Marie hatte eine durchsichtige Kugel gestaltet. Unten jedoch war sie blau, und Marie hatte Wellen angedeutet. Darüber war die Kugel von orangefarbenen Sprenkeln durchzogen, die einen Sternenhimmel symbolisieren sollten. »Sie ist perfekt.« In den Augen der Glasbläserin standen Tränen.

Dass das Lob der Frau Marie freute, wäre untertrieben gewesen. Es traf sie mitten in ihre Glasbläserseele, denn schon als sie die Christbaumspitze in der Hand gehalten hatte, wusste sie, dass deren Herstellerin eine Meisterin ihres Faches war. Von ihr gelobt zu werden hatte deshalb Gewicht.

Deetje schaute von der Kugel, die sie wie eine Kostbarkeit in den Händen hielt, auf. »Hilfst du mir? Magst du? Möchtest du ein paar Tage bei mir arbeiten?«

Marie konnte es nicht glauben. Ausgerechnet hier, auf einer Insel, die für sie lange nicht viel mehr als das Nirgendwo gewesen war, fand sie eine Glasbläserei, noch dazu eine, die bereit war, ihr eine Chance zu geben, und wenn es nur für ein paar Tage war.

»Gern. Wahnsinnig gern«, antwortete Marie aus dem Bauch heraus, ganz ohne zu überlegen.

»Dann sind wir im Geschäft.« Deetje streckte ihre Hand aus, und Marie griff danach. Zum ersten Mal seit Langem fühlte Marie sich rundum glücklich.

Das *Goode Wind* war nicht irgendeine Bar, hatte Deetje augenzwinkernd gesagt. Sie hatte darauf bestanden, mit Marie auf eine gute Zusammenarbeit anzustoßen. Die Erleichterung, dass sie jemanden gefunden hatte, der ihr kurzfristig helfen konnte, war wie ein frühes Weihnachtsgeschenk für sie, meinte die alte Dame. »Und dann auch noch jemand so talentiertes.« Deetjes Augen hatten gestrahlt. Doch kurz darauf hatten sie sich verdunkelt, als ob ein Gewitter darin aufgezogen wäre. »Ich kann das leider nicht mehr so gut, solche Kunstwerke.« Ihre Unterlippe hatte sogar für einen Moment gezittert. Dann bemerkte sie es und fuhr mit der Hand über ihren Mund, wie um das Zittern wegzuwischen. »Ich bin nicht mehr topfit, der Körper spielt nicht mehr so mit.«

Das war alles, was Deetje an Erklärung abgab. Danach erhob sie sich und griff nach ihrer Krücke. »Na, kommt, wir gehen einen Cocktail trinken.« Damit machte sie mehr als deutlich, dass sie nichts weiter zu ihrem Gesundheitszustand sagen wollte. Und Marie war auch klar, warum die Kugeln in den Kühlvorrichtungen eher einfache Arbeiten waren. Schön, das ja, aber keine Herausforderungen.

Nun saßen die drei Frauen in einer Nische des *Goode Wind,* und vor Marie stand ein Cocktail, der Sternschnuppe hieß und der Marie wegen seines Namens dazu verleitet hatte, ihn zu bestellen. Er schmeckte frisch und nach Sommer. Vermutlich wegen des Maracujasafts oder wegen der Zitronennote, die Marie herauszuschmecken glaubte.

Deetje hatte einen Cocktail auf Eierlikörbasis bestellt und Traudl ein Bier. Sie sei, sagte sie, nicht der Typ für Mixgetränke. Leise Musik und schummriges Licht sorgten für Stimmung, und auch wenn das Lokal um diese Zeit, am sehr späten Nachmittag und noch dazu am Tag vor Heiligabend, nur spärlich besucht war, strahlte es Gemütlichkeit aus. Hinter der Theke befanden sich mehr Spirituosenflaschen, als Marie je auf einem Haufen gesehen hatte. Deetje trank einen großen Schluck ihres Cocktails. Sie war einfach durch und durch eine Genießerin, das hatte Marie mittlerweile schon herausgefunden.

Traudl nahm sich eine Handvoll der Salzstangen, die ihnen zum Knabbern hingestellt worden waren. Sie sah über die Maßen zufrieden aus.

»Sag mal, Deetje, wann soll ich denn dann anfangen? Nach Weihnachten?«, fragte Marie. Sie hatte den Aushilfsjob zugesagt, ohne sich überhaupt nach den Konditionen zu erkundigen, so sehr war sie von ihrer eigenen Begeisterung mitgerissen worden. Sie wusste noch nicht mal, wie viel Geld sie verdiente. Und wenn es nach ihr ging, das musste sie zugeben, war es für sie schon Lohn genug, dass sie so viel Zeit mit Glasblasen zubringen würde.

»Nun ja, also … Es gäbe schon noch einiges zu tun. Ich muss aber dazusagen, dass ich dir nicht wahnsinnig viel bezahlen kann«, gab Deetje zu und begann verlegen an der Serviette herumzuzupfen, auf der ihr Cocktailglas stand. Als könnte sie Gedanken lesen.

»Das Hauptproblem ist der *Winterzauber*. Na, eigentlich

ist das kein Problem, es ist die Zeit im Jahr, in der ich für gewöhnlich den größten Umsatz mache. In diesem Jahr war ich allerdings so angeschlagen, dass ich noch nicht genug Weihnachtsschmuck habe, den ich nach den Feiertagen verkaufen kann. Um ehrlich zu sein, habe ich sogar überlegt abzusagen. Aber dann fehlt mir das Einkommen. Es ist wirklich ein Teufelskreis. Bevor du in der Werkstatt aufgetaucht bist, dachte ich, ich biete einfach ein paar Altbestände an. Jeder hat doch ein paar besondere Stücke, oder?«

Marie nickte. Sie dachte an die große Kugel daheim im Küchenfenster. Niemals hatte sie auch nur im Entferntesten daran gedacht, diese Kugel zu verkaufen. Dass Deetje ihre eigenen Liebhaberstücke verhökern wollte, sagte viel über ihre Verzweiflung aus. Plötzlich tat Marie die alte Frau leid.

»Ich hab an den Feiertagen nichts Besonderes vor«, meinte sie, um Deetje ein wenig entgegenzukommen. Und das stimmte. Es würde ihr eine Freude sein, täglich ihrer Leidenschaft nachgehen zu können.

»Wirklich?« Schlagartig hörte Deetje auf, ihre Serviette zu malträtieren. »Du würdest ehrlich an den Weihnachtsfeiertagen arbeiten?«

Marie lachte. »Ich würde es nicht mal als Arbeit bezeichnen. Als ich vorhin die Kugel angefertigt habe, wurde mir erst klar, wie sehr mir mein Handwerk gefehlt hat. Außer du hast was dagegen, Mama?«

Energisch schüttelte Traudl den Kopf. »Oh nein. Ich hab nichts dagegen, wenn du endlich wieder glücklicher wirst. Da kann der Weihnachtsbraten auch gern bis nach Feierabend warten.«

Kurz legte die Mutter ihrer Tochter die Hand auf den Arm.

Deetje strahlte. »Das ist …« Sie rang nach Worten. »Das ist einfach …«

Nein, sie fand sie nicht. Stattdessen setzte sie neu an. »Danke, Marie. Ich bin sehr erleichtert. Aber es sollte reichen, wenn du übermorgen anfängst, an Heiligabend solltest du nicht arbeiten. Vielleicht kann ich dich auch prozentual beteiligen. Darf ich darüber schlafen?«

Marie nickte. »Kein Problem. Und du zahlst mir einfach, was du kannst, okay?« Sie hob ihr Glas. »Kommt, lasst uns noch mal anstoßen. Danke, Mama, dass du Deetje und mich zusammengebracht hast.«

Marie schaute zu ihrer Mutter. Aber deren kleines Bierglas war schon leer. »Warte, ich hol dir noch eins.« Deetje hatte es ebenfalls bemerkt, griff nach dem Glas, bevor jemand etwas einwenden konnte, stand auf und ging etwas wackelig in Richtung Theke davon.

»Ich hoffe, ich mische mich gerade nicht zu sehr ein. Wenn, dann musst du es mir sagen.« Traudls Gesichtsausdruck war ernst.

»Nein, das machst du nicht. Wenn ich ehrlich bin, tut es mir wahnsinnig gut, hier zu sein und von dir umsorgt zu werden.« Denn genau so fühlte es sich an. Jahrelang hatte Marie ihr Leben ganz allein auf eigenen Schultern getragen, auch wenn sie mit Chris zusammen gewesen war. Natürlich gehörte es zum Erwachsenwerden dazu, Verantwortung zu übernehmen. Aber Marie genoss es, sich morgens mal an einen gedeckten Frühstückstisch zu setzen und frische Brötchen serviert zu bekommen. Traudl hatte sogar Schokocreme besorgt, weil Marie die so liebte. Vielleicht war die mütterliche Fürsorge genau das, was Marie gebraucht hatte.

Sie griff nach einer Salzstange, ohne es zu merken, und kaute darauf herum.

»Dann ist es ja gut. Ich freu mich jedenfalls, dass du wieder als Glasbläserin tätig wirst. Die Kugel, die du vorhin gemacht hast, ist so ein Schmuckstück! Ich glaube, ich habe einen riesigen Fehler begangen, als ich ...«

»Seht mal, wen ich mitgebracht habe!« Deetjes Stimme unterbrach Traudl, die ganz in das Gespräch mit Marie vertieft gewesen war.

Neben Deetje stand ein Mann, der fast doppelt so groß wie die kleine Seniorin wirkte. Er hielt ein Buch in der einen und eine Tasse in der anderen Hand.

»Das ist Arne, mein Neffe.«

Arne wirkte sehr peinlich berührt, als er erkannte, zu wem Deetje ihn da an den Tisch geführt hatte. »Na los, setz dich«, kommandierte Deetje, stellte das Bier für Traudl ab und ließ sich schwerfällig auf ihren Stuhl fallen, als hätte sie einen mehrstündigen Spaziergang hinter sich.

Arne stand noch immer herum.

»Arne?«, hakte Deetje nach. »Mach schon! Wir wollten nämlich gerade anstoßen. Es gibt nämlich was zu feiern.«

Arne räusperte sich. Schließlich setzte er sich, die Kaffeetasse und das Buch noch immer in den Händen.

Schwarze Rosen las Marie. Sie hatte diesen Titel noch nie gehört. Er klang bocklangweilig. Sicher passte das Buch damit perfekt zu Arne, dachte sie etwas gehässig. Dennoch kam sie nicht umhin, ihn genauer zu mustern. Sie hatte ihn sofort erkannt. Die Größe, die Körperhaltung, seine blitzenden, dunklen Augen – all das verriet ihn. Sie sah, dass er etwas längere dunkle Haare hatte, die ihm ohne Mütze immer wieder in die Augen hingen und die er mit einer lässigen Bewegung aus dem Gesicht strich. Markante Wangenknochen, eine gerade Nase und ein Ohrring fielen Marie auf, als sie Arne betrachtete. Es gab wenige Männer, denen ein Ohrring stand. Arne war einer von ihnen. Er trug einen dicken Norwegerpullover und Jeans, dazu war sein Hals von einem unmodernen Schal umschlungen, der mit Sicherheit wärmte, aber nicht dazu beitrug, sein Outfit aufzuwerten. Marie war sich sicher, dass Arne normalerweise ruhig und selbstsicher wirkte. In diesem Moment allerdings merkte sie ihm an, dass er sich nicht ganz wohl fühlte. Vielleicht hatte er ein schlechtes Gewissen, weil er so rüde und unhöflich zu ihr gewesen war? Verdient hätte er es, fand Marie.

»Arne, das sind Marie und Traudl.«

»Ja, ich weiß.« Arne räusperte sich.

»Oh?« Deetje schaute interessiert zu Arne, dann zu Marie und Traudl und schließlich wieder zurück.

»Wir haben uns am Strand getroffen und dann noch mal bei – äh – einer anderen Gelegenheit.« Arne räusperte sich erneut. Seine Hand lag auf dem Buch, das er vor sich auf den Tisch gelegt hatte, und mit den Fingern klopfte er rhythmisch darauf herum.

Marie sagte gar nichts. Sie war gespannt, wohin die Situation führen würde und was von Arne noch käme.

Traudl jedoch ergriff das Wort und ging nicht auf die *andere Gelegenheit* ein. »Wie geht es Smillas Babys?«

»Oh, danke, gut. Sie werden langsam aktiver und bekommen Zähne, was Smilla überhaupt nicht toll findet.« Sobald Arne über seine Hündin sprach, änderte sich sein Tonfall sofort. Wärme und Zuneigung waren unüberhörbar.

»Wie viele Junge hat Smilla denn?«

»Sechs. Also eindeutig genug.« Arne lachte leise. Marie schaute ihn erstaunt an. Er hatte bisher bei den beiden Begegnungen immer so grantig gewirkt, dass sie beinahe überrascht war, dass er überhaupt lachen konnte. Aber natürlich war das Blödsinn, nicht wahr? Jeder Mensch konnte lachen.

Doch Arne wurde schnell wieder ernst und nahm den Faden von vorhin wieder auf. »Marie, ich muss mich bei dir entschuldigen. Ich war dir gegenüber nicht so nett. Ich fürchte, ich lebe schon so lange allein, dass ich manchmal ein wenig einroste, was meine Umgangsformen angeht. Es tut mir leid.«

Ganz automatisch war Arne zum Du übergegangen. Überhaupt war er nicht wiederzuerkennen. Der Rüpel, den Marie bisher getroffen hatte, schien spurlos verschwunden zu sein. Jetzt schaute er Marie fest in die Augen und bewies damit, dass er das meinte, was er sagte. »Ich war im Stress und musste dringend noch was erledigen. Außerdem hasse ich es, wenn Eick mir Streiche spielt.«

Bevor Marie antworten konnte, mischte Traudl sich ein. »Eick?«

»Na ja, er hat mir Marie geschickt. Vermutlich, weil er der Meinung ist, dass ich eine Frau kennenlernen soll. Es wäre nicht das erste Mal.« Arne verdrehte die Augen. »Aber er meint es gut, auch wenn er mich ärgert. Allerdings muss ich mich dann mit meinem Ärger an Eick wenden und darf ihn nicht an Marie auslassen.« Er wandte sich an sie. »Du kannst schließlich nichts dafür.«

Die ehrliche Art, mit der Arne seinen Fehler eingestand, sich sogar entschuldigte, gefiel Marie. Er war jedenfalls netter, als es bisher den Anschein gehabt hatte, oder?

»So war mein Bruder schon immer. Er mag es, Menschen glücklich zu machen.« Deetjes Gesicht hatte einen liebevollen Ausdruck angenommen. »Er ist ein guter Mensch, unser Eick.«

War es das Licht oder errötete Traudl tatsächlich? Marie konnte es nicht mit Sicherheit sagen.

»Nimmst du meine Entschuldigung an?« Arne hatte seine Hand ausgestreckt und hielt sie Marie hin.

»Na klar.« Warum hätte sie nachtragend sein sollen? Dafür gab es keinen Grund.

»Danke.« Arne lächelte Marie an. Es war ein warmes Lächeln, das diesmal seine Augen zu erreichen schien.

»Kein Problem!« Marie schaute weg, nahm ihren Cocktail und trank einen großen Schluck. Das Gefühl, das Arnes Blick in ihr ausgelöst hatte, hatte sie verunsichert.

Am Tisch war es sekundenlang still, bis Arne wieder das Wort ergriff. »Was habt ihr denn nun eigentlich zu feiern?«

»Marie ist Glasbläserin. Muss ich mehr erzählen?«

Arne schüttelte sich eine Haarsträhne aus dem Gesicht. »Das ist ja prima! Dann hast du also endlich eine neue Mitarbeiterin?«

Deetje nickte.

»Nur als Aushilfe«, schränkte Marie ein. Ja, sie mochte die Insel lieber, als sie es erwartet hatte, aber bis jetzt war sie hier nur zu Besuch und hatte außerdem nicht den Hauch einer Ahnung, wie ihr Leben von nun an weiterlaufen sollte. Alles war im Umbruch!

»Ja. Aber du solltest ihre einzigartigen Arbeiten sehen«, schwärmte Deetje.

»Arbeiten ... Deetje übertreibt. Sie hat bisher nur eine einzige Christbaumkugel von mir zu Gesicht bekommen«, wandte Marie auf das Lob der Glasbläserin ein.

»Oh, dann kannst du dir aber etwas einbilden. Tante Deetje ist nämlich so streng, dass es niemand lange mit ihr aushält.« Arne lachte wieder, sowie Deetjes Blick ihn traf. »Na, stimmt doch! Da war dieser Praktikant vom Festland, den hast du innerhalb einer einzigen Woche wieder vertrieben.«

»Er hat gekifft!« Die Empörung der alten Frau war nicht zu überhören.

»Ich glaube bis heute, dass es Zigaretten waren, Tante. Und vor allem hat er dir nicht akkurat genug gearbeitet.«

Trotzig blickte Deetje drein. »Das war in seinem Fall das Gleiche! Nein, so einen Typen kann ich nicht brauchen. Ich hatte keine Lust, irgendwelche Unsitten bei der Inseljugend verbreiten zu lassen von so einem dahergelaufenen Fremden.«

Marie war sich fast sicher, dass Norderney längst nicht mehr so isoliert vom Festland war, wie Deetje das zu vermuten schien, aber gleichzeitig amüsierte sie der Schlagabtausch zwischen Arne und Deetje. Als Arne Maries Blick bemerkte, zwinkerte er ihr amüsiert zu. Sie musste grinsen und hielt sich die Hand vor den Mund.

Traudls Mundwinkel zuckten ebenfalls, und sie setzte schnell ihr Glas an, um zu trinken.

»Na, jedenfalls ist jetzt Marie da. Und sie sieht überhaupt nicht unsittlich aus«, stellte Arne neckend fest.

Flirtete er etwa mit ihr? Marie schaute Arne ungläubig an. Sie war sich nicht sicher. Arne bleib ihr ein Rätsel und verunsicherte sie. Ihr wurde bewusst, dass ihr letzter Flirt in ihren

Teenagerjahren stattgefunden haben musste, denn dann war sie mit Chris zusammengekommen.

»Sag mal, was liest du da eigentlich?«, wechselte Marie das Thema.

Arne sah hinunter auf das Buch. »Das ist mein Lieblingsroman. Ich hab ihn schon vier- oder fünfmal gelesen. Es ist eine großartige Liebesgeschichte.«

Marie kam eine Idee. »Vielleicht hat Eick mich deshalb zu dir geschickt? Weil er dachte, dass du gern Liebesromane liest und mir bei meiner Suche nach Henriette Carstens weiterhelfen könntest?«

Arne bekam einen nachdenklichen Gesichtsausdruck. »Vielleicht.«

»Jedenfalls ist *Schwarze Rosen* ganz toll. Sag bloß, du hast ihn noch nicht gelesen?«, fragte Traudl.

Marie verneinte. »Aber offenbar muss ich das nachholen.«

»Das solltest du! Hier, ich leih dir das Buch.« Arne schob es Marie über den Tisch hinweg zu. »Wenn du fertig bist, bringst du es mir einfach wieder, okay? Du weißt ja jetzt, wo ich wohne.«

»Na gut. Wenn du es nicht vermisst in der Zwischenzeit?«

»Ganz sicher nicht. Ich habe junge Hunde im Haus. Bei mir wird es im Moment nie langweilig. Ich wüsste gar nicht, was ich täte, wenn Onkel Eick mir nicht ab und zu als Welpensitter zur Verfügung stünde.«

»Na, dann gern!« Marie griff nach dem Buch und zog es ganz zu sich.

»Können wir jetzt endlich darauf anstoßen, dass Marie bei mir in der Werkstatt arbeiten wird?« Wohl jeder am Tisch außer Deetje hatte längst nicht mehr daran gedacht, dass das Anstoßen vor lauter Reden vergessen worden war. Aber endlich hoben alle ihre Gläser, und Marie musste sich schon schwer täuschen, wenn Arnes Blick nicht einen Moment länger auf ihr ruhte, als es die Höflichkeit geziemte.

8. Kapitel

Marie stand wieder vor Arnes Haus. Sie hatte *Schwarze Rosen* gelesen, von der ersten bis zur letzten Seite. Schon allein das kurze Gedicht, das den Roman einleitete, war ihr so zu Herzen gegangen, dass sie einfach weiterlesen musste.

Wenn ich liebe
Läuft immer alles über
Heißkalt
Ich habe mir das Sichanfühlen
Nicht ausgesucht.

Wahllos trifft es mich
Aus einem Nichts heraus
Immer neu.
In emotionalen Winden will ich verharren können,
Ob Brise oder Sturm.

Wenn ich liebe
Gibt es mir und kostet mich

Ungleich viel.
Denn Liebe kennt kein Maß, kein Ziel.
Sie ist sie selbst. Sie weiß von nichts.

Marie hätte gern gewusst, ob das Gedicht vom Autor des Romans, Holger Jennings, verfasst war, aber es stand nicht dabei. Allerdings hatte das Ende des Romans sie zu Tränen gerührt und aufgewühlt. Es handelte von einer verlorenen Liebe, von Traurigkeit, davon, dass die Liebe nicht reichte, wenn man an einer Depression erkrankt war, um sie zu leben. Zugegeben: Das Gefühl, warm eingekuschelt zu werden, hatte man beim Lesen dieses Romans nicht, aber er schlug einen sprachlichen Ton an, der Marie sofort mitnahm.

Als kleines Dankeschön für das Ausleihen des Buches hatte sie eine Tafel Schokolade dabei. Sie hoffte ein bisschen, dass sie die Welpen sehen durfte. Für kleine Hunde hatte Marie eindeutig eine Schwäche.

Draußen am Tor neben dem Namensschild mit der Aufschrift *Jakobsen* befand sich ein kleiner, unauffälliger Klingelknopf, den Marie jetzt drückte. Bei Tageslicht sah man, dass der Schnee im Vorgarten von vielen Hundepfoten zertreten war.

Bevor Arne öffnete, bemerkte Marie eine kleine Bewegung des Vorhangs in einem der Zimmer. Er hatte also erst geschaut, wer draußen stand, bevor er zur Haustür kam. Arne war wirklich ein spezieller Typ, schoss es Marie durch den Kopf.

Doch dann öffnete er auch schon die Tür, und drei kleine Fellbündel stoben an ihm vorbei in den Garten. Sie wirkten noch sehr tapsig, aber das hielt sie nicht davon ab, sich im Schnee zu balgen.

Arne schaute der kleinen Meute hinterher, wollte hinterherrennen und brach dann mitten in der Bewegung ab, als er an sich selbst herunterschaute.

Marie musste grinsen. Arne hatte riesige Hundekopfhausschuhe an, Hausschuhe, die wie Stofftiere aussahen und ihm riesige Füße verliehen. Schnell hielt sie sich die freie Hand vor den Mund, damit er nicht bemerkte, dass sie ein Lachen unterdrückte. Die Plüschhausschuhe schafften es, dass Arne überhaupt nicht mehr streng wirkte, sondern eher wie genau der Nachbar, den man sich wünschte.

»Moin, Marie. Komm rein, das Tor ist offen! Ich würde dir ja entgegenkommen, aber …« Er zeigte auf die Schuhungetüme, die mit Sicherheit nicht wasserfest waren. Dann drehte er sich um. »Smilla? Würdest du dich mal um deine abtrünnigen Kinder kümmern? Sonst kommt der Rest der Bande auch noch raus, und das Chaos wird perfekt.«

Smilla tauchte neben Arne im Türrahmen auf und schaute interessiert in den Garten. Dann jedoch drehte sie sich achtlos um und verschwand wieder aus Maries Blickfeld.

»Rabenmutter!«, rief Arne ihr hinterher, aber das schien die Labradordame nicht im Geringsten zu beeindrucken.

Mittlerweile hatte Marie ihn erreicht und streckte ihm das Buch entgegen. »Danke fürs Leihen!«

»Oh, sehr gern. Aber die Schoki wäre doch nicht nötig gewesen.« Arne griff nach dem Roman und der Süßigkeit.

»Nee, das ist echt eine Selbstverständlichkeit.« Marie lächelte. Diese Hundekopfhausschuhe zogen ihren Blick wirklich geradezu magisch an.

»Dann esse ich die Schokolade gern. Honig-Mandel ist eh meine Lieblingssorte.«

»Da habe ich wohl ins Schwarze getroffen.« Marie zwang sich, ihren Blick von Arnes Füßen loszureißen.

Unschlüssig standen sich die beiden gegenüber. Als Marie sich schon verabschieden wollte, tauchten die drei Welpen wieder auf und schossen an Marie und Arne vorbei ins Haus zurück.

»Magst du vielleicht auch reinkommen?«, fragte Arne. »Du könntest mir erzählen, wie dir das Buch gefallen hat, und ich könnte uns vielleicht eine schöne heiße Schokolade kochen? Außerdem habe ich sechs niedliche Welpen irgendwo im Haus verteilt.«

Er lächelte. Seine fast schwarzen Augen fielen Marie wieder auf. Sie hatte selten so dunkle Augen gesehen, und sowohl die Farbe als auch der intensive Blick faszinierten sie. Es war auch heute wieder ziemlich kalt draußen. Der Gedanke an eine heiße Schokolade war also durchaus verlockend.

»Wenn ich ein Hundebaby streicheln darf?«

Arne lachte. »Kein Problem. Wir haben einen Deal!« Er hielt die Tür weit auf, und Marie trat in den Flur seines Hauses. Wärme schlug ihr entgegen. Hatte er etwa einen Holzofen? Genauso fühlte es sich an. Holzöfen machten einfach eine andere Wärme. Kurz fiel Marie ihr Schwedenofen ein, vor dem sie viele Abende in dem Zuhäusel verbracht hatte.

»Gehen wir in die Küche?«, fragte Arne.

»Gern.« Marie schlüpfte aus ihren Stiefeln und sah, dass sie eine blaue und eine weiße Socke anhatte. Mist! Das hatte sie ja total vergessen. Dagegen waren seine Plüschhausschuhe direkt harmlos. Dabei hatte Marie einfach nicht genug Socken mitgepackt, und als eine auch noch ein großes Loch gehabt hatte, hatte sie die andere nicht weggeworfen und heute

Morgen einfach angezogen, mit dem festen Vorsatz, neue Socken zu kaufen.

Marie schaute zu Arne, der natürlich direkt auf ihre unkonventionelle Fußbekleidung starrte.

»Äh, ich kann das erklären.«

Arne lachte und schüttelte den Kopf. »Musst du nicht. Ich muss ja zugeben, dass ich total erleichtert bin.«

»Wie bitte?«

»Na, hast du schon mal etwas Unattraktiveres als Hundekopfhausschuhe gesehen?«

Nun lachte auch Marie. »Um ehrlich zu sein, hab ich mir darüber noch keine Gedanken gemacht.« Höchstens ganz kurz, sagte sie im Stillen, jedenfalls nicht über deine Attraktivität im Zusammenhang mit den Schuhen.

»Ich mir schon. Aber jetzt sind wir ja sozusagen quitt!«

»In Ordnung.«

»Na los, ab in die Küche. Brauchst du dicke Socken?« Dass Arne daran dachte, dass Marie kalte Füße bekommen könnte, machte ihn noch sympathischer als sein verirrter Hausschuhgeschmack.

Sie nickte. »Das wäre super!«

»Gut. Dann geh voraus, ich komm gleich.« Arne hatte vage nach vorn den Flur hinuntergedeutet. Smilla, die eben wieder neben Arne aufgetaucht war, trabte in die Richtung los, und für Marie war das Aufforderung genug, um dem Hund zu folgen. Doch plötzlich fand sie sich im Wohnzimmer statt in der Küche wieder. Was für ein wunderbar gemütlicher Raum das war. Ein riesiges Bücherregal aus dunklem Holz dominierte den Raum. Das Regal umfasste gleich zwei Wände, die randvoll mit Büchern gepackt waren. In der Mitte des Zimmers stand ein dunkelrotes Sofa mit einem Tisch davor, auf dem nur ein einziges Buch neben einem zugeklappten Laptop lag. Davor gab es einen Schwedenofen, der fröhlich vor sich hin knisterte. Die Flammen waren das einzige Licht im Raum. Aber es war ja auch erst Mittag, und von außen drang Licht durch die transparenten Vorhänge. Es schien keinen Fernseher zu geben, was Marie nicht störte, im Gegenteil. Dadurch wirkte der Raum noch gemütlicher, besonders auch wegen des flauschigen Teppichs, in dem Marie ihre Füße vergrub. Auf einer Seite entdeckte sie einen riesigen Hundekorb. Dort hatte Smilla sich hingelegt und ihre Welpen um sich herum versammelt. Zwei tranken gerade, während die anderen Hundebabys schliefen. Was für ein zuckersüßer Anblick!

Die Labradordame schaute Marie entgegen. »Brave Smilla. Du bist eine tolle Mama.« Bei Maries leisen Worten legte sie den Kopf auf die Vorderpfoten, seufzte und entspannte sich.

Marie runzelte die Stirn. Irgendwas in diesem Zimmer schien zu fehlen – aber was?

Plötzlich fiel es ihr wie Schuppen von den Augen. Heute war Heiligabend, und nichts war weihnachtlich geschmückt. Kein Baum, kein Adventskranz, keine Strohsterne, nicht einmal eine Kerze war zu sehen.

Marie ging zu Smillas Korb und vor der Hündin in die Knie, die sie mit einem Schwanzwedeln begrüßte. Sie hielt ihr die Hand hin, damit sie daran schnuppern konnte. Vorsichtig strich Marie einem der schlafenden Welpen über den Rücken.

»Ich habe hier echte Lammwollsocken.«

Marie drehte sich um. In der Tür stand Arne und hielt ein Paar Strümpfe hoch. Dann warf er sie Marie zu, und die hatte alle Mühe, sie aufzufangen.

»Ups … äh, danke!« Die Socken fühlten sich traumhaft an ihren Füßen an.

Als Smilla Arne erblickte, wedelte sie gleich noch eine Spur stärker mit dem Schwanz.

»Bist meine Feine!« Arnes Stimme klang ganz weich. Marie musste an eine Decke denken, in die man sich einfach einkuscheln konnte, genau so hörte sich seine Stimme an.

Dann wandte Arne sich wieder von seiner Hündin ab. »Komm mit, ich mache uns die heiße Schokolade.« Mit diesen Worten hatte er sich auch schon umgewandt und war pfeifend losgegangen. Marie lief in Richtung Tür, doch das Buch auf dem Couchtisch erregte ihre Aufmerksamkeit. Da lag tatsächlich ein Liebesroman von Henriette Carstens! Ohne darüber nachzudenken, nahm Marie das Buch vom Tisch. *Alle(s) Liebe* lautete der Titel, und Marie konnte sich noch an viele Details der Liebesgeschichte zwischen Henry und Anita erinnern. Es war um das Finden der wahren Liebe gegangen, deren Verlust, weil Henry Norderney aus beruflichen Gründen verließ, um sich selbst zu verwirklichen, und wie er schließlich doch wegen der Liebe zu Anita zurück aufs Eiland gekehrt war. Marie fiel ein, dass in dem Buch auch die Aussichtsdüne eine Rolle gespielt hatte, und sie nahm sich vor, dort demnachst mal vorbeizuradeln. Der erste Kuss von Henry und Anita, bei Sonnenuntergang auf der Düne; bestimmt würde Marie die Szene noch mal mit anderen Augen sehen, wenn sie den Schauplatz der Handlung besucht hatte. Morgen hatte sie ihren ersten Arbeitstag bei Deetje, aber bestimmt könnte sie die Mittagspause für einen kleinen Fahrradausflug nutzen, beschloss Marie.

»Kommst du?«, hörte sie Arne rufen.

»Äh, klar.« Sie legte das Buch zurück und eilte zur Tür.

In der Küche stand Arne am Herd und rührte in einem Topf. Auch hier war alles blitzblank aufgeräumt.

»Kochst du nicht?«, fragte Marie, während sie ihren Blick über die weiß gelackten Fronten, die blitzsaubere Arbeitsfläche und die kleine Obstschale voll roter Äpfel gleiten ließ, die der einzige Farbfleck auf der Fläche war. Alle Stühle waren ordentlich um den Tisch drapiert. Auf der Fensterbank entdeckte sie eine einzelne weiße Orchidee. Immerhin eine Pflanze, dachte Marie. Die Küche wirkte beinah steril.

»Ähm. Na ja. Kochen zählt womöglich nicht zu meinen Stärken. Aber keine Sorge, heiße Schoki kann ich.«

Arne holte Kakaopulver, Zucker und Zimt aus einer Schublade, dann rührte er erneut in der Milch, damit sie nicht anbrannte.

»Magst du dich nicht setzen?«

Marie nickte. »Gern. Aber dir ist klar, dass ich dafür den Stuhl verrücken muss?« Erst als sie es laut ausgesprochen hatte, wurde ihr klar, dass er ihre Worte durchaus als Kritik deuten könnte.

»Ich habe alle Maße im Kopf. Keine Sorge. Ich bring das nachher mit dem Zollstock wieder in Ordnung.« Arne zwinkerte Marie zu. Zum Glück hatte er Humor! »Ich bin wohl ein wenig spießig, fürchte ich.«

»Macht nichts. Besser so als Chaos, oder?«

»Eben«, erwiderte Arne. »Und immerhin finde ich meistens sofort, was ich suche.«

»Das kann ich mir vorstellen.«

Arne holte zwei große Tassen aus einem Hängeschrank neben dem Herd. Anschließend schüttete er Kakaopulver,

Zimt und Zucker in den Topf. Als er die Zutaten zurückräumte, hielt er kurz in der Bewegung inne. Dann griff er nach einem weiteren Gewürz und gab eine Prise zu der heißen Schokolade.

Zuletzt verteilte er die dampfende Flüssigkeit in die großbauchigen Tassen. »Lass ihn dir schmecken.« Er lächelte Marie zu. »Oh, eine Sache noch!« Er ging zu einem Apothekerschrank und kam mit einer Tüte Marshmallows zurück.

»Mmmh«, machte Marie.

Arne grinste sie an und nahm ihr gegenüber Platz. »Keine halben Sachen.«

Er griff sich gleich drei der Schaumzuckerteilchen und warf sie in die Schokolade. Danach zog er eine Schublade an der Stirnseite des Tisches auf und holte zwei kleine Löffel heraus, von denen er einen an Marie weiterreichte. Arne war echt sehr strukturiert. Das imponierte Marie. Sie mochte es, wenn Menschen genaue Vorstellungen vom Leben hatten. Vorsichtig ließ auch sie drei Marshmallows in ihren Kakao fallen. Sie hatte bisher niemanden außer sich selbst gekannt, der so verrückt nach dem süßen Schaumzeug war. Aber Arne hatte schon das zweite Marshmallow aus der Schoki gelöffelt und aß es genüsslich.

Sie selbst rührte in der Flüssigkeit und genoss den Duft von Schokolade und Zimt.

»Besser als jeder Kaffee«, stellte sie fest, nachdem sie das Getränk gekostet hatte.

»Das ist mal sicher.« Arne grinste. Das dritte Marshmallow war in seinem Mund verschwunden.

»Wie fandst du denn jetzt die *Schwarzen Rosen*?«, wollte er wissen.

Marie dachte einen Moment nach, rührte dabei in ihrer Tasse. »Eigentlich schon gut. Ich meine, sprachlich ist es toll, keine Frage.«

»Eigentlich?« Arne zog die Augenbrauen hoch.

»Ich mochte das Ende nicht.«

Arne trank einen Schluck. »Das mochte ich gerade gern!«

»Dass die zwei sich am Ende nicht kriegen und er sich umbringt? Na wundervoll. Genau das, was man sich für eine romantische Liebesgeschichte wünscht.«

Arne schüttelte den Kopf. »Oh nein, das ist gar nicht der Punkt. Der Punkt ist, dass ich das Ende mag, weil es realistisch ist. Kein romantisches Geschwurbel. Ich meine, wer heutzutage noch an diese rosarote Liebeswolke glaubt, ist einfach weit weg von der Realität.«

Arne nahm sich gleich mehrere Marshmallows direkt aus der Packung und steckte sie sich in den Mund. Er hatte etwas von einem wildgewordenen Hamster, wie er energisch auf den Süßigkeiten herumkaute, mit vollen Backen, und Marie hätte fast laut losgelacht. Gerade noch konnte sie sich beherrschen und wieder auf das Thema konzentrieren. Ihre Gedanken wanderten kurz zu ihrer Erfahrung mit Chris.

»Aber ist es nicht einfach traurig, wenn man nicht mehr daran glaubt, dass es irgendwo auf der Welt einen Menschen gibt, mit dem man für immer glücklich sein könnte?«, hielt Marie dagegen.

Arne zuckte mit den Schultern, kaute weiter und schluckte. »Ich glaube nicht. Ich meine, immerhin renne ich nicht irgendwelchen Illusionen hinterher, die dann nicht eintreffen und mich tieftraurig zurücklassen.«

»Hm.« Marie nahm ein weiteres Marshmallow aus der Packung und tunkte es in ihre Schokolade. »Ich glaube, für mich ist es anders. Ich möchte diese Hoffnung nicht aufgeben. Schließlich hat es auch etwas Verheißungsvolles, dass es irgendwo das passende Gegenstück zu einem selbst gibt.«

»Geben könnte.«

»Wie bitte?«

»Na, da hat man doch wohl keine Sicherheit, oder? Es könnte jemanden geben. Aber warum sollte es für jeden so sein? Das klingt gerade so, als hätte man ein Anrecht auf Liebe. Und dem ist ganz bestimmt nicht so. Manche Menschen sind auch allein einfach besser dran«, sagte Arne eindringlich. Seine tiefe Stimme vermittelte, wie überzeugt er von dem war, was er sagte.

»Daran glaube ich nicht unbedingt. Also ich stimme dir schon zu, dass man, bevor man mit dem falschen Menschen zusammen ist, besser dran ist ohne Beziehung.« Wieder blitzte das Gesicht von Chris vor ihrem inneren Auge auf, und Marie schob es schnell weg. »Aber …« Sie zögerte einen kurzen Moment und dachte nach. Dann fiel es ihr ein. »Aber wenn ich zum Beispiel an *Alle(s) Liebe* denke, dann geht mir richtig das Herz auf, weil Henry wegen Anita zurück nach Norderney kommt. Ich hab richtig mitgeheult, als er ihr den Heiratsantrag an dem Ort gemacht hat, wo sie sich kennengelernt haben, und …«

»Marie«, unterbrach Arne sie mitten im Satz. »Das ist ein Liebesroman.« Er sagte ihren Namen gleich zweimal, als wollte er noch nachdrücklicher sein. »Das ist eine mittelmäßig geschriebene Romanze.«

»Na, das würde ich aber anders sehen.« Marie spürte, wie

Ärger in ihr aufkeimte. »Ich und fast zweihunderttausend weitere Leserinnen sehen das sogar *ganz* anders als du! Das Buch war ein Bestseller!«

Arne runzelte die Stirn und griff nach seiner Tasse. Noch immer sah er sehr ernst aus, viel zu ernst, fand Marie. »Diese Carstens kann jedenfalls nicht im Ansatz solche Sätze formulieren, wie es in *Schwarze Rosen* quasi bei jeden dritten Satz der Fall ist. Man könnte direkt neidisch werden.« Arnes Blick war kurz in die Ferne gerichtet. »Hast du gelesen, was dieser Jennings über die wahre Liebe und ihren zerstörerischen Charakter schreibt?«

Marie nickte. »Oh ja, das habe ich. Aber ich glaube, dass die wahre Liebe gar keinen zerstörerischen Charakter hat, sprich: In *Schwarze Rosen* geht es am Ende nur um einen Irrtum. Und sonst um gar nichts, während Henriette Carstens es schafft, über echte Gefühle zu schreiben.«

Erneut schüttelte Arne den Kopf. »Ich glaube, da kommen wir nicht weiter. Vielleicht haben wir einfach verschiedene Lebenserfahrungen, wer weiß?«

Marie wollte erneut protestieren, wollte ihm sagen, dass sie durchaus Liebeskummer kannte, bestimmt sogar besser als er mit seinem aufgeräumten Leben. Aber kaum dass sie ihm ins Gesicht sah – eine schwarze Haarsträhne vor seinen dunklen Augen, der Mund fast ein Strich –, wurde Marie still. Etwas riet ihr, dass es ratsamer war, die Diskussion an dieser Stelle zu beenden, da sie zu nichts führen würde. Marie blieb dabei, Henriette Carstens hatte ihr durch die düstersten Tage ihres Liebeskummers geholfen. Hätte sie frisch nach der Trennung *Schwarze Rosen* gelesen, Marie wäre wohl von ihrem Kummer einfach aufgefressen worden.

Arne pustete sich die Haarsträhne aus den Augen. Sie war erstaunt, dass seine Frisur so lässig war, während er doch sonst so strukturiert und organisiert wirkte.

»Du hattest auch mal einen Hund?«, fragte Arne plötzlich. Anscheinend wollte auch er das Thema wechseln. Er tat es so abrupt, dass Marie kurz stutzte.

»Äh, ja.«

»Was denn für einen?«

Marie seufzte. Es tat weh. Es schmerzte viel mehr, als an Chris zu denken, stellte sie überrascht fest. »Ich hatte einen Labrador wie du. Er hieß King Lui und ist erst kürzlich verstorben.«

»Oh Gott«, sagte Arne ehrlich betroffen.

»Ja. Er war ein sehr treuer Begleiter.« Marie konnte nicht verhindern, dass sich Tränen in ihre Augen schlichen. Sie kramte nach ihrem Handy, tippte darauf herum und fand schließlich, was sie suchte. »Das ist er.«

»Ein wunderschönes Tier.« Arne sprach mit fester Stimme, die keinen Zweifel zuließ. »Magst du mir etwas über ihn erzählen, oder ist es noch zu frisch?«

Allein wie er fragte, berührte Marie. Seine Rücksichtnahme tat gut.

Sie holte tief Luft. »Ich weiß es nicht genau.«

»In Ordnung. Dann lass uns doch einfach erst mal unsere Schoki trinken, hm?«

Marie nickte und langte nach ihrer Tasse. Die Schokolade war leicht herb, zimtig, köstlich süß im Abgang. Stille hatte sich über den Raum gesenkt, es war so leise, dass man hin und wieder das Knacken des Holzes im Kamin aus dem Wohnzimmer hörte. Das Schweigen, das sich über Arne und Marie gelegt hatte, fühlte sich nicht unangenehm an. Es war die Art Einvernehmen unter Freunden, das keine Worte brauchte. Arne schien zu wissen, dass Marie an ihren Hund dachte, und Marie war klar, dass Arne das respektierte. Erneut trank sie. Dann stellte sie die Tasse ab.

»King Lui war mein Begleiter, seit ich dreizehn war. Mein Vater hat ihn mir gekauft. Er war ein Weihnachtsgeschenk. Und ja, ich weiß. Man schenkt keine Tiere zu Weihnachten. Aber ich hatte mir seit Jahren einen Hund gewünscht, da war es passend.«

»King Lui? Wie bist du auf den Namen gekommen?«

»Ach, ich komme aus Südbayern, und einer unserer ersten Ausflüge mit dem Hund war auf die Herreninsel, wo König Ludwig ein Schloss erbaut hat. Es hat Lui total gut gefallen – und darum habe ich ihn so genannt.«

Sie begann zu erzählen. Wie Lui neben ihr auf dem Bett über sie gewacht hatte, als sie am Pfeifferschen Drüsenfieber erkrankt gewesen war. Oder wie er nach Schneeflocken im Winter geschnappt hatte. Sie berichtete von der Hundeschule, wo King Lui der Gelehrigste gewesen war, und mit welcher Freude er geschwommen war. Kleine Details tauchten in Maries Erinnerung auf, Momentaufnahmen, Anekdoten. Und Arne saß einfach nur da, die Augen aufmerksam auf Marie gerichtet. Er lachte an den richtigen Stellen, er nickte, zeigte Mitgefühl und hörte so aktiv zu, dass Marie die ganze Zeit, während der sie sprach, nicht das Gefühl hatte, zu viel zu reden.

Sie merkte gar nicht, dass Tränen über ihre Wangen liefen, während sie lächelnd von seinem Hundeblick sprach, dem schräg gelegten Kopf, wenn sie an der Schublade mit den Leckerchen zugange war.

»Lui war wirklich ein ganz besonderer Begleiter«, stellte Arne fest, nachdem Maries Wortfluss schließlich versiegte. Nein, hier in der ruhigen Atmosphäre seiner Küche schämte Marie sich nicht ihrer Tränen. Sie konnte ihnen freien Lauf lassen.

Arne nahm ganz selbstverständlich ihre Hand. »Danke, dass du mir von King Lui erzählt hast. Das hat mich gefreut.«

Seine Wärme, wie sein Daumen über ihren Handrücken strich, seine tiefe Stimme, ganz weich – all das war tröstlicher als jedes Wort, das bisher jemand über ihren Verlust verloren hatte. Und die Tatsache, dass seine Smilla im Nebenzimmer ihre Welpen stillte, gab ihr das Gefühl, von Arne verstanden zu werden. Sie versuchte zu lächeln, und Arne drückte ihre Hand ganz fest, bevor er Marie schließlich wieder losließ.

Er stand auf. »Komm, wir gehen jetzt mal rüber zu Smilla. Du wolltest die Welpen genauer anschauen, oder?«

Marie nickte und erhob sich ebenfalls. »Gern. Und danke, dass du mir zugehört hast. Das hat mir gutgetan.«

»Ach!« Er winkte ab und war schon aus der Tür. Marie folgte ihm, und es fühlte sich an, als wäre ein großer Ballast einfach von ihr abgefallen, und dafür war sie Arne sehr dankbar.

»Die sind dermaßen niedlich.« Marie hatte eines der Hundebabys im Arm, das jetzt, den Kopf in Maries Handfläche gestützt, eingeschlafen war.

Arne saß neben ihr und kraulte Smilla hinter den Ohren. »Hundewelpen haben eine therapeutische Wirkung«, meinte Arne.

Marie musste lachen. »Oh ja, das spürt man wirklich. Der hier ist besonders süß.«

»Er scheint dich auch wirklich gern zu mögen.«

»Das beruht ganz auf Gegenseitigkeit.«

Arne stand auf und legte ein weiteres Scheit Holz in den Ofen. Glut stob auf, als er die Klappe öffnete.

Marie legte den Welpen behutsam zurück zur Mutter, die ihr dankbar über die Hand leckte. Erst jetzt sah Marie, dass das Hündchen eine weiße Pfote hatte. Wenn es nicht ohnehin schon ihr Herz erobert gehabt hätte, wäre das der Moment gewesen, wo sie endgültig dahingeschmolzen wäre.

Arne kam zurück und kniete sich neben Marie.

»Sag mal, feierst du nicht Weihnachten?«, fragte sie.

»Wie bitte?«

»Na, weil hier kein Weihnachtsbaum steht und du auch sonst keine Deko hast.«

»Ach so. Na ja, für mich allein hänge ich keine Sterne auf.« Arne verzog das Gesicht. Er wirkte nicht wie ein Typ, der auch nur im Ansatz romantisch war. Erstaunlich, dass er Liebesgeschichten mochte. »Und heute Abend bin ich bei Tante Deetje. Die macht Raclette.«

»Okay.« Marie hatte keine bessere Antwort parat. Sie als Liebhaberin der Weihnachtszeit hatte für Weihnachtsmuffel noch nie viel Verständnis gehabt.

Er schien zu merken, dass Marie seine Weihnachtspläne seltsam fand. »Ich habe es halt nicht so mit Konsum und Scheinheiligkeit.«

Wieder so ein harscher Satz aus dem Nichts, mit dem Marie nicht umgehen konnte.

»Ich finde eher, dass die Zeit besinnlich und ruhig ist.

Und … als Glasbläserin mag ich es auch, wenn mein Handwerk mit den Christbaumkugeln im Fokus steht. Hoffentlich kann Deetje ihren Schmuck auf dem Markt gut verkaufen.«

Arnes Gesicht nahm plötzlich einen besorgten Ausdruck an. »Das wünsche ich meiner Tante allerdings auch.«

»Ach, ich glaube, da brauchst du dir keine Sorgen machen. Ihre Arbeiten sind wirklich Kunstwerke.«

»Ja, ich weiß. Aber sie hat in letzter Zeit ganz schön mit ihrer Gesundheit zu kämpfen. Weißt du, sie ist seit Jahrzehnten als Glasbläserin selbstständig. Sie hat nur ihre Werkstatt gehabt, dafür hat sie immer gelebt. Aber jetzt, wo sie an Parkinson erkrankt ist …«

»Sie ist an Parkinson erkrankt?« Marie war richtig erschrocken, als sie Arnes Worte gehört hatte.

»Ja. Hat sie es dir nicht erzählt?«

»Nein. Sie hat was von gesundheitlichen Schwierigkeiten erwähnt, glaub ich. Doch mehr wusste ich nicht. Ist Parkinson nicht die Krankheit, bei der man zu zittern beginnt?«

»Ja, genau. Man nennt sie landläufig auch Schüttelkrankheit. Vielleicht hast du das schon mal gehört?«

Marie nickte. Ihr war ganz schwer ums Herz, während sie versuchte sich vorzustellen, wie es wäre, wenn ihre Hände ihr nicht mehr gehorchen würden. Unwillkürlich jagte ihr der Gedanke einen Schauer über den Rücken. Nein, das wollte sie sich gar nicht ausmalen. Es würde heißen, nicht mehr Glasblasen zu können, denn dafür brauchte man eine ruhige Hand und die volle Beweglichkeit der Gelenke. Marie glaubte sich zu erinnern, irgendwo gelesen zu haben, dass Parkinson auch die Beweglichkeit einschränkte.

»Ja, aber ich weiß nicht viel über die Krankheit«, gab Marie zu.

»Ich auch noch immer nicht genug. Doch so viel ist mir klar, die Tage, in denen Deetje erfolgreich als Glasbläserin arbeiten kann, sind überschaubar. Sie ist jetzt manchmal schon sehr zittrig. Und irgendwann wird man das ihren Kunstwerken ansehen, und wenn sie noch so sehr die Zähne zusammenbeißt.«

Marie musste Arne recht geben. Sie *hatte* es ja schon gesehen. Nicht schlimm, für das Auge einer Fachfrau allerdings sichtbar. Leicht verrutschte Linien, kleine Unebenheiten bei den Glastieren. Ihre Betroffenheit war so groß, dass Marie keine Ahnung hatte, was sie sagen sollte. Sie fühlte mit Deetje, die genauso leidenschaftlich ihr Handwerk betrieb, wie Marie es tat.

»Es tut mir so leid. Um ehrlich zu sein, fehlen mir ein wenig die Worte«, brachte sie schließlich hervor.

Arne nickte. Er streichelte Smilla, die sich vorsichtig, um ihre Jungen nicht zu verletzen, auf den Rücken gedreht hatte, den Bauch. »Ich hoffe, sie kommt ohne ihre Glasbläserei gut über die Runden und hat genug zur Seite gelegt für ihren Ruhestand.«

»Deshalb ist wichtig, dass sie auf dem Markt gut verkauft, oder?«, schlussfolgerte Marie.

»Genau. Jeder Cent ist wichtig im Moment. Tante Deetje ist nämlich leider auch sehr stur und würde sich niemals helfen lassen. Dabei lebt sie allein, und ich hätte Zeit, ihr unter die Arme zu greifen. Aber nein. Da ist nichts zu machen. Für sie sieht Unterstützung so aus, dass ich zu ihr zum Racletteessen an Weihnachten komme. Und wenn ich Glück habe, darf ich Weißwein mitbringen.« Arnes Ton verriet, dass ihm seine Tante viel bedeutete.

»Du könntest ihr vielleicht etwas schenken, was ihr hilft?«, schlug Marie vor.

Arne grinste. »Oh, das habe ich vor. Ich hab ihr einen Gutschein für ihr Lieblingsrestaurant und einen für die Drogerie besorgt. Leider gibt es für die Lebensmittelläden auf der Insel keine Gutscheine.«

»Sehr gut.« Marie lachte.

»Ja. Ich kauf manchmal auch Katzenfutter für ihre drei Fellnasen, oder ich bring ihr einfach Kuchen mit.«

»Aus dem Blumencafé *Blühende Phantasie*?«

»Ich geh ganz selten hin und dann auch nur wegen des Gebäcks. Woher kennst du denn den Laden so gut?« Kurz glaubte Marie, wieder Arnes abweisenden Ton zu hören, aber dann lenkte sie seine Nachfrage ab.

»Nicht wirklich gut. Aber Deetje hat so arg von den Kuchen dort geschwärmt, als sie mit meiner Mutter geplaudert hat.«

»Ach so.« Arne langte nach einem der Hundebabys, das auf der Suche nach Smillas Zitzen war, und half ihm in die richtige Richtung. Er tat es ganz nebenbei, aber mit einer natürlichen, sanften Geste.

»Ich stell mir Deetje gerade auf einem Sofa vor, von Katzen umgeben, ein Stück Kuchen in der Hand – die perfekte Oma!« Marie grinste. Es war wirklich ein sehr stimmiges Bild, das sich da gerade vor ihrem inneren Auge aufbaute.

»Oh ja. Sie liebt Marco total. Wenn er auf der Insel ist, versorgt sie ihn mit Schaumküssen und Gummibärchen, als wäre der Apfel als Nahrungsmittel noch gar nicht erfunden.«

Marie lachte. »Na ja. Eine Oma eben, oder?«

»Ja. Noch dazu, weil sie den Kleinen nicht mehr oft sieht, seit Sonja ins Ruhrgebiet gezogen ist.«

»Kann ich mir vorstellen. Und sie hat ja auch irgendwie recht, oder?«

»Absolut. Marco ist aber auch echt ein Schatz, der seine Omi total liebt.«

»Meine Mutter kennt Marco auch. Er kommt ab und zu in ihre Kindergruppe.« In dem Moment, wo Marie es laut sagte, fiel ihr auf sie, dass sie die Zeit vergessen hatte. Sie schnellte regelrecht hoch.

»Oh Gott. Wie spät ist es? Ich habe total den Gottesdienst vergessen. Meine Mutter singt dort mit ihrer Gruppe. Ich muss unbedingt da hin. Ich habe ihr versprochen, dass ich komme.«

Arne schaute auf seine Armbanduhr. »Halb zwei. Das schaffst du locker noch. Soll ich dir den Weg zeigen? Ich verspreche, es dieses Mal auch richtigzumachen.«

Marie grinste. »Okay. Äh, wenn du nichts Besseres vorhast?«

So wie sie Arne jetzt kennengelernt hatte, konnte sie sich gar nicht mehr vorstellen, dass er so unwirsch und abweisend sein konnte, wie es der Fall gewesen war bei ihren ersten Begegnungen. Da hatte er ziemlich arrogant und geradezu unverschämt gewirkt.

Arne schüttelte den Kopf. »Nee, und ich muss eh noch die Kiste Weißwein besorgen.«

»Wie viele Leute seid ihr denn heute Abend?«

Arne und Marie waren miteinander aufgestanden und in Richtung Wohnzimmertür gegangen.

»Na, Tante Deetje und ich. Sonja und ihre Familie kommen in diesem Jahr nicht. Die sind verreist, glaub ich.«

»Ist Deetje nicht verheiratet?«

»Sie war verheiratet, ja. Aber ihr Mann ist an Krebs verstorben, als Sonja noch ein Kind war. Von da an hat sie ihre Tochter allein großgezogen. Und das, was an Energie übrig blieb, ist in die Glasbläserei geflossen.«

»Ach so.« Das machte Marie irgendwie traurig. Dann fiel ihr noch etwas ein. »Kommt Eick dann auch zu euch?«

»Nicht dass ich wüsste! Der alte Seebär scheint in diesem Jahr andere Pläne zu haben.« Arne zuckte mit den Schultern. Offenbar war man gewohnt, dass der Onkel seine eigenen Wege ging. »Ach, eins noch. Ich glaube nicht, dass Deetje wollen würde, dass du von der Krankheit weißt.«

»Verstehe.« Marie nickte. Schweigen konnte sie. »Keine Sorge.«

Arne lächelte Marie zu. »Hab ich nicht wirklich. Also Sorge. Du kommst mir sehr vertrauenserweckend und lieb vor.«

Lieb. Hatte er das wirklich gesagt?

Plötzlich fühlte Marie sich ganz verlegen – das war ein besonderes Kompliment, fand sie. Für einen Moment wusste sie nicht, was sie erwidern sollte. Arne kam ihr auch sehr liebenswert vor, aber etwas in ihr verhinderte, dass sie ihm das sagen wollte. Stattdessen schaute sie auf seine Finger. Arne hatte starke Hände mit perfekten halbmondförmigen Nägeln. Gerade streichelte er mit zarten Bewegungen einen Welpen mit einem blauen Halsband. Der kleine Hund schien die zärtlichen Berührungen sehr zu genießen, und Marie hatte den Verdacht, dass Arne ein Mann war, der zu wunderschönen Zärtlichkeiten imstande war. Sie zwang sich, ihren Blick abzuwenden, räusperte sich und wechselte in Windeseile das Thema.

»Was den Wein angeht: Da habt ihr euch was vorgenommen mit einer ganzen Kiste.«

»Nein, nicht wirklich. Aber Deetje trinkt ab und zu gern ein Gläschen guten Wein. Wenn ich mehrere Flaschen besorge, hat sie bis zu ihrem Geburtstag Ende Februar ausgesorgt.« Arne zwinkerte Marie zu. Und da wusste sie, dass sie keinen verbitterten Typen, sondern einen Mann mit dem Herz am richtigen Fleck kennengelernt hatte.

9. Kapitel

»Hat es dir gefallen?«, fragte Edeltraud Ablinger schüchtern in Richtung ihrer Tochter.

»Gefallen ist gar kein Ausdruck!« Marie war fasziniert gewesen. Die Kirche mit ihren weißen Bänken und den rot abgesetzten Bänken passte perfekt zu dem weihnachtlichen Ambiente. Sie war festlich dekoriert.

Zwei herrlich geschmückte Weihnachtsbäume rechts und links des Altars, ein großer Adventskranz, der im vorderen Bereich der Kirche hing, aber ohne den Blick auf den Altar zu stören. Marie hätte schwören können, dass an den Bäumen vereinzelt Kugeln aus Deetjes Hand hingen. Zwischen Strohsternen und kleinen, bunt bemalten Holzfiguren waren sie für Marie das optische Highlight. Sie wäre gern nach vorn gegangen, um den Weihnachtsschmuck genauer anzuschauen, doch natürlich war die Kirche bis auf den letzten Platz besetzt gewesen.

Marie hatte ihre Mutter gesehen, umringt von zehn Kindern im Kindergartenalter, die alle weiße Kleider über die Winterjacken gezogen hatten und stolz goldene Flügel trugen. In ihren süßen Engelsoutfits waren sie die Stars des Gottesdienstes gewesen.

»Deine Kinder waren zuckersüß!«

»Ja, oder? Ich liebe sie auch wie Enkelkinder. Also, zumindest stelle ich es mir so vor, wenn man Großmutter ist. Ich meine … Himmel. Was ich sagen will: Ich mag meine Kindergruppe. Und ich will dich nicht drängen, mir Enkel zum Verwöhnen zu schenken.«

Marie legte den Arm um ihre Mutter. »Keine Sorge. Ich hab dich schon richtig verstanden.« Und vielleicht hab ich irgendwann ja Kinder, wer weiß? fügte sie in Gedanken hinzu.

»Eick fand es übrigens auch gut.« Als Marie die Kirche betreten hatte, hatte er ihr zugewunken und energisch auf den freien Platz neben sich gezeigt. Wie beim letzten Treffen trug er einen dicken Strickpullover. Heute vervollständigten sein Outfit eine Seemannsmütze, die knapp über seinen Ohren aufhörte, und ein Schal.

»Moin, Marie«, hatte Eick ihr zugeflüstert. »Geht gleich los.«

Er hatte ganz andächtig gewirkt, während die Kinder mit ihren Teelichtern vor den Altar getreten waren. Allerdings hatte Marie ein Blick zu ihm verraten, dass seine Augen eher auf ihrer Mutter ruhten als auf den niedlichen kleinen Weihnachtsengeln.

Traudl winkte ab. Aber dann fragte sie doch nach. »Hat es ihm ehrlich gefallen?«

»Ehrlich. Ich glaube, ihm hat nicht nur das *Leise rieselt der Schnee* deiner Kinder gefallen, sondern eher die Dame im knallblauen Kostüm.«

Tatsächlich hatte Traudl sich ganz schön rausgeputzt. Sie hatte neue Stiefel an, dicke Strümpfe und eben dieses Kostüm in Blau mit der weißen Satinbluse. Sie konnte es tragen, ohne Frage. Edeltraud Ablinger war eine sehr attraktive Frau. Marie selbst mit ihrer einfachen Stoffhose und dem einfarbig schwarzen Pulli, über dem sie ihre normale beige Winterjacke trug, kam sich im Gegensatz zu ihrer Mutter sehr schlicht vor.

»In meinem Alter muss man schauen, dass man was hermacht.« Sie lachte. »Ich sehe sonst aus wie ein alter Faltenhund!« Maries Mutter klopfte sich leicht gegen die Wangen.

»So ein Blödsinn. Du bist wunderschön.« Das war keine Lüge. Der Lippenstift in dunklem Rot, der dezente Lidschatten – Traudl hätte locker als unter sechzig durchgehen können!

Die beiden Frauen gingen nebeneinanderher, Traudl schob ihr Fahrrad. Es war dunkel geworden zwischenzeitlich, und sie hatten das Wohngebiet erreicht, in dem sich auch das Apartment von Traudl befand. In den Vorgärten hingen Lichterketten, an vielen Türen standen kleine Laternen mit Kerzen darin. Marie gelang es, so manchen Blick in die Häuser zu erhaschen, wo Familien zusammensaßen und Weihnachtsbäume in hellem Glanz erstrahlten.

»Wie geht es dir?«, fragte Edeltraud plötzlich aus heiterem Himmel.

Marie überlegte. »Hm.«

Erst kam ihr King Lui in den Sinn, dann Chris. Seit sie abgereist war, hatte sie kein einziges Mal etwas von ihm gehört. Es war also ganz richtig gewesen, ihm den Rücken zu kehren.

Aber dann fiel ihr der Strand an der *Weißen Düne* ein, das Tosen des Meeres, der Wind, der auf fantastische Weise alle negativen Gedanken einfach aus dem Kopf zu blasen schien.

Die letzten Tage waren gut gewesen, es war viel mehr hier auf der Insel passiert, als sie gedacht hatte. Sie hatte sogar erste Kontakte geknüpft und auch wenn sie Henriette Carstens nicht hatte aufspüren können, hatte sie doch ihre Mutter wiedergefunden, und das war mehr wert. Außerdem bot sich ihr die Chance, wieder als Glasbläserin zu arbeiten. Und noch etwas stand auf der Positivliste: Arne. Sie hatte Arne kennengelernt.

Als sie ihm beim Abschied an der Kirche erzählt hatte, dass sie morgen nach ihrem ersten Tag bei Deetje in der Mittagspause mit dem Rad die Insel erkunden wollte, hatte er spontan angeboten, sie zu begleiten. *War das ein Date? Oder war er nur freundlich zu einer Fremden?* Aber eigentlich war es egal, nicht wahr? überlegte Marie. Sie würden Zeit miteinander verbringen, und wie sie heute festgestellt hatte, verbrachte sie gern Zeit mit Arne. Wenn sie an seine feingliedrigen Finger dachte, tief in das Hundefell vergraben, und an seine Stimme, diese tiefe Stimme, dann fühlte sie Wärme in sich aufsteigen. Arne war ein besonderer Mann, ein Mensch mit vielen Facetten, und es machte Spaß, diese zu entdecken.

»Es geht mir gut«, antwortete Marie schließlich, selbst verwundert über diese Tatsache. Ihr ganzes Leben fühlte sich neu an, aber nicht schlecht, nein, überhaupt nicht schlecht. Alles, was in den letzten Jahren zum Stillstand gekommen war, war weggebrochen. Plötzlich standen Marie alle Möglichkeiten offen. Nichts war mehr vorgezeichnet, und sie fühlte sich sehr frei. Vielleicht, dachte sie, würde sie sogar zurück nach Murano gehen.

»Das freut mich ehrlich. Ich meine, ich habe gehofft, dass es dir auf Norderney gefällt, aber ein Teil von mir hat auch befürchtet, dass du dich hier unwohl fühlst und sofort wieder abreist.«

»Nein. Erst mal bleibe ich noch ein Weilchen.« Sie gingen an einem Haus vorbei, bei dem alle Fenster mit Lichterketten geschmückt waren. Traumhaft weihnachtlich sah das aus.

»Du kannst bleiben, so lange du möchtest. Und wenn du willst, kannst du natürlich auch das Gästezimmer so gestalten, wie du es für richtig hältst.« Traudls Wangen schienen zu glühen, ihre Augen leuchteten richtig im Licht der Straßenlaterne, unter der sie sich in diesem Moment befanden. Edeltraud Ablinger sah genau auf die Weise glücklich aus, wie nur Mütter aussehen können, die ihre Kinder zurückbekommen haben.

»Danke, Mama.«

»Nicht dafür, mein Mariechen.«

Sie liefen weiter, während ein eng umschlungenes Paar sie überholte. »Frohe Weihnachten!«, rief die Frau laut.

»Euch auch, Lina.«

Die Frau drehte sich um und blieb stehen. »Oh, hallo, Traudl. Hi, Marie! Schön, euch zu sehen. Ich hab euch erst gar nicht erkannt. Ihr seht total schick aus.«

»Danke, ebenfalls.« Marie lächelte. Lina sah wirklich sehr schick in ihrem langen Mantel aus – und Mattis, der einen schwarzen Anzug trug, sah aus wie der Traum jeder Schwiegermutter. Ganz anders als bei ihrer letzten Begegnung, wo er sie in seiner Arbeitskleidung abholte – frisch vom Krabbenkutter, so hatte er es entschuldigend genannt.

»Meinen Freund Mattis brauch ich euch ja nicht vorzustellen«, meinte Lina grinsend. Marie schüttelte den Kopf.

»Moin«, begrüßte Mattis die beiden Frauen. »Traudl, was macht die Kleinkindergruppe?«

»Alles bestens«, erwiderte Traudl.

»Das Enkelkind vom Bürgermeister geht dorthin, oder?«

»Der kleine Julius. Ganz genau.« Traudl wandte sich an Marie. »Der ist ein zuckersüßer Knopf mit roten Haaren und unglaublich vielen Sommersprossen. Er nennt mich Tante Traube.« Sie lachte. »Mein Vorname macht ihm noch Schwierigkeiten.«

Lina grinste wieder. »Traudl heißen hier auch nicht viele, nur so zu seiner Verteidigung.«

Immer noch lachend schüttelte Traudl den Kopf. »Ich weiß. Und ich finde es sehr süß.«

»Bist du gut auf der Insel angekommen?«, wandte Lina sich an Marie.

»Oh ja. Wir haben gerade darüber geredet. Ich fange sogar bei Deetje zu arbeiten an.«

»Du bist Glasbläserin?«

»Ja. Ich habe aber ein paar Jahre etwas anderes gearbeitet, aber jetzt möchte ich mich wieder voll auf mein Handwerk konzentrieren.« Es laut auszusprechen gab der Aussage noch viel mehr Gewicht. Marie holte tief Luft und atmete eine Dampfwolke aus. Es war kalt geworden.

»Na, das wird Deetje freuen, sie kann die Unterstützung brauchen, jedenfalls hat ihr Neffe mir das erzählt.« Mattis hatte sich eingemischt.

»Ja, mir hat Arne das auch gesagt.«

»Ah, ihr habt euch kennengelernt?«

Marie nickte. »Ja. Wir haben zwei gemeinsame Schwächen: große Hunde und Bücher.«

»Na, als Schwächen würde ich das nicht unbedingt bezeichnen«, meinte Lina. »Mein Bruder hat zwei Graupapageien, die den ganzen Tag quatschen – *das* ist eine Schwäche.«

Allerdings sprach sie so liebevoll über ihren Bruder, dass allen klar war, dass sie nicht wirklich etwas gegen ihn oder die Vögel hatte. Es war mehr ein liebevolles Meckern.

Marie grinste. »Ich kann es mir vorstellen. Da ist eine Hundedame mit sechs Welpen nichts dagegen.«

»Arnes Smilla hat Welpen? Das hat er gar nicht erwähnt bei unserem letzten Treffen in der *Haifischbar*«, beschwerte sich Mattis.

»Seid ihr Freunde?«, wollte Marie wissen.

»Na ja, wir waren in einer Klasse in der Grundschule. Aber in letzter Zeit hat er sich etwas zurückgezogen.«

Mattis kassierte einen Seitenhieb von Lina und sagte nichts mehr.

»Na, wir müssen mal langsam los.« Lina lächelte in die Runde und tat so, als ob nichts passiert wäre. »Frohe Weihnachten, Traudl – und dir natürlich auch, Marie.«

Stirnrunzelnd schaute Marie den beiden hinterher, die schnellen Schrittes auf ein Haus zuliefen. Da sie fast schon bei Traudl angekommen waren, die in der Nachbarschaft wohnte, nahm Marie an, dass in dem Haus sicher Linas Familie mit den Papageien lebte.

»Hm. Eine Klatschtante ist Lina auf jeden Fall nicht«, stellte Traudl fest.

»Stimmt. Ich hätte trotzdem gern gewusst, warum Arne im Moment lieber für sich ist.«

»Vielleicht können wir ja Eick fragen, oder?«, schlug Traudl vor.

»Ach stimmt, der kommt ja auch schon bald.«

Eick hatte sich nach der Kirche zügig verabschiedet, weil er noch zu seiner Schwester gewollt hatte, ihr einen kleinen Weihnachtsgruß vorbeibringen – dabei hatte Marie auch erfahren, dass sie und Traudl seine Heiligabendpläne waren.

»Der trifft mit Sicherheit auch Arne bei Deetje. Er wollte nämlich mit ihr Raclette machen.«

»Na, dann haben wir ja brandneue Infos zu Arne nachher. Sehr gut.« Traudl hakte sich bei Marie unter. »Ich habe das Gefühl, dass es durchaus interessant für dich ist, wer Arne ist.« Liebevoll strich sie Marie über den Unterarm.

»Mama! Ich …« Sie verstummte, da sie keinen Schimmer hatte, was sie darauf erwidern wollte. Die gespielte Entrüstung war ihr nicht gelungen. Doch irgendwie wollte sie nicht über Arne mit ihrer Mutter sprechen.

»Also, wenn ich in deinem Alter wäre, fände ich Arne nicht nur als Mensch, sondern vor allem als Mann interessant. Aber da du nicht blind bist, ist dir das mit Sicherheit selbst schon aufgefallen. Hast du seinen Körper gesehen? Holla, die Waldfee! Er ist wirklich sexy.«

Hatte Traudl wirklich *Holla, die Waldfee* gesagt? Marie verkniff sich das Lachen. Und hatte sie Arne sexy genannt? Seit wann war ihre Mutter so lässig?

»Mama! Also ehrlich!« Dieses Mal klang ihre Entrüstung echt.

Marie war froh über die Dunkelheit. So konnte ihre Mutter wenigstens nicht erkennen, dass sie rot angelaufen war. Natürlich war ihr Arnes Hintern aufgefallen, aber die Offenheit ihrer Mutter machte Marie verlegen.

»Na, ist doch wahr. Ganz ehrlich, Mariechen, in meinem Alter habe ich keine Zeit mehr, um den heißen Brei herumzureden.«

»Ach ja? Dann könnten wir ja vielleicht über Eick sprechen, hm?« Marie drückte kurz den Arm ihrer Mutter.

Sie hätte schwören können, dass auch Traudl nun genauso froh über die Dunkelheit war. Als Marie sie von der Seite anblickte, sah sie jedenfalls wie ein junges Mädchen aus. Ihr Lächeln, ihr leicht vorgerecktes Kinn, ihre behandschuhte Hand, die gerade in ihre Haare fuhr und die Frisur zurechtrückte, die gar nicht zurechtgerückt werden musste, verrieten, dass es ihr ein wenig peinlich war.

»Da gibt es nicht viel zu erzählen. Er ist ein Seemann im Ruhestand. Wir haben uns bei einer seiner Wattwanderungen kennengelernt. Manchmal hilft er aus, wenn unser Wattführer Paule keine Zeit hat. An dem Tag war das Wetter nicht so gut – und noch dazu war es Winter. Da kommen nicht viele Gäste nach Norderney. Also sind wir allein losgezogen, nur er und ich.«

Marie sah vor ihrem inneren Auge ihre Mutter durch Schlick laufen, in Gummistiefeln und mit einer Regenjacke bekleidet, während Eick in einem seiner dicken Pullover der Witterung trotzte und ihr Wattwürmer und Priele zeigte. Jedenfalls stellte Marie sich Wattwandern so vor. Vermutlich, weil sie in einem Buch von Henriette Carstens davon gelesen hatte.

»Und dann habt ihr euch ineinander verliebt?«, fragte Marie ihre Mutter geradeheraus.

»Mariechen! So einfach kann man das nicht sagen in unserem Alter. Wir kennen uns schließlich erst seit ein paar Wochen.«

Marie lachte. »Ob nun erst seit ein paar Wochen oder schon seit einem halben Jahr, man spürt sofort, dass es zwischen euch knistert.«

»Ja?«

»Natürlich! Er himmelt dich geradezu an. Und er verbringt seinen Heiligabend mit dir.«

»Na, weil er allein lebt so wie ich. Das verbindet.«

»Immerhin lebt er schon immer hier auf der Insel. Mit Sicherheit kennt er Leute. Seine Schwester zum Beispiel, hm?«

Unvermittelt blieb Traudl stehen und ließ Maries Arm los. »Weißt du, ich glaube manchmal, mir fehlt der Mut, mich auf eine neue Beziehung einzulassen.«

Die schonungslose Ehrlichkeit ihrer Mutter überraschte Marie.

»Dein Vater und ich … Wir waren uns sehr nah.«

»Aber das heißt doch nicht, dass du mit keinem anderen Mann Nähe aufbauen kannst?«

Traudl zeichnete mit der Spitze ihres Winterstiefels ein Muster in den Schnee. »Nein, das heißt es nicht. Das ist auch gar nicht mein Problem.« Ein perfekter Kreis entstand im Schnee. Marie wartete darauf, dass ihre Mutter weitersprechen würde. »Ich habe keine Angst vor der Nähe, sondern vor dem Danach.«

»Dem Danach?«

»Was, wenn ich wieder jemanden verliere, der mir so nahesteht?« Traudls Stimme zitterte, aber nicht vor Kälte. Plötzlich sah Maries Mutter sehr, sehr alt aus, und Marie konnte gar nicht anders, sie musste sie einfach fest in die Arme schließen.

Sie spürte, dass der Rücken der Mutter sich im Rhythmus ihrer Schluchzer bewegte. Traudl weinte lautlos, dennoch bitterlich. Als sie nach ein paar Minuten ruhiger wurde, fragte Marie: »Würdest du die Zeit mit meinem Papa lieber nicht gehabt haben? Ich meine, würdest du ihn lieber nicht gekannt haben, wenn du zurückschaust?«

Edeltraud zuckte zusammen. »Natürlich nicht.« Sie griff in ihre Handtasche und brachte Papiertaschentücher zum Vorschein. »Ich war ja sehr glücklich mit ihm.«

Traudl tupfte ihre Tränen weg. Dann holte sie tief Luft. Aber es schien nicht recht helfen zu wollen. Sie konnte nicht aufhören zu weinen.

»Papas Tod nimmt dich immer noch sehr mit.« Auch Marie hatte der Verlust ihres Vaters, der viel zu früh gekommen war aus ihrer Sicht, erschüttert. Fünf Jahre waren vergangen, aber noch immer dachte sie viel an ihren Papa. Bei der Beerdigung war Marie untröstlich gewesen, während ihre Mutter stolz und aufrecht neben ihr gestanden hatte, ohne eine Emotion zu zeigen. Ja, wenn sie darüber nachdachte, kam es erst vor, dass ihre Mutter in ihrer Gegenwart den Tod ihres Mannes beweinte, seit Marie auf Norderney war.

Traudl zog die Schultern hoch. »Ich wollte dir nicht zeigen, wie erschüttert ich war. Ich meine, du warst so traurig, und Joseph war dein Papa. Du hast ihn so geliebt. Da konnte ich doch nichts anderes tun, als für dich stark zu sein. Jedenfalls habe ich es versucht, bis ich es nicht mehr in Bayern ausgehalten habe.«

Den Teil der Geschichte kannte Marie ja nun. Ihre Mutter war vor ihrer Trauer nach Norderney geflohen, um einen Neuanfang zu wagen. Und bei dem Anblick ihrer Tränen konnte Marie auch wirklich verstehen, warum sie es so entschieden hatte. Ihre Trauer so roh und unmaskiert zu sehen, berührte Marie sehr.

»Ich glaube, dass Liebe immer diese zwei Seiten hat, oder? Ich meine, wenn du Papa nicht so sehr geliebt hättest, hätte es dir auch nicht so wehgetan, ihn zu verlieren. Und womöglich wäre es dann mit Eick eben genauso.«

Traudl tupfte sich erneut die Augenwinkel trocken. »Vielleicht«, gab sie zu.

»Ganz sicher«, erwiderte Marie im Brustton der Überzeugung und grinste ihre Mutter spitzbübisch an, sodass sich auch auf Traudls Gesicht ein zaghaftes Lächeln schlich. »Ich meine nur, dass du Eick eine Chance geben solltest, wenn du glaubst, dass er dich glücklich machen könnte.«

»Oh, das tut er«, erwiderte Traudl sofort. »Wir unternehmen regelmäßig Wattwanderungen, und er hat in mir sogar die Freude am Saunieren geweckt. Er wohnt direkt hinterm Deich und hat eine kleine Sauna im Garten, stell dir vor.«

Alles Leben war in die Mimik ihrer Mutter zurückgekehrt. »Außerdem laufen wir gern durch die Dünen und … Ach, es ist einfach alles schön mit ihm. Ganz anders als mit Joseph, natürlich.«

»Du musst kein schlechtes Gewissen Papa gegenüber haben. Ich bin mir ganz sicher, dass er gewollt hätte, dass du glücklich wirst.«

Traudl nickte. »Ja, ich weiß.«

Erneut holte sie tief Luft. Dieses Mal aber ganz entschlossen. »Na, komm, gehen wir heim. Eick will um neunzehn Uhr zum Essen da sein. Und davor machen wir uns noch eine schöne Tasse Tee.«

Traudl hakte sich bei Marie unter, und Mutter und Tochter liefen weiter. Es waren nur noch ein paar Meter. Dann empfing sie die gemütliche Wohnung von Edeltraud Ablinger.

Der Tannenbaum duftete schon im Eingangsbereich so herrlich, dass in Marie sofort die Weihnachtsstimmung wieder aufflammte, die sie schon in der Kirche in sich gespürt hatte. Marie freute sich auf den wunderschönen Weihnachtsabend, der vor ihnen lag.

10. Kapitel

»Na, du hast sicher viel zu erzählen nach deinem ersten Arbeitsmorgen, oder?« Arne hatte Marie von der Glasbläserei abgeholt, und jetzt fuhren sie auf ihren Fahrrädern einträchtig nebeneinanderher. Marie hatte sich das Rad ihrer Mutter geliehen. Außerdem hatte ihre Mama ihr noch dicke Daunenhandschuhe aufgezwungen. Daheim war Marie das noch lächerlich vorgekommen, doch auf dem Rad war sie froh, eingelenkt zu haben. Heute war zwar kein eisiger Tag, aber warm war es auch nicht.

Marie konnte ihr Glück noch immer kaum fassen. »Oh ja. Es war ein herrlicher Morgen.« Sie hatte mehrere Weihnachtskugeln angefertigt, denen sie nachher noch den letzten Feinschliff verpassen würde. Deetje hatte ihr freie Hand gelassen. So waren fantastische Glaskugeln entstanden, sowohl klassische als auch Kugeln, die sie mit roten und goldenen Sprenkeln verziert hatte. Marie war so sehr in ihrem Element gewesen, dass sie die Zeit darüber ganz vergaß und Deetje schließlich auf ihre Schulter getippt hatte, weil Arne gekommen war.

»Glasblasen ist meine absolute Leidenschaft. Die letzten Jahre hatte ich keine Möglichkeit dazu, weißt du.«

»Oh, dass du das mit Herzblut machst, ist unübersehbar. Deetje ist auch ganz begeistert von dir.«

»Woher willst du das denn wissen?«

»Sie hat es mir eben erzählt, aber auch gestern beim Weihnachtsessen von dir geschwärmt. Du warst so vertieft, dass du das Klopfen an der Werkstatttür nicht wahrgenommen hast.« Er lachte, was Marie ein wenig verlegen machte.

»Das freut mich auf jeden Fall, wenn Deetje zufrieden ist. Bei ihrer Berufserfahrung und ihrem Talent ist das ein großes Kompliment.«

»Ist es auch. Meine Tante ist streng.« Arne machte einen Schlenker, um einem Stein auszuweichen, der auf dem Radweg lag. Es war wenig los heute. Vermutlich war es den meisten Leuten zu kalt zum Radfahren.

»Was ist denn deine Leidenschaft?«, fragte Marie. »Ich meine, was machst du beruflich?«

Arne antwortete nicht gleich. Marie schaute ihm prüfend ins Gesicht. Er hatte seinen Blick nach vorn auf den Weg geheftet. Ganz ernst schaute er nach vorn, fast schon mürrisch, fand Marie.

»Ah, da kann man auch schon die Aussichtsdüne sehen«, sagte er schließlich, ohne auf ihre Frage einzugehen. Marie runzelte die Stirn. Vielleicht hatte Lina gar nicht so unrecht gehabt. Ein Eigenbrötler, der sich nicht in die Karten schauen lassen wollte, war Arne auf jeden Fall. Sie wollte nachhaken, ihre Frage nicht so einfach ruhen lassen, aber da ergriff Arne schon wieder das Wort.

»Na los, gerade kommt die Sonne raus.«

Arne trat kräftiger in die Pedale. Er schaute über seine Schulter zurück. »Wer als Erster ankommt!« Er lachte.

Man sah die Aussichtsdüne wirklich schon von Weitem gut. Marie gab jetzt ebenfalls Gas. Längst war ihr vom Radfahren warm geworden, ihre Hände fühlten sich fast schon heiß an in den superwarmen Handschuhen.

Sie hängte sich in Arnes Windschatten und strampelte los. Es fiel ihr nicht schwer mitzuhalten – Kunststück! Der Wind kam von vorn und bremste Arne ordentlich aus.

Erst hundert Meter bevor sie die Düne erreichten, scherte Marie aus. Sofort spürte auch sie den Windwiderstand. Marie beugte sich tief über den Lenker und setzte zum Schlussspurt an. Sie war keine große Sportlerin. Aber daheim im Chiemgau war sie viel in den Bergen gewesen, und die bei den Wandertouren erworbene Grundkondition zahlte sich aus. Es wurde zwar ein knappes Rennen, aber Marie war die Erste, die beim Fahrradparkplatz an der Düne von ihrem Drahtesel sprang.

»Sieger!«, rief sie laut und reckte lachend ihre Faust in die Luft.

»Ich gebe mich geschlagen.« Auch Arne war längst zum Stehen gekommen und parkte sein Rad neben Maries. Beide schlossen ihre Drahtesel an und schlenderten nebeneinanderher auf die Düne zu.

»Verrätst du mir jetzt, was du beruflich machst?«, wollte Marie wissen. So leicht ließ sie sich nicht abspeisen.

Arne dachte kurz nach. »Ich arbeite im Büro. Mein Job ist stinklangweilig. Schauen wir uns lieber die Thalassoplattform an.« Arne hatte Anführungszeichen in die Luft gemalt. »Heutzutage scheint alles hier auf der Insel einen touristenfreundlichen Namen zu brauchen. Aber für mich ist das hier einfach nur der schönste Aussichtsplatz auf Norderney. Deshalb komme ich immer hierher, wenn ich ein wenig Weitblick brauche.«

Marie nickte. Sie freute sich schon auf die Sicht von oben, die sich einem bot, wenn man die im Zickzack verlaufenden Holzstege nach oben gegangen war. Schon von Weitem sah Marie, dass oben Körbe aufgestellt waren. Keine Strandkörbe, sondern eher oval geformte, deren obere Enden zu wilden Büschen geflochten waren. Sie hielten keinen Regen ab, boten aber sicher Schutz gegen den Wind, der hier weiter oben noch stärker blies. Lange würde das Gefühl der Wärme, das Marie noch immer durchfloss, nicht anhalten bei diesen Wetterbedingungen. Sie schaute sich auf der Holzplattform um. Es war wie heimkommen. Henriette Carstens hatte die Plattform wirklich exakt so beschrieben, wie sie in der Realität aussah.

Dann ließ Marie den Blick über die Insel unter ihr schweifen. »Wow, das ist herrlich hier.«

Die Dünen waren weiß, das Meer tiefblau. Teils schauten Gräser hervor, wo der Wind den Schnee weggeweht hatte. So ergaben sich kleine Wechten, während andernorts das saftige Grün des Dünengrases weitere Farbakzente setzte. Dass die Sonne tatsächlich herausgekommen war und sowohl den Schnee als auch die Schaumkronen des Meeres in ihrem Licht erstrahlen ließ, perfektionierte die traumhafte Szenerie. Marie konnte sich gar nicht sattsehen an so viel Schönheit. Diese Landschaft war so anders als die Berge, die Marie sonst bei ihren Streifzügen durch die Natur zu betrachten gewohnt war, dass Marie regelrecht das Gefühl hatte, in eine andere Welt eingetaucht zu sein.

Sie umrundete die Plattform, schaute hinüber zur Stadt, in Richtung Festland und hinaus aufs Meer, dessen unendliche

Weite Marie immer wieder aus Neue faszinierte. Der Wind zerrte an ihrer Jacke, und sie schlang die Arme um ihren Körper, um sich vor der Kälte zu schützen.

»Wie wäre es, wenn wir uns in so einen Korb setzen?« Arne deutete auf die äußere der drei Sitzgelegenheiten.

»Gern.« Marie ließ sich auf das Polster sinken und rückte zur Seite, um Arne Platz zu machen. Obwohl es zu zweit ein wenig eng war, aber es ging schon. Und zugegeben: Marie genoss es, Arnes Bein an ihrem zu spüren – und das nicht nur, weil es eine zusätzliche Wärmequelle war.

»Passt es für dich so?«, fragte Arne nach. Seine Aufmerksamkeit tat Marie gut.

»Ja, danke.«

»Gut.« Er öffnete den Reißverschluss seiner Jacke einen Spalt und holte einen kleinen Piccolo hervor. »Ich dachte, wir stoßen zumindest auf unseren ersten gemeinsamen Ausflug an.«

»Das ist ja eine super Idee.«

»Dachte ich auch.« Arne grinste breit. Dann zog er die Handschuhe aus und öffnete den Schraubverschluss. Zuerst reichte er den Sekt an Marie weiter. »Prost.« Er war kein Mann, der ständig lächelte. Doch wenn er es tat, erreichte das Lächeln immer auch seine Augen. »Prost!«

Marie trank einen Schluck. Das herbe Prickeln fühlte sich angenehm auf der Zunge an. Arne schenkte Marie einen so intensiven Blick, dass sie wegschaute. Er faszinierte sie immer mehr.

»In einem der Bücher von Henriette Carstens kommt diese Düne vor«, meinte Marie. »Und sie hat alles wirklich gut beschrieben, finde ich.«

»Oh, ich weiß.«

Hörte sie da einen verächtlichen Tonfall heraus? »Du hast wirklich nichts für klassische Liebesromane übrig«, stellte sie fest. »Allerdings versteh ich nicht, warum dann auf deinem Wohnzimmertisch *Alle(s) Liebe* liegt.«

Arne räusperte sich. Er schien nicht sofort eine Antwort parat zu haben. »Na, weil ich ihren Romanen eine Chance geben wollte. Ich meine, immerhin schreibt sie über meine Insel, oder? Kennst du das nicht, dass man es als Leser schön findet, die Schauplätze der Bücher aufzusuchen? Für mich hat das immer einen besonderen Reiz. Ich war sogar schon in Las Vegas wegen eines Romans.«

»Echt jetzt?« Das fand Marie spannend.

»Echt. Allerdings ... ist es mir auch etwas peinlich, dass ich der Autorin so viel Aufmerksamkeit geschenkt habe. Du weißt schon, Männer und Liebesromane.« Arne räusperte sich erneut und trank einen großen Schluck aus der Piccoloflasche, die damit schon zu zwei Dritteln gelehrt war. »Hier, das ist noch dein Sekt«, sagte er und reichte ihn Marie, die jedoch nur daran nippte.

»Ich finde es super, wenn Männer einen Sinn für Romantik haben.« Sie dachte an Chris, der bis auf die Kuschelstunden am Kamin nicht so viel für Romantik übriggehabt hatte. Wie oft hatte sie sich gewünscht, dass er sie am Valentinstag mit Blumen überraschen oder sie zu einem Candle-Light-Dinner einladen würde? Unweigerlich drängte ihr Bein noch näher an das von Arne. Er schien es nicht zu bemerken.

»Ehrlich? Erstaunlich. Ich habe immer eher den Eindruck, Frauen suchen diese harten Kerle, diese Alphatiere, wie die Männer in einigen Romanen beschrieben werden.« Arnes Gesicht verriet seine Missbilligung.

»Für so was hab ich nichts übrig. Aber ich hab dir ja schon gesagt, dass ich Happy Ends und Romantik mag, stimmt's?«

Arne lachte. »Oh ja. Du bist mehr der Zuckerwatte-und-Kerzenschein-Typ.«

Sie wusste, was Arne meinte. Auch wenn sie es in anderen Worten ausgedrückt hätte. »Kann man so sagen, ja.« Sie rutschte ein wenig auf der Sitzfläche hin und her.

»Das muss dir nicht peinlich sein. Ich meine, ich finde es eigentlich sehr sympathisch.« Arne drückte sein Bein gegen Maries. Er tat es ganz offensichtlich, und da war es wieder, sein Lächeln, das Marie einfach einfing, ob sie nun wollte oder nicht. Außerdem spürte sie seine Wärme. Wo vorhin die Kälte angefangen hatte in ihre Knochen zu kriechen, fühlte sie sich jetzt ganz wohlig und gut aufgehoben. Der Wind wurde perfekt von dem Korbgeflecht abgehalten.

»Ist dir warm genug?«, fragte Arne in diesem Moment und legte seinen Arm um Marie, als wäre es die selbstverständlichste Sache der Welt. Und vielleicht, dachte sie, war sie das auch.

»Jetzt ja.« Sie lächelte.

Außer ihr selbst und Arne war niemand hier. Sie saßen ganz ruhig nebeneinander und hörten dem Wind zu, als plötzlich ein paar Kaninchen über die Plattform huschten.

»Gott, hast du die gesehen? Die sind ja süß!«, flüsterte Marie ganz leise.

»Sag bloß, dir ist die Kaninchenplage noch nicht aufgefallen, die diese Insel überschwemmt.« Arne sprach überhaupt nicht leise, und die Kaninchen verschwanden so schnell, wie sie gekommen waren. Na toll!

»Wie, Plage?«

»Es gibt viel zu viele Karnickel auf der Insel. Über dreißigtausend, hab ich gelesen, wurden erst im letzten Jahr gezählt. Wir schaffen es einfach nicht, die Zahl zu reduzieren. Selbst auf dem Inselfriedhof machen die Viecher alles kaputt. Das ärgert mich regelmäßig!«

»Das wusste ich nicht. Aber sie sehen schon wirklich niedlich aus, oder?«

»Nun ja. Schon. Aber wenn ich zu meiner Mutter ans Grab gehe, werde ich einfach sauer, wenn die Blumen, die ich dort mühsam anpflanze, schon wieder abgefressen worden sind. Ich habe noch nichts gefunden, das diese blöden Kaninchen nicht fressen.«

»Tut mir leid.«

»Na, du kannst ja nichts dafür, dass sie verfressen sind.«

»Nein, ich meine, das mit deiner Mutter.« Marie konnte nachempfinden, was es bedeutet, einen Elternteil zu verlieren. Das war wohl der Punkt im Leben, an dem man unweigerlich erwachsen wurde.

»Oh, ja. Danke. Sie ist bei einem Autounfall gestorben.« Für einen Moment zitterte Arnes Unterlippe, und er presste den Mund fest zusammen.

»Wie lange ist sie schon … ich meine.« Wie fragte man das frei heraus?

»Tot, meinst du? Sie ist seit fünf Jahren tot. Es ist auf dem Festland passiert. Ein Geisterfahrer auf der Autobahn. Angeblich hatte sie keine Schmerzen. Ich hoffe, der Arzt, der ihren Tod festgestellt hat, hat mich in dieser Hinsicht nicht belogen. Meine Mutter war eine großartige Frau, weißt du.« Marie spürte, dass Arnes ganzer Körper sich plötzlich anspannte.

»Wie meine.«

»Ja, ich kann zwischen den beiden Ähnlichkeiten erkennen. Traudl ist hier überall sehr beliebt.« Arne lächelte. »Sie hat sogar Onkel Eick um den Finger gewickelt, und das mag was heißen.«

Es war schön, dass Arne sich wieder entspannte. »Eick ist einer von der netten Sorte, oder?«

»Geht so. Manchmal gibt er fremden Frauen seltsame Ratschläge«, witzelte Arne.

Marie wusste, dass er sich auf Eicks Vorschlag bezog, Arne aufzusuchen, der dann überhaupt nicht begeistert darüber gewesen war, als Marie bei ihm auftauchte.

»Dann lass uns jetzt lieber fahren«, stieg Marie auf seine Neckereien ein. »Ich meine, nicht dass du die fremde Frau noch besser kennenlernst.« Marie tat so, als wollte sie aufstehen, wurde aber von einem lachenden Arne zurückgehalten.

»Stopp! Nein, nein, nein!« Arne zog sie mit dem Arm, der noch immer locker um Marie lag, fester zu sich heran. »Um ehrlich zu sein, hat mein Onkel eine sehr gute Menschenkenntnis. Das hat ihn schon immer ausgezeichnet. Als er zum Beispiel meinen Vater kennengelernt hat, war für ihn sofort klar, dass der ein Windhund ist, aber das ist eine andere Geschichte.« Arne schwieg kurz.

Offenbar war sein Vater kein Thema, über das er sprechen wollte. »Worauf ich hinauswill«, fuhr er dann fort, »ich glaube, Eick wollte, dass ich dich besser kennenlerne.« Arne hatte Marie nicht losgelassen. Noch immer hielt er sie ganz fest. »Außerdem warst du die erste Frau, die er mir vorbeigeschickt hat.« Da war es wieder, das spitzbübische Grinsen, das ein Funkeln in seine Augen zauberte und in Marie dieses

Kribbeln auslöste, das sie schon so lange nicht mehr gespürt hatte, dass sie es vergessen geglaubt hatte.

»Ich dachte, er würde dir ständig wen vorbeischicken?«, konterte sie.

Das Grinsen verschwand. Arne nahm den Arm von ihrer Schulter, doch Marie wollte nun auf keinen Fall aufstehen. Sie wollte hierbleiben, bei Arne. In diesem Korb auf der Aussichtsdüne war der beste Platz auf der ganzen Welt. Sie war ganz in dem Augenblick, aufgeregt und gespannt, was als Nächstes passieren würde. Die Luft knisterte.

Arne hob seine Hand. Ganz sanft legte er sie an Maries Wange und strich mit seinem Daumen wie beiläufig über ihre Lippen. Seine Haut war so warm! Sowie sein Finger die zarte Haut ihrer Lippen berührte, durchlief ein kribbelnder Schauer ihren Körper. Sie fragte sich, wie es möglich sein konnte, dass eine so sanfte Zärtlichkeit sie so sehr in ihren Bann zog.

Dann war der Moment vorbei, und Arnes Hand ruhte auf ihrer Wange. Er suchte Maries Blick. Als sie ihm fest in die Augen sah, konnte sie gar nicht anders handeln, sie musste sich Arne leicht entgegenbeugen. Sie wollte wissen, wie seine Lippen schmeckten, wollte herausfinden, ob die Berührung seiner Hand sich in seinem Kuss widerspiegelte.

Als Arne sich ebenfalls in ihre Richtung neigte, trennten Marie und Arne nur noch wenige Millimeter. Eine Windböe riss an ihrem Korb, aber das störte sie keine Sekunde. Sie waren viel zu sehr aufeinander konzentriert, um ihre Umgebung noch wahrzunehmen. Und dann, endlich, berührten sich ihre Lippen. Es war nur ein kurzer Moment, wie der Flügelschlag eines Schmetterlings, bevor Arne sich wieder zurückzog, mit prüfendem Blick ihr Gesicht studierte und ihr Lächeln bemerkte. Unauffällig fuhr sich Marie mit der Zungenspitze über die Unterlippe und schmeckte einen Hauch Prosecco.

»Das war wunderschön, danke.« Arnes tiefe Stimme klang noch tiefer als sonst. Es war die dunkelste Stimme, die sie je gehört hatte, und sie berührte Marie weit in sich drin an einem Ort, von dessen Existenz sie bis heute nichts gewusst hatte.

Dass Arne sich für den Kuss bedankte, leise, als sei er ein Privileg, gab Marie das Gefühl, gerade etwas von größtem Wert mit ihm geteilt zu haben. Das machte die Sekunde, diese kleine, winzige Sekunde, die ihr Kuss gedauert hatte, zu einem unglaublich kostbaren Moment. Sie konnte ihm nicht antworten. Ein einfaches »Bitte« wäre ihr zu banal erschienen. Stattdessen hob Marie ihre Hand. Dann stellte sie fest, dass sie ihre dicken Handschuhe trug, lachte, schlüpfte aus einem Wollhandschuh und wurde wieder ernst, während sie über Arnes Wange streichelte. Weiche Haut, Bartstoppeln, der Schwung seiner Lippen, die sie gerade geküsst hatte. Sanft strich sie mit ihrem Daumen über seine Lippen, genauso wie er sie eben berührt hatte.

Langsam beugte sie sich vor und küsste ihn erneut. Dieses Mal war Arne zu überrascht, als dass er ihr hätte entgegenkommen können. Maries Hand lag noch auf Arnes Wange, während sich ihre Lippen trafen; ein wenig härter als vorhin, aber genau richtig. Sie küssten sich nun intensiver, tiefer als noch Sekunden zuvor.

Nachdem sie sich voneinander gelöst hatten, wusste Marie, dass Arne hinter dem Prosecco nach Minze schmeckte, und sie hatte festgestellt, dass sein Kuss seinen Berührungen in nichts nachstand.

»Eick ist ein wunderbarer Onkel«, meinte Marie.

Leise lachte Arne. »Das kann man wohl sagen. Und jetzt gib mir mal deine kalten Hände!«

Marie hielt ihm ihre Hände hin, und Arne nahm sie zwischen die seinen. Sofort strömte seine Wärme in ihre kalten Finger.

»Oh, das tut gut«, entfuhr es Marie.

Arne nickte. »Ja, aber ich glaube, wir sollten trotzdem lieber zurückfahren, hm? Sonst gefrierst du mir hier draußen noch zu einem Eisklumpen.«

»Aber nur, wenn wir noch mal herkommen«, verlangte Marie.

»Ja, gut. Das machen wir. Versprochen.« Arne zog Marie aus dem Korb. In der Zwischenzweit waren ein paar Leute auf die Düne gestiegen. Im Korb neben Marie und Arne saßen zwei Kinder, deren Mutter mit einem Fernglas aufs Meer hinausschaute. Weiter vorn standen zwei Frischverliebte, die sich eng umschlangen. Sie erinnerten Marie an das Liebespaar aus dem Buch von Henriette Carstens.

»Schade, dass Henry und Anita nur in einer Geschichte leben. Ich mochte Anita und Henry – obwohl er eine Vollglatze hat.« Marie lachte.

»Henry hat rote Haare«, stellte Arne trocken fest. Sie gingen gerade nebeneinanderher in Richtung der Fahrräder.

Marie stutze. »Wie bitte?«

Arne griff sich mit der Hand in den Nacken, blieb allerdings nicht stehen. »Äh, du verwechselst da was, glaub ich. Kann das sein?«

Marie war total überzeugt davon, dass Henry keine Haare hatte. War er nicht deshalb weniger selbstbewusst gewesen und erst durch seine Beziehung … Oh. Jetzt, als Marie genauer darüber nachdachte, wurde ihr klar, dass Arne richtiglag. Sie hatte Henry doch glatt mit einer anderen Romanfigur verwechselt!

»Tatsächlich. Du hast recht!« Das Erstaunen in ihrer Stimme war unüberhörbar. »Dann muss dir das Buch ja doch ganz gut gefallen haben. Du weißt ja mehr als ich, und ich bin ein richtiger Fan von Henriette Carstens«, neckte Marie und wollte nach seiner Hand greifen. »Am Ende steckt doch noch ein richtiger Romantiker in dir, der an glückliche Enden glaubt.«

Als Maries Finger Arnes Hand berührten, zog er sie weg. Dann verschränkte er die Arme vor der Brust. Diese klare Abfuhr traf Marie wie eine Ohrfeige.

»Ich glaube, da täuschst du dich! Ich hab nur einfach ein gutes Gedächtnis.« Arnes dunkle Stimme, in der zuvor noch eine Wärme mitgeschwungen war, klang plötzlich eisig.

Marie nahm ihren Handschuh aus der Jackentasche, wo sie ihn vorhin achtlos verstaut hatte, und schlüpfte hinein. Verwirrt schaute sie Arne hinterher, der mit einem Mal schneller lief und dessen Rücken Marie wie eine Mauer vorkam. Langsam ging sie hinterher. Was war da gerade passiert? Womit hatte Marie Arne so getroffen?

Ihr war nach Heulen zumute. Auch noch, als sie ihre Fahrräder aufschlossen und wieder losradelten. Am liebsten wäre Marie vor lauter gefühlter Hilflosigkeit einfach in die andere Richtung davonfahren. Aber – etwas hielt sie. Vielleicht die Hoffnung, dass Arne etwas sagen würde, sie wieder Zugang zu ihm fände, dass er die Tür zu seinem Herzen, die er soeben mit Schwung zugeknallt hatte, wieder einen Spaltbreit öffnen würde. Doch Arne trat schweigend in die Pedale.

Schließlich hielt Marie es nicht mehr aus. »Was ist denn los mit dir?«

Arne schaute sie an, als hätte er ganz vergessen, dass sie da war. »Nichts. Alles in Ordnung.«

Da verwandelte sich Maries Traurigkeit in Wut. Sie spürte so klar, dass eben genau gar nichts okay war – und die Tatsache, dass Arne das Gegenteil behauptete, sorgte dafür, dass sie innerlich zu kochen begann.

»Na, das sehe ich. Ich glaube, du bist der launischste Mensch, der mir je untergekommen ist«, platzte es aus ihr heraus.

Endlich wurde Arne langsamer. Er räusperte sich. »Es ist eine lange Geschichte.« Er presste die Worte regelrecht hervor.

»Ich hab Zeit für eine lange Geschichte.«

Abrupt bremste Arne, blieb stehen und sprang vom Sattel. Auch Marie hielt an, tat es ihm nach, aber langsamer. Bei Arnes impulsivem Tempo konnte sie nicht mithalten. Sie stieg von ihrem Drahtesel und schob es in Arnes Richtung.

Sie klappte den Radständer heraus und stellte sich mit verschränkten Armen vor Arne.

»Mensch, Marie.« Arne trat von einem Fuß auf den anderen, noch immer das Fahrrad zwischen den Beinen. Seine Hände umklammerten die Griffe des Lenkers so fest, dass die Fingerknöchel sich weiß unter der Haut abzeichneten. Es war deutlich zu erkennen, wie Arne mit sich rang, nach den richtigen Sätzen suchte und sie wieder verwarf. Er atmete aus, laut, stieß den Atem regelrecht aus der Lunge, als ob er damit alles sagen könnte, was er nicht in Worte zu fassen vermochte. Wie er so dastand, tat er Marie beinahe leid. Sie hatte das Gefühl, ihn zu quälen, indem sie ihn dazu zwang, ihr seinen Stimmungswechsel zu erklären. Aber nur beinahe, denn Arne hatte sie mit seinem Verhalten verletzt.

»Ich habe ... ich meine ... Vor ein paar Jahren habe ich ... verdammt!« Er schlug mit der flachen Hand auf den Lenker, den er eben noch umklammert hatte. Die Fahrradklingel gab einen kleinen, hellen Ton von sich, der in einer anderen Situation komisch hätte sein können. So aber unterstrich das leise Klingeln Arnes Hilflosigkeit und seine Frustration.

Marie setzte sich auf ihr Rad. Sie hatte keine Geduld mehr. Die Situation schien ihr ausweglos, und warum sollte sie etwas anfangen, das schon so schwer begann? Sie hatte dafür wirklich keine Geduld.

»Fahren wir zurück«, sagte Marie in kühlem Ton zu Arne. »Deetje wartet bestimmt schon auf mich.«

Widerwillig nickte Arne, sein Gesicht war eine starre Maske. Er schwang sich ebenfalls aufs Rad, und schweigend fuhren sie wieder los. Marie leckte sich über die Lippe. Sie konnte Arne noch schmecken, jedenfalls bildete sie sich das ein. Und der Arne, den sie geküsst hatte, war nicht der Mann, der stumm wie ein Fisch neben ihr herradelte.

Marie entschied sich, das Kapitel Arne einfach abzuhaken, bevor sie es wirklich zu lesen angefangen hatte. Denn wenn sie schon jetzt dessen Inhalt nicht nachvollziehen konnte, war es wie mit einem schlechten Buch. Am Ende schlug man es zu und fragte sich, warum man seine Zeit damit verschwendet hatte, es zu lesen.

11. Kapitel

Wellenwinter, Winterzauber, Norderney

Marie hatte es in schnörkeliger Schrift auf das Glaskunstwerk graviert, das sie in der Weihnachtsbude auf dem kleinen Markt aufhängen wollte. Deetjes Dremel, mit dem Marie die Schrift in die Kugel geschliffen hatte, war zwar uralt, funktionierte aber noch hervorragend. Marie hatte die Idee gehabt, mit dieser besonderen Aufschrift auf der Kugel vielleicht auch Touristen, die auf Souvenirsuche waren, zu gewinnen. Als Deetje Maries Werk gesehen hatte, war sie total begeistert gewesen.

»Siehst du, min Deern«, hatte sie gesagt. »Deshalb braucht man junge Leute. Ihr habt einfach frischere Ideen als wir Alten. Da hätte ich vor Jahren schon draufkommen können.« Deetje hatte sich so gefreut, dass sie Marie in ihre Arme schloss. Doch dann war sie gleich wieder ernst geworden. »Ich könnte es eh nicht mehr machen, solche Gravuren.«

Heute Morgen, während Marie die Schrift eingraviert hatte, hatten Deetje ihre Hände wirklich nicht besonders gut gehorcht. Sie versuchte immer wieder, ihre Finger in die Taschen ihrer Arbeitshose zu verstecken, wenn sie sich von Marie beobachtet fühlte, aber natürlich bemerkte Marie, dass es Deetje schlecht ging. Deshalb tat Marie auch, was sie konnte. Sie hatte es geschafft, zehn Glaskugeln herzustellen, während Deetje sich damit beschäftigt hatte, die Ware in Schachteln zu verpacken. Ihre Feiertage hatte Marie fast vollständig in der Werkstatt verbracht, um noch möglichst viele Glaskunstwerke herzustellen. So war ihr Weihnachten wenig klassisch, sondern vielmehr sehr arbeitsreich ausgefallen. Den Stollen und die Plätzchen aß sie in den Pausen mit Deetje, wenn sie dazu ihren Tee mit Wölkchen tranken, und außer der Gans mit Klößen – Knödel, wie Traudl sie als Bayerin selbstverständlich nannte – bekam Marie wenig von den Feiertagen mit. Aber das störte sie gar nicht weiter, im Gegenteil. Endlich wieder in einer Glasbläserei zu stehen war für sie Weihnachten genug. Schon morgens war sie voll Energie und Ideen aus dem Bett gesprungen und hatte sich in ihre Arbeitskleidung geworfen. Nach einem schnellen Frühstück war sie auch schon draußen auf dem Fahrrad und strampelte durch die Nordhelmsiedlung in Richtung Werkstatt. So manches Kaninchen war angesichts ihres rasanten Fahrstils schon erschrocken davongehoppelt. Marie mochte diese Zeit des Tages sehr. Man wusste nie, was das Inselwetter einem bot, und wurde so früh am Tag fast nur von den Möwen beobachtet. Die Urlauber schliefen noch, und die wenigen Einheimischen, die unterwegs waren, waren mit sich selbst beschäftigt. Dazu kam, dass die noch immer ungewohnte Umgebung mit den roten Klinkerbauten, die die Straße säumten, Maries Blick fingen und die Fahrt in die Werkstatt wie im Fluge verging.

Am Stand angekommen, sah Marie, dass ein Teil der Holzkisten richtig antik wirkte, sodass die Kugeln am besten dort drinblieben. Sie würden wundervoll aussehen in dem frischen Stroh, in das Deetje sie gelegt hatte, richtig weihnachtlich.

»Das sieht toll aus«, sagte Marie zu ihrer Chefin, die schon die dritte Kiste in die Auslage stellte.

»Danke dir, Marie.« Deetje bückte sich und holte drei Pappschachteln aus einem der Wäschekörbe, die zum Transport gedient hatten. Deetje besaß einen riesigen Fahrradanhänger, in den die Frauen ihre Glaskunstwerke verstaut hatten, um sie zum Kurpark zu bringen, wo der *Winterzauber*-Markt stattfand. Als Deetje den Schlüssel zur Bude aus ihrer Tasche zog, zitterte sie so sehr, dass sie ihn kaum in das Schloss stecken konnte.

Marie überlegte, ob sie Deetje ihre Hilfe anbieten sollte, schätzte die alte Dame aber so ein, dass es ihr eher unangenehm gewesen wäre. Schließlich hatte sie selbst Marie noch gar nichts von ihrer Krankheit erzählt. Also trat Marie ein paar Schritte zurück und schaute sich um.

Die Stände waren hübsche kleine Häuschen in Dunkelrot, mit einem kleinen, runden Fenster im Giebel. Davor standen Schirme in Grün, die vor plötzlich einsetzendem Regen und Wind schützen sollten und die kleinen Häuser farblich perfekt komplementierten. Eine Unzahl Lichterketten, Miniweihnachtsbäume und auch eine große Tanne rundeten das Gesamtbild ab. Morgen, wenn es dunkel wäre, würde dieser Markt ein wahres Kleinod sein.

»So, jetzt!« Deetjes Stimme hörte sich regelrecht triumphierend an.

Marie drehte sich zu ihr. Die alte Dame stand mit in die Hüften gestützten Armen in der offenen Tür zu ihrer Marktbude, entschlossen und aufrecht. »Dann wollen wir mal, oder?«

»Es ist mir ein Vergnügen.«

Voller Eifer stürzten sich die beiden Frauen in die Arbeit und dekorierten, was das Zeug hielt. Deetje hatte noch eigene Lichterketten mitgebracht, die sie in dem Stand aufhängte, während Marie vorsichtig ihre Kugeln mit der weihnachtlichen Aufschrift aufhängte. Nachdem Deetje so begeistert von dem Schriftzug gewesen war, hatte Marie sogar noch eine kleine Welle auf ihren Kugeln angedeutet, die die Kugeln noch besonderer wirken ließ und ihnen noch mehr Norderney-Inselflair verliehen. Sie waren tatsächlich einzigartige Kunstwerke geworden, wie sie da im schwindenden Tageslicht glänzten. Hoffentlich verkauften sie sich gut.

Als sich die Dämmerung langsam zur Nacht verdunkelte, knipste Deetje die Lichterketten an, und ihr Stand erstrahlte in einem puren weihnachtlichen Lichtermeer.

Marie trat aus dem Stand und stellte sich davor. Wunderschön leuchteten die Lichter, und wie sie sich schon gedacht hatte: Das Stroh betonte die exquisite Schönheit der Weihnachtskugeln, bildete den perfekten Kontrast. Deetje wusste, was sie tat. Sie hatte ein unglaubliches Gefühl für ihre Waren.

Noch immer standen die drei Pappschachteln ungeöffnet auf der Verkaufstheke. »Deetje, was ist denn in den drei Kartons? Ist das ein Geheimnis?«

»Oh, die.« Deetje legte ihre Hand fast schon zärtlich auf den obersten Deckel. »Das sind einige meiner schönsten Stücke vom letzten Jahr. Ich hab es irgendwie nicht übers Herz gebracht, sie zu verkaufen. Aber jetzt, glaube ich, bin ich so weit.«

Auf Marie machte es nicht den Eindruck, dass ihre Chefin so weit wäre. Deren Hand lag nämlich noch immer auf den Schachteln, und Marie musste ihren ersten Eindruck korrigieren: Deetjes Geste war nicht zärtlich, sie war beschützend. Als läge direkt unter ihrer Hand ein großer Schatz.

»Darf ich?«, fragte sie.

Zögerlich nahm Deetje ihre Hand weg, gab so die Schachteln frei und nickte. »Nachdem ich sie eh verkaufen möchte … gern.«

Marie griff nach der obersten Schachtel. Ganz vorsichtig hob sie den Deckel ab. »Oh mein Gott.«

Eine Vase in Murrine-Technik kam zum Vorschein. Leuchtende Grüntöne, ein wenig Gelb, etwas Schwarz. Aus ihrer Zeit in Murano wusste sie, dass es einen immensen Arbeitsaufwand bedeutet hatte, diese Vase im alten römischen Stil herzustellen. Bei dieser Technik wurden farbige Glasstäbe miteinander verschmolzen und in Glasbausteine zerschnitten, nur um diese dann zu einer Vase zusammenzusetzen und neuerlich zu verschmelzen.

Ein solches Meisterwerk in den Händen zu halten, das Tausende Euro wert war, sorgte dafür, dass Marie vor Ehrfurcht kaum noch zu atmen wagte.

»Hast du die Vase gemacht? Sie ist wunderschön.«

Deetje lächelte. Es war ein trauriges, melancholisches Lächeln. »Ja, als ich damals in Murano war.«

»Du warst auch in Murano?« Marie konnte es kaum glauben, aber natürlich, die Vase bewies es eindeutig.

»Na klar. In den späten Siebzigerjahren. Ich habe dort ein paar Jahre verbracht, bis mich meine Insel zurück nach Hause gerufen hat.« Obwohl sie offensichtlich ihrem Herzen gefolgt war, als sie zurück an die Nordsee gekehrt war, hatte sie wohl auch einen Teil von sich in Murano gelassen – das verriet ihr sehnsüchtiger Blick. Wie gut Marie sie verstehen konnte!

»Ich war auch da. Aber meine Mutter hat mich zurückgeholt, als mein Vater schwer erkrankt ist. Beziehungsweise bin ich nach seinem Tod bei meinem damaligen Freund quasi versumpft und … Ach, es ist eine lange Geschichte, und ich bereue, nicht so lange geblieben zu sein, bis ich ein solches Meisterwerk erschaffen konnte.« Marie war wehmütig, wenn sie sich ausmalte, was hätte sein können. Dann hatte sie allerdings eine Idee, die dafür sorgte, dass sich ihr kurzer Moment des Kummers in Hoffnung verwandelte. »Sag mal, kannst du mir zeigen, wie man so eine Vase macht?«

Deetje ließ sich mit der Antwort Zeit, während Marie noch immer auf das Kunstwerk in ihren Händen schaute. »Vielleicht. Weißt du, meine Hände wollen nicht mehr so recht.« Das war seit dem *Goode Wind* das erste Mal, dass Deetje ihre Krankheit ansprach.

»Ich habe es befürchtet. Aber meinst du nicht, du könntest es mir erklären und einfach meine Hände benutzen?« Marie zwinkerte Deetje zu. »Ich leih sie dir.«

Deetje musste unweigerlich lachen. »Wir könnten es zumindest versuchen«, lenkte sie sofort bereitwillig ein. »Warum nicht?«

»Und bitte, versprich mir was«, forderte Marie.

»Was denn?«

»Verkauf diese Vase nicht. Auf keinen Fall.«

Deetje schaute auf das Stück, streckte ihre Hände danach aus, und Marie gab den Karton zurück. »Ach, Marie.« Deetje sprach die zwei Worte wie Seufzer aus. Zum ersten Mal hörte man ihr an, dass sie es nicht immer leicht hatte, dass sie alt war und manchmal jeder Schritt eine Plage sein musste. Aber das dauerte nur den Bruchteil einer Sekunde, dann hatte Deetje sich auch schon wieder gefangen.

»Magst du hier auch noch reinschauen?«, fragte sie tapfer lächelnd.

»Warum nicht?« Marie griff nach den anderen beiden Schachteln. Ein Pferd und ein Hai aus Glas kamen zum Vorschein, wie Marie zu ihrer Freude feststellte. Warum sie sich so darüber freute? Weil sie wusste, dass sie in Murano genug gelernt hatte, um diese beiden Figuren herzustellen. Vielleicht nicht in abschließender Perfektion. Aber doch so, dass man die Glastiere gut verkaufen könnte. Sie nahm sich vor, gleich heute Abend, wenn sie die letzten Glaskugeln graviert hatte, einen ersten Versuch zu wagen. Und vielleicht gelangen die Figuren ihr zumindest so gut, dass Deetje ihre Erinnerungen an ihre Zeit in Murano, dem magischen Ort für Glasbläser, für sich behalten konnte.

Die Band spielte die ersten Töne. Das war wohl der Soundcheck für den *Winterzauber*, der in einer halben Stunde eröffnet werden würde. Marie war unfassbar müde. Am Vorabend hatte sie Deetje angelogen und ihr gesagt, sie müsse noch mal in die Werkstatt, weil sie den Wohnungsschlüssel vergessen hätte und ihre Mutter mit Eick beim Krabbensuppeessen sei. Deetje war nicht argwöhnisch geworden und hatte ihrer Mitarbeiterin einfach den Schlüssel in die Hand gedrückt und sie noch gebeten, den Fahrradanhänger zurückzubringen. Dabei hatte sie so müde ausgesehen, wie Marie sich heute fühlte. Marie hatte ihr geraten, es sich daheim gemütlich zu machen, und natürlich den Anhänger mitgenommen.

In der Werkstatt hatte sie sofort den Brenner angeheizt und sich an die Arbeit gemacht. Es war nach Mitternacht gewesen, als sie ein nahezu perfektes Pferd und einen wirklich schönen Hai modelliert hatte. Danach hatte sie noch zwei weitere Pferde modelliert und war anschließend, ihre Werke in einer weiteren Schachtel ordentlich in Papier eingepackt, durch die klirrende nächtliche Kälte nach Hause geradelt. Einmal erschrak sie kräftig, da der Vorderreifen ins Schlingern kam. Nicht auszudenken, wenn sie mit ihrer kostbaren Fracht hingefallen wäre, doch sie schaffte es sicher in die Wohnung ihrer Mutter, die natürlich schon seit Stunden selig schlief.

Nach nur vier Stunden wieder aufzustehen, um weiter in der Werkstatt zu arbeiten, sorgte dafür, dass Marie sich am späten Nachmittag fühlte, als wäre die ganze Welt in Watte gepackt. Trotzdem waren ihre Glaskunstwerke die lange Nacht und den Schlafmangel wert gewesen, beschloss Marie, die die Pferde und den Hai zwischen die herrlich bunten Weihnachtskugeln drapiert hatte, um Deetje damit zu überraschen. Gut, dass sie zu der Bude beide einen Schlüssel hatten. Deetjes Vorschlag war gewesen, nach dem ersten Tag abwechselnd das kleine Verkaufshäuschen zu betreuen, weil in der Regel eine Person völlig ausreichte, um die Kunden zu bedienen. So konnte einer von ihnen in der Werkstatt, wenn nötig, weitere Waren für den Verkaufsstand herstellen. Hoffentlich brummte das Geschäft!

»Hallo, Marie!« Vor der Weihnachtshütte stand Lina und grinste sie an.

»Oh, hallo.«

Lina schaute neugierig auf das Angebot von Deetjes Stand. »Die Kugeln sind einfach wunderschön.«

»Oh, vielen Dank. Aber du kennst Deetjes Arbeiten sicher, oder? Sie hat den Stand ja jedes Jahr.«

»Ja, schon. Wir haben auch ein paar ihrer Kugeln bei uns daheim. Und einmal hab ich eine Blumenvase bei ihr für meine Mutter bestellt.« Lina kam näher heran und bestaunte eine der gravierten Kugeln.

»Wellenwinter, Winterzauber, Norderney«, las sie laut vor. »Das ist ja eine klasse Idee. Ich bin sicher, die Touristen werden euch diese Kugeln geradezu aus den Händen reißen.«

»So der Plan«, erwiderte Marie.

Lina nickte. »Vermutlich kann ich da mit meinen Blumenkränzen einpacken.«

»Hast du auch einen Stand?«

»Oh, ja. Da hinten.« Sie deutete nach rechts. »Wir verkaufen in diesem Jahr zum ersten Mal auch weihnachtliches Gebäck. Ines, die Freundin meines Bruders, ist ein absolutes Backgenie. Sie hat weihnachtliche Petit Fours und Schokosterne mit flüssigem Kern gemacht – jedenfalls für heute. Bestimmt überrascht Ines uns alle morgen mit neuen köstlichen Kreationen, sie sprüht nur so vor Rezeptideen. Und dann gibt es bei uns noch weihnachtlichen Blumenschmuck zu kaufen.«

Marie war bei dem Gedanken an Schokoladengebäck sofort das Wasser im Munde zusammengelaufen. Ihre Schwäche für Süßigkeiten war ein Laster, das sie wohl ihr Leben lang nicht würde ablegen können.

»Ich komm ganz sicher später bei dir am Stand vorbei«, versprach Marie. »Klingt so, als wäre er ganz nach meinem Geschmack.«

»Sehr schön. Ich freu mich.« Lina winkte und ging in die Richtung davon, in die sie vorhin gedeutet hatte. Die Band spielte *Süßer die Glocken nie klingen.*

Allmählich wurde Marie unruhig. Wo blieb denn Deetje?

Der Platz auf dem Markt füllte sich langsam, und immer mehr potenzielle Kunden und Kundinnen schlenderten an Maries Stand vorbei.

Als Marie ein Geräusch an der Tür hörte, drehte sie sich um. Deetje, deren Frisur sonst immer zu einem ordentlichen Dutt gebunden war, sah ein wenig zerzaust aus. Sie trug altmodische Ohrschützer mit Leopardenoptik, und einzelne Haarsträhnen hingen ihr ins Gesicht. Sie wirkte ziemlich außer Atem.

»Geht es dir gut?«, fragte Marie instinktiv.

»Äh. Ja. Ich habe verschlafen, stell dir das mal vor. Normalerweise lege ich mich mittags nie hin, das machen nämlich nur wirklich alte Leute. Aber heute bin ich mit meinem Kater auf dem Schoß einfach eingeschlafen. Ich bin ziemlich außer Puste, wenn ich ehrlich bin.« Die alte Dame versuchte sich an einem schwachen Lächeln, aber man sah ihr an, dass die Unwegsamkeit ihres Tages Deetje ganz schön aus dem Konzept gebracht hatte.

Im selben Moment war die erste Kundin an den Stand

herangetreten und betrachtete eine bunte Weihnachtskugel. Dann entdeckte die junge Frau eines der Pferde, die Marie angefertigt hatte.

»Das ist ja wunderschön!«, rief sie aus. »Darf ich das anfassen?«

Deetje nahm ihre Ohrschützer ab und trat an die Verkaufstheke heran. »Oh«, entfuhr es ihr. Nur dieser kleine Laut.

»Sie müssen wissen, dass ich zum Reiten auf die Insel gekommen bin«, sprudelte es aus der Kundin hervor. Tatsächlich war auch Marie der große Reiterhof am Ende der Stadt aufgefallen, als sie mit Arne hinaus zur Aussichtsdüne geradelt war.

»Meine Güte, ich muss dieses Pferd haben. Das ist *die* Erinnerung.« Was für eine quirlige Person die Frau war!

Marie nahm die Figur hoch. »Hier, bitte.«

Mit der gebotenen Achtsamkeit begutachtete die Frau das Glastier. Es hatte eine blaue Mähne und einen ebenfalls blauen Schweif. Der Körper des Pferdes war aus durchsichtigem Glas gefertigt, das von roten Maserungen durchzogen war.

»Ich hätte nie gedacht, dass ich so was hier auf dem Weihnachtsmarkt finde.« Die Frau schaute über ihre Schulter zurück. »Hartmut, komm mal hier rüber!«

Erst in diesem Augenblick fiel Marie die beringte Hand der Frau auf, dazu die Ohrringe, die mit zahlreichen Glitzersteinen besetzt waren – nach Modeschmuck sah das nicht aus.

»Das Pferd habe ich selbst angefertigt«, informierte sie die Kundin.

»Hartmut! Wo bleibst du denn?« Die Frau schaute noch immer über ihre Schulter zurück. Dann drehte sie sich wieder zu Marie um. »Selbst gemacht, sagen Sie?«

Marie nickte. »Ja, es gibt hier auf der Insel eine Glasbläserei, die in langjähriger Tradition besondere Glasarbeiten herstellt.«

Hartmut war ein Mann mit Zwirbelbart und einer Melone auf dem Kopf. Marie hätte gewettet, dass er kein Reiter war, wie er mit seinem üppig verzierten Gehstock würdevoll an den Weihnachtsstand herantrat.

»Was hast du entdeckt, meine Liebe?« Er schenkte seiner Angetrauten ein gütiges Lächeln. »Oh, ich sehe schon.«

Die Frau schürzte ihre rot geschminkten Lippen ein wenig, trat auf ihre Zehenspitzen und hauchte dem Mann einen Kuss auf die Wange.

Er griff in die Innentasche seiner Jacke und zog eine Geldbörse hervor. Offenbar war Hartmut es gewohnt, für die Dame seines Herzens diese Geste zu vollführen, dachte Marie amüsiert.

»Was soll das Pferdchen denn kosten?«, wollte er wissen. Marie stellte das Tier sanft auf die Hinterhufe, wo es perfekt ausbalanciert stehen blieb.

Deetje mischte sich ein. »Also, ähm …«

Also ergriff Marie das Wort. »Dieses Pferd ist nach der Glasbläsertradition in Murano gefertigt und wirklich ein besonders schönes Stück.«

Eifrig nickte die Kundin. Sie hatte sich bei ihrem Gatten eingehängt und konnte ihren Blick auch weiterhin kaum von der Glasfigur abwenden.

Marie entschied sich, hoch zu pokern. »Weil sie mir so sympathisch sind, würde ich Ihnen dieses herrliche Handarbeitsstück für zweihundertachtzig statt dreihundert Euro anbieten.« Sie wusste, dass dieser Preis nicht utopisch war. Die Vase, die Deetje ihr am Vortag gezeigt hatte, war gut Tausende Euro wert. Es gab sogar Glaskunstwerke, die ein regelrechtes Vermögen wert waren.

Dennoch hörte sie, wie Deetje scharf die Luft einsog. Marie wagte nicht, den Blick von ihren Kunden abzuwenden. Stattdessen hatte sie ihr strahlendstes Lächeln aufgesetzt. Sie hatte keine Erfahrung im Verkauf. Vielleicht war sie zu weit gegangen? Was wusste sie schon, was ihre eigene Arbeit wert war?

Die Kundin hauchte ihrem Mann einen weiteren Kuss auf die Wange, und Hartmut zog ungerührt die Euroscheine aus seiner Geldbörse. »Hier, bitte.« Er lächelte. »Hauptsache, meine Rosi ist glücklich.«

Marie griff nach dem Geld. Innerlich hüpfte sie vor Freude auf und ab. Aber äußerlich blieb sie kontrolliert und tat so, als wäre Hartmuts Kauf das Selbstverständlichste auf der Welt. »Sehr schön. Ich gratuliere Ihnen zu diesem wunderschönen Stück. So, sehen Sie, ich packe es Ihnen in eine unserer Schmuckschachteln.«

Tatsächlich hatte Deetje kleine, goldene Kartons besorgt, die, mit einer Schleife verziert, das richtige Weihnachtsflair verströmten. Innen waren sie weich mit Watte ausgepolstert.

Marie reichte das verpackte Pferd in einer Papiertüte über den Tresen. »Ich wünsche Ihnen viel Freude damit.«

»Oh, das haben wir bestimmt. Gell, Hartmut?« Rosi hatte die Tüte geschnappt und umklammerte sie wie einen Schatz, während sie und Hartmut sich von Deetjes Stand abwandten.

Hartmut nickte. »Haben wir jetzt Zeit für einen Punsch?«, hörte Marie ihn im Weggehen sagen.

»Alles, was du willst, mein Herz«, antwortete Rosi, immer noch strahlend lächelnd.

Marie verzog den Mund. Das war doch ein wenig dick aufgetragen von Rosi, dachte sie bei sich. Aber schnell hatte sie sich wieder im Griff und zeigte ein professionelles Lächeln für den Fall, dass Rosi und Hartmut einen Blick zurückwerfen würden.

»Das war unglaublich.« Deetje starrte dem Paar hinterher. »Und wann hast du das alles gemacht?«

»Gestern. Und dann noch mal heute Mittag. Du sagtest ja, du würdest es dir daheim gemütlich machen, da bin ich noch mal eben in die Werkstatt gehuscht. Jetzt bin ich zwar müde, aber sehr zufrieden.« Marie war mehr als zufrieden. Sie war, was ihre wiederentdeckte Leidenschaft für das Glasblasen anging, bis in die Fingerspitzen glücklich.

Deetje griff nach dem Hai und drehte ihn in ihren Händen. »Du hast ihn wirklich perfekt hinbekommen.«

»Das ist der Hai von Norderney«, witzelte Marie.

»... und was sich reimt, ist gut«, ergänzte Deetje und lachte. »Aber im Ernst: Die Figuren sind dir fantastisch gelungen. Aber zweihundertachtzig Euro für den Weihnachtsmarkt? Meinst du wirklich?«

Marie zuckte mit den Schultern. »Um ehrlich zu sein, habe ich ein wenig gepokert. Hartmut mit seinem goldverzierten Gehstock schien mir genau der Typ zu sein, der solche Glasfiguren kauft, ohne mit der Wimper zu zucken, und immerhin hab ich mich nicht geirrt.« Sie lachte.

»Nein, da muss ich dir recht geben.«

Die Band spielte *Schneeflöckchen, Weißröckchen.* Die Dämmerung setzte ein, und der Platz vor dem Conversationshaus, der zum Marktplatz für den *Winterzauber* umgestaltet worden war, erstrahlte im Glanz der Lichterketten, der Feuerschalen und der Weihnachtskugeln an den aufgebauten Christbäumen, die die Lichter widerspiegelten. Was für ein festlicher kleiner Markt! Marie verstand, warum ihre Mutter heute beim Frühstück noch so sehr davon geschwärmt hatte. Sie würde später vorbeischauen, hatte sie gemeint. Davor hatte sie nämlich noch ihre Kindergruppe. »Und wenn ich mit meinen Kleinen zusammen war, brauch ich immer ein kleines Päuschen. Dann setz ich mich erst mal auf einen Friesentee in die *Milchbar* und schau raus aufs Meer. Nichts entspannt mich mehr als die Weite, die Wellen und ein Sonnenuntergang, wie es ihn nur hier auf der Insel gibt.« Wie so oft, wenn es um Norderney ging, hatte Traudl diesen speziellen Blick bekommen, der verriet, wie sehr sie die Insel liebte.

Bisher jedenfalls konnte Marie sie weit und breit nicht entdecken.

»Moin, Lieblingsneffe! Na, möchtest du eine Weihnachtskugel für dein festlich dekoriertes Wohnzimmer kaufen?«, hörte Marie da Deetje fragen. Ihr ironischer Unterton war eindeutig.

Marie musste lachen. »Oder vielleicht den ganzen Stand? Wir haben auch noch ein paar mehr Kugeln unter der Theke.«

Arne zu sehen ließ Maries Herz tatsächlich höherschlagen. In den vergangenen zwei Tagen war er immer wieder kurz in ihren Gedanken aufgetaucht, aber Marie hatte diese Bilder immer wieder weit von sich weggeschoben, indem sie ihre ganze Energie in die Glasbläserei gesteckt hatte. Schließlich hatte sie sich ja auch vorgenommen, das Kapitel Arne einfach zu beenden, nachdem er wieder einmal seine ruppige, abweisende Seite gezeigt hatte. Jetzt allerdings, wo er vor ihr stand, musste sie es sich eingestehen: Sie freute sich sehr, ihn wiederzusehen, vielleicht zu sehr. Und da war auch noch immer ein Teil von ihr, der wissen wollte, wer Arne wirklich war.

»Ihr seid ja sehr witzig.« Arne hatte seine Hände in die Taschen der Winterjacke gesteckt. »Ich wollte mich eigentlich noch mal für das Raclette und den schönen Abend bei dir bedanken, Deetje.«

»Oh, sehr gern, Arne. Es war schön, dass du da warst. Auch wenn du es wieder übertrieben hast mit deinen Geschenken. Hast du dir die Reste aufgewärmt?«, wollte Deetje von ihrem Neffen wissen.

»Natürlich. War wirklich lecker.«

Marie hörte aus dem Gespräch heraus, dass Arne und Deetje ein enges Verhältnis zueinander hatten. Vielleicht, überlegte Marie, hatte Deetje eine Art Ersatzmutterfunktion eingenommen. Ihre liebevolle Nachfrage ließ es vermuten.

»Gestern war dann noch Eick da. Wir haben Eierpunsch getrunken und Rommé gespielt bis Mitternacht. Es war wirklich festlich.« Arne grinste breit.

»Na, für mich klingt es eher feuchtfröhlich«, meinte Deetje tadelnd.

»Was sollten wir machen? Uns ist der jährliche Entenbraten ja weggebrochen.«

»… und ich hab versprochen, dass wir das nachholen. Es tut mir ja leid, aber …«

Arne begann zu lachen. »Deetje, du bist wirklich viel zu leicht zu kriegen. Ich wollte dich doch nur ein wenig aufziehen.«

»Was dir gelungen ist!«

»Tja, Rache ist eben süß.«

Es gefiel Marie, Zeugin des liebevollen Schlagabtausches zwischen Neffe und Tante zu sein.

»Also, was treibt dich *wirklich* auf den Weihnachtsmarkt, du Grinch?« Deetje klang so liebevoll, dass klar war, dass es keine Beleidigung sein sollte, Arne als Weihnachtsmuffel zu bezeichnen.

»Ganz ehrlich? Ich wollte Marie in die Geheimnisse des Apfelpunsches einweihen. Nirgends ist er so gut wie drüben beim Stand am Stadtplatz.«

Marie biss sich auf die Zunge. Sie war noch immer sauer auf Arne und wusste auch nicht recht, wie sie ihm jetzt begegnen wollte.

Ein junger Mann trat indessen an die Hütte und schaute sich die Kugeln mit der eingravierten Aufschrift an.

»Brauchst du Marie gerade?«, wandte Arne sich an Deetje. »Oder darf ich sie dir für ein halbes Stündchen entführen?«

»Meinetwegen könnt ihr ruhig abhauen, Jungvolk. Ich werde ja wohl eine halbe Stunde auf meinen eigenen Stand aufpassen können.« Sie klang aufgebracht, aber das war nur Show, was ihr verschmitztes Grinsen zeigte. Dann wandte sie sich demonstrativ an den potenziellen Kunden, der vorsichtig die Hand nach der Kugel ausstreckte.

»Kann ich Ihnen vielleicht helfen?«, sprach sie ihn an.

»Kommst du mit, Marie?«, fragte Arne fast gleichzeitig. Er wirkte selbst nicht so, als wäre er davon überzeugt, dass sie ihn begleiten würde.

Marie dachte an ihre letzte Begegnung beziehungsweise den letzten Abschied. Sie hatten sich nicht mehr geküsst, als sie die Werkstatt nach ihrem Date wieder erreichten. Manchmal hatte sie dennoch in ihrer Erinnerung seinen Daumen an ihrer Lippe gespürt und das Gefühl, das sein Kuss in ihr ausgelöst hatte, war dann genauso präsent wie die Mauer, die aufzubauen ihn nur Sekunden gekostet hatte. Die steife, ungelenke Umarmung beim Verabschieden hatte Marie verletzt, und deshalb hatte sie versucht sich einzureden, dass die beiden kleinen Küsse nur Ausrutscher gewesen waren. Denn das hatte Arne ganz klar signalisiert. Nach der Umarmung, die keine gewesen war, hatte er sich aufs Rad geschwungen und war davongerast, als ob der Teufel hinter ihm her wäre. Marie hatte ihm nur fassungslos hinterhergeschaut. Als Deetje Marie Augenblicke später in der Werkstatt gesehen hatte, hatte sie sie nur kurz gemustert, die Stirn gerunzelt, aber nichts gesagt.

Hier auf dem Weihnachtsmarkt schien Arne wieder der Mann zu sein, mit dem sie auf der Aussichtsdüne gewesen war. Aber konnte sie das wirklich wissen? Sie verschränkte die Arme vor der Brust. »Ich bin mir nicht sicher.«

Arne nahm seine Hände aus den Jackentaschen. »Bitte. Nur ein Glas Punsch.«

Marie dachte daran, dass sie entschieden hatte, das Kapitel Arne gar nicht erst aufzuschlagen. Aber wie er nun vor ihr stand, fand Marie es doch irgendwie mutig von ihm, dass er einen Schritt auf sie zuging und sein Verhalten wiedergutmachen wollte.

»Na los!« Deetje gab Marie einen sanften Schubser, nachdem sie den Kunden fertig bedient hatte. »Was stehst du denn noch hier rum? Geh mit meinem Neffen was trinken.« Der aufmunternde Blick, den sie Marie dabei zuwarf, war das

Zünglein an der Waage. Schließlich kannte Deetje Arne seit Jahren. Ihrem Urteil konnte Marie sicher vertrauen.

»Einverstanden.« Sie trat aus der Verkaufshütte hinaus. Ein leichter Wind umspielte die Häuschen des *Winterzauber*-Markts.

Leise hörte Marie Deetje hinter sich, die sich der Kundschaft zugewandt hatte. »Eine wunderschöne Gravur, oder? Das ist alles Handarbeit!«

Marie stand Arne gegenüber. Er war ein gutes Stück größer als sie, und sie musste ein wenig zu ihm hochschauen. Sie hätte in diesem Augenblick sehr gern Schuhe mit einem kleinen Absatz gehabt.

»Danke, Marie«, meinte Arne.

»Bedank dich nicht zu früh.«

»Ich weiß, ich weiß.« Er hob abwehrend die Arme. »Ich habe es versaut. Aber bitte gib mir die Chance, es dir zu erklären, okay?«

»Okay.« Nur ein Wort. Aber das musste reichen.

»Okay«, wiederholte Arne. »Apfelpunsch gefällig?« Etwas Verführerisches lag in seinem Blick, als ginge es nicht um Apfelpunsch, sondern um etwas viel Intimeres.

Marie musste gegen ihren Willen lachen, und Arne stimmte leise mit ein.

»Ist ja gut, du hast mich am Haken. Aber vielleicht können wir statt eines Apfelpunsches rüber an den Stand von Lina gehen? Dort gibt es Kuchen, und ich habe eine Schwäche für Süßes.«

»Kein Problem. Zu Selbstgebackenem von Ines sag ich nie Nein. Deetje hat eine Schwäche für ihre Marzipanmuffins.«

Marie nickte. »Ich habe so was gehört, ja. Und vorhin war Lina kurz bei uns an der Bude und hat von Petit Fours erzählt. Da war für mich klar, dass ich da vorbeischauen muss.«

»Das klingt nach mir.« Arne klopfte sich vorn gegen die Winterjacke, unter der sich sein Bauch verbarg, der, soweit Lina das beurteilen konnte, nicht bis kaum vorhanden war. Sie liefen nebeneinanderher wie alte Freunde. Die Unterhaltung verlief ganz mühelos. Sie sprachen natürlich über Smilla und die Welpen, über Deetje und die herrlichen Fischbrötchen an einem Stand weiter vorn. Es war ganz leicht, immer weiter zu reden, solange sie ein bestimmtes Thema aussparten. Nun standen sie schon eine ganze Weile vor Linas Stand, bis sie endlich an die Verkaufstheke herantraten und sich in die Wartenden einreihten. Auf die Idee, sich frisches Gebäck von Ines zu holen, waren wohl schon mehrere Marktbesucher gekommen. Es roch herrlich nach Zimt und Wein.

»Ich nehme einen Glühwein zu meinem Mandellebkuchen. Du auch?«, fragte Arne in Maries Richtung.

Marie schaute auf die Auslage. Es gab herrliche Zimtmuffins, die wunderbar dufteten, die Lebkuchen, für die Arne sich schon entschieden hatte, künstlerisch verzierte Petit Fours und Cupcakes mit Sahne und einem Schokostern als Topping.

»Ich glaub, ich will so einen Cupcake und einen Kinderpunsch. Schließlich muss ich noch arbeiten. Nicht dass ich nachher mit meinen eigenen Glaskugeln um mich werfe.«

Arne lachte. »Ist gut. Das versteh ich.« Als Marie ihren Geldbeutel aus der Jackentasche holen wollte, legte Arne ihr die Hand auf den Unterarm. »Du bist eingeladen.«

»Nee, echt, das muss nicht sein.«

»Bitte. Ich hab echt was gutzumachen bei dir. Lass mich wenigstens Punsch und Kuchen zahlen.«

Widerwillig lenkte Marie ein. »Aber nur, wenn wir aufhören, um den heißen Brei herumzureden.«

Plötzlich sah Arne zerknirscht aus. »Ertappt. Ich neige dazu, unangenehmen Gesprächen aus dem Weg zu gehen und stattdessen Kuchen zu essen.«

»Na, versuchen kann man es ja.« Marie fand sein Geständnis irgendwie süß, auch wenn sie ihn nicht so leicht vom Haken lassen würde.

Als sie endlich dran waren und ihre Bestellung aufgeben konnten, eilte Lina sofort zu ihnen.

»Arne, wie schön! Wir haben uns schon ewig nicht mehr getroffen.«

Arne räusperte sich. Offenbar war ihm die Situation irgendwie unangenehm. »Hey, Lina. Na, alles gut?«

Lina nickte. »Sehr. Aber eigentlich wollte ich dich das fragen, nachdem ich dich schon eine halbe Ewigkeit nicht mehr gesehen habe.«

»Danke, es geht. Smilla hat Junge.« Innerlich war Marie amüsiert. Wie war das noch mit dem Ausweichen? Lina fiel nicht auf, dass Arne die Aufmerksamkeit von sich weg auf die Hündin gelenkt hatte. Stattdessen fragte sie sofort nach der Labradordame und begrüßte anschließend auch Marie freundlich.

Neben ihr stand eine zweite junge Frau – das musste Ines, die Zauberbäckerin, sein. Freundlich lächelnd und mit geübten, schnellen Bewegungen richtete sie das Gebäck auf einem Teller mit Serviette und Gabel an. Dann reichte sie ihn Lina, die ihn an Arne weitergab.

»Darf ich dir die Getränke geben?«, wandte Ines sich anschließend an Marie.

»Klar, kein Thema.« Marie streckte ihre Hände nach den Tassen aus, die Ines vor sich abgestellt hatte, die Henkel in Maries Richtung.

Arne hatte Lina schon den Rücken zugekehrt, als die ihm hinterherrief: »Du kannst ruhig mal im Laden auf einen Kaffee vorbeischauen. Da ist es auch wärmer als hier auf dem Markt. Musst ja keine Blumen kaufen.«

Arne nickte nur und hob den Pappteller zum Zeichen, dass er verstanden hatte. Linas letzten Satz verstand Marie nicht ganz – wobei, in Arnes Wohnung standen keine Pflanzen, das stimmte.

»Heiß, ne?«, warnte Ines im selben Moment.

Marie nickte und balancierte die Tassen mit dampfender Flüssigkeit zu einem Stehtisch, der gerade wie durch ein Wunder frei geworden war und an den Arne ihre Teller getragen hatte.

»Oh Gott, diese flüssige Schokolade im Kern!«, rief Marie Augenblicke später aus, kaum dass sie den ersten Bissen ihres Cupcakes verputzt hatte. Kein Wunder, dass Deetje so gern in das Geschäft ging, um sich mit Gebäck einzudecken.

Das hier war sicher nicht das letzte Mal, dass Marie den Stand von Lina und Ines beehren würde. Die Geschmacksexplosion in Maries Mund – Haselnüsse, Noisetteschokolade, Sahnecreme mit Vanille – war einzigartig. Dieses Gesamtkunstwerk musste man wirklich genießen. Vorsichtig legte Marie die Gabel an den Tellerrand, nahm ihre Punschtasse und umschlang sie mit ihren Händen, um sich zu wärmen. Ihr war ziemlich kühl.

»Ines hat einen guten Ruf, was ihr Gebäck angeht«, ließ Arne Marie wissen. »Aber das Blumencafé gibt es noch nicht so lang. Früher war es ein reiner Blumenladen. Erst als Lina das Geschäft übernommen hat, hat sie ihr Angebot um Kuchen und Kaffee erweitert. Doch ich war bisher nur selten da und wenn, dann nur um schnell etwas zum Naschen für Deetje zu holen. Ich bin nicht so der Blumentyp. Und jetzt während der Markttage hat der Laden eh zu – da sind die zwei Blumenfeen ja hier auf dem *Winterzauber*.«

Marie nickte. »Ja, das habe ich in deiner Wohnung sehr wohl gesehen, dass du nicht so auf Blumen stehst. Aber früher hast du ab und zu einen Strauß gekauft?«

»Schon. Ja.« Arne wich Linas Blick aus. »Mein Lebkuchen ist übrigens auch ein Gedicht. Lebkuchen muss man echt können, das ist schwierig.«

»Kennst du dich damit aus?«, wollte Marie überrascht wissen.

»Nö. Ich hab nur schon sehr viele Lebkuchen gegessen, die nicht so gut wie dieser waren.« Da war es wieder: sein unvergleichliches freches Grinsen, mit dem er Marie um den Finger wickeln konnte. Dabei wollte sie sich gar nicht zu ihm hingezogen fühlen, schon gar nicht, bevor sie sich nicht miteinander ausgesprochen hatten.

»Jetzt hör mal auf abzulenken«, sagte sie deshalb. Hatte Arne es nicht gerade wieder versucht, indem er plötzlich über Lebkuchen geredet hatte? »Du wolltest mir was sagen, und ich will Deetje auch nicht ewig allein am Stand rumstehen lassen.«

»Okay. Gut. Also.« Arne räusperte sich. »Wegen der Bücher, also …«

Marie runzelte die Stirn. Sie wusste für den Moment gar nicht, worauf Arne hinauswollte.

»Ich versteh nicht, was du meinst.«

Er räusperte sich erneut, bevor er wieder ansetzte. »Ich mag Happy Ends. Also, ich muss es anders formulieren. Ich habe immer an ein Happy End für mich geglaubt früher.«

Marie wartete darauf, dass er weitersprechen würde. Sie wusste, dass dies nicht der Moment war, um ihn zu unterbrechen oder eine Zwischenfrage zu stellen. Schweigend trank sie einen Schluck Punsch – Kirsche und Zitrone konnte sie sofort rausschmecken – und schaute Arne über den Rand ihrer Tasse hinweg an.

»Aber dann wurde ich vor eineinhalb Jahren verlassen. Ich war mir davor ganz sicher, dass ich die Frau meiner Träume in ihr gefunden hatte. Aber dann ist sie gegangen, und damit sind auch meine Zukunftsvorstellungen geplatzt wie Seifenblasen.«

»Und jetzt denkst du, dass alles aufhört.«

Arne nickte. »Ja. Seitdem machen mich solche Bücher wie deine kitschigen Liebesromane manchmal richtig wütend.«

»Nenn sie nicht so, das ist so abfällig.«

»Na gut, entschuldige.« Arne trank einen Schluck aus seiner Tasse, bevor er in seinen Lebkuchen biss.

»Einfach Liebesromane dann«, verbesserte er sich mit noch vollem Mund. »Auf jeden Fall halte ich vieles mittlerweile für absolut unrealistisch. Weißt du, ich dachte auch, dass meine Beziehung für immer hält. Aber dann ist meine Ex mit so einem dahergelaufenen Touristen durchgebrannt.«

»Zum Glück.« Die Worte waren draußen, ehe Marie über das nachgedacht hatte, was sie da sagte.

Arne schluckte hart. »Wie bitte?«, stieß er ungläubig hervor. »Wie meinst du das?«

»Na ja, stell dir mal vor, ihr hättet erst eine Familie gegründet oder du wärst über Jahre betrogen worden oder …«

»Gut, gut, ich versteh deinen Punkt. Doch das ändert jetzt auch nichts daran, dass eben nichts für immer ist.«

»Vielleicht«, gab Marie zu. Sie dachte an Chris und schüttelte den Kopf. Ihr war noch immer kalt, und sie trat von einem Fuß auf den anderen, um sich zu wärmen. »Kann sein, dass du recht hast.«

»Natürlich hab ich recht.« Arne kaute sehr energisch auf seinem Lebkuchen herum.

»Aber wenn – hilft es dir dann, nie wieder mit einer Frau zu sprechen?«, fragte Marie.

»Darüber hab ich noch nicht nachgedacht«, gab Arne zu. »Tatsache ist, dass meine Ex mich sehr mit ihrem Verhalten verletzt hat.«

Das verstand Marie, schließlich war es ihr erst kürzlich genauso ergangen wie ihm. Nur schien ihr Rückschluss ein anderer zu sein. »Weißt du, ich denke, jeder Mensch ist anders.«

»Und?«

»Na, das bedeutet, dass die Tatsache, dass mein Ex-Freund mich betrogen hat, nicht besagt, dass mich ein anderer Mann auch betrügen würde.«

»Hm.« Arne wirkte nicht abschließend überzeugt.

»Meinst du nicht, dass jeder Mensch seine eigene Chance verdient?«

Arne legte seinen Lebkuchen auf den Teller und wischte sich mit einer schnellen Bewegung mit seiner Serviette den Mund ab.

»Doch. Und genau das ist der Grund, warum ich dir von Michelle erzählt habe.«

Michelle hatte sie also geheißen. Komischerweise gab Marie das einen Stich. Dabei war diese Frau längst Vergangenheit. Aber ihr hatte einmal Arnes Herz gehört, und dieser Gedanke sorgte für ein unangenehmes Ziehen in Maries Magengegend, das sie nicht einordnen konnte.

Marie trank einen Schluck ihres Punsches, wartete, was Arne noch erzählen würde.

»Ich wünsche mir, dass du mir eine Chance gibst. Äh, eine zweite Chance, oder ist es schon die dritte? Auf jeden Fall wollte ich dir sagen, dass ich dich wirklich, wirklich mag. Und dass es wunderschön war, dich zu küssen, auch wenn ich Idiot danach alles kaputtgemacht habe.«

Die Wärme, die Marie bei Arnes Worten spürte, kam von einem Ort ganz tief in ihr selbst. Es war eine Wärme, der jedes kalte Wetter egal war. Diese Wärme war eine ganz eigene Sonne. Jede Kälte, die Marie eben noch gespürt hatte, war verflogen angesichts ihrer warmen Strahlen, die sie wärmten.

»Ich mag dich auch«, erwiderte Marie. Und dann fügte sie noch trotzig hinzu: »Warum auch immer.« Schließlich hatte Arne sich nicht nur mit Ruhm bekleckert, seit sie sich kennengelernt hatten. Allerdings, das musste man ihm zugestehen, hatte er sich entschuldigt. Und dazu gehörte jede Menge Mut.

Arne nickte. »Ich würde dir gern zeigen, dass ich anders bin, als du denkst. Das heißt, wenn du mich lässt.« Er schien den Rest seines Lebkuchens einfach vergessen zu haben.

»Na gut. Was schlägst du vor?« Maries Punsch war leer, und sie stellte die Tasse auf den Stehtisch.

»Wie wäre es mit Frühstück? Ich lade dich in die *Milchbar* ein.«

»Klingt gut. Meine Mutter schwört auf den Laden.«

»Prima. Ich hol dich morgen ab.«

»Äh, machen wir lieber übermorgen aus. Morgen habe ich nämlich schon ein Ausflugsdate mit Mama.« Nachdem Weihnachten ausgefallen war, hatte ihre Mutter Marie für morgen einen kleinen Ausflug raus zum Leuchtturm vorgeschlagen, bevor sie zur Arbeit ging, und Marie hatte begeistert zugesagt.

»Dann übermorgen«, bestätigte Arne.

»Ist gut.« Marie nickte. »Ich wohne …«

»Ich weiß. Mein Onkel Eick redet sehr viel von einer gewissen Edeltraud Ablinger, ihrer Wohnung, ihrer Kindergruppe, ihren Haaren und ihrem Grübchen am Kinn.« Arne zwinkerte Marie zu. »Ich sage dir, die zwei sind das neue Traumpaar.«

Endlich nahm er das letzte Stück Lebkuchen und steckte es sich in den Mund. »Die zwei sind auch schon älter, die haben viel wahrscheinlicher ein Happy End.«

Arne lachte, und Marie schüttelte den Kopf, zeigte gespielte Missbilligung. »Also Arne! Schäm dich! Wolltest du nicht optimistischer sein?«

»Ist ja gut, ist ja gut.« Um Arnes Augen herum bildeten sich Lachfältchen, die sich irgendwann, in späteren Jahren, hoffentlich noch tiefer in seinem Gesicht manifestieren würden. Tatsächlich, das fiel Marie jetzt erst auf, hatte er die gleichen Augen wie sein Onkel.

»Marie?«, riss Arne sie aus ihren Gedanken.

»Ja?«

»Ich freu mich«, meinte Arne. Er sagte es ganz leise, ganz tief, ganz warm, so warm, wie Marie sich fühlte.

12. Kapitel

Marie und ihre Mutter waren über den Deich hinaus zum Leuchtturm gefahren. Heute wehte der Wind wieder so stark, dass man auf den Rädern gegenlenken musste, um nicht einfach vom Deich geweht zu werden. Es war trotz der winterlichen Temperaturen und des Schnees ein Supertag für Surfer. Und ein paar Wagemutige hatten sich tatsächlich aufs Wasser getraut und schossen über die kleine Bucht, an der Marie mit ihrer Mutter gerade vorbeigeradelt war. Welch hübschen Kontrast die bunten Segel zum dunklen Wasser bildeten!

Die zwei Frauen hatten auf der Fahrt kurz beim Vogelschutzgebiet haltgemacht, hatten ein paar Enten und Schwäne auf dem See durch das Fernglas beobachtet, das fest in dem kleinen Häuschen hinter dem Deich installiert war. Sie waren die einzigen Besucher gewesen, was vermutlich dem Wetter zuzuschreiben war.

»Wenn wir heimfahren, treibt uns der Wind in die Stadt, und wir müssen überhaupt nicht mehr treten«, hatte Traudl behauptet und sich lachend gegen die Böe gestemmt, während Marie leise fluchend neben ihr hergestrampelt war. Die

Anstrengung war vergleichbar mit einer mittelschweren Radtour in Richtung Ratzinger Höhe, einem beliebten Aussichtspunkt im Chiemgau, zu dem sie schon einige Male eine Radtour unternommen hatte. Kein Wunder, dass drüben auf dem Festland ein Windrad neben dem anderen stand und sich fröhlich bewegte.

»Außer der Wind dreht.« Edeltraud lachte.

»Na super«, entgegnete Marie.

»Ist mir alles schon passiert. Ich fahr ja sehr oft hier raus, da passiert das durchaus.«

»Es ist auch wunderschön.« Marie verstand mit jedem Tag auf der Insel mehr, warum ihre Mutter Norderney so liebte.

Nicht einmal die Landschaft erinnerte an Südbayern. Es gab nur das Meer, die Dünen, den Deich. In der Theorie hatte Marie erwartet, sich vom Leben auf einer Insel eingeschränkt zu fühlen, tatsächlich war allerdings das Gegenteil der Fall. Die Weite des Meeres befreite einen irgendwie.

Der Leuchtturm ragte schon dunkelrot vor ihnen auf. Es war kein typisch rot-weißer Turm, vielmehr war er aus den gleichen roten Steinen gebaut wie viele der Häuser auf der Nordseeinsel.

Marie sah, dass sich direkt daneben ein Flugplatz befand. Genau in diesem Moment startete eine Maschine, hob vom Boden ab und gewann schnell an Höhe.

»Du hast dich ganz gut auf Ney eingelebt, oder?«, fragte ihre Mutter, und Marie kam es so vor, als könnte Traudl Gedanken lesen.

»Mir fehlen die Berge weniger, als ich gedacht hätte.«

»Das ist eine klassische Marie-Aussage.« Traudl lachte. »Typisch, dass du drum herumredest.«

»Na gut. Ich habe mich zugegebenermaßen ein wenig in die Insel verliebt.«

Marie dachte an den sanften, sachten Kuss von Arne auf der Düne. Sie dachte an ihren Traum von vergangener Nacht, wo sich genau dieser Kuss wiederholt hatte, und daran, wie sehnsuchtsvoll sie aufgewacht war, allein in ihrem Bett, mit einem kräftigen, wild schlagenden Herzen. Sofort war sie hellwach gewesen, und der Gedanke, dass sie Arne morgen wiedersehen würde, hatte ihr ein breites Lächeln ins Gesicht gezaubert. Marie hatte sich dann zufrieden auf die andere Seite gedreht und wohlig seufzend die Augen geschlossen.

Sehr offensichtlich war sie dabei, sich nicht nur in die Insel zu verlieben.

»Das überrascht mich. Ich meine, dass es dir hier gefällt, ist toll. Aber bisher dachte ich immer, dass du ohne Berge nicht leben kannst.«

»Nicht ganz. Also möglicherweise. Ich habe keine Ahnung.« Marie kam sich ein wenig wie Arne vor. Er war nicht der Einzige, dem es gut gelang, um den heißen Brei herumzureden.

Aber Marie war noch nicht so weit, ihrer Mutter von ihren Verliebtheitsgefühlen zu erzählen – und zum Glück konnte ihre Mutter dieses Mal nicht ihre Gedanken lesen.

Traudl lachte. »Sag ich doch.«

Sie radelte schneller. »Na, komm. Da vorn stellen wir die Räder ab, und dann gehen wir in den Leuchtturm. Ich zahl den Eintritt.«

Arne und Marie hatten beide ein Tablett genommen. Die *Milchbar* war ein Selbstbedienungsrestaurant. Man orderte die Speisen an einer Theke. Das Lokal war sehr modern gehalten: helles Holz, helle Möbel, dunkle Tische. Auf Maries Tablett standen eine große Tasse Cappuccino, ein Grießbrei mit Beeren und, was sehr gegensätzlich wirkte, eine Schüssel griechischer Salat.

Arne hatte sich für zwei Brötchen, Spiegeleier und einen einfachen Kaffee mit Milch entschieden.

»Ich danke dir … dafür, dass du dir die Zeit nimmst«, sagte Arne

Marie sah, dass eine junge Frau, sie mochte in ihrem Alter sein, ihre langen blonden Haare nach hinten strich, sowie sie Arne sah. Tatsächlich stand sie vor ihnen in der Kassenschlange und hatte sich einfach umgedreht, um sich Arne genauer anzuschauen. Ganz schön dreist, fand Marie. Die Frau schien ihre Augen gar nicht von Arne lösen zu können und starrte ihn so intensiv an, dass Marie sich fast sicher war, ihr Blick wäre für Arne körperlich spürbar. Der allerdings nahm die Frau überhaupt nicht wahr. Er redete gerade davon, wie Smilla heute Morgen, als er mit ihr Gassi gewesen war, den Hundestrand genossen und Schneeflocken gejagt hatte.

Marie hörte ihm zu und sah Arne durch die Augen der Fremden. Der graue Rollkragenpullover, die etwas zu langen dunklen Haare und die sehr dunklen Augen, die feingliedrigen Hände, die gerade eine wilde Geste vollführten, um Smillas Lauf am Strand darzustellen, und die einfache Jeans – alles miteinander ergab ein perfektes Gesamtkonzept. Ob Arne wusste, dass er so anziehend wirkte? Marie hätte fast gewettet, dass er es nicht tat. Er kam ihr nicht wie jemand vor, der das nötig hatte, ganz im Gegenteil. Ihrer Meinung nach war Arne einfach nur ein Mann, der zufällig Geschmack hatte. Das sah auch die Blondine, die sich noch immer nicht wieder weggedreht hatte.

»Alles in Ordnung?«, fragte Arne in Maries Richtung. Im Gegensatz zum Blick der fremden Frau nahm er Maries sofort wahr.

»Äh, ja. Klar.« Sie lächelte ihn an. Plötzlich verspürte Marie den Impuls, Arne zu berühren, zu zeigen, dass er zu ihr gehörte. Aber tat er das? Sie widerstand diesem Impuls und nahm ihre Geldbörse aus der Umhängetasche, die sie locker über der Schulter trug.

»Dann ist es ja gut.« Sanft legte Arne seine Hand an Maries unteren Rücken. Es war nur ein ganz kurzer Augenblick, doch die Vertrautheit, die die Geste bedeutete, strahlte weit über den Moment hinaus. Marie schaute zu Arne auf, allerdings war er mit seiner Geldbörse beschäftigt und dabei, einen Schein herauszuholen. Die Blondine war dran mit Bezahlen und hatte sich endlich – notgedrungen – doch noch abgewandt.

Mit ihren Tabletts gingen Arne und Marie in den Gastraum, der vollverglast den Anblick des Meeres präsentierte, als wäre es Teil der *Milchbar*. Draußen tobte ein starker Wind, der den Schnee aufwirbelte und hinaus aufs Meer trug. Die Kälte draußen ließ die Wärme drinnen zu einem Luxusgut werden. Leider gab es keinen Tisch ganz vorn am Fenster, das hätte Marie nur zu gut gefallen. Aber der einzige freie Platz dort war reserviert.

Sie steuerte schon auf einen Tisch weiter hinten zu, da hielt Arne sie auf.

»Warte, wir nehmen den Platz dort drüben.« Er deutete auf die Reservierung.

Es war ein eher niedriger Tisch mit einem gemütlichen Sofa davor. Die Tischplatte war ein Stück Baumstamm, herrlich gemasert und urgemütlich bildete er einen Kontrast zu der modernen Einrichtung des Lokals.

»Mein alter Schulfreund Flo arbeitet hier. Er will einen von Smillas Welpen für seine Schwester, darum war die Tischreservierung ein Klacks, obwohl man in der *Milchbar* eigentlich gar nicht reservieren kann.« Arne lachte leise, während er sein Tablett abstellte.

Wie gerufen trat ein junger hellblonder Mann in Arnes Alter aus einer Tür. »Moin, Arne! Passt das so?«, erkundigte er sich.

»Super, ich danke dir«, meinte Arne, und die beiden Männer schüttelten einander kräftig die Hand. »Flo, das ist Marie.«

Marie versuchte sich vorstellen, wie sie auf Flo wirkte. Ihre Haare schlicht zu einem Pferdeschwanz gebunden, vermutlich ein wenig strubbelig, weil sie eine dicke Mütze getragen hatte. Ihr Pulli mit dem Weihnachtsbaum drauf, der zugegeben etwas kitschig war. Aber nach dem Frühstück wollte Marie direkt zum Weihnachtsmarkt, da war der dicke Pulli genau richtig. In den Verkaufshäuschen wurde es erstaunlich warm, und wenn Marie die Winterjacke auszog, verbreitete dieser Pulli genau die richtige Einkaufsstimmung. Ihre Moonboots sorgten für warme Füße. Zur Feier des Tages hatte Marie Lipgloss und Wimperntusche aufgelegt, mehr nicht. Unter Flos Blick fürchtete sie nun, dass der Pullover vielleicht etwas zu viel des Guten wäre. Aber auf der anderen

Seite, wenn Arne sie nicht interessant fand, so wie sie nun einmal war, war eh alles zum Scheitern verurteilt.

Marie dachte an die Blondine, die einen dunklen Hosenanzug mit einer zartrosa Bluse kombiniert angehabt hatte. So ein Outfit war zwar schön, doch viel zu unpraktisch für Maries Alltag.

Flo reichte auch Marie die Hand. »Freut mich. Lasst euch jetzt mal euer Frühstück schmecken, bevor es kalt wird.« Er deutete auf Arnes Spiegeleier.

»Arne, wir sehen uns, ne? Ich komm die Tage vorbei und schau nach dem Welpen für Swantje.«

»Klar, mach das.«

Nachdem Flo weg war, schnitt Arne das erste seiner Brötchen auf.

»Also Arne, dass du ein Hundebaby wegen einem Tisch mit Meerblick verhökerst, das hätte ich nicht von dir gedacht.«

»Du musst wissen, dass Swantje auf einem Bauernhof drüben auf dem Festland lebt. Einen besseren Platz für eines von Smillas Kindern gibt es weit und breit nicht. Das Land ihres Mannes ist direkt hinterm Deich, etwas abgelegen. Ich sehe den kleinen Racker schon den ganzen Tag frei herumtoben, gemeinsam mit Swantjes Sohn und ihrer kleinen Tochter. Der Hund wird nie allein sein und ein absolut zufriedenes Hundeleben führen. So gesehen hat eher Flo mir den Gefallen getan und nicht andersrum.«

Marie lachte. »Dann ist es ja gut.«

Arne wurde ernst. »Mir ist es total wichtig, dass alle Hunde am Ende einen guten Platz haben. Heutzutage kaufen viele Leute völlig unbedacht einen süßen kleinen Hund und vergessen, dass die Tiere irgendwann groß werden.«

»Oh ja.« Marie nickte. »Da bin ich ganz auf deiner Seite.« Sie spießte eine Olive auf und steckte sie sich in den Mund.

»Und … magst du die Insel?«, fragte Arne, nachdem sie eine ganze Weile einträchtig gegessen und die Aussicht aufs Meer genossen hatten.

»Um ehrlich zu sein, bin ich überrascht, wie sehr mir Norderney gefällt«, antwortete Marie. »Ich habe erst gestern mit meiner Mutter darüber gesprochen. Wir waren oben am Leuchtturm, und ich habe die Weite so sehr genossen.«

Arne nickte. »Gestern war es nicht so kalt, richtig?«

»Genau. Aber der Wind hat uns beim Radfahren ordentlich zu schaffen gemacht.«

»Kann ich mir vorstellen. Aber du wolltest vom Leuchtturm erzählen, oder?«, sagte Arne. Die Art, mit der er Marie zuhörte, gab ihr das Gefühl, genau in diesem Moment der wichtigste Mensch der Welt für ihn zu sein. Sie dachte an Chris, besonders an sein Handy, das am Ende der Beziehung ihr größter Konkurrent um Aufmerksamkeit geworden war, vielleicht aber auch Marion. Oft hatte sie Fragen wiederholen müssen, ihm etwas erzählt, an das er sich nicht mehr erinnerte. Es hatte sich für sie angefühlt, wie mit jemandem zu sprechen, der gar nicht richtig da war. Wann hatte sich diese Ignoranz eingeschlichen, die sie erst jetzt, wo sie mit Arne das komplette Gegenteil erlebte, überhaupt wahrnahm? Wie konnte es sein, dass sie diese Ignoranz einfach hingenommen hatte?

Sie räusperte sich, um wieder in die Gegenwart zurückzufinden. »Ja, stimmt. Wir sind innen die enge Treppe raufgegangen, das war echt ein Erlebnis, und dann, wenn man oben nach draußen tritt, hat man diesen unfassbaren Ausblick. Du warst da sicher schon tausendmal oben, aber für mich war es unglaublich. Diese Weite! Die Fähre als weißer Punkt auf dem Meer, das Grün und die Sanddünen, dazwischen der Schnee. Ich konnte mich überhaupt nicht daran sattsehen. Auch jetzt wieder.« Marie deutete aus dem Fenster. »Wie atemberaubend die Schneeflocken glitzern! Ich habe keine Ahnung, warum, aber ich habe den Schnee noch nie so funkeln sehen wie hier!« Sie unterbrach sich kurz, hatte das Gefühl, zu viel geredet zu haben, und winkte ab. »Na, für dich ist das ja alles selbstverständlich.« Sie schob sich ein Stück Fetakäse in den Mund.

»Nein, oh nein. Ich glaube, ich habe die Landschaft in diesem Augenblick noch mal neu entdeckt. Danke, Marie.« Arne schaute sie noch immer unverwandt an, dann legte er wieder kurz seine Hand an ihren unteren Rücken.

Wie gut, dass sie hier auf dem Sofa nebeneinandersaßen. Der Weg von Maries Kopf auf Arnes Schulter war nicht weit. Sie lehnte sich nur ganz kurz bei ihm an, als Erwiderung seiner zarten Geste. Dann häufte sie etwas Zucker auf ihren Kaffeelöffel und ließ ihn dann in ihren Cappuccino rieseln. Der Milchschaum würde gleich herrlich süß schmecken.

Arne lächelte. »Hast du rüber nach Juist geschaut? Dort gibt es auch fantastische Strände, ich bin sicher, dort würde es dir auch gefallen. Oder auf Baltrum. Dort ist es auch echt schön und vor allem viel ruhiger als hier auf Norderney.«

Marie nickte. »Ja, ich glaube, die Nachbarinseln zu erkunden könnte mir gefallen.«

»Früher waren wir oft drüben, als Eick noch Krabbenfischer war. Er hat mich oft mitgenommen.«

»Klingt herrlich!«

»Das war es auch. Ohne Eick wäre ich nicht der, der ich heute bin. Er ist so etwas wie mein Vater. Jedenfalls war er immer mein männliches Vorbild. Er ist ein besonderer Mann.«

»... der meine Mutter am ersten Weihnachtsfeiertag geküsst hat.«

Arne horchte auf. »Hat er?«

»Oh ja. Das hat sie mir oben auf dem Balkon des Leuchtturms erzählt. Er hat zwischen dem Braten und dem Dessert einfach ihre Hand genommen und ihr gesagt, wie wertvoll sie für ihn geworden ist. Ist das nicht süß?«

Marie sah den Ausdruck auf dem Gesicht ihrer Mutter noch vor sich. Dieses Strahlen! Man war wohl tatsächlich nie zu alt, um sich so richtig zu verlieben.

Arne nickte. »Ja, ich wünsche Eick echt, dass er das große Glück findet. Er war sein Leben lang mit seinem Kutter verheiratet, soweit ich weiß. Und besser spät als nie, oder?«

Marie stimmte Arne zu. »Das mal ganz sicher! Ich bin jedenfalls direkt froh, dass ich an diesem Abend erst lange nach der Nachspeise nach Hause gekommen bin.«

Als Marie heimgekommen war, hatten zwar die Lichter am Weihnachtsbaum noch gebrannt, aber Eick war schon weg gewesen – und ihre Mutter, in eine Decke auf dem Sofa eingekuschelt, hatte leise geschnarcht, sodass Marie nur noch die Beleuchtung am Baum ausgemacht hatte und selbst ebenfalls ins Bett gekrabbelt war, ziemlich kaputt vom langen Stehen in der Werkstatt und den vielen neuen, von früher, aber doch noch vertrauten Eindrücken, die das Glasblasen in ihr geweckt hatten. Da waren alte Bewegungen, die sich in ihrem Kopf so tief eingebrannt hatten, dass es ein Leichtes gewesen war, sie neu zu wecken. Die Gerüche, die Glasrohre, die

Werkzeuge. Alles war ein Wiedererkennen, das Marie durch und durch glücklich machte.

»Ich freu mich sehr für meinen Onkel.« Arne biss in sein Brötchen. »Ich meine, er hat schließlich extra zwei neue Seemannspullover gekauft, nachdem deine Mutter auf die Insel gezogen ist.«

Marie lachte. »Zwei gleich?«

»Oh ja. Und passende Mützen. Für ihn ist das enorm.« Die Art, wie Arne witzelte, war wohlwollend und liebevoll.

»Für mich auch. Ich meine, schau mich an. Ich scheine so wenig zum Anziehen zu haben, dass ich zu unserem Frühstück in einem Weihnachtsbaumpulli gekommen bin. Aber er hat kleine Lämpchen, die man anknipsen kann. So viel zu meiner Verteidigung. Und auf dem Markt wird das ein Hingucker sein nachher.« Sie suchte den kleinen, eingenähten Knopf und drückte darauf.

Arne lachte laut auf, als Maries Pulli kitschig zu blinken begann.

Erst da wurde Marie klar, wie viel von ihrer kreativen, verrückten Seite sie ihm gerade gezeigt hatte und dass das vermutlich *zu* viel gewesen war. Sie tastete erneut nach dem Knopf, sicher, dass sie vor Verlegenheit knallrot angelaufen war, und wollte die Lichter wieder ausschalten, aber Arne griff nach ihrer Hand.

»Bitte, bitte, lass den Pulli weiter blinken. Das ist genau das, was die *Milchbar* braucht. Ach, was sag ich? Die Welt!«

»Haha.«

»Nein, Marie, ich meine es total ernst. Bitte. Lass ihn an. Das Leben ist viel zu ernst. Ich meine, schau dich um. Alle tragen Braun, Schwarz oder Grau. Ich übrigens auch, falls es dir noch nicht aufgefallen ist. Und ich finde es ganz und gar wunderbar, dass du anders bist als wir Langeweiler. Du bist genau der Farbklecks, der mir so oft fehlt.« Arne hielt Maries Hand noch immer fest. Langsam führte er sie an seine Lippen und küsste ganz sanft ihren Handrücken. »Danke, Marie. Danke, dass du anders bist.«

Marie war von seinen Worten, seiner Geste so gerührt, dass sie gar nicht anders konnte: Sie legte ihre Gabel, die sie aus unerfindlichen Gründen noch immer mit den Fingern umschloss, an den Tellerrand. Mit der freien Hand strich sie Arne über die Wange, über die Stelle, wo die Haut zwischen Bartlinie und Auge ganz weich war. Sein Dreitagebart kitzelte sie. Danach ließ Marie ihre Hand in seinen Nacken wandern. Sie zog Arne zu sich heran und küsste ihn. Sie legte all die Worte, die sie nicht sagte, in diesen Kuss. Es gab kein Zögern, ihre Lippen fanden sich wie von selbst. Arne hatte sie einen Farbklecks genannt. Zärtlich erwiderte er ihre Geste, glitt mit der Hand zu ihrem Nacken, und Marie genoss die wundervolle Wärme, die er auch heute wieder ausstrahlte.

»Womit habe ich das denn verdient?«, flüsterte Arne, als Marie sich schließlich von ihm löste, mit ihrer Nase sanft die seine berührte. Es war eine kleine Geste, sehr vertraut, viel vertrauter, als sie es je in der Theorie für möglich gehalten hätte, einfach weil sie Arne erst so kurz kannte. Aber genau so fühlte es sich an – vertraut.

Sie zuckte mit den Schultern. »Ich mag dich, Arne Jakobsen.«

»Und ich mag dich, Marie Ablinger.«

Draußen schlug der Schnee leise gegen die Fensterscheibe, als ein neuerlicher Windstoß die Flocken aufwirbelte, und in der *Milchbar* küsste Arne Marie, und Marie küsste Arne, während die Lämpchen auf Maries Weihnachtspullover fröhlich dazu blinkten.

13. Kapitel

Als Marie zum Weihnachtsstand kam, hatte sich tatsächlich eine kleine Schlange davor gebildet, und Deetje packte mit leicht zitternden Fingern eine Kugel in eine Schachtel. Es war eins von Maries Werken, in Rottönen gesprenkelt, verziert mit der *Wellenwinter*-Aufschrift. Davor stand ein hochgewachsener, offensichtlich schon sehr betagter Mann.

»Ach, das wird meine Frau freuen.«

»Na, das glaub ich auch, Herr Rainer.« Deetje strahlte den Kunden an und schloss den Deckel. »Ich würde die Kugel ins Fenster hängen, dann kann sie das Licht, das von draußen kommt, spiegeln und im ganzen Zimmer zeigen sich beim richtigen Lichteinfall bunte Farbpunkte. Probieren Sie es aus.«

»Oh, das werde ich ganz sicher.« Der Mann deutete eine Verbeugung an, und Marie schlüpfte durch die Seitentür in das Innere des Stands.

»Ah, Marie, da bist du ja.« Deetje zeigte auf Marie. »Das ist übrigens die Künstlerin, die diese herrlichen Kugeln anfertigt.«

Marie spürte, dass sie rot wurde.

»Ein Traum, das muss ich Ihnen sagen.« Herr Rainer deutete eine weitere Verbeugung an, und Marie musste unweigerlich grinsen.

»Das finde ich allerdings auch.« Deetje legte den Arm um Marie, der schlagartig warm wurde vor Glück. Noch mehr Glück, dachte sie, würde sie an einem einzigen Tag gar nicht mehr aushalten, ohne zu zerspringen. Eben erst hatte sie sich von Arne verabschiedet, und ihr letzter Kuss war ein Versprechen auf mehr gewesen. Marie zog ihre Jacke aus und hängte sie an einen der Türhaken.

»Na, ich muss dann mal.« Herr Rainer griff nach der Papiertüte, die Deetje ihm hinhielt. »Ich möchte noch bei Lina vorbei.«

»Das habe ich mir schon gedacht. Guten Hunger!« Deetje winkte zum Abschied.

»Oh, den werde ich haben. Ines hat etwas von Zimtsternen gesagt. Das ist das Lieblingsgebäck meiner Frau.«

Kaum dass Herr Rainer gegangen war, drängte sich schon die nächste Kundin an den Stand. Immer mehr Menschen strömten auf den Markt, und so nahm auch der Andrang an dem Glasstand immer mehr zu. Bald waren Maries Kugeln ausverkauft, und eine strahlende Deetje stand neben Marie.

»Weißt du, was ich mich frage?«

»Was denn?«

Deetje lachte. »Was wir morgen verkaufen sollen!«

»Oh.« Marie schaute auf die Uhr. »Ich lege eine Nachtschicht ein. Eindeutig.«

»Schon wieder?«

»Na klar. Besondere Situationen erfordern besondere Maßnahmen.«

»Sag mal, Kind, du hast doch sicher auch ein Privatleben.«

Marie dachte an Arne und daran, dass sie für den nächsten Tag verabredet waren. »Oh, das habe ich. Aber das habe ich auch noch übermorgen.«

Die Erleichterung, die sich in Deetjes Gesicht abzeichnete, war es schon wert, Überstunden zu schieben, allerdings hätte Marie gelogen, wenn sie nicht auch zugegeben hätte, dass sie sich freute, wieder in der Werkstatt zu stehen. Sie genoss es, in der spätabendlichen Ruhe kreativ zu werden. Sie hatte bereits eine Idee, wie sie die nächste Marge ihrer Kugeln gestalten wollte. Sonnengelb, rot und orange sollten sie werden. Mit der gleichen Aufschrift wie beim letzten Mal, denn die war bei den Kunden der Renner.

»Danke. Ohne dich hätte ich es in diesem Jahr wirklich nicht mehr geschafft. Vielleicht könntest du auch noch ein paar Pferde herstellen? Die sind bis auf eins auch weg. Also nur, wenn es dir nichts ausmacht.«

»Kein Problem.«

Deetje zeigte Marie ihre zitternden Hände. »Mir scheint, du bist genau zum richtigen Zeitpunkt auf die Insel gekommen. Ich fürchte, meine aktiven Zeiten sind vorbei.«

Marie wusste nicht, was sie antworten sollte. Die Glasbläserin tat ihr leid. Zu wissen, dass man seine Leidenschaft nicht mehr ausüben konnte, seiner Handwerkskunst nicht mehr frönen, war mit Sicherheit ein Schicksalsschlag, der sehr schmerzte.

»Schau nicht so traurig, Marie!«, befahl Deetje, die anscheinend Maries Gedanken lesen konnte. »Immerhin kann ich den Weihnachtsmarkt noch mitnehmen, und das in einem Umfang, mit dem ich nie gerechnet hätte.«

»Na gut.« Wenigstens war Marie eine Hilfe für Deetje, und sie würde alles geben, das nahm sie sich fest vor. »Gleich können wir für heute zusperren.«

Deetje nickte, und Marie knipste das Licht an ihrem Pulli aus.

»Dieser Pullover ist übrigens eine Wucht.« Deetje lachte, und Marie fiel mit ein.

»Ich wette, jedes dreijährige Kind aus der Bastelgruppe meiner Mutter würde mich beneiden«, scherzte sie.

»Ganz sicher. Selbst ich bin neidisch auf dieses Wunderwerk.«

Sie zogen sich ihre Jacken über, nachdem sie die Klappe zugemacht hatten, die die Hütte nach vorn hin verschloss. Dann traten sie hinaus in die kühle Nachtluft.

»Wie lange bist du noch auf der Insel, Marie?«, fragte Deetje aus heiterem Himmel.

Marie, die dabei war, den Stand zu schließen, stockte in ihrer Bewegung. Sie wusste es nicht. Genau genommen hatte sie noch gar nicht darüber nachgedacht.

»Um ehrlich zu sein, weiß ich das noch gar nicht so genau.«

»Hm.« Deetje hatte ihre Hände in den Taschen ihrer weiten Winterjacke versteckt. Die Jacke war knallrot, und Deetje trug einen dazu passenden Hut.

»Weißt du, ich habe im Moment nicht wirklich ein Zuhause, in das ich zurückkann.« Es fiel Marie ganz leicht, mit Deetje über ihr Leben zu sprechen.

»Das tut mir leid.«

»Das muss es nicht. Ich glaube, es war ganz gut, dass mein Ex mich betrogen hat. Es ist besser, dass ich jetzt rausgefunden habe, wer er ist, und nicht zu spät.« Marie hatte sich ein paarmal gefragt, wie ihr Leben ohne Chris verlaufen wäre, auch schon, als sie dachte, dass sie glücklich sei. Vielleicht verspürte sie darum diese Energie, weil sie nun das Gefühl hatte, ihren ganz eigenen Weg zu gehen, und ihr Leben in die Bahnen lenken konnte, mit denen sie schon gar nicht mehr gerechnet hatte. »Außerdem wäre ich sonst wohl nie hierhergekommen. Und das wäre wirklich schade gewesen.«

Marie dachte an die Glasbläserei, an ihre Mutter und an Arnes Abschiedskuss.

Deetje sah zufrieden aus. »Du bist eine kluge Frau, Marie.«

»Das ist lieb, dass du das sagst.«

»Ich sage es nur, weil es stimmt.«

Marie malte mit ihrem Schneestiefel ein Wellenmuster vor sich in die festgetretene Schneeoberfläche. Sie wusste nicht, was sie antworten sollte vor lauter Verlegenheit.

»Pass auf, Marie. Deine Arbeiten sind fantastisch, und die Leute sind verrückt nach ihnen. Es war sogar die Besitzerin des Blumenladens noch mal da.«

»Lina?«

»Ah, ihr kennt euch schon. Die Insel ist wirklich klein.«

»Das stimmt wohl.« Marie lachte. »Was wollte sie denn?«

»Sie hat gefragt, ob ich mir vorstellen kann, die Wellenkugeln ganzjährig an ihr Geschäft zu liefern. Natürlich dann im Sommer mit einem anderen Text und vielleicht in anderen Glasfarben, aber … Na, es wäre eine fixe Einkommensquelle.«

»Das ist ja wundervoll!«, rief Marie aus.

»In der Theorie«, antwortete Deetje trocken. Sie nahm ihre Hände aus den Taschen ihrer roten Jacke. Heute war ein besonders schlimmer Zittertag, war Marie aufgefallen. »Aber ich habe Parkinson.«

Marie schluckte. Ihr gegenüber hatte Deetje es noch nie so klar formuliert.

»Die Tage, an denen ich die Werkstatt noch betreiben und Glaskunst fertigen kann, sind gezählt. Wenn es so weitergeht wie im Moment, muss ich die Bläserei schließen. Das hat keinen Sinn so. Es sei denn, ich würde eine dauerhafte Mitarbeiterin finden.« Deetje schaute Marie vielsagend an.

Marie schnappte nach Luft.

»Ich meine, du musst das jetzt nicht entscheiden. Es ist aber so, dass ich deine Arbeit extrem schätze. Man sieht sofort, dass dein Beruf deine Berufung ist und du für die Glasbläserei brennst. Wir könnten sogar über eine Teilhaberschaft in der Werkstatt sprechen oder über eine Gewinnbeteiligung nachdenken. Es wäre eine absolute Bereicherung, wenn du hier auf der Insel bleiben würdest – und ich glaube, nicht nur für mich bist du eine echte Bereicherung.« Deetje zwinkerte Marie auf eine Art zu, die Marie erröten ließ.

»Deetje!«

»Na, ist doch wahr. Ich war gestern zum Kaffee bei Arne, und der hat sich Gedanken darüber gemacht, was er heute anziehen soll. Anziehen! Arne!« Deetje kicherte. »Er ist überhaupt nicht der Typ, der sich normalerweise über so was den Kopf zerbricht, seit Jahren nicht mehr.«

Marie musste unweigerlich auch lachen. Sie konnte sich Arne, der auf sie immer so selbstbewusst wirkte, nicht vorstellen, wie er ratlos vor seinem Kleiderschrank stand.

»Du magst Arne, nicht wahr?« Von Deetjes Grinsen war nicht einmal ein kleiner Hauch übrig. Plötzlich wirkte sie todernst.

»Natürlich mag ich Arne.« Da musste Marie nicht überlegen. Besonders seit er ihr gesagt hatte, dass er sie mochte; seit sie sich geküsst hatten heute Morgen, fühlte Marie sich wie auf Wolken.

Entschlossen nickte Deetje. »Dann ist es ja gut. Er hat genug mitgemacht in den letzten Jahren.«

Marie nickte. »Ich habe davon gehört, ja.«

»Er ist ein guter Kerl.«

Langsam, aber sicher fühlte Marie sich wie auf einer Werbeveranstaltung einer Singlevermittlung.

»Du, ich glaub, ich fahr dann mal in die Werkstatt rüber«, erwiderte sie. »Zeit ist Geld, oder?«

»Danke, Marie. Ehrlich.«

Marie war nur froh, dass Deetje auf den Themenwechsel eingegangen war. Warum glaubte die alte Glasbläserin, dass sie Arne beschützen müsste? Wegen der Enttäuschung durch seine vergangene Beziehung? Oder weil er als ihr Neffe ihres besonderen Schutzes bedurfte? Vermutlich das Letztere, entschied Marie.

Sowie Marie auf ihrem Fahrrad saß, spürte sie, wie schneidend die abendliche Kälte war. Sie würde sich in der Werkstatt sofort einen Tee zubereiten. Spontan entschied sie, den Weg über den Deich zu nehmen. Obwohl das Meer in der Dunkelheit kaum noch zu erkennen war, könnte sie so zumindest die Wellen rauschen hören. Ein Geräusch, das Marie liebte. Entschlossen trat sie in die Pedale.

Ich weiß, Tante Deetje hat dich fest im Griff, aber sie hat mir immerhin deine Handynummer gegeben. Ich hoffe, es ist okay, dass ich dir einfach schreibe. Eine Frage: Feierst du Silvester mit mir?

Marie war die Nachricht in ihrer dritten Teepause aufgefallen, als sie auf ihr Handydisplay geschaut hatte. Ihre Füße taten weh, sie war hundemüde. Es war wirklich Zeit, Feierabend zu machen. Aber erst würde sie hier, auf der gemütlichen Eckbank in der Werkstatt sitzend, Arnes Nachricht beantworten.

Sehr okay. Was machen wir? tippte sie ein und dahinter einen Smiley, der ein Monokel vor dem Auge hatte.

Bist du mutig?

Sehr. Oje, hoffentlich schlug er keine wilde Party vor. Marie war im letzten Jahr auf einer fürchterlichen Silvesterfeier mit Chris gewesen, die damit geendet hatte, dass die Hälfte der Gäste bereits vor Mitternacht sturzbetrunken war, während Marie besorgt an King Lui gedacht hatte, der allein im Zuhäusel geblieben war. Natürlich war das kein riesiges Problem gewesen, dort wurde nicht geböllert, aber hundertprozentig sicher sein konnte man nie. Jedenfalls war seitdem ihr Bedarf an Silvesterpartys für Jahre gedeckt.

Dann koch Ich für dlch. Glaub mlr, dafür brauchst du Mut! Ich muss an Silvester bei Smilla und ihren Welpen bleiben, weißt du?

Marie war absolut erleichtert. Ich komme sehr gern und hungrig.

Prima. Ich freu mich sehr. Arne schickte noch einen Kusssmiley hinterher. Wegen der Zeit schreiben wir noch mal, ja?

Marie schickte einen gehobenen Daumen. Wie sie sich freute! Ein ganzer Abend nur mit Arne. Sie hatte eigentlich überlegt, einfach ins Bett zu geben, aber natürlich war es deutlich schöner, den Abend mit ihm gemeinsam zu verbringen.

Marie legte das Handy weg und fasste einen schnellen Entschluss. Sie würde doch noch nicht sofort Feierabend machen.

Sie ging zurück zum Gasbrenner, dann holte sie sich einen Glasrohling und machte sich an die Arbeit.

Die Kugel, die Marie formte, erinnerte sie an die große Glaskugel, die bei ihr zu Hause in Bayern in der Küche im Fenster hing. Sie war in Blautönen gehalten, den Farben des Meeres, fand Marie. Und sie hatte die ganze Zeit über im Kopf gehabt, wo sie hängen würde: in Arnes Küche. Also wenn sie ihm gefiel. Sobald die Sonne im richtigen Winkel in den Raum scheinen würde, würden überall kleine Lichtpunkte gegen die weißen Küchenfronten und gegen die Wände reflektiert werden, und Arne könnte sich wie auf einem Tauchgang fühlen.

Als sie endlich fertigwurde, war es weit nach Mitternacht. Dennoch schien ihre Müdigkeit vergessen, kaum dass sie hinaus in die Nachtluft trat und tief einatmete. Nichts war mit klarer, frischer Winterluft vergleichbar. Marie liebte diese Jahreszeit. Der Schnee unter ihren Stiefeln knirschte, so kalt war es geworden. Vorsichtig ging sie zu ihrem Rad und schob es auf die Straße.

Maries Hände waren, als sie in ihre Straße einbog, trotz der warmen Handschuhe so kalt, dass sie schmerzten. Überrascht stellte sie fest, dass in der Wohnung ihrer Mutter noch

Licht brannte. Schnell stieg sie vom Rad und stellte es in den Fahrradständer. Um die Kälte aus ihren klammen Händen zu vertreiben, bewegte sie die Finger, schloss ihre Hände immer wieder zu Fäusten, während sie auf die Haustür zulief. Vermutlich hatte die Mutter nur vergessen, das Licht in der Küche auszuknipsen. Leise machte Marie die Tür auf und ging rein. In der Wohnung war es still, ihre Mutter schlief tatsächlich schon. Vielleicht hatte Traudl für sie das Licht angelassen, überlegte Marie. Und bei dieser fürsorglichen Geste wurde ihr warm ums Herz.

14. Kapitel

Marie hatte ein Kleid an. Ein Kleid, in dem sie fast nicht Rad fahren konnte, weil es unten so eng war. Aber es war schließlich nicht jeden Tag Silvester, *und* sie feierte mit Arne, da wollte sie gut aussehen. Als sie vor dem Gartentor stand, zupfte sie den Rock zurecht, der unweigerlich auf der kurzen Fahrt vom Markt hierher hochgerutscht war.

Deetje hatte Marie augenzwinkernd früher vom Verkaufsstand gehen lassen, nachdem der Gästeansturm etwas abgeflaut war. Sie würde, so sagte sie, nachher heimgehen zu ihren drei Katern Tick, Trick und Track. Die hassten Silvester, und deshalb verbrachte Deetje seit Jahren diesen Abend daheim, lesend. »Ich habe eine Schwäche für Comics. Und ja, ich weiß, dass ich nicht so aussehe«, hatte Deetje gemeint. Vermutlich hatte Marie bei Deetjes Beschreibung des Abends verwirrt geschaut.

Nachdem Marie bei Arne vom Rad gestiegen war, hatte ein Nachbar ein paar Häuser weiter eine verfrühte Rakete gezündet, und Goldregen verbreitete sich über den Himmel. Auch wenn es schön anzusehen war, stellte das Geböller für Tiere immer eine mittelschwere Katastrophe dar.

Marie öffnete das Gartentor und schaute zur Haustür. Links und rechts von der Tür brannten heute Kerzen. Offenbar war Arne bemüht, Marie ein herzliches Willkommen zu bereiten. Sie blickte an sich hinunter. Dicke Winterboots, eine zu dünne Strumpfhose, weil Marie der Schönheit zuliebe auf Wärme verzichtet hatte, das schwarze Kleid, das kurz über dem Knie endete. Durch ihre Strumpfhose schimmerte ihr Muttermal durch. Sie trug eine Kette mit Glassteinen, die sie vor Jahren selbst gefertigt hatte und die das einzige bunte Teil ihres Outfits war. Die hellbraunen Haare unter ihrer dunklen Mütze galten nicht als Farbtupfer.

Ein Glück, dass ihre Mutter schon andere Pläne gehabt hatte. Traudl hatte von einem tollen Essen mit Eick erzählt, der dafür extra eine Reservierung in *Scheerers Restaurant* getätigt hatte – und das schon lange vor Silvester. Die Freude darüber, dass Eick schon vor einem Monat daran gedacht hatte, Traudl an Silvester auszuführen, stand ihr ins Gesicht geschrieben. Marie gönnte ihrer Mutter das schöne Essen und lehnte dankend ab, als die Frage aufkam, ob sie Traudl begleiten wollte.

Marie lief auf Arnes Haus zu und klopfte. Sofort ging drinnen das Licht an, und Augenblicke später trat Arne an die Tür. Seine Haare waren nicht mehr das kleine Stück zu lang, sondern frisch geschnitten. Marie war sich nicht sicher, wie sie das fand. Statt ihm bis knapp über die Augen zu hängen, standen ihm nun einzelne Strähnen zu Berge. Er hatte nur ein T-Shirt und eine Hose an, darüber eine Schürze, die ihm ein wenig verrutscht war.

»Hi Marie, komm rein. Ich muss ganz schnell zurück in die Küche.«

Hinter Arne war Smilla herangetrottet, die freudig mit dem Schwanz wedelnd die Besucherin begrüßte. Und gleich darauf kam hinter Smilla auch noch der kleine Hund mit der weißen Pfote dahergetapst.

Ohne darüber nachzudenken, kniete sich Marie vor die Tiere. »Ja hallo, mein Schöner«, lockte sie den Welpen. Sie streckte ihre Hand aus, damit sowohl Smilla als auch ihr Nachwuchs an ihr schnuppern konnten.

»Hallo, Marie!« Im Weggehen wandte sich Arne um und grinste frech.

Marie verdrehte die Augen. »Du bist nicht gemeint.«

»Schade eigentlich!«, rief Arne über die Schulter zurück. Dann war er auch schon wieder in der Küche verschwunden. Unweigerlich musste Marie lachen.

»Wo sind denn deine Geschwister? Schlafen die wohl?« Sie kraulte das Köpfchen des Winzlings, der auf einmal wie von einer lautlosen Stimme gerufen wieder zurück ins Wohnzimmer davonstürmte.

Marie stellte vorsichtig die Schachtel mit der mitgebrachten großen Glaskugel auf das Schuhregal, damit sie sich Smilla widmen konnte, die geduldig auf ihre Kuscheleinheit gewartet hatte. Bevor sie sich auf den Boden setzte, streifte sie schnell ihre Stiefel ab.

»Na, Smilla, geht es dir gut?«, fragte sie leise und begann mit beiden Händen die Hündin am Kopf zu streicheln, was dazu führte, dass Smilla sich auf den Boden warf und auf den Rücken drehte, um zu zeigen, dass sie am Bauch gekrault werden wollte.

Plötzlich ertönten aus der Küche ein lauter Fluch und ein Klappern. Marie stand auf. »Alles klar bei dir?«, rief sie.

»Ähm. Ich … Natürlich. Also, ich krieg es hin.« Arne klang keinesfalls so sicher, wie seine Worte es vermuten ließen.

Rasch hängte Marie ihre Sachen an einen der Haken im Flur. Als sie nach ihrem Gastgeschenk griff, sah sie, dass Arne dicke Socken für sie bereitgelegt hatte. Marie schlüpfte in die Wollsocken und genoss das flauschig weiche Gefühl. Dann ging sie in Richtung Küche, wo es erneut ein weiteres Mal kräftig schepperte.

Leise Musik lief in der Küche, nur Klavier und Gesang, eine Frauenstimme sang über die Liebe und dass sie sich wünschte, dass sie blieb.

»Verdammt!«, rief Arne. »Ich habe keine Ahnung, was ich falsch gemacht habe.«

Die Küche wirkte ein wenig wie nach einem Bombeneinschlag. Schüsseln, Messer, Gabeln, ein Schneebesen, Zwiebelschalen, Gewürze, eine Packung Semmelbrösel und Kartoffelschalen. Alles vermischte sich zu einem wirren Stillleben, über das Marie auf die Schnelle keinen Überblick bekam. Doch es roch gut, wie sie feststellte.

»Was denn?« Marie trat zu Arne an den Herd und schaute ihm interessiert über die Schulter. In einer Pfanne brutzelte Hack mit Zwiebeln. Es duftete köstlich nach Paprikagewürz. In einem Topf daneben entdeckte Marie Möhrchen vor sich hin köcheln. »Sieht doch super aus.«

»Für Burger?«

»Oh.«

Arne schaute Marie in die Augen, und sie erwiderte seinen Blick. Plötzlich platzte aus beiden lautes Gelächter hervor. Sie kriegten sich gar nicht mehr ein.

»Darf ich mal probieren?«, fragte Marie schließlich atemlos und deutete auf die Pfanne, in der noch immer das Hackfleisch schmorte.

»Klar. Ist ja eh schon verloren.« Arne gab ihr einen kleinen Löffel aus der Schublade.

Marie nahm sich etwas von dem Fleisch auf den Löffel. »Lecker, finde ich.« Tatsächlich hatte das Fleisch genau die richtige Schärfe, schmeckte nach einem Hauch Knoblauch und Paprika.

»Danke. Aber ich habe trotzdem das Gefühl, ich bin an meinem Silvestermenü gescheitert.«

»Was gibt es denn zu dieser Hackfleischpfanne?«, fragte Marie.

»Ich habe noch die Kartoffelspalten im Ofen, und ein Möhrengemüse wollte ich machen. Die Kombination klingt gewagt, aber ich schwöre, meine Honigmöhren sind wirklich lecker.« Arne hob die Hand zum Schwur, ganz so, als ob er ein Junge wäre.

»Das glaub ich dir unbesehen.« Marie dachte einen Moment nach. »Hast du Sahne im Haus? Und Eier?«, fragte sie schließlich.

»Na klar.« Arne ging zu seinem Kühlschrank. »Wofür brauchst du die denn? Machst du dir lieber ein paar Spiegeleier?«

»Oh ja, mit Schlagsahne esse ich die besonders gern«, witzelte Marie. »Nein, im Ernst. Ich dachte, ich könnte vielleicht das Fleisch mit den Kartoffeln und dem Gemüse in drei Schichten in einer Auflaufform drapieren, und wir machen einfach einen Auflauf zum Abendessen. Vielleicht findest du ja sogar noch Käse zum Überbacken in deinem Kühlschrank!«

»Also Käse habe ich jede Menge da. Unsere Vorspeise ist nämlich eine Käse-Oliven-Platte.«

»Das klingt super, finde ich. Wir packen etwas vom Käse auf den Auflauf und essen dann ein paar Oliven, während unsere Spezialmischung im Ofen backt.«

»Super.« Arne strahlte Marie an. Er hatte Eier, Sahne und Käse geholt. Der Käse war bereits auf einem Teller hübsch mit Weintrauben und Oliven angerichtet. »Dann brauchen wir nur noch eine Auflaufform.«

Er musste ein paar der großen Schubladen öffnen, bis er eine geeignete Form zum Vorschein brachte. »Prima, hier ist sie ja. Entschuldige bitte, ich fürchte, was meine Kochkünste angeht, bin ich ein relativ typischer Junggeselle.«

»Das macht doch nichts. Das nächste Mal machst du Eier in die Burger. Dann bleiben die auch Pattys.«

»Eier!« Arne schlug sich mit der flachen Hand gegen die Stirn. »Natürlich!«

Erneut lachte Marie. »Aber keine Sorge, das wird jetzt richtig lecker. Im Würzen bist du dem typischen Junggesellen nämlich ziemlich überlegen.«

Mit ein paar schnellen Handgriffen war der Auflauf vorbereitet, die Eiermischung darüber verteilt, und der Käse gab dem Gericht den letzten Schliff. Schon schob Marie die Form in den Ofen.

Arne rückte seine Schürze zurecht, merkte dann, dass er sie nicht mehr brauchte und zog sie aus. »Möchtest du dich setzen? Und vielleicht etwas trinken? Ich habe Rotwein da.« Er zeigte auf eine bereits entkorkte Flasche in der Tischmitte.

»Gerne.« Marie nahm Platz.

Blitzschnell hatte Arne zwei dickbauchige Gläser aus einem Schrank gezaubert. Mit der anderen Hand griff er nach einem Schneidebrett und einem Messer, die auch noch auf dem Tisch lagen.

»Eigentlich wollte ich den Tisch schon gedeckt haben, aber … ich hab mich zeitlich wohl verschätzt.«

Marie schüttelte den Kopf. »Da kann ich dich beruhigen. Deetje hat mir eine halbe Stunde eher freigegeben, und ich hatte keine Lust, noch zu warten, auch wenn das unhöflich ist, dass ich zu früh komme. Außerdem habe ich draußen auch ziemlich gefroren.« Sie zeigte auf die Strümpfe.

»Oh, wow.« Arne schien erst in diesem Moment Augen für ihr Outfit zu haben, davor hatte ihn die Zubereitung seiner Mahlzeit alle Nerven gekostet. Er strich sich über seine gekürzten Haare und zähmte damit die abstehenden Strähnen. »Toll siehst du aus.«

»Danke.« Marie fuhr mit der Hand über ihr Kleid.

»Und dass du eher gekommen bist, ist wohl auch mehr Segen als Fluch, sonst hätten wir Hackkrümel mit Kartoffeln essen müssen.«

Marie lachte. »Das hast du schön gesagt.«

Zwischenzeitlich hatte Arne nach der Weinflasche gegriffen und sowohl sich als auch Marie eingeschenkt. »Lass uns erst mal anstoßen, oder? Auf einen wunderbaren Abend.«

Es klang wie ein leiser Gong, als die Gläser gegeneinander klirrten, als sie anstießen.

»Schmeckt mir«, stellte Marie fest.

»Das ist ein Tampernelli oder so ähnlich.« Arne schaute auf das Etikett der Flasche. »Tempranillo, ich korrigiere«, meinte er dann. »Der schmeckt nach Brombeeren und Lakritze – mit einem Hauch Leder, jedenfalls hat das der Händler gesagt.«

»Na, zum Glück schmeck ich das Leder nicht.« Marie verzog das Gesicht.

»Da sagst du was! Bei mir ist es so, dass mir der Wein einfach nur schmecken muss, mehr nicht. So richtig Ahnung habe ich eh nicht davon.«

»Da sind wir uns einig.« Marie mochte seine Ehrlichkeit. Das war nach ihrer Erfahrung mit Chris besonders viel wert.

Arne begann den Tisch zu decken, stellte Teller und Besteck hin, holte Servietten, Wassergläser und fünf dicke, dunkelrote Kerzen. Die rustikalen Kerzen, die er sofort anzündete und dann das Deckenlicht löschte, verliehen der Küche ein anderes Flair. Nur das Licht im Backofen und die indirekte Beleuchtung unterhalb der Küchenschränke brannten noch. Die kühle Küche war zu einer gemütlichen Wohnhöhle geworden. Als Arne auch noch die Arbeitsplatte sauber gemacht hatte, setzte er sich endlich zu Marie, die zwischenzeitlich immer wieder an ihrem Wein genippt hatte.

Endlich griff Marie nach der Schachtel, die unbeachtet auf dem Tisch neben ihr gestanden hatte.

»Hier, ich habe dir was mitgebracht. Als Gastgeschenk, sozusagen.« Sie schob Arne den Karton hin.

»Das wäre nicht nötig gewesen.« Arne langte nach der kleinen Kiste.

»Ich weiß.« Marie lächelte. »Nicht schütteln!«, rief sie schnell, da Arne die Schachtel hochhob.

»Mach ich nicht.« Vorsichtig zupfte er an dem Klebestreifen, mit dem Marie die Schachtel zugeklebt hatte, löste

Streifen für Streifen im Zeitlupentempo. Marie wurde beim Zusehen ganz ungeduldig.

Endlich war die Schachtel auf. Marie hatte die Kugel zusätzlich in Zeitungspapier gewickelt, schließlich hatte sie das gute Stück heute Morgen aus der Werkstatt geholt und dann auf dem Rad transportiert.

Das Zeitungspapier riss Arne einfach auf – zum Glück. Dann starrte er auf die Glaskugel, die Marie ihm mitgebracht hatte.

»Ich dachte, du könntest sie ins Fenster hängen, direkt hier.« Sie zeigte auf die Stelle, die sie meinte, direkt über dem leeren Fensterbrett. »Wenn das Licht richtig einfällt, wird die Kugel es reflektieren und etwas Farbe hier reinbringen. Also nicht dass es jetzt nicht auch schön hier wäre, ich dachte nur …« Hoffentlich fasste Arne ihr Geschenk nicht als Kritik auf, überlegte Marie.

»Die ist wunderschön. Hast du die gemacht?«

Marie nickte.

»Ich bin ehrlich beeindruckt. Die sieht ein wenig aus, als hätte Deetje sie gemacht.«

»Das fasse ich als Kompliment auf«, erwiderte Marie.

»Sollst du auch. Meine Tante ist eine absolute Künstlerin.«

»Oh, das weiß ich.«

Arne legte die Kugel vorsichtig, mit beiden Händen, zurück in ihren Karton. Dann umfasste er Maries Hände und zog sie zu sich. Er schaute ihr tief in die Augen. Er strich mit einer Hand über Maries Wange, so wie er es bereits auf der Aussichtsdüne getan hatte.

»Danke, Marie!« Sein Daumen fuhr zart über Maries Lippe, eine Geste, die sie schon kannte, und deren Intimität ein knisterndes Prickeln in ihr auslöste.

»Na los, küss mich«, flüsterte sie leise, aber bestimmend. Sie wollte keine Sekunde länger warten. Und endlich beugte Arne sich leicht vor, und ihre Lippen trafen sich.

»Also ich fand den Auflauf köstlich.« Marie hatte vor dem Essen noch ungefragt den Kühlschrank geöffnet und eine scharfe Fertigsoße darin gefunden. Die hatte sie noch über den Auflauf geträufelt, für zusätzliche Schärfe. Am Ende konnte sich das Gericht wirklich sehen lassen.

»Finde ich auch«, bestätigte Arne. »Gerade in der kühlen Jahreszeit ist ein Auflauf einfach super.«

Marie und Arne stießen wieder an. Die Flasche Wein neigte sich dem Ende zu, und Marie war angenehm satt. Immer wieder hatten sich während des Essens ihre Hände kurz gefunden, waren Blicke ausgetauscht worden, hatte die Luft zwischen Arne und Marie geknistert. Selbst Smilla, die schon zweimal ins Zimmer gekommen war, um sich eine Streicheleinheit abzuholen, schien zu spüren, dass etwas in der Luft lag, denn sie blieb nie lange. Einmal kam sie sogar nur, um einen Schluck Wasser aus ihrem Napf zu trinken.

Als es draußen einmal laut knallte, jaulte sie leise, und Arne tröstete sie, indem er leise mit ihr sprach.

»Ich habe mir gedacht, wir könnten den Nachtisch im Wohnzimmer essen«, schlug er jetzt vor.

»Finde ich gut«, stimmte Marie nickend zu.

»Wunderbar. Magst du schon mal vor ins Wohnzimmer gehen? Dann räum ich noch eben den Tisch ab.«

»Klar.« Marie griff nach ihrem halb vollen Weinglas.

»Ich bring uns zwei Espresso mit, ja?«

»Sehr gern. Wir haben ja noch ein paar Stündchen Zeit bis Mitternacht. Nicht dass ich dir sonst noch einschlafe.«

»Aha. So langweilig bin ich also?« Arne tat gespielt beleidigt. »Dann muss es mein Nachtisch richten.« Er lachte.

Marie ließ Arnes Frage unkommentiert und stand auf. »Ich geh dann mal rüber. Soll ich noch was mitnehmen? Oder schnell beim Aufräumen helfen?«

»Nee. Auf keinen Fall. Lass mich das machen. Ich komm dann gleich nach.«

»Lass dir ruhig Zeit. Ich bin sicher, deine Hundebabys sind eine sehr angenehme Gesellschaft.«

»Noch. In ein, zwei Wochen sind die noch aktiver, dann sind sie nämlich schon zehn Wochen alt.« Arne öffnete die Klappe der Spülmaschine und begann sie zu befüllen.

Es fühlte sich alles so natürlich an. Als Marie den Raum verließ, verklang die leise Musik, die ihr Essen die ganze Zeit hindurch untermalt hatte.

Marie genoss es, wie Arne sie verwöhnte. Sie war so viel liebevolle Aufmerksamkeit nicht gewohnt. Arne hatte nachgeschenkt, sie gefragt, ob es schmeckte, ihr Wasser eingegossen, Salz und Pfeffer zum Nachwürzen serviert. Er mochte kein großer Koch sein, aber als Gastgeber war er nicht zu toppen. Ein- oder zweimal war er aufgestanden und im Wohnzimmer verschwunden, um Holz in seinem Kaminofen nachzulegen. Die angenehme Wärme des Holzofens drang bis in die Küche. Arnes Haus war ein regelrechter Wohlfühlort.

Beim Betreten des Wohnzimmers schnappte Marie nach Luft. Arne hatte den Raum mit Lichterketten und Windlichtern dekoriert. Die Kerzen brannten, und die Lichterketten verliehen dem Raum späte weihnachtliche Gemütlichkeit. Vor dem Holzofen lag eine dicke, flauschige Decke. Ein Tablett mit einem Teller frischem Obst stand auf dem Sofatisch neben dem aufgeklappten Laptop. Das Buch von Henriette Carstens, das bei ihrem letzten Besuch auf dem Tisch gelegen hatte, war verschwunden.

Im Holzofen knackte es laut, und ein kleiner Funkenregen wurde hinter der Glasscheibe sichtbar. Die Hundebabys schliefen, ihre Mutter hatte sich daneben eingerollt. Sie schaute kurz auf, während Marie an ihr vorbei in Richtung des Schwedenofens lief, schloss dann aber auch wieder die Augen. Smilla machte das Geböller wohl weniger aus, als Marie befürchtet hatte. Einzig der eine laute Knall hatte sie vorhin verunsichert. Marie setzte sich vor den Ofen.

»Gefällt es dir?« Arne war unbemerkt ins Zimmer gekommen. »Nachdem du meinen fehlenden Weihnachtssinn kritisiert hast, dachte ich, ich plündere mal den Speicher.«

»Wo du mehr Lichterketten als das Christkind gelagert hast?«

»Übertreib mal nicht. Außerdem kommt hier im Norden der Weihnachtsmann, und der ist technisch ziemlich versiert.«

»Na dann.« Arne schaffte es, Marie immer wieder zum Lachen zu bringen. Das gefiel ihr.

Als er sich neben sie setzte, stellte er zwei Schüsseln auf dem Boden ab. Eine davon war mit Erdbeeren gefüllt, eine mit flüssiger, dunkler Schokolade.

»Ach, ich brauch noch …« Er beendete den Satz nicht, sondern stand auf und holte das Tablett mit den Apfelschnitzen, Mangostücken und Bananenscheiben. »Ich dachte, ein Fondue wäre nett. Das isst man doch an Silvester, oder?«

»Unbedingt!«

»Jetzt habe ich nur noch den Espresso vergessen.« Arne wollte wieder aufspringen, doch Marie hielt ihn zurück.

»Wie wäre es, wenn wir erst mal das Schokofondue essen? Ganz gemütlich?« Sie legte ihre Hand auf sein Knie und gab ihm einen Kuss auf die Wange.

»Guter Plan, ja.« Arne griff nach einer Erdbeere. »Ich bin es gar nicht mehr gewohnt, Damenbesuch zu haben, und deine Anwesenheit macht mich ein wenig nervös.«

Er tunkte die Frucht in die Schokolade. Marie fragte sich, wo er um diese Jahreszeit so herrliche Beeren herbekommen hatte. Arne ließ die Schokolade abtropfen. Dann hielt er Marie die süße Köstlichkeit hin, und sie biss ab.

»Oh mein Gott. Das ist grandios«, sagte sie schließlich, nachdem sie die süß-fruchtige Mischung hinuntergeschluckt hatte. »Vielleicht bist du gar kein so schlechter Koch.«

Arne hatte schon eine Bananenscheibe mit seiner Gabel aufgespießt und umhüllte sie mit flüssiger Schokolade. Dann schob er sich selbst den Bissen in den Mund. »Mmmh«, machte er.

»Na, kulinarisch sind wir schon mal auf einer Wellenlänge«, stellte Marie fest. »Und wir lesen beide gerne.«

»Stimmt.«

Marie nahm eine Erdbeere, die sie eintunkte und Arne hinhielt, um ihn zu füttern. Als er die Augen schloss und Marie sah, mit welcher Hingabe Arne sich dem Moment widmete, blieb die Zeit für einen Augenblick stehen. Marie verspürte in sich ganz deutlich den Wunsch, diesen Moment für immer festzuhalten, die Erinnerung in sich zu fangen und für immer zu bewahren. Sie hatte Arne schon zuvor attraktiv gefunden. Aber in dieser Sekunde wusste sie endgültig, dass sie sich in Arne verliebt hatte. Das Begehren, das mit dieser Erkenntnis einherging, war so mächtig, so überwältigend, wie eine riesige Welle, die einfach über sie hinwegschwappte.

Als Arne die Augen wieder öffnete und sein Gesicht Marie zuwandte, bemerkte sie, dass sich ein klein wenig Schokolade in seinen Mundwinkel geschlichen hatte. Aber statt ihn darauf aufmerksam zu machen, beugte sie sich einfach zu ihm hinüber und küsste ihn. Sie küsste die Schokolade weg, schmeckte die Süße, schmeckte Arne. Und Arne erwiderte ihren Kuss. Er schien zu spüren, dass sich etwas verändert hatte, dass das Knistern zwischen ihnen zu einem wahren Feuerwerk angewachsen war.

Arne legte seine Hand in Maries Nacken, ließ seine Lippen mit den ihren spielen und glitt mit der anderen Hand Maries Oberschenkel entlang, genau zu der Stelle, wo das Kleid endete, streichelte über die feine Seidenstrumpfhose. Die Hitze, die allein diese Berührung in Marie entfachte, sorgte dafür, dass sie schwerer atmete.

Ihre eine Hand ruhte noch immer sanft auf Arnes Knie, aber die andere hatte ihren Weg auf seinen Rücken gefunden, krallte sich in sein T-Shirt.

Vorsichtig tanzte ihre Zungenspitze an seiner Unterlippe entlang, zog sich zurück und strich erneut sanft über Arnes Mund. Es war eine Aufforderung, die Arne richtig verstand. Seine Hand wanderte sanft ein Stück höher und schob sich unter Maries Kleid. Mit dem Daumen beschrieb Arne kleine Kreise auf der Innenseite ihres Oberschenkels.

Sie rückte näher an ihn heran, wollte seine Hand führen, doch Arne ließ sich nicht beirren. Er gab das Tempo vor, bremste sie, nahm sich Zeit, während Maries Lust immer weiter anwuchs.

»Gehen wir in mein Schlafzimmer?«, fragte Arne schließlich atemlos zwischen zwei Küssen, und Marie konnte gar nicht anders, als zu nicken. Smilla hatte eh schon den Kopf gehoben und beobachtete das, was hier geschah, mit Argusaugen.

»Gern. Wenn Smilla hierbleibt.«

Arne stand auf, hielt Marie seine Hand hin. Die ließ sich von ihm hochziehen. Hand in Hand stiegen Arne und Marie die Treppe ins Obergeschoss hinauf. Als Arne die Nachttischlampe anmachte, sah Marie ein kleines Wunder. Über dem Bett hing eine Vielzahl von Glaskugeln, die von der Lampe angestrahlt wurden. Für einen kurzen Moment blieb sie stehen und starrte die bunten Kunstwerke an.

»Von Deetje«, erklärte Arne. »Sie schenkt mir jedes Jahr zu Weihnachten so eine Kugel. Ich habe jede einzelne hier unter die Decke gehängt.«

»Das sieht wunderschön aus.« Der ganze Raum wirkte bunt. Jede Kugel war ein individuelles kleines Meisterwerk. Marie wollte jeder einzelnen ihre Aufmerksamkeit widmen, aber Arne trat von hinten an sie heran, presste sich an sie und holte sie dahin zurück, wo sie im Erdgeschoss aufgehört hatten.

Er umarmte Marie, strich über ihren Bauch, streichelte höher, stöhnte leise, atmete an ihrem Ohr aus, sodass sie den feinen Luftzug spürte, der ein Kribbeln verursachte. Sie drehte sich zu ihm um, drückte sich an ihn, küsste ihn. Arne dirigierte Marie zu seinem Bett, schob sie sanft von sich und ließ sich mit ihr auf die Matratze sinken. Kurz löste er sich von ihr, um sich das T-Shirt abzustreifen. Marie konnte es kaum noch erwarten, bis er wieder bei ihr war, und als er damit begann, auch sie auszuziehen, konnte sie gar nicht anders, als seinen Gürtel zu öffnen.

Arne war zärtlich, sanft. Er erkundete ihre Haut, ließ sich Zeit, während Marie ungeduldig auf mehr wartete. Schließlich hielt sie es nicht mehr aus. Sie zog Arnes Kopf zu sich, küsste ihn wild, leidenschaftlich, ohne Vorbehalte. Dann näherte sie sich mit ihren Lippen seinem Ohr.

»Ich will dich ganz«, flüsterte sie und biss ihn zärtlich ins Ohrläppchen. Ein leises Stöhnen war die Antwort. Dann, Augenblicke später, war Arne überall.

Sein Rhythmus wurde ihrer. Sie verschmolzen, wurden eins und gaben ihrer Lust allen Raum, den sie brauchte.

Als das neue Jahr schließlich anbrach, hatten Arne und Marie Raum und Zeit vergessen. Eng umschlungen lagen sie unter dem Glaskugelhimmel. So also ist es, wenn ich durch und durch glücklich bin, dachte Marie. Ihr wurde klar, dass sie sich lange nicht so sehr am richtigen Ort gefühlt hatte wie in diesem Moment, und sie ließ sich einfach fallen in dieses allumfassende Glücksgefühl.

Marie war schon fast eingeschlafen, da spürte sie Arnes Zeigefinger, der sanft den Verlauf ihrer Wirbelsäule nachzeichnete.

»Unter allen Planeten und allen Sonnen bist du die schönste Frau im Universum«, hörte sie Arne leise sagen.

Der Satz ließ in Marie eine Erinnerung anklingen wie die Saite eines Instruments, das sie schon lange nicht mehr gehört hatte. Sie kannte diese Worte, hatte sie schon einmal gehört, aber wo? Ohne den Gedanken einfangen zu können, fiel sie in einen tiefen Schlaf, der sie bis ins neue Jahr hinübertrug.

15. Kapitel

Die Welt war wunderschön, sie war so schön, dass es kaum auszuhalten war. Es war egal, dass es heute regnete. Über Nacht war es wärmer geworden. Wenn es so bliebe, würde der Schnee bald schmelzen. Aber wer brauchte schon Schnee? Marie fuhr auf ihrem Fahrrad dahin, als wäre sie in einem Traum. Es war fünf Uhr morgens am Neujahrstag und noch nicht hell. Nie hatte ein Jahr besser begonnen als dieses.

Marie war neben Arne aufgewacht, hatte erst gar nicht gewusst, wo sie war, nachdem sie die Augen geöffnet hatte. Erst als sie die Glaskugeln über sich gesehen hatte, war ihr alles wieder eingefallen, und sie drehte sich zur Seite. Arne hatte noch geschlafen, der Wecker hinter ihm verriet ihr, dass sie schleunigst nach Hause fahren sollte. Leise war Marie aus dem Bett geschlüpft, hatte sich angezogen und war die Treppe nach unten geschlichen, wo sie von einer freudig mit dem Schwanz wedelnden Smilla erwartet wurde.

Ihre Handtasche fand Marie in der Küche. Sie schaute auf ihr Handy, aber ihre Mutter hatte sich nicht gemeldet. Vermutlich war sie bei Eick geblieben. Marie hatte gegrinst.

Ganz leise war sie in ihre Jacke und ihre Stiefel geschlüpft. Die dicken Strümpfe von Arne hatte sie anbehalten. Die würde sie ihm bald zurückbringen, entschied sie.

»Hey, Marie.«

Sie hatte sich herumgedreht, als sie seine Stimme gehört hatte.

»Hey, Arne.« Marie lächelte ihm entgegen, während er die Treppe herunterkam. Er trug nur seine Boxershorts, und sein Anblick hatte dazu geführt, dass Marie sich schlagartig zurück ins Bett mit ihm gewünscht hatte.

»Ich muss los, meine Mutter wird sich sonst fürchterliche Sorgen machen, wenn ich nicht heimkomme.«

Arne hatte genickt. »Hauptsache, du fliehst nicht, weil du die Nacht bereust.«

»So ein Blödsinn.« Marie hatte sich auf die Zehenspitzen gestellt und ihn geküsst. »Ich habe sogar deine Wollsocken angezogen, um sie mitgehen zu lassen, nur damit ich sie dir zurückbringen kann.«

Arnes Lachen war ansteckend gewesen. »Wie kompliziert ihr Frauen immer denkt.«

»Von wegen. So, ich muss dann mal. Ich bring dir spätestens morgen die Socken wieder.«

»Alles klar.« Arne hatte Marie fest umarmt. Nachdem sie sich voneinander gelöst hatten, hatte er sich leicht zu ihr heruntergebeugt und sie auf die Stirn geküsst. »Pass auf dich auf, du Abenteurerin«, hatte er gesagt.

Alles kam ihr an diesem Morgen besonders vor. Der Weg durch den Park, in dem die Büsche und Bäume ebenfalls vom Schnee geschmückt waren, sorgten für herrlichen Winterzauber. Es gab sogar eine alte Windmühle, an der Marie vorbeiradelte. An der war sie bis dato noch gar nicht vorbeigekommen. Was für ein herrliches Gebäude. Marie sah, dass sich ein Café in der Mühle befand, und nahm sich vor, bald dort vorbeizuschauen, um ein Tässchen Friesentee mit Wölkchen zu genießen.

Jetzt wollte sie nur noch so schnell wie möglich nach Hause. Sie wusste, sie würde einfach ins Bett fallen, sich einkuscheln und sofort wieder einschlafen, bis ihr Handy sie später wecken würde, so sehr hatte Arne ihr mit seiner Abschiedsgeste Geborgenheit mit auf den Weg gegeben.

Als Marie aufwachte, hörte sie laute Stimmen, die sich in der Küche unterhielten. Da hatte Traudl wohl Eick mit nach Hause gebracht.

Marie fühlte sich regelrecht von Glück durchflutet. Die Erinnerung an die Nacht war noch frisch, und sie konnte immer noch Arnes Duft auf ihrer Haut riechen. Wie von selbst schlich sich ein Lächeln in Maries Gesicht bei der Erinnerung an die vergangene Nacht. Sie schloss die Augen, wollte noch nicht aufstehen. Doch die Stimmen in der Küche unterhielten sich immer weiter, und der Ton hatte etwas so seltsam Angespanntes, dass Marie davon ganz unruhig wurde und schließlich aufstand.

Ein Blick auf ihr Handy verriet zwei Dinge: Erstens war es schon fast zehn und damit bald Zeit für das Neujahrskonzert, zweitens hatte Arne an sie gedacht.

Hallo, schöne Frau, ich möchte meine Socken zurück, und zwar schnellstens ;-)! Danke für die Nacht, Arne.

Marie tippte eine schnelle Antwort und schickte einen Kusssmiley hinterher.

Irgendwann in dieser Nacht war sie schön geworden.

Marie schlüpfte in einen bequemen Pulli und eine schlabbrige Jogginghose. Eick würde ihren Anblick verkraften, entschied Marie. Sie brauchte auf jeden Fall einen Kaffee und eine Schüssel Müsli, bevor sie das neue Jahr mit Sekt würde begrüßen können. Früher hatte es immer Häppchen während des Konzerts gegeben, erinnerte sich Marie, und die legendären gefüllten Eier ihres Vaters mit hausgemachter Majo. Das Neujahrskonzert im Fernsehen war eine Familientradition gewesen. Kurz war er da, der Schmerz, der immer dann kam, wenn sie eine Erinnerung an ihren Vater Joseph mitten ins Herz stach. Schnell versuchte Marie, sich auf etwas anderes zu konzentrieren. Sie fasste ihre Haare zu einem Pferdeschwanz zusammen und trat hinaus in den Flur.

Wieder war da das Lachen durch die geschlossene Küchentür, leise und vertraut. Marie klopfte an. Plötzlich kam sie sich sehr wie ein Eindringling vor.

»Herein!«

Marie öffnete die Küchentür. »Ich wollte nicht …« Stören. Das hatte sie sagen wollen. Stattdessen stand sie mit der Türklinke in der Hand und offenem Mund im Türrahmen. »Was machst du denn hier?«

»Hallo, Marie.« Chris saß am Küchentisch, vor sich ein belegtes Brötchen und eine Tasse Kaffee. Ganz so, als würde er hier hingehören. Marie fiel jedes Detail auf. Seine großen Hände, wie gemacht für die Schreinerei, seine grünblauen Augen, die Nase mit der winzigen Erhebung auf dem Nasenrücken, die Sommersprossen, die sie immer gemocht hatte. Obwohl sie all diese Kleinigkeiten kannte, spürte sie zugleich die Distanz zu Chris, die viel größer war als nur die paar Meter zwischen Küchentür und Tisch.

»Was machst du denn hier?«, wiederholte Marie.

Chris passte so gut in Traudls Küche auf Norderney wie ein Schimpanse an den Nordpol.

»Er stand einfach vor der Tür.« Traudl wirkte ganz hilflos. »Ich konnte ihm schließlich nicht die Haustür vor der Nase zuschlagen.«

»Nein?« Marie kam diese Idee keineswegs so abwegig vor.

»Es tut mir wirklich leid.« Chris hatte seine Fußballkappe auf, bemerkte Marie. Er liebte diese Caps und trug sie zu jeder Gelegenheit. Um sich zu entschuldigen, nahm er es jedoch ab. Seine kurzen aschblonden Haare wurden sichtbar. Er hielt die Mütze vor seinen Bauch wie ein Schutzschild. Sofort sah Marie ihn, wie er mit Marion auf dem Sofa zugange gewesen war. Sie hörte, wie King Lui geknurrt hatte, irgendwie Maries Gemütszustand verstehend.

»Er wollte dich überraschen«, soufflierte Traudl in das hilflose Schweigen hinein.

»Das ist ihm gelungen«, sagte Marie zu ihrer Mutter, als wäre Chris gar nicht anwesend.

»Kommst du mit heim, Marie?«, fragte Chris.

Marie wandte sich wieder ihm zu. Was für eine Frage! Dass er sie überhaupt zu stellen wagte, einfach so, nach allem, was geschehen war. Sie war schon einmal heimgekommen, für ihn, für ihre Mutter, für ihren Vater – und wohin hatte es sie damals geführt? In ein kleines Büro, in eine Beziehung, in der der Alltag die Liebe geschluckt hatte, zu einem Mann, der sie lieber betrogen hatte, als sich mit den Problemen auseinanderzusetzen.

»Was ist denn aus Marion geworden?«

Chris wandte seinen Blick ab. Er räusperte sich. Dann schaute er wieder vom Boden auf. »Sie ist nicht du.«

Marie schnaubte. »Das hätte ich dir auch gleich sagen können.«

»Ja. Ich meine ...« Chris schien nicht zu wissen, was er darauf erwidern sollte. Er war kein emotionaler Typ. Er war jemand, der durch Handlungen zeigte, was er fühlte. So war er damals einfach in Murano aufgetaucht, um sie abzuholen. Damals war Marie das zu Herzen gegangen. Heute sah sie ihn aber mit anderen Augen, mit Augen, die auch Arne gesehen hatten und die jetzt wussten, wie sich echte Verliebtheit anfühlte.

Chris räusperte sich erneut, sagte allerdings nichts.

Alle drei standen einander gegenüber und schwiegen. Die Küchenuhr tickte leise, das war Marie bisher noch gar nicht aufgefallen.

Marie verschränkte die Hände vor der Brust. Sie wünschte sich Chris einfach nur weit weg.

»Chris, wir müssen miteinander sprechen«, sagte Marie entschlossen zu ihm. »Würdest du uns vielleicht allein lassen, Mama?«

Traudl nickte. Sie wirkte ganz bedröppelt und sichtlich von der Situation überfordert. Dabei hatte sie gar nichts falsch gemacht!

Marie machte Chris ein Zeichen, sich zu setzen. Es war an der Zeit, reinen Tisch zu machen.

»Dann kommst du nicht wieder?«, wollte Chris schließlich wissen. Sie hatten lange und ausgiebig miteinander gesprochen, nachdem Marie klargestellt hatte, dass sie seine Bemühung, extra nach Norderney zu kommen, zwar schätzte, aber dennoch nicht mit ihm zurückreisen würde.

»Nein. Ich habe hier sogar Arbeit gefunden.«

»Arbeit?«

»Ja. Ich hatte bei dir gekündigt, erinnerst du dich?«

Chris nickte. Er tat Marie ein wenig leid, weil er so zerknirscht wirkte.

»Was machst du denn dann jetzt?« Zaghaft biss er von seinem Brötchen ab, das er seit dem Beginn ihres Gesprächs nicht angetastet hatte.

»Glasblasen.« Die Freude und der Triumph in Maries Stimme waren nicht zu unterdrücken.

»Glasblasen?«

»Ja, stell dir vor, es gibt hier auf der Insel eine alte Glasbläserin. Die hat mich eingestellt, und ich glaube, ich möchte der Sache eine Chance geben und erst mal hierbleiben. Möglicherweise kann ich sogar eine Teilhaberschaft bekommen. Das hier ist eine einmalige Chance für mich. So viele Glasbläsereien gibt es heutzutage nicht mehr.« Marie hatte Arne nicht erwähnt. Sie wollte Chris nicht von einer möglichen neuen Beziehung erzählen. Auch wenn er sie sehr verletzt hatte, wollte sie es ihm nicht heimzahlen und ihm absichtlich wehtun. Dass sie ihn allerdings nicht mehr liebte, hatte sie ihm gesagt. Auch dass es schon vor der Sache mit Marion so gewesen war, hatte Marie Chris wissen lassen.

»Dann schick ich dir deine Glassachen vom Speicher.«

Dass Chris daran dachte, rührte sie. »Danke, das ist lieb.«

Er nickte. Dann entstand ein weiteres Schweigen zwischen den beiden.

Die Spannung zwischen ihnen beiden war gewichen. Chris hatte verstanden, dass er Marie nicht zurückbekommen würde, jetzt saß er da, wie ein Häufchen Elend in sich zusammengesunken.

»Ich weiß gar nicht, wie es nun weitergeht«, gestand Chris schließlich und trank einen Schluck seines Kaffees.

Marie zuckte mit den Schultern. »Versuch es pragmatisch zu betrachten. Stell eine Bürokraft ein, und kauf dir die Katze, die du schon immer haben wolltest.«

Auf eine Katze hatte Chris nämlich wegen King Lui jahrelang verzichtet, obwohl er eine Schwäche für Tigerkater hatte und sich sehr einen solchen Kater wünschte.

»Wie wolltest du ihn noch mal nennen?«, fragte Marie.

Ein schiefes Grinsen schlich sich in Chris' Gesicht. »Bernhard.«

»Genau.« Marie nickte. Was für ein absurder Name für einen Kater, aber irgendwie auch witzig in seiner Skurrilität.

»Und ich verspreche dir, dass ich meinen Krempel zeitnah hole. So viel ist es ja nicht. Heute ist der letzte Tag des Weihnachtsmarkts, und dann kann ich sicher bald mal freinehmen und nach Bayern kommen, um alles auszusortieren.«

»Keine Eile.« Chris exte den restlichen Kaffee.

Die Küchenuhr tickte.

»Bernhard«, sagte Chris leise. »Ich finde, das klingt zumindest ganz gut.«

16. Kapitel

Als Marie beim *Winterzauber*-Markt ankam, hatte schon eine Harfenistin auf der kleinen Bühne zu spielen begonnen. Sie war als Weihnachtsengel verkleidet, und eine Gruppe kleiner Kinder bestaunte den leise singenden Engel. Marie entdeckte ihre Mutter bei ihrer Kindergruppe. Stimmt, das hatte sie ihr gesagt, nachdem Chris gegangen war, erinnerte sich Marie. Lebkuchen für alle und Kinderpunsch, das war der Plan gewesen. Heute würde auch ein Märchenerzähler kommen, das war für die Kleinen natürlich ein besonderes Event. Dass auch noch ein leibhaftiger Engel sang, war mit Sicherheit ein Highlight für die Kinder.

In diesem Moment zückte Traudl ein Taschentuch und wischte einem Kind die Hände sauber. Am Rand der Bühne stand Eick und beobachtete mit einem Lächeln im Gesicht die Situation. Sicher hatte Traudl ihn noch nicht bemerkt, aber Marie sah ihm an, wie sehr er es genoss, ihrer Mutter anzuschauen, während er an einem warmen Getränk nippte. Vermutlich heißer Grog oder so was, dachte Marie, um sich im nächsten Moment für ihr klischeehaftes Denken über den alten Seebären zu schämen. Sowie Eick sie entdeckte, winkte er ihr zu. Sie winkte ebenfalls und deutete auf Deetjes Stand, entschuldigend die Schultern hebend. Er nickte nur und scheuchte Marie mit einer Winkbewegung, die zeigte, dass er Marie verstanden hatte, in Richtung Deetjes Glasstand.

Marie kam es so vor, als wäre der Markt heute besonders gut besucht. Da traf es sich günstig, fand Marie, dass sie heute noch mal ihren auffälligen Weihnachtsbaumpullover anhatte. Ab morgen würde sie ihn dann wieder für ein Jahr einmotten. Das Kleidungsstück war einfach ein Eyecatcher. Sie öffnete den Reißverschluss ihrer Winterjacke, langte nach dem kleinen Drückschalter und knipste ihn schon auf dem Weg zur kleinen Hütte an. Sofort begannen die Lichter fröhlich zu blinken. Marie zog ihre Jacke aus und öffnete die Tür zu Deetjes Verkaufshaus.

»Moin, Deetje!« Der Gruß kam Marie noch nicht selbstverständlich über die Lippen. Aber Deetjes Grinsen verriet ihr, dass sie sich freute.

»Hey, Marie. Gut siehst du aus, oder?« War das die Frage nach dem gestrigen Abend?

»Danke, das finde ich auch.«

»Weil ich fast platze, muss ich wohl direkter fragen, oder? Wie war es mit meinem Neffen? Hat er sich ordentlich benommen?« Deetjes Gesicht hatte tatsächlich etwas Spitzbübisches. Mit dem roten Hut sah sie zugleich ein wenig wie eine Märchenfigur aus.

»Ja, das hat er. Sehr gut sogar.«

»Triffst du ihn wieder?«

Also, Deetje nahm wirklich kein Blatt vor den Mund.

»Ja«, antwortete Marie ebenso direkt und unverblümt.

»Sehr schön, das ist wirklich sehr schön.« Mehr wollte

Deetje offenbar gar nicht wissen, stattdessen kontrollierte sie die Auslage, rückte ein paar Glaskugeln ins rechte Licht und stellte das letzte Glaspferd in die Mitte der Verkaufsfläche.

»Dein Bruder ist auch da. War er schon hier?«, fragte Marie, während sie die Kugeln mit der eingravierten Inschrift so drehte, dass sie gut zu lesen war.

»Oh ja. Wir haben einen Grog zusammen getrunken. Jetzt ist mir herrlich warm.«

Marie musste unweigerlich grinsen. War ihr Klischee am Ende gar nicht so weit hergeholt gewesen?

»Aber dann wollte er los. Ganz unruhig war er plötzlich, weil Traudl auch irgendwo hier unterwegs ist.«

»Die habe ich auch gesehen. Sie ist allerdings mit ihrer Kindergruppe da und beobachtet mit den Kleinen den harfenspielenden Weihnachtsengel.«

»Ach, das hätte meinem Enkel Marco auch gefallen.« Kurz schlich sich ein sehnsüchtiger Blick in Deetjes Gesicht. Dann konzentrierte sie sich wieder auf den Stand.

»Was kostet denn das Pferd?« Ein junges Mädchen, vielleicht vierzehn Jahre alt, trat an den Stand und begutachtete die Glasfigur. »Das sieht so schön aus.«

Marie liebte dieses Stück tatsächlich auch. Das Pferd war dunkelrot mit blauer Mähne. Die Farben waren es, die Marie so mochte, denn die Beine des Pferdes waren hufaufwärts sonnengelb und gingen dann ins Rote über. Dieses Stück war ein echtes Liebhaberstück.

»Ist es für dich?«, fragte Marie, anstatt einen Preis zu nennen.

»Nein. Ich habe eine große Schwester, die reitet. Sie hat sogar eine Reitbeteiligung und spart für ein eigenes Pferd.« Das

Mädchen beugte sich weit vor, um das gläserne Kunstobjekt noch besser betrachten zu können. »Ich habe verpeilt, ihr ein Weihnachtsgeschenk zu kaufen, dabei ist sie mir echt wichtig.«

»Verpeilt. Soso«, mischte Deetje sich ein. »Ich habe meine kleine Schwester auch ein paarmal vergessen in der Weihnachtszeit, also früher.«

Arnes Mutter. Marie ahnte, dass sie eine Nachzüglerin gewesen war. Sonst wäre sie zu alt gewesen, um Arnes Mutter zu sein.

»Ist ein blödes Gefühl, oder?«

Das Mädchen nickte. »Oh ja. Stellen Sie sich vor, sie hat mir Konzertkarten für *All my Punk* geschenkt, meine absolute Lieblingsband.«

»Klingt toll.« Sicher hatte Deetje keinen Schimmer, wer die Band war. Das Mädchen aber hüpfte fast auf und ab, während sie von ihnen sprach.

»Oh, das ist es. Und ich habe sie noch nie live gesehen.«

Deetje nickte mitfühlend, und Marie dachte darüber nach, wie teuer das Pferd war. Das Mädchen würde unverrichteter Dinge wieder gehen müssen.

»Das Pferd kostet fünfzig Euro. Das ist ziemlich teuer«, sagte da Deetje.

Marie blieb der Mund offen stehen. Deetje hatte ein gutes Herz, dabei braucht sie selber dringend das Geld.

»Kein Problem. Ich meine, ich habe mein Taschengeld gespart und …« Das Mädchen holte ihre Geldbörse aus der gewebten Umhängetasche, die sie über der Schulter trug. Sie zählte Fünfeuroscheine ab und hatte am Ende noch einen Zehner übrig, den sie zurück in das Portemonnaie steckte. »Für Merle ist mir das nicht zu teuer.«

Der Teenie streckte das Geld über die Auslage, und Deetje griff danach. »Würdest du es schön einpacken, Marie?«

»Ja, natürlich.« Marie verpackte das Glaskunstwerk und übergab es dem Mädchen, das es breit grinsend entgegennahm.

»Du hast dich selbst in ihr gesehen, oder?«, fragte sie Deetje, als das Mädchen weg war.

»Ach weißt du, wir haben damit zwei Schwestern eine Freude gemacht, und man hat gesehen, dass das junge Mädchen sich das Kunstwerk nicht leisten kann, es aber wirklich schätzt. Dann ist das so richtig, oder?«

»Ja. Du hast sicher recht.« Marie dachte kurz nach. »Ich hätte auch gern Geschwister gehabt, aber ich bin Einzelkind. Wie Arne.«

»Dafür habt ihr einander. Und wenn du mich fragst, seid ihr wie füreinander geschaffen.«

Das Gefühl hatte Marie allerdings auch. Sie lächelte beim Gedanken an die süße Nachricht, die Arne ihr heute Morgen geschickt hatte: Ich geh Anbaden – kommst du am Abend vorbei? Dann könnte ich nämlich wirklich warme Socken brauchen.

Auf Nachfrage bei Traudl hatte Marie erfahren, dass das Anbaden eine Inseltradition war und jedes Jahr am ersten Januar stattfand. Es war wohl ein großes Ereignis, das Urlauber und Einheimische gleichermaßen anzog. Die Teilnehmer trugen keine Neoprenanzüge, nur Badekleidung, und rannten in der Gruppe – egal bei welcher Witterung – gemeinsam ins Meer, um Sekunden später fluchtartig das eiskalte Nass wieder zu verlassen. Im vergangenen Jahr waren dreihundertfünfzig Menschen ins Wasser gelaufen, angefeuert von einer unüberschaubar großen Menge, die die Mutigen anspornte.

Marie hätte das Spektakel zu gern gesehen, aber die Arbeit rief.

Aber natürlich würde Marie nach der Arbeit zu Arne gehen, auch wenn sie die Socken daheim vergessen hatte. Daran bestand überhaupt keine Frage.

»Habe ich dir eigentlich schon gesagt, dass ich bleibe?«, wandte Marie sich nun an Deetje. »Wenn dein Jobangebot noch steht, würde ich es gern annehmen.«

»Oh, min Deern! Wirklich? Auch wenn ich ab und an eine deiner Arbeiten unter Preis verhökere?«

Marie nickte. »Gerade deshalb. Und weil das Glasblasen einfach meine Leidenschaft ist. Ich will einfach nicht mehr ohne leben.«

Deetje strahlte vor Glück. »Schade, dass wir keine Champagnerkelche hier verkaufen. Sonst würde ich zum Supermarkt gehen und uns Sekt zum Anstoßen holen.«

Marie hatte eine Idee. »Weißt du was? Du hältst hier die Stellung, und ich hole uns zwei Punsch. Wie wäre das?«

»Wunderbar. Einfach wunderbar. Ich kann dir gar nicht sagen, wie erleichtert ich bin. Du verhinderst damit meinen finanziellen Ruin. Ich weiß nicht, ob dir das klar ist.« Deetjes Hände zitterten überhaupt nicht, als sie einer Kundin, die eben an den Stand herangetreten war, eine von Maries Kugeln so hindrehen konnte, dass man die gravierte Schrift gut lesen konnte. *Wellenwinter, Winterzauber, Norderney.*

»Ich geh dann mal«, sagte Marie und war schon aus der Tür, während sie im Hintergrund hörte, wie Deetje einen Preis für die Kugel nannte, genau den Preis, den sie und Marie immer für das Glaskunstwerk verlangten, nämlich neununddreißig Euro.

Dass die alte Dame ihr das Ausmaß ihrer persönlichen Not erst jetzt, wo Maries Entscheidung gefallen war, direkt gestand, steigerte Maries Respekt für Deetje nur noch mehr.

Während Marie in Richtung von Linas Stand ging, hatte sie einen Gedanken: Es schien ganz so, als hätte dieser Winter, der seine ganz eigenen Wellen schlug, auch Maries Leben verzaubert, und Norderney würde vielleicht sogar für immer ihre neue Heimat werden, als hätte sie sich ihre eigene Gravur zum Lebensmotto gemacht.

»Ausräumen tun wir dann morgen, da hilft Eick mit, dann geht das schneller.« Deetje rieb sich die Hände. »Also in diesem Jahr war der Markt ein voller Erfolg. Aber nun ist Feierabend.«

Marie nickte. »Dann sehen wir uns morgen in der Werkstatt?«

»Gern. Und ich rede mit Lina, ob sie bestimmte Farben für ihre Kugelbestellung haben will.«

»Mach das.« Marie schaute rüber zu Linas Stand, aber der war schon verrammelt. Ein paar wenige Passanten waren noch unterwegs. Aber es war schon still geworden. Weihnachten war, so fühlte es sich für Marie an, für dieses Jahr endgültig vorbei. Morgen würden die elektrischen Kerzen der Weihnachtsbäume, die noch ihr festliches Licht über den Markt ergossen, nicht mehr brennen.

»Ich würde gegen Mittag anfangen«, schlug Deetje vor. »Einen gemütlichen Morgen haben wir uns beide verdient. Und dann gehen wir langsam zum Alltag und normalen Arbeitszeiten über.«

»Klingt super«, bestätigte Marie. »Ich freu mich darauf, wenn die Arbeit in der Werkstatt meine Haupttätigkeit wird.«

»Frag mich mal. Ich meine, ich habe viele Leute auf dem *Winterzauber* getroffen, die ich schon eine Weile nicht mehr gesehen hab. Herrn Rainer zum Beispiel oder die alte Frau Wegener mit ihrem Dackel. Der macht Männchen, unglaublich.«

Marie hatte keine Ahnung, wer Frau Wegener war, geschweige denn deren Hund. Aber sie freute sich, dass Deetje so lebhaft erzählte.

»Aber ich bin wirklich froh, wenn ich nicht mehr so viel stehen muss. Mir geht das ganz ordentlich in die Beine.« Deetje ging langsam über den Markt zum Fahrradständer, und Marie lief neben ihr her.

»Wenn du morgen bei Lina vorbeischaust, bringst du uns zwei Stück Kuchen mit? Dann machen wir mal eine schöne Teepause. Was meinst du?«

»Gute Idee, Marie. Ines backt neuerdings Sanddornschnitten, die sind göttlich.«

»Wunderbar. Das klingt ganz nach meinem Geschmack.« Marie schloss ihren Drahtesel auf. »Ich fahr dann mal.«

Während sie auf dem Weg zum Rad gewesen war, hatte sich Maries Vorfreude langsam, aber sicher immer weiter gesteigert. Als sie das Rad aus dem Ständer schob, hatte sich dieses Gefühl zu einem Prickeln verwandelt, das fast übersprudelte. Fast kam es ihr lächerlich vor, wie sehr sie dem Wiedersehen mit Arne entgegenfieberte, weil sie sich am frühen Morgen noch gesehen hatten. Aber andererseits, Verliebtheit war niemals lächerlich!

Mittlerweile fuhr der Weg zu Arne sich wie von allein, auch im Dunkeln. Marie lehnte ihr Rad an den Gartenzaun und trat ein. Sie war schon gespannt, was Arne zu erzählen hatte. Das Haus lag heute im Dunkeln. Die Kerzen in den Laternen brannten nicht. Sie klingelte, wartete, klingelte erneut. Smilla bellte hinter der Tür, aber es dauerte eine ganze Weile, bis drinnen ein Licht anging und Arne öffnete. Marie bot sich ein Anblick, mit dem sie nicht gerechnet hatte: Arne war kreidebleich. Seine Haare standen nach allen Seiten ab. Er trug nur ein labbriges T-Shirt und Boxershorts. Smilla stand neben ihm und wedelte wie wild mit dem Schwanz. Dann huschte sie hinaus in den Garten.

»Wie siehst du denn aus?«, entfuhr es Marie.

Da sah sie, dass er auch am ganzen Leib zitterte. »Ich war beim Anbaden, aber das hat mir in diesem Jahr wohl eher nicht so gutgetan.«

»Nein. Offensichtlich nicht.«

»Vielleicht kommst du wann anders vorbei?« Arne schlang seine Arme um den Körper.

»Kommt nicht infrage. Ich bring dich ins Bett, mach dir einen Tee und eine Wärmflasche, und dann sehen wir weiter. Wenn du Glück hast, mach ich dir sogar noch eine Suppe. Also wenn du mich lässt und ich die Zutaten in deiner Küche finde.«

Arne versuchte ein Lächeln. »Heiße Suppe klingt prima.«

Marie schlüpfte aus ihren Schuhen, nachdem sie eingetreten war. »Na los, ab ins Bett mit dir«, befahl sie ihm.

Auf dem Weg nach oben hielt Arne sich am Handlauf fest, so schlapp war er. Er tat Marie fürchterlich leid. »Ich hol dir noch die dicke Decke aus dem Wohnzimmer.«

Arne antwortete nicht. Das deutete Marie als stummes Einverständnis. Bevor sie sich ans Werk machte, öffnete sie die Haustür. »Smilla? Smilla!« Die Hündin kam brav angetrabt und lief auch sofort voraus ins Wohnzimmer.

Marie griff nach der dicken Decke, die achtlos über die Sofalehne geworfen worden war. Smilla lag schon wieder bei ihren Jungen. Sie war wirklich eine sehr liebevolle Hundemutter. Schon war Marie auf der Treppe nach oben.

Arne hatte sich bis zur Nase zugedeckt. Marie bettete die Decke noch über ihn. »Hast du Schüttelfrost?«

»Auf jeden Fall ist mir kalt.«

Marie legte ihre kühle Hand auf Arnes Stirn. Er zuckte kurz zusammen, dann jedoch schien er die Berührung zu genießen. »Du glühst«, stellte Marie fest.

»Ich weiß. Vermutlich hätte ich mir das Anbaden heute sparen sollen, weil ich schon mit leichten Halsschmerzen aufgewacht bin. Ich hoffe, ich habe dich nicht angesteckt. Aber es ist so eine schöne Tradition, ich geh jedes Jahr hin.«

»Hmm, trotzdem war es unvernünftig.« Marie konnte nicht verhindern, dass ihre Stimme einen tadelnden Ton annahm.

»Ja, das weiß ich, Frau Doktor.«

Marie lächelte. »Dann ist es ja gut. Wie ist das denn nun, hast du eine Wärmflasche da?«

»Nee. Schließlich bin ich ein ganzer Kerl«, versuchte Arne sich an einem dummen Scherz.

»Du wolltest sagen: ein ganz dummer Kerl.«

»Das natürlich auch.« Ein neuerliches Schütteln durchzog Arnes Körper. »Vielleicht könntest du ja zu mir unter die Decke kommen und mich wärmen.«

Marie grinste. »Das wäre natürlich eine Option. Aber jetzt bin ich noch so kalt von draußen, dass das im besten Fall nur unangenehm wäre, im schlechtesten würdest du loszittern wie Espenlaub.«

Arne zitterte ohnehin und versuchte die Decke noch enger um seinen Körper zu bekommen.

»Ich mach dir jetzt erst mal einen Tee.« Marie stand vom Rand des Bettes, wo sie sich niedergelassen hatte, auf und lief in Richtung Tür. »Sonst noch was? Kekse vielleicht?«

Arne verzog das Gesicht so zu einer Grimasse, dass ganz eindeutig klar wurde, was er gegenwärtig von Keksen hielt.

Mit schnellen Schritten war Marie die Treppe unten und auf dem Weg in die Küche. Arne hatte alles aufgeräumt. Die Arbeitsplatte blitzte. Im Fenster hing die Glaskugel, die Marie Arne mitgebracht hatte, als würde sie schon immer dahin gehören. Der Anblick des Esstischs hatte sich allerdings total verwandelt. Arnes Laptop stand auf dem Tisch. Er war aufgeklappt, und der Bildschirmschoner, tanzende Farbspiralen, die immer wieder an anderen Plätzen auftauchten, lief. Neben dem Laptop hatte Arne einen Bücherstapel aufgerichtet. Marie zog es an den Tisch. Jedes einzelne Buch war von Henriette Carstens, zu einem ordentlichen Stapel aufgerichtet. Marie studierte die Titel und kannte sie alle. Was sollte das denn? War Arne am Ende ihr größter Fan? Sie nahm das obenauf liegende Buch in die Hand. Es hieß *Inselsterne* und – Marie erschrak. Was hatte Arne zu ihr gesagt, gestern, als sie eingeschlafen war?

Unter allen Planeten und allen Sonnen bist du die schönste Frau im Universum, hatte er geflüstert. Genau! Das war es gewesen. Marie hörte das Blut in ihren Ohren rauschen. Schlagartig wusste sie wieder, woher sie diesen Satz kannte: aus *Inselsterne*. Es war die Liebesszene im Planetarium, bei der der männliche Protagonist der Liebe seines Lebens auf diese Weise seine Zuneigung gestand. Arne hatte den Satz auswendig gewusst. Marie schlug den Roman auf, blätterte darin. Es war nur ein Buch. Keine Stellen waren markiert. Sie legte es zurück. Die kleine Erschütterung des Buches, das auf den Stapel gelegt wurde, reichte aus, um den Laptop zu aktivieren. Auf dem Bildschirm konnte sie lesen:

Inselwinterzauber
Ein Liebesroman von Henriette Carstens

Das Rauschen in Maries Ohren wurde zu einem Sturm. Jetzt konnte sie nicht anders, als ein Stück nach unten zu scrollen.

Celine sah ganz anders aus als alle anderen Frauen. Ihr Pullover mit den LED-Lichtern war ein schreiend komisches Kleidungsstück, und es passte überhaupt nicht in das Ambiente des Lokals.

Marie schluckte hart und schaute an sich selbst herunter. Nein, die Lichter des Tannenbaums waren schon seit Stunden nicht mehr an. Aber in dieser Geschichte wurde ihr Pullover beschrieben, oder? Arne hatte *ihren* Weihnachtspulli in den Roman eingebaut, das war Marie schlagartig klar. Sie klappte den Laptop zu. Gelesen hatte sie genug. Mehr brauchte sie zu nicht wissen. Arne war Henriette! Und er hatte Marie missbraucht für eine seiner Liebesgeschichten.

»Im Büro«, hatte er auf die Frage geantwortet, was er beruflich machte. Um dann, so schnell er konnte, das Thema zu wechseln. Marie sah noch seinen Gesichtsausdruck vor sich, als sie miteinander gesprochen hatten, und wie unangenehm Arne das Thema gewesen war. Ganz schnell hatte er ihre Aufmerksamkeit auf die Aussichtsdüne gelenkt und sich aus dem Gespräch herausgewunden. Jetzt wusste sie auch, wieso. Sie dachte an all die Romane, die sie von ihm gelesen hatte. Welcher war der, in dem Michelle, seine Ex-Freundin, vorkam? Am Ende beschrieb Arne in seinen Büchern einfach nur, was er selbst mit Frauen erlebt hatte?

Von wegen großer Enttäuschung! Er hatte vermutlich überhaupt keine Enttäuschung erlebt, sondern diese Michelle hatte ihn verlassen, weil sie eine Sonja oder irgendeine andere Protagonistin in einem seiner Romane geworden war. Marie standen die Tränen in den Augen. Nicht nur Arne war eine bittere Enttäuschung, auch Henriette Carstens und ihre Romane erschienen in einem gänzlich anderen Licht.

Ein innerer Sturm toste in Marie, als sie zur Tür von Arnes Wohnung ging. Sie schlüpfte in ihre Jacke und ihre Stiefel. Die Mütze hatte sie gar nicht erst abgesetzt, fiel ihr jetzt auf.

»Marie?«, rief Arne, seine Stimme klang gedämpft.

Für einen Moment stand Marie mit der Türklinke in der Hand da, überlegte, war unschlüssig, wie sie sich verhalten sollte. Aber sie wollte einfach nur weg, entschied sie, weit weg. Marie drückte die Klinke ganz leise nach unten und öffnete die Haustür. Sie atmete die kalte Seeluft tief ein und trat hinaus in die Dunkelheit.

Marie war weit geradelt, immer weiter, hinaus aus der Stadt, sogar am Leuchtturm vorbei. Den Wind, der ihr um die Ohren blies, spürte sie gar nicht, so sehr war sie in Gedanken. Hinter dem Leuchtturm bog Marie links ab. Es ging ein Stückchen bergab auf einem kleinen Radweg, der in die Dünen führte. Gut, dass die Nacht so sternklar war, dass sie genug sah. Das Licht an Maries Rad leuchtete nicht besonders stark.

Sie fuhr weiter und kam zu einem Lokal. Auf großen weißen Sonnensegeln stand der Name: *Strandpieper.* Als Marie ihren Drahtesel abstellte, verließ eine Gruppe lachender Gäste das Restaurant. Ihr war überhaupt nicht nach Fröhlichkeit zumute. Marie duckte sich tief in ihre Jacke, nachdem sie ihr Rad abgeschlossen hatte, und ging einfach weiter, an den fröhlichen Menschen vorbei.

Dass sie am FKK-Strand gelandet war, bemerkte sie erst beim Anblick des Schildes: *Hier sall de Büx ut!* Um diese Jahres- und Tageszeit war das natürlich nicht mehr als ein Spruch, der den Inselgästen ein Lächeln ins Gesicht zauberte. Allerdings war Marie nicht einmal nach einem Lächeln zumute. Sie stapfte durch den nassen Pappschnee, der von vielen Fußspuren durchzogen war. Immer weiter lief Marie in Richtung Meer. Der weite Strand lag schon vor ihr, und das Rauschen der Wellen war lauter geworden. Sie hielt nicht inne, sondern marschierte entschlossen hinunter zu der Stelle, wo das Wasser auf das Land traf. Muscheln knirschten unter ihren Schuhen. Hier draußen gab es richtige Muschelbänke. Wenn das Wasser auf sie traf, raschelte und klapperte es leise, ein Geräusch, das Marie nie zuvor gehört hatte. Als die nächste Welle hereinschwappte, traf sie fast ihre Stiefel, und Marie machte ein paar Schritte zurück. Dann setzte sie sich einfach auf einen Muschelhaufen. Es war ihr egal, wie unbequem das war. Sie spürte heute eh nichts mehr, so taub fühlte sie sich vor Traurigkeit.

Marie dachte darüber nach, wie sie sich gefühlt hatte, als Chris mit Marion geschlafen hatte – und sie musste zugeben, dass es sie eher wütend als traurig gemacht hatte. Nein, ganz stimmte das nicht, sie war traurig gewesen – aber vor allem wegen ihres verletzten Stolzes. Weil sie in ihrem Leben eingefahren gewesen war, alles war in den immer gleichen Bahnen verlaufen, ohne dass Marie noch viel darüber nachgedacht hatte. So gesehen war Chris' Betrug vermutlich auch genau der Weckruf gewesen, den sie gebraucht hatte, um einen Neustart in ihrem Leben zu wagen. Auch wenn es natürlich schöne Arten gab, die einem die Augen öffnen konnten.

Dagegen war es bei Arne so, dass er sie auf ganz andere Weise hintergangen hatte. Warum hatte er ihr nicht einfach gesagt, dass er Henriette Carstens war? Weil es kaum jemand auf der Insel wusste? Nicht mal die Mitarbeiterin in der Buchhandlung hatte gewusst, wer Henriette war. Marie grübelte. Schließlich fiel ihr etwas ein: Eick wusste Bescheid! Er hatte Marie immerhin zu Arne nach Hause geschickt, als sie nach Henriette Carstens gefragt hatte, nicht wahr?

Auf jeden Fall hatte Arne Marie von Anfang an belogen. Alles, an das sie geglaubt hatte, basierte auf einer Lüge. Von wegen Bürojob! Und warum hatte er das gemacht? Hatte er alles nur initiiert, um Marie rumzukriegen? Wegen der Story?

Marie schluchzte laut auf. Dann schaute sie sich erschrocken um, ob jemand sie beobachtete. Aber um diese Tageszeit, in der Dunkelheit, hatte sie den Strand tatsächlich für sich allein. Eine Windböe riss an ihrer Kleidung. Sie schaute hinaus aufs Wasser, die Unendlichkeit des Meeres. Tief atmete sie die kalte Seeluft ein, deren wohltuende Wirkung Marie in diesem Moment jedoch verwehrt blieb.

Das Ätzende an der Situation war, dass am Ende Arne recht gehabt hatte: Es gab keine wahre Liebe, kein »Sie lebten glücklich bis an ihr Lebensende«, das alles war nur Maries Wunschdenken gewesen, die bonbonrosa Welt der Liebesromane, die Arne schrieb. Denn damit kannte er sich schließlich aus, nicht wahr? Liebesgeschichten waren sein Geschäft.

Marie wischte sich mit ihrer behandschuhten Hand die Tränen aus dem Gesicht. Nun drang die Kälte doch zu ihr durch. Wie kleine Stecknadeln stach der eisige Wind auf ihrer Haut. Mühsam stand Marie auf. Jede Bewegung war ihr zu viel. Sie weinte noch immer, während sie langsam zurück den Strand hinauf in Richtung ihres Fahrrads ging. Es war ihr egal.

Als Marie sich auf ihr Rad setzte, wollte sie nur noch heim zu Traudl.

Denn sie wusste, dass sie immerhin das heute noch bekommen würde: eine liebevolle Umarmung. Zitternd schwang sie sich in den Sattel und fuhr an den Ort, wo sie am meisten zu Hause war.

17. Kapitel

Als Marie die Augen öffnete, stand an ihrem Bett noch die dickbauchige, handgetöpferte Tasse, in der ihre Mutter ihr eine heiße Honigmilch zubereitet hatte.

Natürlich hatte Marie den Inselfunk unterschätzt. Traudl hatte längst gewusst, dass Marie und Arne sich öfter getroffen hatten, aber darauf warten wollen, dass Marie ihrer Mutter selbst von Arne erzählte. Denn Gerüchte, meinte sie, hätten noch nie die Wahrheit gesagt.

Sowie sie ihre Tochter gesehen hatte, durchgefroren und mit tränenüberströmtem Gesicht, hatte sie sie wortlos in die Arme geschlossen. Sie war mit ihr in die Küche gegangen und hatte Honigmilch gekocht. Die Verantwortung für sich selbst kurz abgeben zu können, sich versorgen und verhätscheln lassen zu können, tat Marie gut.

Um die Tochter abzulenken, hatte Traudl ihr von einem Töpferkurs erzählt, an dem sie hier auf Norderney teilgenommen hatte, und von der Kursleiterin, einer jungen Frau mit Löwenmähne, die den Ton nach Feng-Shui-Prinzipien bearbeitete und damit auch besonders auf das dickbauchige Konzept bei den Tassen Wert gelegt hatte. Unter normalen

Umständen hätte Marie die Erzählung ihrer Mutter sicher zum Schreien komisch gefunden, so entlockte sie ihr nur ein sehr müdes Lächeln.

Aber die süße Milch hatte Marie gern getrunken, mit jedem Schluck schien ihr Zittern weniger zu werden, und schließlich hatte auch die Wärmflasche, die ihre Mutter ihr unter die Decke steckte, ihre Wirkung gezeigt. Traudl hatte für Marie genau das getan, was sie eigentlich für den angeschlagenen Arne hatte tun wollen.

Als Marie eingeschlafen war, war ihr Schlaf unruhig gewesen. Sie war immer wieder aufgewacht, hatte sich unruhig im Bett herumgewälzt, und auch von Albträumen war sie nicht verschont worden. Zurück blieb ein schales Unwohlgefühl, gekoppelt damit, dass sie sich erschlagen statt erholt fühlte. Marie rieb sich den Sand aus den Augen und setzte sich im Bett auf. Draußen war es schon hell, und der typische Norderneyer Wind pfiff ums Haus.

Gut, dass es hier drin wohlig warm war.

Wie es Arne wohl ging? Ob er wieder gesund war? Ach, es war ganz egal, wie es ihm ging, schalt sich Marie. Allein die Tatsache, dass sie sich darüber noch Gedanken machte, war zu viel. Sollte er doch krank bleiben. Aber nein, sie konnte ihm tief in sich drinnen nichts Schlechtes wünschen. Heute, mit etwas Distanz, kam ihr noch eine andere Frage in den Sinn: Konnte man sich wirklich so gut verstellen, wie Arne es augenscheinlich getan hatte?

Sie dachte an ihre gemeinsame Nacht, die Art, wie er sie seitlich neben ihre Brust geküsst hatte, fast ehrerbietend, während er sie streichelte. Nie zuvor hatte Marie sich so schön gefühlt. Konnte man diese Art Zuneigung spielen?

Vielleicht. Aber wenn es so war, dann würde es Marie irgendwie noch trauriger machen.

Sie nahm ihr Handy vom Nachttisch und warf einen Blick drauf – keine Nachricht. Irgendwie riss es Marie noch mehr in den Abgrund, dass Arne gar nicht versucht hatte, sie zu erreichen.

Hatte sie zu sehr nach den Sternen gegriffen? Wäre es auch eine Möglichkeit gewesen, zurück zu Chris zu gehen – nur um Sicherheit zu haben? Marie verwarf den Gedanken ganz schnell wieder. Es half schließlich nicht, ein Unglück durch ein anderes zu ersetzen. Nein, da hatte sie sich richtig entschieden. Und vor allem stand diese Entscheidung für sich! Mit Arne hatte sie nichts zu tun.

Dennoch: War Norderney groß genug für sie beide, jetzt, wo klar war, wer Arne war?

Plötzlich roch es im Zimmer nach Kaffee, und Marie wälzte sich endgültig aus dem Bett. Schließlich brachte es nichts, sich weiter in wirren Gedanken zu verstricken. Vielleicht half Kaffee gegen ihre Traurigkeit. Auf jeden Fall würde ein Gespräch mit Traudl sie ablenken. Jogginghose, Schlabberpulli, Hausschuhe, schon war sie fertig. Kurz erwog Marie dicke Socken, aber die einzigen dicken Socken im Zimmer waren die von Arne, und die würde sie auf keinen Fall jemals wieder anziehen. Marie kämmt sich mit den Fingern durchs Haar. Mit schnellen Bewegungen machte sie das Bett. Dann griff sie nach der Tasse und war schon auf dem Weg in die Küche.

»Mariechen!« Ihre Mutter schloss sie fest in die Arme. Sie begrüßte Marie, als käme sie gerade von einer mehrwöchigen Expedition zurück – oder hätte eine schwere Krankheit überstanden.

»Mama, es geht mir gut.«

»So siehst du aber gar nicht aus. Komm, setz dich. Möchtest du ein pochiertes Ei zu deinem Toast?«

Marie schaute sich um. Der Tisch war fürstlich gedeckt. Wurst, Käse, Schokocreme, eine Schale Obst, Müsli, alles war da.

»Fünf Sorten Marmelade?« Marie zog die Augenbrauen hoch, nachdem sie die Gläser gezählt hatte.

Traudl zuckte mit den Schultern. »Eick kommt zum Frühstück. Er mag Marmelade.«

»Ah.« Marie war sich nicht sicher, ob sie Eick begegnen wollte, und der feine, manchmal übersensible Mutterradar, mit dem Traudl ausgestattet war, sprang sofort an.

»Soll ich ihm absagen?«

Marie schüttelte den Kopf. »Natürlich nicht. Er kann ja nichts dafür.« Jedenfalls nicht viel, fügte Marie in Gedanken hinzu.

»Sicher?« Traudl nahm die Tasse und steckte sie in die Spülmaschine. Dann holte sie einen neuen Becher aus dem Schrank und goss Marie die rabenschwarze Flüssigkeit ein. Das feine Aroma stieg ihr sofort in die Nase.

»Ja, sehr sicher. Danke für den Kaffee.«

»Blödsinn. Als ob du dich dafür bedanken müsstest, ich bin schließlich deine Mutter.« Traudl stellte Marie noch einen Teller hin und legte Besteck dazu. »Ich hoffe, du frühstückst mit uns.«

»Das ist lieb, aber ich habe überhaupt keinen Hunger.«

Traudl runzelte die Stirn. »Natürlich hast du Hunger.« Gegen die mütterliche Vehemenz gab es keine Waffen. Marie spürte, dass jeder Widerstand an dieser Stelle ein zweckloses Unterfangen war.

Ergeben rührte sie einen Löffel Zucker in den Kaffee. Vielleicht hatte Traudl auch tatsächlich recht, und der Hunger würde mit dem Essen kommen. Auf jeden Fall brauchte Marie etwas in den Magen, so viel stand fest, Hunger hin oder her. Sonst würde sie später in der Werkstatt bei Deetje einfach umfallen, bevor sie überhaupt das Wort »Sanddornschnitte« sagen konnte.

Leise schlürfte sie ihren Kaffee, während Traudl einen kleinen Topf Wasser aufsetzte. »Das ist für den Friesentee«, erklärte sie.

Marie nickte. Offenbar war Eick ein Teetrinker.

Als Marie ihre Tasse erneut zum Mund führte, klingelte es an der Tür.

»Das ist er.« Traudl wischte sich über ihre saubere Hose, zupfte an ihrem Pulli und tastete über ihr Haar.

»Mama, du siehst super aus, keine Sorge.«

Traudl verzog kurz das Gesicht zu einer Grimasse und streckte Marie ganz und gar undamenhaft die Zunge heraus. Das sah so lustig aus, dass sogar Marie lachen musste. Ihre Mutter fühlte sich sichtlich ertappt.

»Ich geh aufmachen«, sagte sie, als Marie aufstehen wollte.

»Gut.« Marie sank sofort wieder kraftlos auf ihrem Stuhl zusammen, dankbar, einfach nur sitzen zu dürfen. Mehr Kaffee war sicher die Lösung gegen diese Art Erschöpfung. Sie griff nach der Kanne und goss sich eine weitere Tasse ein, während draußen im Flur leise Stimmen Unverständliches murmelten.

Marie rührte erneut Zucker in die rabenschwarze Flüssigkeit.

»Hallo, min Deern.« Eick klopfte gegen die geöffnete Küchentür, bevor er eintrat.

Heute trug er einen einfachen dunkelgrauen Pullover zu einer Jeans, der nagelneu aussah. Hatte Arne nicht gesagt, dass sein Onkel sich neu eingekleidet hatte? Marie schalt sich eine blöde Kuh. Sie musste wirklich aufhören, an Arne zu denken, je eher, desto besser.

»Moin, Eick.«

Er nickte ihr zu und nahm seine Strickmütze ab, unter der eine Wolle weißer Haare zum Vorschein kam. Dann kratzte er sich verlegen den Bart, als würde er darüber nachgrübeln, was er sagen sollte.

»Na los, setz dich, Eick.« Traudls resoluter Ton war der gleiche, mit dem sie schon vorhin Marie Hunger bescheinigt hatte. »Dein Tee ist gleich fertig. Ich habe dir Friesentee gekocht, den magst du doch so gern.«

»Ach, schön.« Eick lächelte hinter seinem dichten Bart. »Die See ist heute wieder ganz kabbelig, hast du gesehen?«

Traudl schüttelte den Kopf. »Nein, ich war noch gar nicht draußen heute.«

»Kabbelig? Will sie streiten?«, mischte Marie sich ein.

»Nein, entschuldige. Das bedeutet, dass das Meer heute hohe Wellen wirft.« Eick hielt Maries Mutter seine Tasse hin, und sie schenkte ihm ein.

»Eick spricht oft in Rätseln«, meinte Traudl. »Am Anfang wusste ich auch nicht, was zum Beispiel Kaaben sind.« Sie lachte.

»Möwen«, warf Eick ein.

Traudl nickte. »Aber wenn wir erst mal den Oachkatzlschwoaf auspacken würden, wäre Eick auch überfordert, ne?« Sie setzte sich und stieß Marie leicht mit dem Ellbogen an.

»Ganz sicher. Oder wenn wir vom Oimarausch reden würden.« Die beiden Frauen lachten, während Eick nur Bahnhof verstand.

Dann ergriff er das Wort. »Gut, dass wir unsere Sprachbarrieren überwinden können, ne, min Katteker?« Verschmitzt grinsend reichte er Traudl den Brotkorb.

»Eichhörnchen. Das war zu einfach«, gab Traudl zurück. »Schließlich lebe ich nicht erst seit gestern hier, und außerdem betreue ich eine Kindergruppe. Da kommt man um Tiere nicht herum.« Sie nahm sich ein Brötchen. »Übrigens ist der Oachkatzlschwoaf nichts anderes als der Schwanz von einem Eichhörnchen und der Oimarausch nichts anderes als die Alpenrose, eine Blume, die in den Bergen bei uns daheim wächst.«

Marie sah, dass ihre Mutter sogar selbst gebacken hatte. Neben selbst gemachtem Brot hatte sie sogar süße Rosinenbrötchen gemacht.

»Boah, Rosinenbrötchen!« Marie liebte die süßen Gebäckstücke normalerweise. Mit Butter und Marmelade waren sie einfach köstlich. Sie nahm sich eines der Backwaren und schnitt sie auf. Innen war das Brötchen sogar noch warm. Die Butter würde herrlich schmelzen. Heute wäre sie allerdings schon froh, wenn sie es runterbrächte.

Eick nahm sich eine Scheibe Körnerbrot. Das Gespräch war zum Erliegen gekommen, und er schmierte Frischkäse auf die eine Seite seines Brots. Doch plötzlich legte er das Messer an den Tellerrand. »Es bringt nichts so. Es bringt einfach nichts.«

»Wie bitte?«, fragte Traudl nach.

»Na, Arne und Marie. Ich weiß, du hast gesagt, ich soll das Thema ausklammern, aber so bin ich einfach nicht.«

Traudl warf Marie einen mitleidvollen Blick zu, während Eick schon weitersprach. »Es tut mir leid, was zwischen euch passiert ist, und ich fühl mich ein wenig mit schuldig.«

»Ist schon gut.« Marie gab ihre Antwort ganz mechanisch, ohne zu meinen, was sie sagte. Es war nicht gut. Nichts fühlte sich an diesem Morgen gut an. Auch nicht, dass der Inselfunk schon dafür gesorgt hatte, dass der Streit zwischen Arne und ihr sich herumgesprochen hatte.

»Nee, das ist es eben nicht.« Eick fuhr sich durch den Bart, dann verschränkte er die Arme über seinem Bauch. »Ich habe dir das ja irgendwie eingebrockt.«

Marie schwieg. Sie wusste nichts zu sagen.

»Du musst wissen, dass Arne keine leichten Jahre hinter sich hat.«

»Was meinst du damit?«, wollte Traudl wissen.

»Er hat Michelle verloren, und irgendwie hatte ich das Gefühl, sich selbst gleich mit.«

»Das hat er erzählt, also das mit Michelle.« Marie biss in ihr Brötchen. Sie schmeckte nichts, kaute mechanisch.

»Na, dann weißt du ja, was es für ihn bedeutet hat.« Eick nahm sein Messer wieder zur Hand.

»Also, um ehrlich zu sein, weiß ich überhaupt nichts«, nuschelte Marie mit vollem Mund.

»Erklär es ihr doch! Bis jetzt kann ich keinen Grund finden, der sein Verhalten Marie gegenüber rechtfertigt.«

Traudl erinnerte sie an eine Bärenmutter, die ihr Junges verteidigte, was Marie wirklich berührte.

Eick trank einen Schluck Tee. »Er konnte nicht mehr schreiben, nachdem Michelle weg war. Arne hatte die schlimmste Schreibblockade, die man sich nur vorstellen kann. Tagelang hat er vor seinem Laptop gesessen, ohne auch nur ein Wort zu Papier zu bringen. Meines Wissens nach hat diese Blockade bis heute angehalten.«

»Na, das hat er ja jetzt ändern können.« Traudls Stimme triefte vor Missbilligung, während Marie es noch immer nicht geschafft hatte, den Speisebrei in ihrem Mund runterzuschlucken.

Eick nickte. »Ja, zum Glück.«

»Zum Glück?« Traudl plusterte sich auf wie eine Meise auf der Balz. »Wie kannst du das nur sagen?«

»Na, weil Arne so erleichtert war. Er hat mich sogar extra angerufen, als er wieder schreiben konnte. Er war so froh. Und er hat so von dir geschwärmt, Marie.«

Sie musste einfach etwas sagen, sonst würde sie platzen. »Kein Wunder, dass er geschwärmt hat. Schließlich hat er sogar meine Klamotten in seinem Roman erwähnt. Er hat mich ausgenutzt, um eine Geschichte zu haben.«

»Wie bitte?« Nun war es Eick, der überrascht war und nicht wusste, was Marie meinte.

»Na, ich komme in seinem Roman vor. Vermutlich war es bei Michelle auch so, dass er sie für seine Liebesromane gebraucht hat. Kein Wunder, dass sie abgehauen ist, als sie die Möglichkeit dazu hatte.«

»Michelle hat einen anderen Mann kennengelernt und …«

»… das hat Arne mir auch weismachen wollen«, schnitt Marie Eick das Wort ab.

»Das ist doch Blödsinn.« Eick biss in sein Brot.

»Sag du meiner Tochter nicht, was Blödsinn ist und was nicht.«

Traudl, die Bärenmutter, dachte Marie.

»Ist ja gut.« Eick hob abwehrend die Arme. »Es tut mir leid, wirklich. Aber ich weiß, dass Arne ein guter Kerl ist. Er würde Marie nie wehtun wollen. Er konnte nicht mehr schreiben, weil er nicht mehr an die Liebe geglaubt hat. Arne war bitter enttäuscht und hat sich total zurückgezogen. Dass er seinen Beruf nicht mehr ausüben konnte, war furchtbar für ihn.«

»Aber wenn deine Geschichte stimmt, warum hat er mir dann nicht erzählt, dass er Henriette Carstens ist?«

»Nun ja. Es ist ein geschlossenes Pseudonym. Das bedeutet, dass niemand weiß, dass Henriette Carstens ein männlicher Insulaner mit Brustbehaarung ist. Er mag es nicht, so im Licht der Öffentlichkeit zu stehen«, erklärte Eick.

»Hm.« Mehr wusste Marie nicht zu antworten. Möglicherweise hatte Eick in diesem Punkt nicht unrecht.

Traudl rührte ihren Kaffee so wild um, dass ihr Löffel gegen die Innenwände ihrer Tasse klirrte. Damit brachte sie mehr zum Ausdruck, als Worte es gekonnt hätten.

»Aber Eick, es ist Marie, nicht irgendeine Leserin.«

»Ich weiß, Traudl.« Eick beugte sich über den Tisch und tätschelte seiner Geliebten die Hand. Die Geste war liebevoll und beruhigend zugleich.

»Arne hat über mich geschrieben, und das nicht besonders nett.« Wobei: Um genau zu sein, hatte er nur über den Pullover geschrieben, oder? Marie zögerte, dachte nach. Plötzlich war sie gar nicht mehr so sicher, dass Arne sich auf ihre Kosten amüsiert hatte. Dann fiel Marie etwas ein. »Aber wenn

Arne so unschuldig ist, warum meldet er sich dann nicht bei mir?«

Eick trank einen weiteren Schluck Tee, bevor er antwortete. »Nun, so wie ich ihn kenne, macht er sich natürlich Vorwürfe. Er weiß, dass er dir nicht die ganze Wahrheit gesagt hat.«

»Das ist die Untertreibung des Jahrhunderts!«, rief Traudl aus.

Eick lächelte. Es war ein mildes, verständnisvolles Lächeln. »Ist mir klar, und vermutlich sieht Arne es genauso wie du.«

Die Antwort des alten Seebären verblüffte Marie ebenso wie Traudl, das sah Marie. Das konnte sein, oder? Dass Arne sich wirklich mies fühlte wegen allem, was zwischen ihnen passiert war, war eine Möglichkeit, die sie total außer Acht gelassen hatte.

»Daran habe ich nicht gedacht«, gestand Marie.

Eick zwinkerte ihr zu. »Na, dann ist es ja umso besser, dass ich zum Frühstück gekommen bin.«

Marie biss in ihr Brötchen. Plötzlich wurde sie sich der Süße der Rosinensemmel bewusst, schmeckte das feine Butteraroma und beschloss, dass das Rosinenbrötchen mit Erdbeermarmelade sicher noch ein wenig besser schmecken würde.

»Ich möchte auf keinen Fall, dass Marie noch mehr verletzt wird, Eick.« Traudls Teller war noch immer blitzeblank. Sie hatte noch nicht einmal nach einem Gebäckstück gegriffen, bemerkte Marie. »Schau sie dir an, sie ist ganz blass.«

»Mama!«

»Na, aber wenn es doch stimmt.«

»Ich glaub, du musst wirklich anfangen, mich mein Leben leben zu lassen.«

»Pfft.«

»Nein, im Ernst. Ich sollte wirklich auf mich selber aufpassen, mir eine eigene Wohnung hier auf der Insel suchen, ein eigenes, selbstbestimmtes Leben führen.«

»Auf der Insel?« Ein Glitzern war plötzlich in den Augen von Traudl zu sehen. »Du willst bleiben?«

Marie lachte. »Hast du wirklich geglaubt, ich lass mir die Chance auf so einen Arbeitsplatz entgehen? Nie im Leben!«

Traudl fiel ihrer Tochter um den Hals. »Ach, das ist so schön. Dann habe ich dich endlich wieder in meiner Nähe! Äh, natürlich nicht, um dich zu bevormunden.«

»Keine Sorge, Mama. Weiß ich doch.« Marie amüsierte sich still und leise. Ihre Mutter würde mit Sicherheit nie aufhören, das Beste – aus ihrer Sicht – für Marie zu wollen, aber das gehörte vermutlich auch einfach zu ihrer Rolle als Mutter.

Eick hatte die andere Hälfte seiner Brotscheibe dick mit Marillenmarmelade bestrichen. »Was meinst du, Marie? Verlierst du dein Gesicht, wenn du noch mal mit meinem Neffen sprichst? Ich glaube kaum, dass er den ersten Schritt wagt.«

Tief holte Marie Luft. »Ich bin mir nicht sicher.«

»Ich habe bei Traudl ungefähr siebzehnmal den ersten Schritt gewagt.«

»Eick!« Traudl wurde rot.

»Na, ist doch wahr, oder? Es hat gedauert, bis du mir dein Herz geschenkt hast.« Was für eine Formulierung! Marie fand es wunderschön, wie Eick das sagte.

»Das stimmt so nicht ganz«, gab Traudl zu. »Ich habe eher die Tür zu meinem Herzen mit aller Macht zugehalten.«

»Na, das macht keinen rechten Unterschied, oder?«

»Nee. Aber du kannst wirklich von Glück reden, dass Marie gekommen ist. Die hatte nämlich sozusagen die Brechstange dabei.« Traudl erzählte von dem Gespräch mit ihrer Tochter, das sie geführt hatten, als sie von der Kirche am Heiligabend nach Hause gegangen waren.

»Marie meinte, dass Liebe immer zwei Seiten hat und deshalb quasi auch immer wehtut. Sie meinte, dass Liebe Mut zum Verlust fordert. So hatte ich es noch nie betrachtet.«

Als Marie ihre Mutter erzählen hörte, was sie selbst über die Liebe zu ihr gesagt hatte, war das, als ginge ihr ein Licht auf. Wenn sie jetzt in ihrem Schmerz verharrte und Arne in seinem, dann würde das Negative auf jeden Fall gewinnen. Sprach sie aber mit ihm, gab es zumindest die Möglichkeit, am Ende Klarheit zu haben, selbst wenn nichts Positives bei ihrem Gespräch herauskam. Mut zum Verlust, nicht wahr?

Marie schob ihren Stuhl zurück und stand auf.

»Wisst ihr was? Ich lasse euch Turteltauben mal allein. Ich bin sicher, dass ihr ein wenig Privatsphäre brauchen könnt.«

»Aber Marie, du störst doch nie!«, sagte Traudl, und Eick nickte vehement zur Bestätigung.

»Oh, das weiß ich. Aber ich glaube, ich muss da was erledigen.« Marie lief um den Tisch herum und küsste Eick auf die Wange. Er roch nach einem herben Männer-Aftershave.

»Danke, Eick«, flüsterte sie ihm ins Ohr.

Eicks Barthaare kitzelten ihre Lippen noch, als sie schon längst zurück in ihrem Zimmer war, um sich ordentlich anzuziehen. Sie hatte heute schließlich noch viel vor, und plötzlich platzte sie fast vor Tatendrang.

18. Kapitel

Deetje und Marie saßen beisammen und futterten die Sanddornschnitten, die Deetje aus der *Blühenden Phantasie* mitgebracht hatte. Nebenbei besprachen sie, wie die Kugeln aussehen sollten, die zukünftig in dem Blumencafé verkauft werden sollten. Lina hatte sich einerseits Kugeln in Rottönen gewünscht, andererseits aber auch Blautöne vorgeschlagen. Es würden also verschiedene Exemplare werden, was Marie nur entgegenkam, schließlich erhöhte das den kreativen Anspruch. Und natürlich würde es sich diesmal nicht um Weihnachtskugeln, sondern um Dekokugeln und Gießkugeln handeln.

Marie, deren grüner Daumen quasi nicht vorhanden war, musste nachfragen, was eine Gießkugel war. Tatsächlich handelte es sich dabei um eine Art Kugel mit einer Verlängerung, einem Glasrohr, aus dem das Wasser, mit dem man die Kugel befüllte, gleichmäßig abgegeben wurde.

»Das ist wie ein Babysitter für Pflanzen«, erklärte Deetje. »Das Fachwort ist, glaub ich, Bewässerungskugel.« Deetje hatte zu einem Blatt Papier gegriffen und Marie aufgezeichnet, wie eine solche Kugel aussah. Es würden fragile Glaskunstwerke werden, die einfach perfekt für einen Blumenladen waren. Linas Idee passte hervorragend zur *Blühenden Phantasie*. Die Gießsitter würden mit Sicherheit auch die Insulaner ansprechen und hatten das Potenzial zum Verkaufsschlager – genau wie die Sanddornschnitte.

Die Mischung aus der einzigartigen Sanddornnote mit dem Quark, der geriebenen Orangenschale und einer gewissen Fruchtigkeit war so was von lecker.

»Ich habe noch zwei Stückchen«, gestand Deetje im Verschwörerton, als Marie ihren Teller leer gegessen hatte, und zauberte zwei weitere Stücke Kuchen aus dem kleinen Kühlschrank in der Küchenzeile.

Eigentlich hatte Marie gleich nach dem späten Frühstück noch zu Arne gewollt. Manche Dinge musste man sofort erledigen. Sie war auch vor seiner Haustür gestanden, aber er hatte ihr nicht aufgemacht. Vielleicht war er mit Smilla Gassi gewesen. Und obwohl Marie Arne nicht angetroffen hatte: Es war der richtige Schritt, noch mal mit ihm zu reden. Das hatte Marie gespürt, während sie auf den Klingelknopf gedrückt hatte. Sie wollte mit ihm reden, wollte ihn sehen und zumindest für Klärung sorgen. Wegzurennen führte nur zu Missverständnissen, so wie zwischen ihr und ihrer Mutter. Sie hatten Jahre vergeudet – für nichts. Wenn Arne wirklich ein Mistkerl war, würde Marie es spüren. Da vertraute sie ihrem Bauchgefühl. Aber wenn er es nicht war, dann eben auch. Sie wollte keine Chance verpassen, die das Leben ihr mit Arne vielleicht bot.

»Ich liebe diese Schnitten«, unterbrach Deetje Maries Gedankenfluss. »Das ist übrigens auch Arnes Lieblingskuchen. Wenn du ihm mal eine Freude machen möchtest, back ihm einen Sanddornkuchen. Er liebt Sanddorn. Vermutlich, weil es eine Kindheitserinnerung in ihm wachruft. Seine Mutter, Gott hab sie selig, hat das beste Sanddorngelee auf der ganzen Insel gemacht.«

Schon war das Thema Arne wieder auf dem Tisch.

»Im Moment ist es etwas schwierig zwischen uns«, gestand Marie.

»Was ist passiert?« Deetje lehnte sich auf der Eckbank zurück.

»Ist der Inselfunk noch nicht bis zu dir durchgedrungen? Er hat mich angelogen.«

»Das ist allerdings nicht sehr nett von meinem sauberen Neffen.«

»Nein. Aber ich glaube nicht, dass er mir wirklich wehtun wollte. Jedenfalls hat das Eick gesagt.«

»Glaubst du Eick?« Deetje schien plötzlich keinen Appetit mehr zu haben und schob ihren Teller weit weg.

»Also ich glaube, dass er selbst das glaubt, was er sagt, ja. Aber ich verstehe auch nicht ganz, warum Arne mir nicht erzählt hat, dass er als Liebesromanautor arbeitet. Außerdem hat er über mich geschrieben, kannst du dir das vorstellen?« Marie umriss in kurzen Worten, was vorgefallen war. Deetje fragte nach, erkundigte sich nach Details und nickte an den richtigen Stellen.

»Hm. Auf jeden Fall klingt das alles kompliziert. Vielleicht solltest du mit Arne über alles reden?«, schlug Deetje vor.

»Da bin ich auch schon draufgekommen.« Marie lachte. »Ich war vor der Arbeit schon bei ihm, aber er war nicht da. Ich werde wohl noch mal zu ihm fahren, wenn wir Feierabend gemacht haben.«

»Ich finde gut, dass du der Sache auf den Grund gehen möchtest.« Deetje schaute auf die Uhr. »Und jetzt bin ich müde. Machen wir für heute Schluss.«

»Wie bitte?«

»Na ja. Also wir wollten uns doch wieder an normale Arbeitszeiten gewöhnen, oder? Und wenn wir nun aufhören, ist das der reguläre Feierabend um siebzehn Uhr. Das finde ich einen absolut gelungenen Einstieg.«

»Findest du?« Marie ahnte, dass Deetje etwas im Schilde führte – schließlich verhielt sie sich alles andere als unauffällig. Der plötzliche, sich an die Kaffeepause anschließende Feierabend kam schon sehr abrupt.

»Ja, und ich bin die Chefin. Ich darf das entscheiden, stimmt's?« Deetjes verschmitztes Grinsen war einfach herzerwärmend. Sie stand auf und trug die beiden Teller zur Spüle. Auf Deetjes lag noch ein halbes Stück Kuchen, das sie in den Kühlschrank zurückpackte.

»Du entscheidest, ganz klar.«

»Eben. Und ich habe noch viel vor. Irene hat mich heute Vormittag angerufen, weil sie ein neues lustiges Taschenbuch reingekriegt hat, da wollte ich noch hin. Und das Spezialfutter, das mein Kobalt gern frisst, ist auch aus. Zum Glück hat das der Inseltierarzt vorrätig.«

»Ist Irene die Buchhändlerin? Hager, fast weiße Haare?«

»Genau das ist sie«, bestätigte Deetje. Sie hatte längst zu einem Lappen gegriffen und wischte den Tisch sauber, während Marie Teller und Tassen abspülte.

»Die weiß auch nicht, dass Arne Henriette ist.«

»Natürlich nicht. Unsere Familie hält zusammen. Und weil Arne nicht wollte, dass hier auf der Insel bekannt wird, dass er eine Liebesromanautorin ist, haben wir es eben für uns behalten. Ich hoffe, du bist mir deswegen nicht böse. Aber Arne ist mein einziger Lieblingsneffe.«

Trotz der scherzhaften Aussage Deetjes verstand Marie, was die alte Dame ihr sagen wollte: In der Familie hielt man eben zusammen. »Ja, das versteh ich schon.«

»Ehrlich gesagt, bin ich ziemlich erleichtert. Ich fände fürchterlich, wenn du wegen Arne nicht mehr hier arbeiten wolltest oder dass es unser Verhältnis trüben würde. Aber …«

»Deetje, Schwamm drüber, okay?« Marie sah, wie Deetje unter ihrem eigenen Interessenkonflikt litt, und erlöste sie.

»Danke.« Deetje sah wirklich dankbar aus. Dann klatschte sie in die Hände. »So! Wollen wir dann eben aufräumen, damit wir loskönnen? Du hast schließlich auch noch was vor.«

Marie nickte. »Gern.«

Nun, da die Augenblicke bis zu ihrem Wiedersehen gezählt waren dank Deetje, fühlte Marie plötzlich eine seltsame Anspannung in sich, die eindeutig von Ungeduld genährt wurde. Sie wollte am liebsten sofort zu Arne. Stattdessen holte sie sich einen Besen und fegte die Krümel unter dem Tisch weg. Dann lief sie einmal mit dem Besen durch die ganze Werkstatt und reinigte den Boden, auch in den Ecken. Abschließend holte sie eine kleine Schaufel und einen Handbesen, um Krümel und Staub endgültig zu beseitigen.

»Danke, Marie. Es ist wirklich ein Segen, dass du hier bist. Das Bücken fällt mir zunehmend schwerer«, gestand Deetje.

»Oh, kein Problem! Mir schadet die Bewegung überhaupt nicht.«

»Prima. Dann räum ich noch das Werkzeug auf, und du bewegst dich ganz schnell auf deinem Fahrrad zu Arne rüber, ja?«

Marie lachte. »Das mach ich. Und wir sehen uns morgen um acht?«

»Genau.«

»Gut. Und grüß mir deinen Kobalt, Deetje. Irgendwann möchte ich deinen Kater mal kennenlernen.« Marie war schon in ihre Jacke geschlüpft.

»Sehr gern. Er ist ein Kartäuser.«

Marie hatte kein Bild dazu im Kopf. Sie entschied sich, im Internet danach zu suchen, wie Deetjes Kater aussah.

»Und dann zeig ich dir meine Comics. Da wirst du staunen. Ich habe eine ganze Regalwand voll. Wenn mein Enkel kommt, ist er immer überglücklich und sitzt stundenlang in meinem Lesesessel, komplett in Entenhausen verschwunden. Für Comics muss man ja nicht unbedingt lesen können.«

»Das stimmt.« Welches Kind würde das nicht schön finden, eine Oma wie Deetje mit Katzen und Comics zu haben?

»Ich hoffe, Sonja und Marco kommen bald mal wieder auf die Insel.« Deetjes Stimme hatte einen sehnsüchtigen Ton angenommen.

Marie setzte sich ihre Mütze auf und war auch schon in die Handschuhe geschlüpft.

»Wo waren die zwei eigentlich an Weihnachten?«, fiel ihr plötzlich ein.

»Oh, die sind in diesem Jahr nach Thailand geflogen. Stell dir das mal vor.«

»Klingt aufregend.«

»Das ist es auch, glaube ich. Marco hat mich angerufen und sehr von den Elefanten geschwärmt. Und beim Schnorcheln hat er einen Clownfisch gesehen. Na, ich gönne ihnen den Urlaub. Aber ich hoffe doch auch, dass sie bald mal wieder die Nordsee den tropischen Stränden vorziehen.«

»Ach, bestimmt.«

»Ja.« Wenn Deetje traurig war, ließ sie es sich nicht anmerken. Marie glaubte, dass Deetje nicht der Typ war, der ihre Familie zwanghaft an sich band, aber trotzdem hoffte sie für die alte Frau, bald wieder Zeit im Kreis ihrer Liebsten zu haben. »Ich meine, verstehen kann ich es ja, dass bei dem Schietwetter keiner auf die Insel will.«

Tatsächlich war das Wetter heute wie verhext. Der Wind hatte noch mehr aufgefrischt als in den vergangenen Tagen schon, und es war schon wieder Schneefall vorhergesagt.

»Du könntest vielleicht auch mal ins Ruhrgebiet fahren und deine Familie besuchen«, schlug Marie vor. »Schließlich hast du jetzt mich, um die Stellung in der Werkstatt zu halten.«

»Das stimmt. Und für meinen Geschmack hältst du sie gerade schon zu lange. Wolltest du nicht zu Arne rüber?«

»Gut, dann bin ich nun wirklich weg. Bis morgen, ne?«

Deetje nickte ein weiteres Mal und machte eine Bewegung, mit der man auch ein Huhn aus einem Stall hätte scheuchen können. »Jetzt aber tschö!« Es klang mehr wie ein Befehl als ein Abschiedsgruß.

Der Wetterbericht hatte sich bewahrheitet. Dichte Flocken fielen zu Boden, wurden vom Wind herumgewirbelt und krochen sogar unter Maries Winterjacke. Es war elend kalt auf dem Rad. Heute war kaum jemand auf den Straßen unterwegs. Norderney, das sonst fast immer belebt war, wirkte heute wie ausgestorben. Marie konnte es kaum erwarten, wieder ins Warme zu kommen, so sehr ergriff die Kälte von ihr Besitz.

Als Marie in Arnes Straße einbog, hörte sie schlagartig auf zu treten. Smilla saß draußen auf der Straße und schaute in Maries Richtung. Vorsichtig kam sie näher und parkte ihr Rad. Die Hündin wedelte sofort mit dem Schwanz, als sie Marie sah.

»Warum bist du denn auf die Straße gelaufen, hm?« Marie kraulte die Hündin hinter den Ohren und tätschelte ihre Flanke. Smilla presste sich gegen sie. »Komm, wir gehen rein. Na los!«

Marie öffnete das Gartentor und bedeutete der Hündin, ihr zu folgen. Aber Smilla bewegte sich nicht von der Stelle. Stattdessen jaulte sie leise, und ihre Hinterläufe zitterten leicht, als ob sie Angst hätte.

»Smilla, bei Fuß!«, versuchte Marie es mit einem strengeren Ton. Doch Smilla bewegte sich keinen Zentimeter weit. Marie zuckte mit den Schultern. Dann ging sie zur Haustür und klingelte. Aber von drinnen erfolgte keine Reaktion. Sie klingelte erneut, dieses Mal energischer. Vielleicht hatte Arne noch Fieber und kurierte seinen Infekt aus. Trotzdem: Einen Hund rauszusperren, der kleine Welpen hatte, war nicht die feine Art, auch dann nicht, wenn die Jungen schon im Flegelalter waren und Smilla wieder gern Spaziergänge unternahm. Außerdem – wo war Eick? Der war doch sonst immer da gewesen und hatte auf die Welpen aufgepasst. Eigentlich konnte Arne nicht weit weg sein, sonst wäre Smilla mit Sicherheit bei ihren Kleinen und nicht hier draußen allein.

Marie drehte sich zu Smilla um und sah, dass die Hündin sich wieder hingesetzt hatte. Sie wirkte sehr aufmerksam und schien genau zu beobachten, was Marie da gerade tat. Die presste erneut den Klingelknopf. Dieses Mal erklang ein sehr lang anhaltender Ton von drinnen, der selbst Tote auferweckt hätte. Trotzdem reagierte Arne nicht.

Frustriert marschierte Marie den kleinen Weg zurück zum Tor und ging neben Smilla in die Hocke. Der Kopf der Hündin war ganz weiß vor lauter Schnee, und Smilla schüttelte sich eine regelrechte Wolke aus dem Fell, als sie aufgestanden war.

»Wo ist denn dein Herrchen, hm? Wo ist das Herrchen?«, fragte sie, ohne auf eine Reaktion der Hündin zu hoffen, die sofort wieder angefangen hatte, sanft mit dem Schwanz zu wedeln, als Marie bei ihr angekommen war. Zu Maries Überraschung machte Smilla ein paar Schritte. Dann schaute sie sich nach Marie um. Einen Versuch war es wert, fand Marie. »Das Herrchen, Smilla. Such!«

Smilla lief ein paar Meter weiter, drehte sich um, wartete. Sollte das etwa funktionieren, die Labradordame nach Arne suchen zu lassen? Marie ging los, hinter der Hündin her. Sofort setzte sich auch Smilla wieder in Bewegung. Na, es war den Versuch wert, oder? Die Flocken fielen so dicht, dass man nur wenige Meter weit sah. Alle Geräusche wurden vom Schnee gedämpft. Die Straßen waren bereits weiß. Rasend schnell hatte sich eine Schneeschicht gebildet, die schnell an Tiefe gewann. Man konnte bereits deutlich Smillas Fußspuren im Schnee sehen, allerdings war sich Marie sicher, dass sie binnen Minuten wieder von den weiter fallenden Flocken zugedeckt werden würden.

Es war nicht leicht, die Orientierung zu behalten, und schließlich, während Marie immer weiter der Hündin folgte, verlor sie sie bald ganz. Smilla schien einen wirren Weg zu wählen, mal links, mal rechts abzubiegen. Erst dachte Marie, sie würden zum Hafen laufen, aber dann bog die Labradorhündin links ab, um sich zügig wieder nach rechts zu wenden. Schließlich wurde die Straße zu einem Fußweg, das sah Marie an der Breite des Weges. Sonst erkannte sie gar nichts mehr.

In Südtirol, als sie mit Chris und einer Bergsteigergruppe auf Skitour gewesen war, hatte sie einmal einen Whiteout erlebt. Das Naturphänomen, das etwas mit Lichtreflexion zu tun hatte, sorgte dafür, dass man zur Gänze die Orientierung verlor, weil alles weiß gewesen war. Damals war Marie fürchterlich übel geworden. Einer der Tourenteilnehmer hatte gesagt, dass viele Menschen während eines Whiteouts ein ähnliches Gefühl wie bei Seekrankheit verspüren würden, weil der Gleichgewichtssinn dabei abhandenkäme. Das, was Marie nun empfand, war dem Gefühl, das sie damals bei der Skitour auf das Weißhorn am Jochgrimm erfüllt hatte, durchaus ähnlich. Ihre einzige Orientierungshilfe war Smilla. Sie blieb der Hündin dicht auf den Fersen. Smilla schien überhaupt keine Probleme zu haben, was die Orientierung betraf. Zielsicher stampfte sie weiter durch das Schneechaos, das kein Ende zu nehmen schien. Maries Fingerspitzen schmerzten von der Kälte. Ihr Gesicht fühlte sich klamm an. Sie zog eine Grimasse, um gegen die Erstarrung, die sie spürte, anzukämpfen. Dann versuchte sie, noch tiefer in ihre Jacke zu kriechen.

»Feine Smilla. Komm, zum Herrchen«, motivierte Marie die Hündin, als die stehen blieb. »Wir wollen zum Herrchen, los, weiter.«

Mittlerweile war Marie davon überzeugt, dass etwas passiert sein musste. Es konnte nicht sein, dass Smilla allein vor dem Haus war, dass sie so zielsicher durch dieses Schneetreiben lief und es am Ende keinen Grund dafür geben sollte. Mit jedem Schritt weiter in dieses Inferno war Maries Anspannung gewachsen, und sie fühlte sich, obwohl sie wusste, dass sie nicht fernab der Zivilisation war, dennoch ausgeliefert.

Plötzlich blieb Smilla stehen. Sie wollte nicht weiter. Marie schaute sich um. Schnee, wohin man blickte. Doch dann erspähte sie etwas anderes. Nur zwei Meter weiter lag eine Gestalt auf dem Boden.

»Arne?«

Smilla lief auf die Silhouette zu und schnüffelte, dann bellte sie einmal kurz.

»Arne?« Marie flog regelrecht durch den Schnee, bevor sie sich neben ihn kniete. Der Körper war schon ein wenig eingeschneit. Sie drehte den Kopf zu sich. »Arne!«

Er war es. Arne lag auf dem Boden und bewegte sich nicht. Seine Augenlider waren geschlossen. Als Marie ihn zu sich herumdrehte, erkannte sie, dass er noch die Hundeleine in der Hand gehalten hatte, die seinen Fingern jetzt langsam entglitt. Wie gut, dass er Handschuhe anhatte. Allerdings fühlte sich seine Kleidung ganz nass an, und seine Nase war dunkelrot. War das schon das erste Anzeichen einer Erfrierung? Es war zu befürchten.

»Arne!« Der Schock, unter dem Marie stand, war nicht zu überhören. Sollte sie einen Krankenwagen holen? Aber wohin sollte sie ihn überhaupt bestellen? Sie beugte sich über den Mann, versuchte herauszufinden, ob Arne atmete. Es war kaum möglich, bei diesem Sturm. Was sollte sie nur tun?

Vorsichtig schlug Marie Arne ins Gesicht, wie sie es schon in Filmen gesehen hatte, wenn jemand bewusstlos war. Es war mehr Ausdruck von Hilflosigkeit als die Hoffnung, dass das etwas ändern könnte.

Dann schlüpfte sie aus ihren Handschuhen. Zwar waren ihre Fingerspitzen kalt, aber ihre Handflächen hatten noch etwas Restwärme gespeichert. Sanft legte sie ihm beide Hände ins Gesicht, strich über Wangen und Nase. Arnes Haut fühlte sich eisig an.

»Bitte, Arne. Du musst einfach aufwachen.« Erneut tätschelte sie ihm aus Verzweiflung beide Wangen. »Arne.«

Smilla trat heran und schnüffelte an Arnes Gesicht. Dann leckte sie ihm mit der Zunge einmal quer über die Stirn.

Da sah Marie, wie Arnes Lippen sich bewegten. Kein Ton kam hervor, jedenfalls nichts, was Marie hören konnte. Automatisch ging sie mit ihrem Ohr nah an seine Lippen heran. »Smilla, geh Hilfe holen«, flüsterte Arne. »Na los, Smilla-Schatz.«

Wie erleichtert Marie war, als sie Arnes Stimme hörte, auch wenn sie ganz leise und schwach klang.

»Smilla ist schon wieder zurück«, meinte Marie laut.

Es kostete Arne Kraft, die Augen zu öffnen, aber er tat es. Als er Marie sah, wurden seine Augen schlagartig größer. »Du?« Er schien nicht recht glauben zu können, was er da sah.

»Ich. Smilla hat mich hergeführt. Kannst du dich aufsetzen?« Marie wusste, dass es wichtig war, die Zeit auf dem kalten Boden so kurz wie möglich zu halten.

Arne bewegte Arme und Beine vorsichtig. Dann versuchte er, sich aufzusetzen. Marie stützte ihn, da er ins Taumeln geriet. Als er saß, begann Smilla wie verrückt mit dem Schwanz zu wedeln. Die Hündin drängte sich an Marie vorbei und setzte sich auf Arnes Schoß. Es war ein lustiges Bild, der riesige Hund auf seinem Herrchen. Maries erster Impuls war, Smilla zu rügen, doch dann dachte sie daran, wie warm Smilla sein musste, wie eine lebende Wärmflasche. Das war vielleicht ganz gut.

»Soll ich einen Krankenwagen holen?«

»Marie, ich muss dir was sagen …« Arne hustete. Es war ein raues Geräusch, das tief aus seiner Brust hervorbrach.

»Nein, nicht jetzt.«

»Es ist mir wichtig.« Arnes Stimme war kaum mehr als ein Krächzen. Er hustete erneut.

»Du bist völlig durchnässt und sicher unterkühlt. Der Wind wird dich umbringen, wenn wir dich nicht schnell aus der Kälte bringen. Ich sollte wirklich einen Krankenwagen holen.«

Arne schüttelte den Kopf. »Nein, nein. Ich schaff es bis vor zur Straße, und da lassen wir einfach ein Taxi hinkommen, das mich heimbringt.«

»Na gut. Warum hast du dir denn nicht gleich ein Taxi geholt?«

»Ich habe kein Handy dabei, weil ich einfach allein sein wollte. Es war vermutlich nicht meine beste Idee, dann noch auf dem Dorfteich herumzuspazieren. Ich bin eingebrochen.«

Erst jetzt sah Marie, dass der Schnee an Arnes Beinen richtiggehend festklebte und sogar eine Eisschicht bildete. »Verdammt!«

»Ich wollte sehen, ob man darauf mit Schlittschuhen unterwegs sein könnte. Aber dann stand ich eben im Wasser.

Als ich wieder am Ufer war, ist mir plötzlich schwindlig geworden. Da habe ich Smilla losgeschickt.« Arne hustete wieder. Dieses Mal konnte er kaum mehr damit aufhören. Es war ein regelrechtes Bellen, das aus seiner Kehle drang.

»Zum Glück ist sie dem Befehl gefolgt«, antwortete Marie trocken.

»Ja«, brachte Arne mühsam zwischen zwei Hustenanfällen hervor.

»Komm, wir hören jetzt auf zu reden und sehen erst mal, dass wir dich ins Trockene bringen«, befahl Marie. »Na los, Smilla. Geh mal runter.«

Arne schob seine Hündin von seinem Schoß. Marie beugte sich zu ihm hinunter und half ihm auf. So in der Art stellte sie sich vor, einen achtzig Kilo schweren Mehlsack zu tragen. Obwohl es sie unglaublich viel Kraft kostete, legte sie sich Arnes Arm um die Schulter.

»Weißt du, wo wir hinmüssen? Ich sehe nur Schnee.«

Arne schaute sich um. Sein Atem ging in harten, abgehackten Zügen. Marie machte sich Sorgen um ihn. Auch auf seinen Wangen hatten sich die bedrohlichen roten Flecken gebildet.

»Vor uns ist der See. Wir sind nämlich im Park. Wenn wir nach rechts gehen, kommen wir zur Hafenstraße, die ist ziemlich stark befahren, also normalerweise.« Er schaute gen Himmel. Aber da waren nur Schneeflocken. Langsam dämmerte es, und bald würde es dunkel werden. Marie hatte das Gefühl, dass die Sicht wieder ein wenig besser wurde. Wo sie vorhin nur die Hand vor Augen gesehen hatte, konnte sie nun wieder Konturen und Umrisse in wenigen Metern Entfernung ausmachen.

»Dann mal los, lass uns keine Zeit verschwenden.« Marie setzte sich in Bewegung, ganz langsam. Sie stützte Arne, indem sie ihm den freien Arm um die Hüfte schlang. Immer wieder kamen sie ins Straucheln, fingen sich dann aber wieder. Smilla lief voraus, schaute sich immer wieder um, schüttelte sich den Schnee aus dem Fell.

Einmal spürte Marie, dass Arne kaum noch weiterkonnte. »Warte, hier ist eine Bank. Wir setzen uns kurz«, entschied sie. Ohne darüber nachzudenken, dirigierte Marie Arne zu der Sitzgelegenheit und ließ sich mit ihm auf den frischen Schnee, der auf der Sitzfläche lag, fallen. Maries Hintern fühlte sich sofort eiskalt an. Aber das realisierte sie nur am Rande. Ihre volle Aufmerksamkeit galt Arne und seinem Zustand.

Längst sah man die Straßenlaternen weiter vorn die Straße beleuchten. Zum Glück war der Schneefall noch weniger geworden, und auch der Wind schien sich ein wenig zu beruhigen.

»Bleib du hier sitzen. Ich halte jetzt einfach ein Auto an.« Marie wartete Arnes Antwort nicht ab. Sie hatte durch seine Winterjacke gespürt, wie sehr er am ganzen Leib zitterte. Jede Bewegung hatte ihn Mühe gekostet, jeder Schritt war ein Kraftakt gewesen. Ohne einen sich auf sie stützenden Arne war jeder Schritt wie fliegen. Smilla war auf die Bank gesprungen und hatte ihren Kopf auf den Schoß ihres Herren gelegt. Marie schaute nach links und rechts, aber weit und breit war kein Auto zu sehen. Ungeduldig trat sie von einem Bein aufs andere, schaute über ihre Schulter zurück zu Arne, der völlig in sich zusammengesunken war. Vermutlich war es besser, ein Taxi zu rufen. Lange konnte sie nicht tatenlos an der Straße stehen und warten, so viel war klar.

Doch gerade als sie ihr Handy aus der inneren Tasche ihrer Jacke holte, näherte sich ein Scheinwerferpaar. Marie stellte sich wild winkend direkt unter eine Straßenlaterne, um garantiert sichtbar zu sein. Dann ging sie mit zielsicheren Schritten mitten auf die verschneite Fahrbahn.

Das Fahrzeug kam langsam zum Stehen. Marie eilte zur Fahrerseite. Die Scheibe wurde heruntergelassen und ein hellblonder Mann kam zum Vorschein. »Na, wollen Sie in die Stadt?«, fragte er Marie.

Der Mann wirkte sehr gepflegt, trug ein Sakko und ein Hemd, als käme er von einer Abendveranstaltung. Irgendwie wirkte der Aufzug bei diesen kalten Temperaturen ein wenig albern.

»Ja, also genau genommen mein Freund.«

Das strahlende Lächeln des Mannes schien etwas von seinem Glanz zu verlieren, als Marie Arne erwähnte. »Ach so«, sagte er dann auch, und der anfängliche Enthusiasmus war aus seiner Stimme zur Gänze verschwunden. Komischer Typ, fand Marie. Aber darauf konnte sie jetzt wirklich keine Rücksicht nehmen. Sie musste Arne ins Warme bringen.

»Arne hatte einen Unfall am Teich. Er muss unbedingt zurück in die Stadt. Ich zahl Ihnen auch die Unkosten.« Marie siezte den Kerl ganz bewusst. Ein Blick ins Fahrzeug verriet ihr, dass eine riesige Golftasche fast die ganze Rückbank einnahm. Richtig, es gab ja draußen beim Leuchtturm einen Golfplatz! Aber bei diesem Wetter, im Schnee? Da hatte der Kerl doch sicher nicht Golf gespielt?

»Wo ist denn dieser Arne?«

»Warten Sie hier, ich hole ihn eben, ja?«

Ohne die Antwort des Mannes abzuwarten, rannte Marie los. »Komm, Arne, ich habe wen gefunden.«

Er schaute auf. Jeder Ausdruck war aus seinem Gesicht verschwunden. Seine Haut war fast so weiß wie der Schnee. Smilla hatte den Kopf gehoben und schaute Marie gespannt an. »Na los«, befahl Marie. Da sprang die Hündin von der Bank. Marie zog Arne hoch und diente ihm wieder als Krücke. »Komm schon. Das schaffen wir jetzt auch noch.«

Im Schneckentempo gingen sie zurück zur Straße.

Der Golf stand noch da, während sie sich langsam näherten. Der laufende Motor sorgte dafür, dass sich hinter dem Wagen eine Rauchschwade gebildet hatte.

Als Marie mit Arne an der Beifahrertür ankam, ließ der Fahrer auch hier die Scheibe runter. »Der sieht aber nicht gut aus. Ist der volltrunken?«

»Natürlich nicht.« Marie konnte sich ihren ärgerlichen Ton nicht verkneifen.

»Nee, also wirklich. Tut mir leid, aber den nehme ich nicht mit. Der versaut mir sonst noch meinen Wagen.«

Bevor Marie noch etwas sagen konnte, ging die Scheibe wieder nach oben. Marie konnte nicht fassen, was sie da sah. Passierte das gerade wirklich? Als der Golf langsam anrollte und schließlich davonbrauste, war Marie so entsetzt, dass sie nicht einmal hinterherschrie, nur dastand und den Rücklichtern nachschaute, die langsam kleiner wurden. Erst da begann sie, laute, wütende Kraftausdrücke hinter dem Wagen herzubrüllen – als ob das irgendetwas gebracht hätte. Aber sie musste ihrer Wut Luft machen. Sie merkte erst, als ihr Wortschwall verstummte, dass Arnes Körper neben ihr angefangen hatte zu zucken. Erschrocken schaute sie zu ihm auf, doch statt eines schmerzverzerrten Gesichts sah sie etwas, mit dem sie gar nicht gerechnet hatte: Arne lachte. Es war ein leises, sichtlich schmerzhaftes Lachen, das bald in einen neuen Hustenanfall überging.

»Ich wusste gar nicht, dass es dieses Wort überhaupt gibt. Sehr kreativ!«, brachte er dann krächzend hervor.

»Na, immerhin hast du was zu lachen.«

»Entschuldige, Marie. Ich bin total froh, dass du dich so für mich einsetzt. Ich habe dich nur noch nie so wütend erlebt.« Er schaute sich um. »Da kommt noch ein Auto.«

»Gut, dass wir eh noch auf der Straße stehen. Da sieht man uns wenigstens«, meinte Marie trocken und begann erneut zu winken.

Der Wagen hielt an, immerhin. Nach der Erfahrung gerade eben war Marie schon darüber froh. Es war ein sehr alter, kleiner Wagen, kaum mehr als eine Blechbüchse. Doch kaum war der Wagen zum Stehen gekommen, sprang eine Frau heraus, die in einen dicken Daunenmantel gekleidet war. Sogar die Kapuze hatte sie bis weit ins Gesicht gezogen.

»Oh Gott, kann ich helfen? Ist etwas passiert?«

»Hallo, Mia.«

Die Frau trat näher heran, schob ihre Kapuze etwas aus dem Gesicht.

»Bist du das, Arne?«

»Wie ich leibe und lebe, sozusagen.« Das Krächzen wurde immer tonloser.

»Na, sehr lebendig siehst du mir nicht aus.« Mia kam noch näher. »Los, steigt ein. Ich nehme euch mit.«

»Ich könnte mit Smilla zu Fuß gehen, wenn das blöd ist mit dem Auto und den Hundehaaren.«

Die Frau, die Mia hieß, lachte. »Dosi hat kein Problem mit Hundehaaren. Ihr müsst euch halt ein wenig klein machen.«

Marie schloss aus Mias Worten, dass Dosi der Kosename für das kleine Auto war, und er passte perfekt zu dem alten Gefährt.

»Fahren wir direkt zu Arne?« Ohne eine Antwort abzuwarten, hatte Mia schon Arnes anderen Arm um ihre Schulter gelegt. So geleiteten die beiden Frauen ihn zum Wagen und setzten ihn auf den Beifahrersitz. Mia half ihm beim Einsteigen. »Du bist ja gefroren«, stellte sie erschrocken fest. »Ich glaub, wir fahren lieber zum Arzt.«

Arne schüttelte den Kopf. »Nein, danke. Das hat Marie schon probiert. Aber ich will erst mal heim. Dann sehe ich weiter. Smilla muss auch zu ihren Welpen. Wir wollten ja nur ganz kurz raus.« Dass er sogar jetzt an das Wohl der Hündin dachte, rührte Marie sehr.

Kaum dass sie und Smilla auf der Rückbank saßen, knatterte Dosi auch schon los, behutsam von Mia durch den Schnee gesteuert.

»Danke.«

»Nee, das ist selbstverständlich.«

»Na ja, so selbstverständlich auch wieder nicht.« Kurz erzählte Marie, was eben geschehen war.

»Das war Bent, deiner Beschreibung nach zu urteilen. Er ist letztes Jahr hierhergezogen und arbeitet im Standesamt. Und mit Sicherheit war er heute der Einzige, der draußen auf dem Golfplatz seinen Abschlag trainiert hat – im Schneetreiben.« Man hörte Mia eine gewisse Verachtung an. »Denk dir nichts. Er hat einfach keinen Charakter. Darum hat er hier auch noch keine einzige Freundschaft schließen können – und das liegt nicht daran, dass wir Insulaner eigen sind. Man hört, dass er sich in irgendeinem Dorf in Mittelfranken um einen neuen Job beworben hat, weil er hier kein Bein auf den Boden bekommt, aber das sind natürlich unbestätigte Gerüchte.«

Mia zwinkerte Marie im Rückspiegel zu. Dann setzte sie den Blinker. Es war herrlich warm im Wageninneren. Keine drei Minuten später stand das Auto auch schon vor Arnes Haus.

»Komm, wir tragen Arne sofort rein«, ergriff Mia die Initiative. Arne hatte die Augen geschlossen und schien seine letzten Kräfte zu mobilisieren, als Mia auch schon ausstieg und um den Wagen herumging.

Gemeinsam halfen die beiden Frauen Arne, während Smilla schon auf die Haustür zurannte.

»Der Schlüssel ist hier.« Arne wollte in seine Jackentasche greifen, doch Marie war schneller. Sie zog den Schlüssel aus seiner Tasche hervor. Smilla hatte mehrfach ihren Kopf gegen die noch geschlossene Tür gedrückt, leise gewinselt. Sicher hörte sie drinnen schon ihre Jungen und konnte es kaum noch erwarten, sie wiederzusehen. Marie legte einen Handschuh ab und steckte zügig den Schlüssel ins Schloss. Auch ihre Hände waren kalt und schmerzten. Sie konnte nur erahnen, welche Schmerzen Arne hatte. Es musste sich schrecklich anfühlen.

»Da wären wir also.« Marie öffnete die Tür. Smilla schoss ins Haus. Einer ihrer Welpen stand im Flur. Neben ihm war eine kleine Wasserlache. Vermutlich hätten die Kleinen längst einen kurzen Gang in den Garten gebraucht. Die Wiedersehensfreude zwischen Mutter und Junghund war schön anzuschauen. Allerdings hatte Marie kaum einen Blick für

Smilla, die ihren Nachwuchs ins Wohnzimmer lockte, wo sicher auch die anderen Hundekinder auf sie warteten.

»Du musst aus den nassen Sachen. Kommst du die Treppe rauf ins Bett?«, wandte sie sich an Arne.

»Klar.« Tatsächlich wirkte er schon einen Hauch kräftiger als noch vorhin.

»Warte, ich gebe dir noch schnell die private Telefonnummer des Inselarztes. Das ist mein Onkel.« Mia holte, ganz altmodisch, aus der Brusttasche ihrer Latzhose einen kleinen Block und einen Bleistift. Dann kritzelte sie unleserlich einen Namen, dafür aber sehr leserliche Zahlen auf das Stück Papier. »Hier, bitte. Scheu dich nicht, ihn anzurufen. Sag, dass du die Nummer von mir hast.«

Marie nickte. »Vielen Dank.« Sie nahm den Zettel entgegen und steckte ihn sich in die hintere Hosentasche.

»Kein Problem. Braucht ihr sonst noch etwas?«

Marie schüttelte den Kopf. »Wir schaffen es ab hier. Aber vielen Dank dir. Und natürlich Dosi.«

Die beiden Frauen grinsten einander an. Es war Sympathie auf den ersten Blick. »Arne weiß ja, wer du bist. Ich lass mir deine Nummer geben, dann lad ich dich als Dankeschön mal auf einen Kaffee ein, ja?«

»Super Idee. Ach ja, ich richte Dosi natürlich deine Grüße aus.« Mia lachte. »Pass mir gut auf Arne auf, ja?«

Obwohl Arne auf den ersten Blick so grummelig wirkte, schien er bei den Leuten, die ihn einigermaßen gut kannten, durchaus beliebt zu sein.

»Klar. Wir sehen uns. Ich bin übrigens Marie.«

Marie und Mia schüttelten einander kräftig die Hände. »Ich freue mich auf den Kaffee.«

Mia winkte, dann lief sie hinaus in das Schneetreiben, das wieder Fahrt aufgenommen hatte, während Marie sanft die Haustür schloss. Arne war schon aus seiner nassen Jacke geschlüpft.

»Komm, den Rest machen wir oben.«

Marie lief hinter Arne her die Treppe hinauf. Als wäre es selbstverständlich, öffnete sie vor seinem Bett stehend seinen Gürtel, den Hosenknopf, den Reißverschluss. »Setz dich.«

Leise stöhnend ließ Arne sich auf Matratze fallen. Gerade hatte niemand einen Blick für den Glaskugelhimmel übrig. Marie zerrte an den gefrorenen Hosenbeinen. Arnes Haut war feuerrot. Er selbst streifte sich den Pulli über den Kopf. Sein T-Shirt war tatsächlich trocken geblieben.

»Hinlegen.« Allmählich kam Marie sich vor wie ein Oberstleutnant, weil sie fortwährend knappe Befehle gab. Allerdings wusste sie, dass es schnell gehen musste. Arne brauchte Wärme.

»Ich hole dir noch ein warmes Getränk.« Fruchtsaft mit heißem Wasser, dachte sie, oder warme Milch. Mal sehen, was sie in der Küche fand.

Arne hatte sich bis zur Nasenspitze zugedeckt und die Augen geschlossen.

Marie lief in die Küche und öffnete den Kühlschrank. Ein Blick zum Tisch verriet ihr, dass sowohl Arnes Bücher, die Romane von Henriette Carstens, verschwunden waren wie auch sein Laptop.

Im Kühlschrank war kein Saft, dafür aber eine Flasche Milch. Marie goss einen Becher ein, öffnete diverse Schubladen und fand Honig. Sie gab einen großen Klecks in die Milch und stellte sie in die Mikrowelle.

Dann trug sie das lauwarme Getränk zurück ins Schlafzimmer. Arne richtete sich ein wenig auf, als er Marie kommen hörte. Sie reichte ihm den Becher. Seine Hand zitterte leicht, während er ihn an die Lippen führte. Er trank in kleinen Schlucken, bis die Milch leer war. Dann stellte er den Becher auf den Nachttisch und sank zurück auf sein Kissen.

»Danke.« Noch immer war seine Stimme sehr heiser.

Marie legte ihre Hand auf seine Stirn. Arne glühte. Aber die roten Flecken waren verschwunden.

»Du hast Fieber.«

»Du meinst wohl, noch.«

»Lass mich das kurz zusammenfassen: Du bist raus, obwohl du krank bist?«

»Na, Smilla musste raus. Außerdem habe ich frische Luft gebraucht«, rechtfertigte sich Arne. »Wenn ich nur nicht so frieren würde.«

Erst in diesem Moment realisierte Marie, dass sie sich selbst noch gar nicht ausgezogen hatte. Sie schlüpfte schnell aus ihrer warmen Winterjacke. Unmerklich war ihr am ganzen Körper warm geworden. Ohne groß darüber nachzudenken schlüpfte sie zu Arne unter die Bettdecke, in Pulli und Jeans.

»Ich wärm dich.«

Ganz nah presste Marie sich an Arne. Es war eine freundschaftliche, liebevolle Geste, die nichts Erotisches an sich hatte. Arne bot Marie seine Schulter als Kissen und schlang den Arm um sie. Eine ganze Weile lagen sie schweigend da, bis Arnes Körper endlich aufhörte zu zittern.

»Danke, Marie«, flüsterte er schließlich, und sie spürte, dass er sie auf ihren Scheitel küsste.

»Blödsinn«, gab sie zurück. Danach schwiegen sie beide.

Es gab eigentlich keinen Grund mehr, sich so eng an Arne zu kuscheln, er war ganz warm, glühte regelrecht. Es gab außerdem so viel zu sagen, zu klären. Eigentlich.

Doch Marie lauschte einzig auf Arnes Atem, der langsam immer mehr zur Ruhe kam. Schließlich hörte man seinen regelmäßigen, tiefen Atemzügen an, dass er eingeschlafen war.

Und Marie blieb auch weiter einfach liegen. Sie drehte sich auf den Rücken und schaute hinauf in den Himmel aus Glas, während sie vorsichtig nach Arnes Hand tastete, um ihn nicht zu wecken.

19. Kapitel

Arne schlief tief und fest. Längst war es später Abend. Leise stand Marie auf und wühlte in ihrer Jackentasche nach ihrem Handy, um ihrer Mutter zu schreiben, wo sie war und dass sie in Ordnung war. Wer konnte schon wissen, was der Inselfunk schon in die Welt hinausposaunt hatte und ob es nicht sogar schon bei Traudl angekommen war. Vielleicht kannte Mia jemanden, der ein Kind in der Gruppe von Traudl hatte, und diese Dame hatte dann ihre Mutter angerufen und so weiter.

Marie schaute zum schlafenden Arne hinüber. Er wirkte jetzt ganz friedlich. Seine Haut hatte wieder eine normale Farbe angenommen. Es musste wirklich nur eine Art Kreislaufzusammenbruch gewesen sein, der ihn so gebeutelt hatte. Um Frostbeulen war Arne zum Glück noch mal rumgekommen.

Marie tippte die Nachricht an Traudl, dann steckte sie das Smartphone wieder zurück in die Jackentasche. Sie dachte an Smilla. Bestimmt musste die wieder raus. Sie ging hinunter ins Wohnzimmer, wo Smilla sie begeistert begrüßte.

»Na, komm, wir gehen schnell raus.« Marie ließ die Hündin in den Garten. Danach lief sie in die Küche, zog ein paar

Papiertücher von der Rolle und machte dem kleinen See im Flur den Garaus. Nachdem sie sich gründlich die Hände gewaschen hatte, setzte sie Wasser für einen Tee auf. Außerdem hatte sie Hunger. Durfte sie sich einfach bedienen? fragte sich Marie und entschied, dass ihr Hunger gewann. Sie holte sich einen Joghurt aus dem Kühlschrank und setzte sich. Als das Teewasser kochte, fand sie in einer Schublade Beutel und goss sich einen Chai-Tee auf. Der Joghurt war schnell zu Ende gelöffelt – und nur ein Tropfen auf dem heißen Stein. Sie ging zurück in Richtung Haustür, sicher musste der Hund wieder rein. Und tatsächlich: Smilla stand schon an der Tür, als Marie öffnete. Es hatte aufgehört zu schneien, und ein Schwall klare Nachtluft kam mit der Hündin in die Wohnung.

Maries Magen knurrte laut, während sie zurück zu ihrem Tee ging. Sie entschied sich, eine Kleinigkeit zu kochen. Schließlich war es auch keine Option, Arne nun allein zu lassen. Hoffentlich fanden sich ein paar Zutaten – vielleicht für eine Suppe. Dann hätte Arne auch etwas zu essen, wenn er aufwachte. Elektrolyte konnten auf keinen Fall schaden. Dazu Flüssigkeit, Kohlenhydrate. Ohne groß darüber nachzudenken, durchsuchte Marie die Schränke.

Im Kühlschrank fand sich eine einsame Zwiebel und eine Karotte. Außerdem gab es noch eine Dose mit einer Erbsen-Karotten-Mischung. Immerhin gab es noch Nudeln und Gemüsebrühepulver. Marie warf die klein geschnittene Zwiebel und die in Stücke geschnittene Karotte in einen Topf und briet sie an. Dann löschte sie die kärgliche Gemüseauswahl mit Brühe ab und gab noch die Spaghetti dazu, die sie in der Mitte durchgebrochen hatte. Als sie ihre Mischung probierte, schmeckte sie besser als erwartet.

»Der Hunger treibt es rein«, murmelte sie leise.

»Also ehrlich!«, rügte Arnes heisere Stimme. »Dein Auflauf neulich war spitze.«

Erschrocken fuhr Marie herum. »Warum bist du nicht im Bett?«,

»Das Bett war plötzlich so groß und so leer.«

Ohne es zu wollen, musste Marie lachen. »Ich hol dir eine Decke. Setz dich hin. Die Suppe ist gleich fertig, du kommst also genau zum richtigen Zeitpunkt.«

Arne hatte sich die Decke um die Schultern geschlungen. Er trug seine Hundekopfhausschuhe und löffelte schweigend seine Nudelsuppe. Marie hatte sich ihm gegenüber hingesetzt und aß ebenfalls. Die Wärme im Bauch tat gut.

Zwischen Marie und Arne schien es keine Worte zu geben. Im Gegensatz zu Silvester, als sie so leicht in ihre Unterhaltung gefunden hatten, sich die Sätze einfach zu Geschichten und Ausschnitten aus ihren jeweiligen Leben geformt hatten, herrschte heute Schweigen.

Dabei stand das Ungesagte riesengroß im Raum und dominierte ihr Beisammensein.

»Danke, dass du gekocht hast. Die Suppe ist lecker«, durchbrach Arne schließlich die Stille.

»Kein Problem. Ich hatte selber Hunger.« Wie aus Trotz wollte Marie nicht vermitteln, sie hätte sich für Arne an den Herd gestellt. Jetzt, da die akute Krisensituation vorbei war, musste sie wieder daran denken, wie Arne sie verletzt hatte.

Arne nickte, ganz ernst, als würde er sie verstehen. Schweigend löffelte er weiter. Marie jedoch war der Appetit auf die Suppe vergangen.

Sie platzte fast, so sehr stauten sich die ungesagten Worte in ihr auf. »Warum hast du mir nicht erzählt, dass du Henriette Carstens bist?«

»Weil ich es nicht mehr war.« Auch Arne hatte aufgehört zu essen. »Außerdem geht es niemanden etwas an.«

Marie runzelte die Stirn. »Wie meinst du das, du warst es nicht mehr?«

»Ich hatte eine Schreibblockade. Deshalb ist kein Buch mehr von mir erschienen.«

»Aber du hast doch die anderen Romane geschrieben?«

»Ja, das stimmt schon. Aber als ich dich kennenlernte, habe ich mir selbst nicht mehr geglaubt. Ich meine, als ich dir erzählt habe, dass es keine Happy Ends gibt, war ich auch davon überzeugt. Alles, was ich geschrieben hatte, hielt ich für eine Utopie, nachdem Michelle mich verlassen hat.« Auch Arne schob seinen Teller von sich. »Ich dachte, ich sei nicht viel mehr als ein billiger Märchenonkel.«

»Aber Liebesgeschichten leben doch immer auch ein Stück weit davon, dass sie märchenhaft sind. Das ist doch, was eine gute Romanze ausmacht!«

»Schon, ja. Zugegeben. Aber um das gut zu schreiben, muss man hinter seinen Geschichten stehen. Und dafür war ich einfach zu traurig, am Anfang vermutlich sogar zu deprimiert. Ich saß vor meinem Computer und konnte nichts schreiben, gar nichts. Das Gefühl war furchtbar. Eigentlich lebe ich nämlich für meine Buchstaben.« Arne hatte so leidenschaftlich von seiner Schreiberei gesprochen, dass Marie förmlich an seinen Lippen hing. »Ich liebe es, den Figuren in meinen Büchern Leben einzuhauchen und sie am Ende glücklich ihrer Wege ziehen zu lassen.« Er sprach von seinen Protagonisten, als ob es richtige Menschen aus Fleisch und Blut wären. Dazu war ein Glanz in seine Augen getreten, der noch mehr verdeutlichte, wie wichtig die Schreiberei für Arne war.

»Und dann hast du einfach unsere Geschichte genommen«, stellte Marie nüchtern fest.

»Wie bitte?«

»Na, als ich hier unten war, um dir einen Tee zu machen, standen da die ganzen Bücher neben dem Laptop. Ich habe eins aufgehoben, und beim Zurücklegen ist dein Laptop angesprungen, und ich habe die Textpassage über meinen Weihnachtspulli gelesen. Du hättest mir auch ruhig sagen können, dass du ihn furchtbar findest.« Marie war noch immer genauso verletzt wie in dem Moment, als sie die Textpassage entdeckt hatte, so viel wurde ihr klar, als sie Arne mit ihrer Entdeckung konfrontierte.

Arne seufzte. »Das wäre aber gelogen gewesen.« Er zog sich die Decke enger um die Schultern. »Ich mag diesen kitschigen Pullover, das hatte ich dir doch gesagt.«

»Aber in dem Buch …«, setzte Marie zu einem Einwand an.

»Siehst du! Genau deshalb soll niemand wissen, dass ich Henriette Carstens bin. Kannst du dir vorstellen, wie da die Gerüchteküche brodeln würde, wenn jemand wüsste, dass ich Henriette bin? Was hat unser Arne wieder geschrieben? Wer ist wer? Kommen Leute vor, die in echt auf der Insel leben? All diese Fragen würden auf mich einprasseln. Und am

Ende sind meine Bücher doch nur eins – Fiktion. Es ist so: Ich mag deinen Pulli. Aber Ragnar aus meinem Buch mag ihn eben nicht. So einfach ist das oder so kompliziert, wie man es eben betrachtet.«

Arnes Argumentation leuchtete Marie ein.

»Ich möchte nicht, dass du dich blöd fühlst. Wenn es dir wichtig ist, nehme ich den Pullover wieder raus. Es war nur so, dass ich ihn eben so süß fand. Vermutlich habe ich ihn deshalb in den Roman mit eingebaut.« Arne lächelte Marie an, suchte ihren Blick.

»Und deine Schreibblockade, die ist dann jetzt vorbei?«, hakte Marie nach. Sie war sich nicht sicher, ob sie – mit Arnes Erklärung – sich nicht sogar ein wenig darüber freute, dass er ihren Pulli in seinem Manuskript verewigen wollte. Deshalb ließ sie die Antwort offen.

»Ja. Scheint so. Sie war jedenfalls vorbei.«

»Was heißt das denn jetzt wieder?«

Arne hustete. Sein Husten klang noch immer so, dass man ihn am liebsten sofort wieder ins Bett gesteckt hätte. Es dauerte, bis der Anfall aufhörte. Erst dann konnte Arne antworten. »Das heißt, dass ich seit unserem Kuss in der *Milchbar* wieder schreiben kann.«

»Unserem Kuss?«

»Ja. Ich glaube, du hast da einen Schalter in mir umgelegt. Plötzlich ging es wieder. Es war wie eine Befreiung, als ich meinen Laptop aufgeklappt habe und wie aus dem Nichts plötzlich neue Ideen durch mich hindurchgeflossen sind.«

»So gesehen warst du das Dornröschen und ich der Prinz, der dich aus dem Autorenschlaf erweckt hat?« Marie lächelte. Die Idee gefiel ihr.

Auch Arne grinste. »Das könnte man vermutlich so sagen, du weiblicher Prinz.«

Sowohl Arne als auch Marie lachten, und es klang viel unbeschwerter, als Marie es in der Theorie für möglich gehalten hätte.

Nachdem sie sich beruhigt hatten, wurde es wieder still in der Küche. Aber es war kein schweres, wortgewaltiges Schweigen wie zuvor. Es war einfach nur eine Stille, in der jeder kurz seinen Gedanken nachhing.

»Und nun?«, fragte Marie schließlich. Sie war eindeutig die Ungeduldigere von den beiden.

»Ich weiß nicht.« Arne war noch nicht fertig mit Reden, das hörte Marie genau. Er wollte noch etwas sagen. »Vielleicht möchtest du ja weiterhin mein Prinz sein?«, fügte er schließlich hinzu, bemüht darum, den Ernst seiner Frage hinter einem saloppen Ton zu verstecken.

»Dein Prinz, ja?« Marie grinste. Wie sehr sie den blassen, hustenden, in eine Decke gewickelten Arne liebte und wie groß ihre Angst gewesen war, dass alles zwischen ihnen schon ein Ende finden würde, bevor es überhaupt richtig anfing, wurde ihr in genau diesem Moment klar.

»Oder vielleicht auch einfach nur meine Muse?« Arne stand auf, streifte die Decke von den Schultern und kam um den Tisch herum.

Er streckte Marie die Hand entgegen. Sie griff danach, und Arne zog sie hoch. »Was meinst du?«

»Ich meine, du gehörst ins Bett. Du hast ja schon Fieberfantasien von Musen«, riss Marie einen weiteren Witz, um ihre Unsicherheit zu verstecken. Es war nicht leicht, Arne gegenüber zuzugeben, wie gern sie bei ihm war. Es war nicht leicht, einem Menschen gegenüber so verletzlich zu sein, wie sie sich ihm gegenüber fühlte.

Marie legte ihre Hand an seine Wange, genauso wie er es damals auf der Aussichtsdüne bei ihr getan hatte. Sanft strich sie mit ihrem Daumen über Arnes Lippe. Dann streckte sie sich ihm entgegen und küsste ihn. Arne war so überrascht, dass es einen Moment brauchte, bis er ihren zärtlichen Kuss erwiderte. Es dauerte eine ganze Weile, bis ihre Lippen sich voneinander lösten. Langsam ließ Marie die Hand zu seinem Nacken gleiten, zog seinen Kopf noch ein Stück tiefer und flüsterte in sein Ohr: »Eigentlich ist es mir egal, ob ich eine Muse oder ein Prinz für dich bin. Hauptsache, wir sind zusammen.«

Als Arne seine Arme um Marie schlang und Marie ihre Arme um ihn, als sie einander festhielten, ganz, ganz fest, da spürte Marie, dass Arne der Fels in der Brandung war, den sie ihr Leben lang gesucht hatte.

Epilog

Ein Jahr später …

Die Buchhandlung war brechend voll. »Ausverkauft«, hatte Irene strahlend gesagt, als Marie und Arne angekommen waren.

Arne war total nervös. Er hatte unruhig geschlafen, und auch der lange Strandspaziergang, den Marie und er gemacht hatten – am Hundestrand entlang mit einer sehr glücklichen Smilla, die dort einen ihrer Hundekumpel, einen Riesenschnauzer namens Herr Schmitz-Mayer, getroffen hatte und fast ausgeflippt war vor Freude –, hatte Arne nichts von seiner Anspannung nehmen können.

Marie hatte so einen Verdacht, wer der Vater von Smillas Welpen vom vergangenen Jahr war, doch den behielt sie für sich. Außerdem hatten sie auch noch Traudl am Strand getroffen, aber das kam wenig überraschend. Seit sie Barney, einen der jungen Hunde aus Smillas Wurf, adoptiert hatte, war sie täglich am Hundestrand unterwegs, um ihrem Liebling die nötige Bewegung zu verschaffen.

Als ihre Mutter Arne zum Abschied auf die Schulter geklopft hatte und gemeint hatte: »Wir sehen uns ja dann später, Lieblingsautor«, war Arne feuerrot angelaufen und hatte schweigend genickt.

»Vielleicht hätte ich das Pseudonym doch nicht lüften sollen«, hatte Arne schließlich geflüstert, nachdem Traudl weg gewesen war, aber Marie hatte ihm vehement widersprochen. Schließlich waren die Rückmeldungen sehr positiv gewesen. Die Insulaner hatten ganz und gar wohlwollend auf Arnes schriftstellerische Tätigkeit reagiert. Und Arne lebte viel freier, seit er voll und ganz zu sich stand.

Ein paar alte Schulkollegen, inklusive Mia, mit der er auf dem Festland auf dem Gymnasium gewesen war, hatten ihm sogar gestanden, dass sie ihm die dubiose Bürotätigkeit eh nie abgekauft und seit Jahren immer mal wieder gerätselt hatten, welchem Beruf Arne *wirklich* nachging.

Während Marie sich im Raum umschaute, entdeckte sie viele bekannte Gesichter, die gekommen waren, um mit Arne die Veröffentlichung seines neusten Romans zu feiern. Irene ging von einem zum anderen und behielt problemlos den Überblick, was vielleicht auch ihrer Körpergröße geschuldet war, denn den Großteil des Publikums überragte sie um einen halben Kopf. Marie stand neben Eick und ihrer Mutter. Eick sah ganz fremd aus in seinem Hemd. Er hatte sich seinem Neffen zuliebe versucht schick zu machen. Sogar den Bart hatte er sich gestutzt. Edeltraud Ablinger schien das allerdings anders zu sehen. Sie konnte gar nicht aufhören, Eick bewundernde Blicke zuzuwerfen. Und als er seinen Arm in aller Öffentlichkeit um Traudl legte, sichtlich stolz, erkannte Marie einen Ausdruck auf deren Gesicht, den sie von ganz früher kannte. Wie schön! Sie gönnte ihrer Mama das Glück von ganzem Herzen.

Die ganze Buchhandlung war liebevoll hergerichtet: Es gab winzige Kuchenstückchen, die Ines angefertigt hatte, es gab Sekt und Orangensaft und auch kleine Toasts, mit Krabbencocktail und Räucherlachs belegt. Arnes Lesung war nicht nur eine Buchpräsentation, sie schien ein richtiges Fest zu werden.

Marie erkannte Flo, der ihnen, wann immer sie in die *Milchbar* kamen, einen Tisch mit Meerblick reserviert hatte. Seine Schwester Swantje war überglücklich mit der Hundedame, die sie von Arne bekommen hatte. Deetje war da, gemeinsam mit ihrem Enkel Marco, der auf ihrem Schoß saß und Kuchen futterte. In diesem Jahr hatten Sonja und Marco das Weihnachtsfest mit ihrer Mutter gefeiert, und Deetje hatte sich bei den Vorbereitungen fast überschlagen. Sie war tagelang nicht in die Werkstatt gekommen, weil sie stattdessen Plätzchen backte, den Baum organisierte und wie wild die Wohnung dekorierte. Tick, Trick und Track waren – das hatte Deetje erzählt – ganz außer sich gewesen, als der Weihnachtsbaum an seinem Platz stand. In die unterste Reihe Zweige hatte Deetje billige gekaufte Weihnachtskugeln gehängt, weil die Kater es sich zur regelmäßigen Aufgabe gemacht hatten, den Baum zu plündern, und dabei schon so manche Kugel zu Bruch gegangen war.

An Heiligabend war dann die ganze Familie bei Deetje zusammengekommen, auch Eick, Traudl, Arne und Marie. Deetje hatte es sich nicht nehmen lassen, Fondue zu machen, und der Tisch hatte sich schier unter den Köstlichkeiten gebogen, die Deetje aufgetischt hatte. Als dann alle miteinander um den Baum versammelt waren und der aufgeregte kleine Marco als Erster seine Geschenke auspackte, konnte man regelrecht spüren, dass alle im Raum gerade da waren, wo sie sein wollten.

Maries Blick wanderte weiter von Gast zu Gast. Arne wurde von vielen Leuten begrüßt, auch Menschen, die Marie noch nie gesehen hatte, waren darunter. Er hatte ein professionelles Lächeln aufgesetzt, aber Marie kannte ihn mittlerweile gut genug, um zu wissen, wie groß die Anspannung war, die er hinter diesem Lächeln verbarg.

Mattis, Linas Freund, war auch da. Er hatte Marie zugewunken und sich dann in die letzte Reihe gesetzt. Seine Jacke lag auf dem freien Stuhl neben ihm, was besagte, dass Lina vermutlich auch noch auftauchen würde. Marie war im vergangenen Jahr einige Male in der *Blühenden Phantasie* gewesen und hatte nicht nur die Sanddornschnitten, sondern je nach Jahreszeit auch Erdbeertörtchen und Zimtschnecken, Vanillekrapfen und Nussecken genascht. Enttäuscht worden war sie nie. Und die Gartenkugeln verkauften sich genauso gut wie die selbst gebackenen Haferkekse von Ines. Der Kaffee mit Mia war für Marie der Beginn einer wunderbaren Freundschaft geworden. Längst traf sie sich regelmäßig mit der ganzen Mädelsclique von Lina, Ines und Mia im *Old Smuggler,* wenn die Gruppe sich dort verabredete. Sie war mit offenen Armen aufgenommen worden.

Arne war neuerdings Stammgast in Linas Blumenladen und überraschte Marie häufig mit einer einzelnen Rose. Marie hatte jede der Blumen am Ende, kurz vor dem Verblühen, getrocknet. Sie brachte es einfach nicht übers Herz, die Rosen wegzuwerfen. Es war schon ein hübsches Sträußchen Trockenblumen zusammengekommen, das in ihrer kleinen Wohnung im Eingangsbereich auf der Kommode lag. Marie hatte tatsächlich ein Apartment auf der Insel gefunden, das in ihrem Budget war, was an ein Wunder grenzte. Sie wollte den Fehler von damals mit Chris nicht wiederholen und gleich am Anfang einer Beziehung zusammenziehen.

Erneut sah Marie sich in der Buchhandlung um. Als Arne ihren Blick bemerkte, lächelte er sie tief aus dem Herzen kommend an. Marie reckte den Daumen, und er nickte unmerklich, bevor er sich wieder seinem Gegenüber zuwandte.

Auf einem Tisch am Stirnende des Ladens lagen in einem Stapel Arnes Buch. Es würde nach der Lesung eine Signierstunde geben. Der Roman hieß *Inselwinterzauber.* Auf dem Cover war eine Weihnachtsbude abgebildet, wie sie für den *Winterzauber*-Markt typisch war, und daneben stand ein festlich geschmückter Christbaum. Die verschnörkelte Schrift war mit Schneekristallen verziert. Marie war sicher, dass ihr das Buch gefallen würde. Tatsächlich kannte sie außer der Szene mit dem Pullover keine einzige Zeile aus dem Buch.

»Darf ich dich überraschen? Es würde mich echt nervös machen, wenn du mitliest, während ich noch mitten im Schreibprozess bin«, hatte Arne gesagt, und natürlich war Marie einverstanden gewesen. Nun konnte sie es allerdings kaum noch erwarten, das neue Werk von Henriette Carstens in den Händen zu halten und es endlich zu lesen. Der Klappentext hatte vom Weihnachtsmarkt, vom Winter im Norden und Pferden gesprochen und Marie sehr neugierig gemacht.

Lina ging in Richtung Signiertisch. Es war gar nicht so leicht, sich mit dem gewaltigen Blumenstrauß durch die Menschen zu manövrieren, die noch überall im Raum herumstanden. Marie fand es sehr nett, dass Arne von der Buchhandlung einen so tollen Strauß bekommen hatte. Rosen in allen

Farben, weißes Schleierkraut und eine herrliche Umrahmung aus Blattgrün. Wer auch immer den Strauß ausgesucht hatte, hatte Geschmack.

Tatsächlich überreichte Lina Arne den Strauß. Die beiden wechselten ein paar Worte, bevor Lina auf Mattis zeigte und dann auch gleich in seine Richtung lief. Das Paar begrüßte sich mit einem gleichermaßen liebevollen wie beiläufigen Kuss, einem Kuss, wie Paare ihn austauschten, die schon eine Weile glücklich miteinander waren – und es geschafft hatten, ihr Glück mit in den ganz normalen Alltagswahnsinn zu nehmen. Als Lina neben Mattis Platz genommen hatte, legte er locker den Arm um ihre Stuhllehne, und die zwei waren sofort in ein Gespräch miteinander vertieft.

Ein lautes Händeklatschen zog die Aufmerksamkeit aller Anwesenden auf sich. Irene hatte sich nach vorn zu Arne gestellt. Sie lächelte. »Meine sehr verehrten Damen und Herren, wenn Sie jetzt alle Ihre Plätze einnehmen wollen, dann können wir mit unserer Veranstaltung beginnen.«

Ein Murmeln ging durch die Anwesenden, ein geschäftiges Hin und Her entstand, dann waren bald alle auf ihren Stühlen. Marie saß in der ersten Reihe, dafür hatte Arne gesorgt. Als alle ihre Plätze eingenommen hatten, wurde es schlagartig ruhiger.

»Wir freuen uns, dass wir Sie alle hier begrüßen können an diesem wunderbaren Abend. Besonders freuen wir uns, dass Henriette alias Arne sich die Zeit nimmt, heute hier sein Buch zu präsentieren.« Beifall ertönte, Irene wartete, bis er abflaute. »*Inselwinterzauber* heißt das neue Werk. Und es ist sicher auch ein tolles Weihnachtsgeschenk, besonders signiert.« Irene lächelte in die Runde.

»Ohne große Umschweife möchte ich das Wort an den Autor übergeben. Ich weiß, dass er sehr aufgeregt ist und es kaum abwarten kann, dass es endlich losgeht.«

Tatsächlich trat Arne von einem Fuß auf den anderen. Er, der sonst immer so selbstsicher war, dass Menschen, die ihn weniger gut kannten, diese Sicherheit durchaus auch manchmal mit Arroganz verwechselten, wirkte genau, wie Irene es gesagt hatte – sehr aufgeregt. Ein hauchdünner Schweißfilm hatte sich auf seiner Stirn gebildet, die zum Großteil von seinen Haaren verdeckt wurde. Längst waren sie wieder länger gewachsen. Marie nickte Arne aufmunternd zu, der seinen Blick über das Publikum schweifen ließ. Wird schon, wollte sie ihm am liebsten zurufen, du machst das schon.

Dann reichte Irene das Mikrofon an Arne weiter. Er saß noch immer nicht am Lesetisch, sondern ging zu ebendiesem und nahm eines der Bücher von einem Stapel. »Meine lieben Gäste, ich freu mich sehr, dass Sie alle hier sind, um diesen Tag mit mir zu feiern und mich lesen zu hören. Aber zuvor möchte ich noch einen ganz besonderen Menschen auf die Bühne bitten: meine Freundin Marie.«

Höflicher Applaus war zu hören, und Marie stand zögernd auf. Sie war kein Mensch für öffentliche Auftritte und fühlte sich peinlich berührt.

»Sie müssen wissen, dass auch Marie diesen Roman noch nicht kennt, nicht einmal die Widmung.« Arne reichte Marie den Roman. Er räusperte sich. »Vielleicht möchtest du einen Blick hineinwerfen?«

Alle Augen waren jetzt auf Marie gerichtet, das Publikum war mucksmäuschenstill. Das Buch lag kühl in Maries Hand, während sie mit den Fingern über das Cover fuhr.

Arne hatte das Mikro sinken lassen. Seine Stimme war ganz leise, wurde nicht mehr durch den ganzen Raum getragen. »Schau mal rein.« Marie suchte seinen Blick. Arne schaute sie aufmerksam an, wartete darauf, dass sie sein Buch aufschlagen würde.

Vorsichtig folgte Marie seiner Aufforderung. Die Schrift auf dem Deckblatt war ebenfalls verschnörkelt. Dann kam die Seite mit der Widmung, und Marie stockte der Atem. Fassungslos starrte sie auf die Buchstaben, die längst vor ihren Augen verschwammen. Das Zittern, das ihren Körper erfasst hatte, drang bis in ihre Fingerspitzen.

Für Marie. Meine Frau?

Sie konnte ihren Blick kaum von der Widmung lösen, versuchte zu begreifen, was da stand.

Als sie endlich zu Arne aufschaute, hielt der den Blumenstrauß in der einen und eine kleine Schatulle in der anderen Hand. Dann sank er auf ein Knie.

»Würdest du mich heiraten?«

Marie ging zu Arne, klappte das Buch zu und zog ihn hoch. Er sollte nicht vor ihr knien, das sah verkehrt aus. Doch ihn zu heiraten, das fühlte sich absolut richtig an.

»Ja«, hauchte sie. »Ja!«, schrie sie dann ganz laut. Frenetischer Beifall brandete auf. Marie warf sich förmlich in Arnes Arme. Das Glück, das sie empfand, war unbeschreiblich, aber sie war schließlich auch keine Autorin. Doch eines wusste Marie in diesem Moment: Das hier war kein Happy End, es war der Anfang von etwas Wunderbarem.

Lesen Sie auch:

LOTTE RÖMER

Möwensommer

ROMAN

11,00 € (D)
ISBN: 978-3-7499-0135-7

Originalausgabe

Dieses Werk wurde vermittelt durch die Literarische Agentur Michael Gaeb.

Kapitel 1

Fünfzig langstielige Rosen. Lina konnte den schweren Strauß schon kaum noch umfassen. Am Ende würde dieses Bukett wirklich pompös aussehen. Es sollte ein Sinnbild der Liebe sein, und ein kleiner Teil von Lina verstand sehr genau, was der Mann, der den Strauß in Auftrag gegeben hatte, mit den Rosen zum Ausdruck bringen wollte. Sie lächelte bei dem Gedanken und dachte darüber nach, wie sie die Stängel so fixieren konnte, dass das Gebinde bei der Übergabe seine Form behalten würde.

Um sie herum standen unzählige große und kleine Blumentöpfe, Wannen mit weiteren blühenden Topfpflanzen, Eimer voll mit farbenprächtigen Schnittblumen und zierliche Tische mit Dekoartikeln. Von der Decke über dem Verkaufstresen wuchs Efeu in dicken Ranken und verwandelte den Verkaufsraum in eine grüne Oase. Lina liebte besonders das Eck mit den Orchideen. Einige von den wunderschönen Pflanzen brauchten besonders viel Zuneigung, anderen reichte schon ein Schnapsglas voll Wasser die Woche. Diese extravaganten Blumen hatten es Lina schon immer angetan. Bereits in ihrer Teenagerzeit hatte sie in ihrem Kinderzimmer auf dem Fensterbrett Orchideen gezogen. Wäre es ihr Laden gewesen, sie hätte sich noch viel mehr auf ausgefallene Blühpflanzen spezialisiert, aber Claudia war nun mal die Chefin, und die setzte eben andere Schwerpunkte. Doch Lina liebte die fröhlichen Farben, die verschiedenen Düfte, die das Geschäft erfüllten, und besonders den neu eingetroffenen alten Leiterwagen, der über und über mit bunten Geranien dekoriert war. Als Claudia damals von Bayern auf die Insel gekommen war, hatte sie auch ein paar alte Milchkannen mitgebracht. Die Kannen, über deren Ränder lilafarbene Achimenes bis fast zum Boden herabhingen, glänzten in der Sonne. Die alten Behälter waren teils schon ein wenig rostig, sodass der Glanz einen herrlichen Kontrast zur Patina des Metalls bot.

Das Blumengeschäft verströmte so viel Gemütlichkeit, dass viele Norderneyer einfach nur auf einen Klönschnack hereinschauten, weil sie die Atmosphäre des Ladens genießen wollten. Wie so oft, wenn Lina sich im Geschäft umsah, dachte sie, dass ein paar kleine Tische mit Stühlen im Laden noch schön wären. Man könnte Kaffee ausschenken und vielleicht kleine Gebäckstücke anbieten. Dann wäre es eine Art Blumencafé. In ihrer Vorstellung war das der Inbegriff von Hygge. Vorsichtig hatte sie Claudia ihre Idee schon mal vorgeschlagen, doch sehr zu ihrem Leidwesen wollte ihre Chefin nichts davon hören. Lina wandte sich wieder den Rosen zu und nahm eine weitere Blume zu dem Strauß. Jede der langstieligen Rosen war ein absolutes Kunstwerk der Natur. Schon eine einzige davon wäre für sie ein perfektes Geschenk gewesen – allerdings schenkte ihr momentan keiner Blumen.

»Meinst du nicht, das ist etwas ungewöhnlich für einen Brautstrauß?«, fragte Claudia und sah ihr über die Schulter. Lina war dabei, die Rosen zu einem Strauß zusammenzubinden, indem sie hübsche breite Bänder, die nichts daran beschädigen würden, um die Stiele wickelte.

»Das hab ich dem Herrn auch gesagt. Aber er war von seiner Idee sehr überzeugt.« Lina war der Kunde, Baron von Stein, genauso ein Rätsel wie offensichtlich auch ihrer Chefin.

»Ist es nicht ein bisschen übertrieben?« Claudias Blick war noch immer skeptisch. Sie zupfte mit der für sie typischen Handbewegung ihren Pony zurecht. Eine nervöse Geste, denn sie war alles andere als eitel. Sie trug eine rustikale Arbeitshose, die eigentlich für Handwerker im Baugewerbe gedacht war, und hatte ihre Haare zu einem straff geflochtenen Zopf gebunden. Das apfelgrüne Shirt mit der schnörkeligen Aufschrift *Blühende Phantasie* und dem kleinen roten Tulpenlogo des Blumenladens bildeten den einzigen Farbtupfer von Claudias Outfit.

»Nein, ist es nicht. Baron von Stein hat gemeint, die langstieligen Rosen seien ein Scherz, um seiner zukünftigen Frau auf sowohl – ich zitiere – humorvolle als auch wertige Weise seine besondere Zuneigung zu demonstrieren«, sagte Lina mit verstellter Stimme, um den adligen Herrn nachzuahmen, woraufhin Claudia laut lachte. »Ich habe nicht wirklich verstanden, warum er zwei Sträuße braucht – ein Brautstrauß hätte es sicher auch getan, noch dazu in der Ausführung, die er bestellt hat. Aber uns soll es recht sein, oder? Der Baron hat für den Brautstrauß pastellfarbene Rosen mit goldbesprühten Nelken bestellt. Ja, ich weiß, das ist nicht perfekt, sondern extrem kitschig«, kam Lina Claudias Einwand zuvor, »doch er ist der Kunde, nicht wahr? Mehr als beraten kann ich ihn nicht. Mein Plan ist, mit Schleierkraut zu verschleiern, was zu verschleiern geht.« Lina grinste schon wieder.

»Na gut. Ich sehe, du machst das schon – wie immer.« Claudia lächelte ihr zu. »Dann kümmere ich mich mal um die Efeuranken für die Strandkörbe. Efeu haben wir hier ja genug.« Sie deutete auf die Ranken um sich herum, die wirklich wie Unkraut wuchsen und so den ganzen Laden bevölkerten. »Ehrlich, etwas Alberneres habe ich in meinem ganzen Leben noch nicht gestaltet. Als ob unsere Inselstrandkörbe nicht schön genug wären! Die stehen doch wohl für sich.« Claudias Empörung zeigte sich darin, dass sie begann, den Efeu ruppig mit der Gartenschere abzuschneiden und auf ihren Arbeitstisch zu werfen, der verborgen zwischen zwei perfekt geschnittenen Buchsbäumchen stand. Die kleinen Bäume warteten schon seit Jahren darauf, ein neues Heim zu finden.

»Na, das sieht der deutsche Adel wohl anders.« Lina hatte das Bild des Barons noch deutlich vor ihren Augen, wie er im senffarbenen Anzug durch den Laden stolziert war und naserümpfend an den Lilien geschnuppert hatte. Er war mit seinen mit Gel zurückgekämmten Haaren und den von Goldringen gezierten Fingern ein ganz besonderes Exemplar Mann, der sehr exakte Vorstellungen von der Dekoration rund um seine Trauung hatte. Zum Glück war Lina im Geschäft gewesen. Denn Claudia, die ihr Herz immer auf der Zunge trug, hätte dem Baron wohl freiheraus gesagt, was sie von efeuberankten Strandkörben auf Norderney hielt. Zu Linas Bedauern war die Braut nicht im Laden aufgetaucht, dabei hätte sie nur zu gern gewusst, wie die Frau aussah, die in diesem adeligen Paradiesvogel ihr Gegenstück gefunden zu haben glaubte. Aber vermutlich würde sich ihr diese Chance bei der Übergabe ihrer Blumenkunstwerke bieten. Im Anschluss daran hätten Claudia und sie sicher was zu reden!

Lina betrachtete die Rosen und kam zu dem Schluss, dass sie fertig mit dem Strauß war. Langstielige Rosen zu binden war auch nicht wirklich anspruchsvoll. Da würde der Brautstrauß morgen ein anderes Kaliber sein. Allein die Verwendung des Goldsprays würde die Nelken billig wirken lassen, was sie nur schwer ausbügeln konnte. Es tat ihr in der Seele weh, ihre Blumen so zu misshandeln, zumal weiße Nelken für Treue standen, was Lina als viel passender empfunden hätte. Doch der Kunde war nun einmal König. Trotzdem: Lina kam nicht umhin sich zu fragen, ob das Gold der Nelken vielleicht eine Bedeutung hatte, von der sie nichts wusste.

Sie nahm den Rosenstrauß, um ihn nach hinten in die Kühlung zu tragen, wo die Pflanzen garantiert ihre Frische behielten.

Als sie zurück in den Verkaufsraum kam, hantierte Claudia schon mit der ersten Efeugirlande herum.

»Dann mach ich mich an die Tischgestecke für die Feier, oder?«, schlug Lina ihrer Chefin vor.

Claudia nickte zur Antwort und fluchte leise, während sie kleine rote Rosen in ihrem Gebinde befestigte. »Hinten stehen die Kübel …«

»… mit den Nelken, ich weiß. Hab ich schon gesehen. Passend zum Brautstrauß. Und ja, ich denk dran, sie auch goldfarben anzusprühen.«

In diesem Moment ging die Ladentür auf.

»Guten Tag, Herr Rainer!«, riefen Claudia und Lina unisono.

»Moin, mien leven Deerns.«

Der alte Herr stützte sich auf einen Gehstock und trat mit unsicheren Schritten auf Lina zu. Sie mochte ihn, besonders wegen seines gütigen Lächelns, das ihn mit seinem weißen Bart wie einen besonders freundlichen, leicht gebrechlichen Weihnachtsmann wirken ließ. Jede Woche besuchte er das Geschäft und kaufte eine besondere Blume und ließ sie mit etwas Grün dekorieren. Vergangene Woche war es eine regenbogenfarbene Rose gewesen. Claudia hatte sie eigentlich als Gag bestellt – und dann waren die bunten Rosen weggegangen wie warme Semmeln.

»Es sieht hier ja wild aus, wenn ich mir das zu sagen erlauben darf.« Herr Rainer zeigte mit seinem Gehstock auf das Rankeninferno auf Claudias Tisch.

»Oh, Sie dürfen«, antwortete Claudia, wobei sie ihren Daumen in den Mund steckte. Anscheinend war ihr ein Dorn zum Verhängnis geworden. »Es ist das pure Chaos. Aber wir haben eine Adelshochzeit – oder so was Ähnliches«, nuschelte Claudia zur Erklärung, noch immer mit ihrem Finger im Mund.

»Adel, ach so was.« Langsam schüttelte Herr Rainer den Kopf und griff mit seiner freien Hand nach der Efeugirlande, die er eingehend betrachtete. »Früher war das anders auf Ney, da waren wir alle noch mehr unter uns.« Er als alteingesessener Norderneyer konnte sich noch an das ruhige, beschauliche Inselleben von vor sechzig Jahren erinnern, als der Tourismus noch in den Kinderschuhen gesteckt hatte.

»Was darf es heute sein, Herr Rainer?« Lina war nach vorne zu den Blumenkübeln gekommen, wo eine bunte Auswahl Schnittblumen darauf wartete, gekauft zu werden.

»Was haben Sie denn Schönes?«, entgegnete er und musterte das Angebot, das über Callas, Gerbera und Chrysanthemen hin zu Rosen und ein paar wenigen Hortensien reichte.

»Ich würde mich wohl für eine Lilie entscheiden, die duften wundervoll. Es ist eine tolle, neue Sorte. Hier, riechen Sie mal«, forderte Lina Herrn Rainer auf und hielt ihm eine der Blumen hin. Während er sich ein wenig nach vorn beugte, senkte er die Lider. Man erkannte sofort den Genießer in dem alten Mann.

»Oh, wirklich.« Er riss die Augen überrascht wieder auf, die nur so blitzten. Herr Rainer war zwar alt, doch geistig noch topfit. Und er liebte es immer noch, Neues zu entdecken.

»Die wird meine Else freuen.«

»Sehr schön. Ich gebe noch ein wenig Schleierkraut dazu, das geht aufs Haus.« Das Geschäft hatte aus Versehen eine doppelte Lieferung erhalten. Außerdem wollte Lina den Rainers eine Freude bereiten. »Oh, das ist ja wunderbar, vielen Dank, meine Liebe. Ich werde Else auch gleich dran schnuppern lassen, da wird sie staunen.«

Else Rainer war seit Jahren nicht mehr aus ihrem Haus in der Maybachstraße herausgekommen. Sie konnte seit ihrem Schlaganfall kaum ein paar Schritte laufen und litt unter einer halbseitigen Lähmung. Dadurch hatte sich bei den Rainers die jahrzehntelang klassische Rollenverteilung vertauscht. Wo vorher Frau Rainer ihren Mann bekocht und sich um die Wohnung gekümmert hatte, erledigte Herr Rainer alle Tätigkeiten, so gut er eben konnte. Niemand hätte es ihm zugetraut, doch mit den Jahren war er zu einem perfekten Hausmann geworden.

Er hatte es sich zur Aufgabe gemacht, dass seine Frau so glücklich wie möglich war, trotz der Umstände. So besuchte er jede Woche das Blumengeschäft und holte eine kleine Aufmerksamkeit für seine Else.

Lina kannte die Rainers nicht sehr gut, allerdings wurde auf der Insel erzählt, dass die beiden Leute bewundernswert mit ihrer Situation zurechtkamen.

Vorsichtig drapierte Lina etwas Grün zu Lilie und Schleierkraut und verpackte das Arrangement in durchsichtige Folie. Es knisterte laut. Wie immer spürte Lina ihren inneren Widerwillen gegen das ganze Plastik, das im Laden verwendet wurde. Sie hatte schon mehrfach für mehr Nachhaltigkeit plädiert – insbesondere hinsichtlich der kleinen Tütchen mit Dünger, die Claudia immer an die Kunden verteilte. Wenn es nach ihr gegangen wäre, hätte sie das Geschäft viel mehr nach ökologischen Standards betrieben, immerhin waren heutzutage die Probleme mit Plastik und Kunstdünger nun wirklich bekannt. Es gab so schöne Papierverpackungen, hervorragende alternative Düngemethoden und ganz wunderbare Blumen aus Bioanbau, die der *Blühenden Phantasie* alle Ehre gemacht hätten.

Aber Claudia war schließlich die Chefin, dachte Lina erneut.

»Wunderbar haben Sie das gemacht, mien Deern.« Herr Rainer war sichtlich zufrieden mit Linas Arbeit.

Lina freute sich über das Kompliment des alten Mannes. »Danke. Geht es Ihrer Frau gut?«

»Oh ja. Wir kommen zurecht, vielen Dank. Wissen Sie, solange man noch zu zweit ist, geht das schon.«

Zu zweit. Ein kleines, doch schmerzendes Ziehen in Linas Magengegend war die Reaktion auf Herrn Rainers Worte. Sie sehnte sich seit Jahren nach Zweisamkeit. Seit Justus, mit dem sie eine zweijährige Beziehung geführt hatte, wegen der Arbeit zurück aufs Festland gezogen war, hatte es keinen Mann mehr in ihrem Leben gegeben. Wie lange war das jetzt her? Tatsächlich schon drei Jahre, dass er fort war?

Jedenfalls war sie seitdem Dauer-Single. Kein Wunder, die Männerauswahl auf der Insel war auch wirklich überschaubar – zu überschaubar nach Linas Geschmack. Aber wenn sie ehrlich in sich hineinhorchte, fehlte ihr manchmal ein Mann an ihrer Seite, jemand, an den sie sich anlehnen konnte, der sie einfach mal in den Arm nahm, für den sie da sein konnte und er für sie. Allerdings konnte sie es sich nicht erlauben, sich in Grübeleien zu vertiefen, denn es gab heute noch viel zu tun.

Lina richtete sich auf, kassierte ab und verabschiedete Herrn Rainer. »Bis nächste Woche dann!«

Er hob im Gehen die Hand und winkte vorsichtig mit der in Cellophan verpackten Blume. Erneut knisterte das Plastik.

Lina widmete sich wieder den Schnittblumen und roch ein weiteres Mal an den herrlichen Lilien. Ihr Beruf war jedenfalls sehr abwechslungsreich und immer für eine Überraschung gut, auch wenn diese Überraschungen vielleicht nicht immer ihrem eigenen Geschmack entsprachen, wenn sie an die goldenen Nelken dachte. Aber, so viel war klar, Floristin war und blieb ihr absoluter Traumjob!

Kapitel 2

»Totale Flaute, ich kann es nicht fassen, es war ein fünfer Wind vorhergesagt und jetzt das!« Mattis schaute ungläubig den Mast entlang hinauf zum Himmel, der sich wolkenlos in strahlendem Blau über ihnen erstreckte.

»Ach, macht doch nichts.« Lina hatte längst ihr Sommerkleid ausgezogen, sich ihr Handtuch geschnappt und war zum Vorderdeck des kleinen Segelboots gegangen, um im Bikini die warme Sonne zu genießen. Sie würde sich einfach hinlegen, sich bräunen und dem Glucksen der Wellen an der Bordwand lauschen. Vermutlich würde sie ohnehin einschlafen, wenn sie sich ausschließlich auf das sanfte Auf- und Abtanzen des Bootes konzentrierte, so müde wie sie nach dem langen Tag im Blumenladen war. »Wir genießen einfach das traumhafte Wetter.«

»Ich wollte so gern mit dir nach Juist rüber«, erwiderte Mattis knurrend, während er sich daranmachte, die Kajüte aufzusperren. »Jetzt wird es nichts mit unserer entspannten Segelpartie, außer wir wollen die ganze Zeit das Gebrumme des Motors hören.«

»Das lieber nicht, dann bleiben wir eben einfach hier.«

Schon hatte Lina das Handtuch ausgebreitet und sich niedergelassen. Sie hielt die Hand über die Augen und schaute zum endlosen Himmel hinauf, über den langsam ein paar Schäfchenwolken dahintrieben. Es war wirklich ungewöhnlich warm für einen Junitag auf dem Wasser. Die Nordsee konnte sogar im Hochsommer frisch sein, da waren Tage wie dieser eigentlich ein wahres Geschenk. Darum fand sie es gar nicht so schlimm, heute im Norderneyer Hafen zu bleiben, statt wie geplant auszulaufen. Um sie herum waren die anderen Schiffe am Steg entlang vertäut. Es waren weit und breit keine Leute auf den anliegenden Booten zu sehen. Kein Wunder, bei dieser Flaute.

»Komm, Mattis, leg dich einfach auch ein wenig in die Sonne«, schlug Lina ihrem besten Freund vor. Das leise Plätschern der Wellen machte, dass sie sich schon ganz schläfrig und wohlig fühlte.

Ein undefinierbares Grummeln war die Antwort, und Lina konnte nicht sagen, ob Mattis ihr zustimmte oder noch immer das Wetter verfluchte. Er war, wenn seine Pläne durchkreuzt wurden, zuweilen ein wenig launisch.

Sie hatte die Augen geschlossen und hörte ihren Kindheitsfreund noch immer mit dem Schlüssel herumhantieren. Anschließend stieg er in die Kajüte hinunter. Lina versank in eine Art Dämmerzustand. Sie genoss es immer sehr, auf dem Wasser zu sein. Gemeinsam mit Mattis war sie mindestens einmal pro Woche auf seinem Segelboot. Genauso wie sie selbst liebte er die grenzenlose Freiheit, die man nur draußen auf dem Meer genoss, wo einzig die Gesetze des Ozeans und des Windes galten. Sowohl Mattis als auch Lina waren erfahrene Segler, die mit fast allen Situationen zurechtkommen konnten. Heute hatten sie mit gutem Wind gerechnet. Der Plan an diesem Tag war gewesen, nach Juist zu segeln, das von Norderney nur einen Katzensprung entfernt war und deshalb perfekt als schnelles Ausflugsziel taugte. Sie mochten beide das Hafenrestaurant dort, um sich etwas Gutes zu tun. So, im Segelhafen von Norderney, musste eben die Fantasie herhalten. Außerdem könnten sie später vielleicht noch andere Schiffe bei Anlegemanövern beobachten und sich über die ungeschickten Freizeitkapitäne amüsieren, oder sie könnten rüber in die Bucht gehen und den Windsurfern zuschauen, nachdem sie genug Sonne getankt hatten. Langweilig war Lina mit Mattis noch nie geworden.

Das Meer strahlte heute in einem so intensiven Blau, als wollte es mit dem Himmel konkurrieren, und winzige weiße Schaumkrönchen schmückten die Wasseroberfläche. Neben Mattis' Segelboot lag ein Touristenboot am Steg, das Lina noch nie gesehen hatte. Ein einfaches Holzboot mit nur einem Mast und ohne Kajüte, das so gar nicht hierher passen wollte. Sie nahm sich vor, Mattis nach dem kuriosen Boot zu fragen.

»Bist du eingecremt?«, tönte jetzt dumpf dessen Stimme aus dem Schiffsbauch.

Statt eine Antwort zu geben, drehte Lina sich nach vorn und öffnete die Augen wieder. Mattis kannte die Antwort ohnehin. Er war in dieser Hinsicht die Stimme der Vernunft, während Lina sich auf Mattis' Weitsicht verließ.

»Bleib einfach liegen.« Mattis war ans Deck zurückgekommen, die aufgeschraubte Sonnencremetube hielt er bereits in der Hand. Sie verstanden sich schon seit Jahren ohne Worte, und er wusste, dass Lina, was ihre Sonnenbäder betraf, zum

Leichtsinn neigte. Das hatte ihr schon so manchen gefährlichen Sonnenbrand beschert, und eigentlich war ihr klar, dass damit nicht zu spaßen war.

Behutsam verteilte Mattis einen großen Klecks Creme zwischen seinen Händen und legte diese dann auf ihren Rücken. Auf der sonnengewärmten Haut fühlten seine Finger sich angenehm kühl an. Er begann bei ihren Schultern und arbeitete sich dann ihren Rücken in gleichmäßigen Kreisen hinunter. Lina wusste genau, wie Mattis' Hände sich anfühlten, wenn er sie eincremte. Seit Kindertagen rieb Mattis ihr den Rücken ein, seit Kindertagen waren sie gemeinsam über die Strände und durch die flachen Wellen gesprungen, und seit Kindertagen hatten sie ihre gemeinsame Sonnencreme-Routine. Seine fließenden, sanften Bewegungen waren ihr so vertraut, dass sie sicher war, sie hätte die Berührung seiner Hände unter Hunderten Männern erkennen können. Mit den Jahren waren die Bewegungen immer mehr ausgereift, und Lina genoss es sehr, wenn er die Sonnenlotion auftrug. Es war wie eine kleine, aber feine Massage.

»So. Und jetzt?«, fragte Mattis, nachdem er fertig war. »Möchtest du ein Glas Sekt und ein paar Erdbeeren?«

Unvermittelt brach Lina in lautes Lachen aus. »Natürlich. Und die Kaviarschnittchen kannst du auch anrichten.«

Sie richtete sich ein wenig auf und drehte sich zu Mattis, der sie angrinste. »Heb dir das für deine Eroberungen auf, mein Lieber.« Wie immer, wenn sie dieses heikle Terrain betrat, verspürte sie einen kleinen Stich.